DONGSUH MYSTERY BOOKS 159

野性の証明
야성의 증명
모리무라 세이치/허문순 옮김

동서문화사

옮긴이 허문순(許文純)

춘천사범 졸업. 경남대학 불교학 수학. 월간〈희망〉편집인. 1962년 동아일보신춘문예〈세 번째 사람〉당선. 지은책 역사소설《대신라기》한국순수미스터리《백설령》《너를 노린다》《일지매》하드보일드《번개탐정시리즈 총20권》, 옮긴책 세이어스《나인 테일러스》, 데안드리아《호그 연쇄살인》, 메클린《여왕폐하 율리시즈호》, 히긴스《독수리는 날개치며 내렸다》, 모리무라 세이치《모래그릇》. 한국미스터리클럽 창립을 주도하다.

DONGSUH MYSTERY BOOKS 159

야성의 증명

모리무라 세이치 지음/허문순 옮김
초판 발행/1977년 12월 1일
중판 1쇄/2005년 7월 1일
중판 3쇄/2006년 7월 1일
발행인 고정일/발행처 동서문화사
창업 1956. 12. 12. 등록 16-345(윤)
서울강남구신사동540-22 ☎ 546-0331~6 (FAX) 545-0331
www.epascal.co.kr

*

이 책의 출판권은 동서문화사(동판)가 소유합니다.
의장권 제호권 편집권은 저작권 법에 의해 보호를 받는 출판물이므로
무단전재와 무단복제를 금합니다.

편찬·필름·제작 일체「동판」자본으로 이루어짐에 따라
출판권 소유권자「동판」에서 제조출판판매 세무일체를 전담합니다.
사업자등록번호 211-90-02201
ISBN 89-497-0290-8 04800
ISBN 89-497-0081-6 (세트)

야성의 증명
차례

공동의 외딴 마을 …… 11
독재의 사시(私市) …… 43
전락한 의혹 …… 86
범행현장의 파편 …… 108
제방의 사람 기둥 …… 121
심야의 쿠데타 …… 142
발견되지 않는 증거 …… 166
과거에서 오는 이상능력 …… 193
선회하는 범인 …… 244
흉악한 특정 …… 266
자갈과 바윗돌 …… 276
질식한 장치 …… 307
마리오트의 맹점 …… 332
궁지에 몰린 야성 …… 363
야성의 증명 …… 401
식물화된 야성 …… 417
마무리글 …… 420

일본 현대 미스터리 명장 모리무라 세이치 …… 424

등장인물

오치 미사코 '가키노기 촌 사건'의 희생자
나가이 요리코 '가키노기 촌 사건'의 유일한 생존자
무라나가 이와데(縣警)의 형사부장
기타노 미야후루 서의 형사
아지사와 다케시 '히시이 생명' 하시로 지점의 외무사원
오치 도모코 '하시로신보'의 여기자
이자키 데루오 하시로 시의 '게임센터' 전무
다케무라 하시로 서의 수사과장
우라카와 고로 '하시로신보'의 사회부장
오바 잇세 하시로 시장. '오바 그룹'의 회장
오바 나리아키 오바 잇세의 삼남. 고교생
나카도 다스케 '나카도 건설'의 사장
야마다 미치코 '하시로 시네마'의 안내원
가자미 도시쓰구 고교생. '광견 그룹'의 멤버

공동의 외딴 마을

1

 눈에 보이는 풍경은 아름다웠다. 사방으로 솟은 울창한 산들은 대부분 높이 1000미터가 넘으며 계곡은 깊이 패여 있다. 여러 겹으로 겹쳐진 산주름을 덮은 나무숲은 아름다우며 그 사이를 누비는 냇물은 맑다. 고원에는 웅장한 자작나무 숲이 펼쳐져 있고 낙엽송림이 산비탈을 보랏빛으로 에워싸고 있다. 계곡 사이에는 5, 6채 가량의 집들이 모여 있는 작은 마을이 보인다. 밭은 평탄한 곳이 아주 적어서 비탈진 곳에 고랑을 파서 콩이나 피를 심고 있다. 밭고랑은 올라갈수록 경사가 심하고 언덕배기의 좁은 면적과 간신히 수평을 이루고 있었다.
 보기에 운치가 있는 풍경도, 그런 꼭대기까지 비료를 메고 가는 농민의 노고도, 지나가는 여행자에게는 그저 생각에 지나지 않을 것이다.
 경사가 너무 급해서 옆에 받침목을 대지 않으면 흙이 흘러내릴 지경이다. 비탈진 밭을 갈려면 숙련된 괭이잡이가 필요하다. 짧은 자루가 달린 괭이를 쥐고 허리를 굽히는 독특한 자세를 취한다. 보기에는 아무것도 아닌 것 같지만 익숙지 못한 사람이 손을 대면 흙이 모조리 무너진다. 비탈진 밭에서 괭이를 잘 쓸 수 있게 되면 드디어 제 구실을 하는 농사꾼으로 인정받는다. 양지는 모조리 밭으로 쓰이고, 집은 응달이나 아무데도 쓸모없는 구석으로 쫓겨갔다. 집들은 대부분이 삼나무 껍질을 씌운 지붕으로 되어 있고 애당초 햇빛같은 것은 기대하지도 않은 것 같은 작은 창문이 달려 있다.

집 주위를 흐르는 냇물에는 물살을 이용한 물레방아가 '끼익 딱'하고 단조로운 소리를 반복하고 있다. 마치 무인촌처럼 인기척이 없지만 삼나무 껍질의 지붕에서 연푸른 연기가 오르고 있는 걸 보니 안에 사람이 살고 있는 모양이다. 전기는 어디에서도 끌어들여져 있지 않다.

이 부근은 전국에서도 인구밀도가 가장 낮은 지역이었다. 젊은이들은 전기도 들어 오지 않는 이 촌구석을 버리고 차례로 고향을 떠났다. 젊은이들에게는 자신들의 힘으로 이 쓰러져가는 고향을 일으켜 세우겠다는 정열이 없다.

청춘의 꿈과 가능성을 걸기에는, 부락이 너무나 황폐해 있고, 폐쇄되어 있다. 실제로 일년의 반 이상이 폭설에 묻히고 전기도 들어오지 않아서 결혼해주겠다는 젊은 여자도 오지 않는 벽촌에서는 어떻게 할 수가 없다. 그런 가난한 토지에 매달리지 않아도 도회지로 뛰쳐나가면 손쉽게 돈을 번다. 물질문명의 혜택도 받을 수 있고, 여자나 술, 기타 숱한 욕망의 대상도 현란한 의상을 입고 진열장에 장식되어 있다.

그것을 살 수 있느냐 없느냐는 별문제로 치더라도 그것을 보거나 냄새를 맡을 수는 있다. 이리하여 젊은이들은 침몰 직전의 폐선을 버리고 방향도 알 길 없는 도회지라는 대 만원 열차로 갈아 탔던 것이다.

고향의 아름다운 자연이나 넓은 공간도, 신선한 대기도, 공해로 오염되지 않은 물조차도 젊은이들을 붙들지는 못했다.

젊은이들이 도회지로 떠나버린 부락에는 노인과 어린애들만 남았다. 사람들은 이 어린애들이 자라면 부락을 버린다는 것도 알고 있다. 노인의 절반 이상이 고혈압, 중풍, 심장병, 위장병, 간장병의 어떤 질환을 지니고 있었다. 오랜 과로와 나쁜 식생활이 그들의 햇빛에 노출되고 대지에 젖은 신체를 뼛속 깊이 좀먹고 있었다.

부락민이 줄어도 부락이 존재하는 한 그들의 살림을 꾸려나가지 않으면 안 된다. 우물둑·수로·다리·도로 등의 공사, 공동건물이나 논길의 제설(除雪) 등, 부락 공동작업의 부담은 남은 자들의 어깨 위에 떠나버린 사람의 몫까지 무겁게 덮치고 있다. 늙고 병든 몸을 채찍질해가며 버텨 나가는 것도 한도가 있다. 갈수록 부락은 더욱 빨리 황폐해갔다.

농작물은 이젠 부락민의 생존을 가까스로 유지할 정도였다. 그리고 부락민들은 해가 지면 등유를 절약하기 위해 서둘러 잠을 잤다.

현대의 무르익은 물질문명도 이 부락만은 피해 간 것 같은 산간벽지였다. 그렇기 때문에 도시 사람들에게는 이곳이 진귀했던 모양이다. 겨울에 교통이 두절되는 때 외에는 '일본을 발견하자'의 조류를 타고 때때로 도시에서 여행자가 찾아든다.

여행하는 사람들은 부락이 직면하고 있는 심각한 사태는 모른다. 또 알 필요도 없다. 그저 도시생활에서 지친 심신을 싱싱한 자연 속에 잠깐동안 담갔다 가면 되었다. 냇물에서 단조롭게 노래 부르던 물레방아도, 삼나무 껍질 지붕의 농가도, 경사진 밭도, 밤의 등잔불 생활도 그들에게는 가혹한 생활의 표시가 아니라 아름다운 산골짜기의 풍광으로서 그들의 여행 앨범을 장식한다.

단풍이 거의 끝나고 산골짜기의 숲 속 여기저기에서 숯을 굽는 보랏빛 연기가 한가롭게 떠오를 무렵 그 산간벽촌에 한 젊은 여자 여행자가 찾아왔다. 나이는 스물 서넛, 회사원이나 학생으로 보이는 도회적인 얼굴의 여자였다. 그녀는 냇물에서 끌어올린 홈대의 물로 목을 축이곤 한시름 놓은 눈길을 한가로운 산촌의 농가로 옮겼다. 밝은 가을 햇빛 속에서 부락이 지니고 있는 심각한 문제는 그늘로 밀려나고, 벽촌의 황폐감은 그녀의 눈에 띄지 않는다. 오히려 찬란한 햇빛 속에 자연의 혜택만이 강조되고 있었다.

그녀는 혼자인 듯 다른 사람의 모습은 보이지 않는다. 혼잣여행에 익숙한 듯 배낭을 어깨에 메고 있는 하이킹 차림이 썩 어울린다.

'아름다운 마을.'

그녀는 엷은 푸른 연기가 떠오르고 있는 삼나무 껍질이 깔린 농가의 지붕에 가느다란 시선을 던지며 배낭을 치켜 올렸다. 지도에 따르면 이 부락은 등산 코스의 바로 중간 지점에 해당한다. 여성 여행자가 인적이 없는 한산하고 고요한 부락을 빠져나가려는데 뭔가 부드러운 것이 밟힌다.

뭉클한 감촉에 깜짝 놀라서 발밑을 보니, 길바닥에 버려진 양배추였다. 이파리가 자주색으로 변해 썩어 있다. 역겨운 냄새가 코를 찌른다. 자연적으로 썩은 게 아니고 병이 든 것 같았다. 자세히 보니 밭에 있는 양배추도 모조리 썩어 있었다. 더러운 색깔로 변해서 속이 녹아들고 있다.

"어째서 이럴까?" 놀라서 중얼대자 난데없이 바로 옆에서 말하는 소리가 들린다.

"연부병(軟腐病)이라오. 이 병에 걸리면 양배추는 모조리 이렇게 썩는다오."

목소리가 나는 쪽으로 얼굴을 돌리니 어느 틈에 왔는지 허리가 구부러진 백발 노파가 지팡이를 짚고 간신히 서 있다. 등에는 나뭇가지를 지고 있다. 노파의 허리는 마치 접어놓은 것처럼 구부러져 있어서 나뭇가지의 중량을 지팡이가 지탱하고 있는 것 같은 느낌이 들었다. 산에서 땔감을 긁어 모아 가지고 돌아 오는 길인 듯하다. 이런 고령의 노파까지도 일을 나서야 할 정도로 부락의 실정은 가혹했던 것이다.

그러나 여성 여행자에게는 노파의 이야기 쪽에 마음이 쏠렸다.

"연부병? 뭔데요. 그것은?"

"양배추나 배추나 파에 생기는 병이라오. 무슨 세균의 짓거리 같은데, 애써 지은 농사가 이렇게 되어버리고, 부락에는 이제 먹을 게 없다오."

노파는 백발을 부르르 떨었다. 노파의 비통한 표정은 풍상(風霜)을 겪은 주름으로 알 수 있었다.

"그런가요, 그건 참 안됐군요. 그러나 농약을 뿌려 예방할 수는 없었나요?"

풍요한 도시에서 온 여성 여행자는 노파의 이야기에 동정은 했지만 실감이 나지 않는다. 기근이라는 말을 그녀는 아마 들어본 적이 없을 것이다.

"발견했을 때는 이미 때가 늦었다오."

노파는 지나가는 여행자에게 그런 것을 호소해 보았자 무의미하다는 것을 깨달은 듯이 땔감을 치켜올리고, 바로 옆에 있는 오두막집으로 들어갔다. 두 사람은 그 대화만을 나누고 헤어졌다. 여행자에게는 부락의 양배추나 배추의 질병보다는 갈 길이 더 걱정되었다.
 하늘은 오후가 되어도 변함없이 맑았고, 좋은 날씨가 계속될 것을 약속하듯 안개구름이 붓으로 그려놓은 것처럼 몇 줄기 흘러가고 있었다. 마을을 나오자 늪가의 잡목숲이 나타났다. 잔잔한 것 같아도 위쪽에서는 바람이 부는지 나뭇가지가 살랑살랑 흔들리고 물소리는 바람 때문에 때때로 사람 목소리처럼 들린다.
 길은 느슨한 경사를 이루며 서서히 올라간다. 하늘이 약간 좁아졌다고 느껴진 것은 계곡이 끊어져 양쪽에서 지붕이 다가온 탓이리라. 이 길을 한참 걸어가다보면 이윽고 조그마한 산마루에 이를 것이다. 가끔 낙엽이 쌓인 곳에서 발이 빠졌다. 이 부근에는 아직도 단풍이 남아 있었다. 오후의 볕을 받아 빨강과 노랑으로 채색된 나뭇잎은 배후의 창공을 뚫고 눈에 보일 정도로 도드라진다. 숲을 헤치고 걸어가니 낙엽이 쏟아졌다. 몸에서 땀이 배어나오고 숨이 가빠졌다. 상쾌한 기분이었다. 이런 산중을 젊은 여자의 몸으로 홀로 걷고 있다는 불안감은 전혀 없었다.
 주위 사람들은 위험하니까 단독 등산은 그만두라고 충고해 주었다. 하지만 그녀는 산사람을 믿고 있었다. 설사 도회지의 인간이 산에 와 있다고 해도, 산에서는 나쁜 마음을 일으키지 않는다고 낙관하고 있었다. 인간의 성격이 산에 오른다고 변할 리는 없지만, 도회에서 더럽힌 심신을 깨끗이 씻으려는 그녀에게는, 모든 인간의 악성(惡性)이 산에서는 일시적이나마 깨끗하게 되리라고 생각하고 있었다.
 여지껏 이같은 위험이나 불안을 만난 경험이 없었던 것도 그녀의 낙관에 도움을 주고 있었다. 이따금 바삭바삭하고 나뭇가지나 풀숲이 움직여서 섬뜩하기도 했으나, 모두 산비둘기나 작은 동물이었다. 나뭇꾼이나 숯을 굽는 사람, 사냥꾼을 만나는 때도 있었지만 그들은 모두 인사성 바르고 친절했다. 오히려 같은 여행자의 패들이 그녀가 혼자라는 것을 알게 되면 어김없이 호기심 어린 시선을 던졌다. 그러나 그런 일에도 불안을 느낀 적은 없다.

 물소리가 갑자기 크게 들렸다. 바람이 멎은 것이다. 물소리 때문에 주위의 정적이 한결 더 커졌다. 앞쪽의 나무 사이에서 '부시럭' 하고 소리가 났다. 토끼나 원숭이가 뛰는 줄 알고 얼굴을 돌린 그녀는 별안간 심장을 쥐어 뜯기는 것 같은 충격을 받았다. 나무 사이에 이상한 괴물이 우뚝 서 있었다.

 전신이 파랗고, 검은 얼굴에 하얀 눈이 칼날처럼 번득인다. 손에는 몽둥이 같은 것을 쥐고 있었다. 괴물은 그녀를 뚫어져라 노려보고 있었다. 도저히 피할 길 없는 조우였다. 도망치려고 해도 공포 때문에 전신이 올가미로 묶인 것처럼 마비되어 움직일 수조차 없었다. 소리도 나지 않는다. 괴물도 느닷없이 그녀를 만나 놀란 모양이었다.

 괴물이 비틀비틀 이쪽으로 걸어왔다. 걸으면서 손을 내밀고 여자에게 "뭐든지 먹을 것을……" 하고 말했다.

 괴물은 다름아닌 인간이었다. 그러나 그녀가 여지껏 산중에서 만난 어떤 인간보다도 괴이했다. 전신에서 흉포한 살기가 발산되고 있는 것 같았다. 인간의 말을 하기 때문에 그녀는 공포의 올가미가 풀려서 움직일 수 있었지만 두려움은 사라지지 않았다.

 "사람 살려요!" 목소리가 되살아났는지 그녀에게서 무의식중에 비명이 튀어 나왔다. 그녀의 뜻하지 않은 반응에 괴물은 더욱 놀랐다.

 "앗, 그만둬!" 괴물은 허겁지겁 그녀 쪽으로 달려왔다.

 그녀는 발을 돌려 도망치기 시작했다. 지금 빠져나온 부락 쪽으로 달려갔다.

"기다려!" 등 뒤에서 괴물의 목소리가 나더니 쫓아오는 기척이 들렸다.

그녀는 붙들리면 살해당할 거라고 생각했다. 공포와 필사적인 보호본능이 그녀의 다리에 평소에는 상상도 못할 힘과 속도를 주었다. 늪을 따라 잡목숲을 빠져나가면 부락이 있다.

거기까지 가면, 거기에 도착하기만 하면······.

목숨을 건 죽음의 경주가 한참동안 계속되었다. 어딘가 부상이라도 입었는지 괴물의 움직임이 느릿한 것이 그녀에게는 천만다행이었다.

아까 그 부락이 겨우 시야에 들어왔다. 그러나 그것은 그녀의 눈에 절망적인 거리로 보였다. 등 뒤에서는 괴물이 그 거친 숨결이 느껴질 정도로 바짝 뒤따르고 있었다.

"살려줘요! 살려줘요!"

그녀는 부락을 향해 필사적으로 구원을 요청했다. 그러나 부락은 움지이는 사람의 모습은커녕 달가닥거리는 기척도 없이 맑은 가을 햇빛 속에, 세상의 소란으로부터 단절된 평온의 소우주(小宇宙)를 지키고 있었다.

2

이와데 현(岩手縣) 시모헤이 구(郡) 가키노기 촌(村)의 '후도(風道)'라고 하는 호수 5호의 부락에서 전 주민이 살해되었다는 가공할 만한 통보가 이와데 현의 미야후루 경찰에 들어온 것은 11월 11일 오전 11시경이었다.

발견한 것은 순회 중인 간호사였다.

산개가 떼를 지어 모여 있고 까마귀 무리들이 상공을 맴돌고 있는 것에 의문을 품고 부락에 들어가 보고 이변을 발견했던 것이다.

후도에는 전기 시설이 없다. 물론 전화 같은 것도 없다. 늙은 순회간호사는 주저앉은 허리를 겨우 일으켜, 10킬로미터쯤 떨어진 곳에 있는 가키노기 촌의 본(本) 부락의 파출소에 달려가 뜻밖의 죽음을 알렸다.

가키노기 촌의 파출소 경관은 일단 본서에 보고했다. 그리고 현장을 확인하기 위해 마을의 소방단과 청년단에게 지원을 청해서 후도로 급히 출발했다.

순회간호사는 그저 살해되었다고만 할 뿐 상세한 것은 아무것도 몰랐다. 후도에는 현재 13명의 주민이 있을 것이다. 그들이 전원 살해되었다는 것은 어마어마한 사건이었다.

이 지역은 일본의 티벳이라고 불리는 북상산지(北上山地)의 중앙고지이며, 인구밀도가 전국에서 제일 낮은 이와데 현에서도 1평방킬로당 몇호밖에 안 되는 최소 지역이다. 특히 후도는 근년에 잇달아 온집안이 농촌을 떠나는 현상으로 과소화가 매우 심했다.

가혹한 노동과 빈곤한 생활뿐인 이 부락에 시집오려는 여성은 하나도 없었다. 부락의 젊은 처녀들도 모두 도시로 나가버렸다.

이대로 가면 머지않아 후도가 폐촌이 될 것이라고 걱정하던 젊은 청년들은 일시적으로 부락을 떠났다. '도시에 가면 상대는 쉽사리 찾을 수 있겠지, 결혼하고 어린애라도 태어나면 그녀도 체념하고 남편을 따라 부락으로 와주겠지' 하는 생각으로 장남들은 부친과 의논끝에 도시로 나갔다.

그러나 미라잡이가 미라가 된다고, 그들의 소원대로 결혼상대를 찾아내면 그대로 도시에 주저앉아 버리고 부락에는 돌아오지 않았다.

도시의 화려한 세례를 받게 되면 아무런 오락도 없이 빈곤한 토지에 얽매어 먹는 둥 마는 둥 하는 생활만이 기다리고 있는 고향에 또다시 돌아갈 생각은 없어진다. 오히려 그 장남을 의지하고 일가가 부락을 떠나버린다.

 이렇게 해서 인구가 줄어들면 그렇지 않아도 괴로운 부락의 재정(財政)은 점점 핍박하고, 의료, 복지, 문교, 방재(防災), 도로 등을 유지해 나갈 수가 없다. 바야흐로 후도는 주민의 건강관리와 생명의 안전보장이 어려워지고 있었다. 급한 대로 의료행정으로서 한 달에 한두 번 순회하는 간호사를 두었는데 그녀가 사건을 발견하게 된 것이다.

 이 부근의 사건이라고 하면 기껏 소나 말 도둑이었다. 그외는 시에서 들어오는 인부나 관광객의 싸움 정도였을 뿐이었다.

 사람의 수가 적은 만큼 사건도 적고 단순했다. 그런데 한 부락의 주민이 전멸되었다고 하니 이것은 과소지역이 아니라도 놀랄만한 대사건이었다.

 미야후루 서(署)에서는 사태를 매우 중시하고 현(縣) 경찰본부에 연락함과 동시에 서장 이하 동원가능한 전서원이 현장으로 향했다.

 일행이 현장에 도착한 것은 오후 2시가 지나서였다. 이미 가키노기 촌의 파출소 순경과 소방단 및 청년 10여 명이 도착하여 현장보존을 하고 있었다.

 "수고하십니다." 파출소 순경이 거수경례를 하며 일행을 맞이했다. 그 심각한 표정을 보고, 서장은 연락이 허위보고가 아닌 것을 깨달았다.

 "생존자는 없는가?" 서장은 일루의 희망을 거기에 걸었다.

 "전원 살해되었습니다."

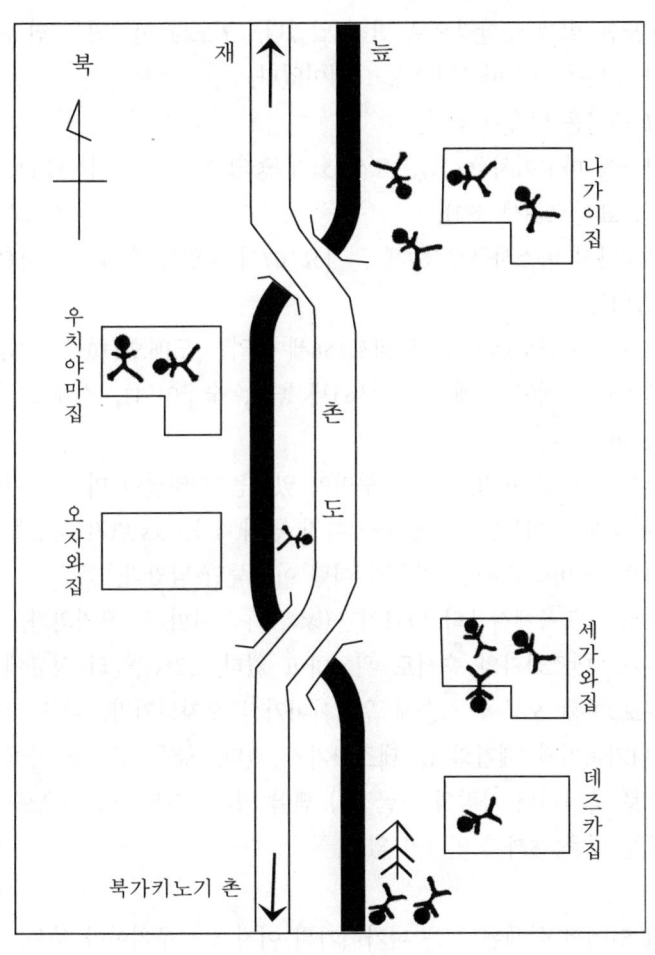

공동의 외딴 마을

"어린애도 말인가?"
"네, 보십시오."
파출소 순경은 눈을 내리깔았다.
후도는 일대 도살장으로 변해 있었다. 후도의 현주민은 면사무소의 주민등록에 따르면 5호 13명이었다.
그 내역은 다음과 같다.
나가이 마고이치(53세), 요시(51세 농업겸 사냥), 마사에(15세 중3), 요리코(8세 초2).
우치야마 마스사부로(67세), 지요(67세 농업), 오자와 마사(73세 농업).
세가와 도라오(59세), 도네코(58세 농업), 도메오(10세 초5).
데즈카 심페이(65세), 스에(65세 농업, 숯구이업), 스에코(9세 초4) 이상이다.
전에는 30호 80명 가량의 주민이 있었는데 잇달아 마을을 떠나서 이렇게 줄어들었다. 또 현재까지 남아 있는 5호마저 청년들은 도시로 가 버리고 늙은 양친과 어린 아이들만 남았다.
후도는 북쪽에서부터 나가이가(家), 우치야마가, 오자와가, 세가와가, 데즈카가의 순서로 위치하고 있다. 그중 늪의 상류에서 하류로 향해 오른쪽 기슭에 우치야마가와 오자와가가, 왼쪽 기슭에 나가이가와 세가와가, 데즈카가가 있다. 늪을 휘감고 북에서 남으로 폭 1미터 가량의 시골길이 뻗어 있다. 후도에서 북으로 산마루를 넘을 때까지 인가가 없다.

집 안에서 살해된 것은 나가이가의 여자 둘, 우치야마 부부, 세가와 도네코 및 도메오, 데즈카 심페이 7명이었다. 나가이 마고이치와 마사에는 집과 냇가 사이의 밭에서, 오자와 마사는 집 뒤의 계곡에 머리를 반쯤 밀어넣은 것처럼 자빠져 있었고, 세가와 도라오는 자택 입구에서, 데즈카 모자(母子)는 늪과 집 중간쯤에 있는 감나무 밑에 죽어 있었다.

모두가 안면·두부·등·동체에 큰 도끼, 낫, 자귀 같은 날이 두꺼운 흉기로 마구 때린 것 같은 상처가 있었다. 굶주린 산개 떼들이 시체를 뜯어먹어 차마 눈으로 보지 못할 정도로 참혹하였다.

나가이 집과 우치야마 집, 세가와 집에서는 때마침 식사를 하던 중이었는지, 피밥에 무국, 메밀단지 등의 빈약한 음식이 뒤엎힌 밥상과 더불어 방안에 흩어져 있었다.

식사의 내용으로 보아 그것은 저녁식사인 것으로 추측되었다. 낮이라면 어린애들은 학교에 가 있었을 것이고, 마을사람 모두가 집에 있을 일도 없었을 것이다. 오자와 마사의 집을 빼놓고 네 가구에는 등잔불이 켜져 있었다. 하루의 일과를 마치고 비록 가난하지만 일가의 단란한 저녁식사 시간에, 별안간 흉악한 뜻을 품은 마성을 가진 자가 태풍처럼 이 산골을 습격한 것이다. 거의 무저항인 채 모두가 벌레처럼 살해되어 있는 주민의 남은 시체들이 그 돌풍 같은 습격의 처참함을 설명해 주고 있다.

아마 주민들은 공포를 느낄 사이도 없이 살해되었을 것이다. 왜, 무엇때문에 이런 꼴을 당해야 하는가. 인식할 틈도 없이 흉기로 얻어 맞았을 것이다.

빼앗길 거라고는 아무것도 없는 이 빈곤하고 가난한 마을에, 설마 이토록 흉악한 습격이 있으리라고는 아무도 꿈엔들 생각하지 못했을 것이다. 가난함이 일본 제일이었으니, 안전함도 역시 일본 제일일 것이라고 믿고 있었을 것이다. 난데없이 습격당한 주민들의 경악과 혼란을, 남은 시체들은 여실히 나타내고 있었다. 상처가 동일한 흉기에 의해 자행된 걸 보니, 대량의 피해자에 대해서 의외로 범인은 한 사람이라고 생각되었다.

 범인은 우선 나가이 집과 우치야마 집에 쳐들어가 식사 중인 가족 두 사람을 순식간에 죽였다. 마고이치와 마사에는 겨우 문 밖으로 도망쳤지만 집 앞에서 붙들렸다. 잇따라 오자와 마사의 집을 습격하자 그녀는 위험을 재빠르게 눈치채고 달아났다. 그녀를 쫓아가 뒤꼍에서 죽였다.

 또다시 세가와 집을 향해 무슨 일인가 하고 나와 보던 도라오를 한 번에 쓰러뜨리고, 집 안에서 식사를 하고 있던 세가와 모자를 죽인 뒤에 최후로 데즈카 집으로 향했다.

 데즈카 집에서는 아마도 이상함 낌새를 눈치채고 처자를 도망시킨 뒤에 주인 심페이가 범인에게 맞선 것 같았다. 그 저항의 흔적은 그의 상처가 거의 팔이나 얼굴에 찍혀 있는 점에서 엿보였다. 그러나 이 늙은 주인의 이 유일한 저항은 응전의 준비도 못한 맨손의 대항이었으므로 금방 상대에게 짓눌려 버렸다.

 달아난 데즈카 모자도 감나무 밑에서 붙들렸다.

 ──이런 상황이었다.

 일찍이 없었던 대량 학살사건이었다. 현의 경찰 본부에 속보가 전해짐과 동시에 흉기나 범인의 유류품을 찾아 현장일대의 검색이 행해졌다.

 현경찰본부 수사 제1과 및 기동수사반, 매스컴의 보도진이 잇따라 후도에 몰려들어, 이 버려진 가난한 마을은 때아닌 성황을 이루었다.

 수사1과의 일행들도 너무나 참혹한 비행의 현장을 보자 엉겁결에 눈길을 돌려 버렸다.

 시체에 몰려든 산개들은 쫓아버렸으나 시체에는 이미 작은 벌레들이 모여들어 시체 썩는 냄새가 전 부락에 감돌고 있었다. 시체

냄새를 맡은 까마귀가 검고 불길한 모습으로 상공을 맴돌다 부근의 나뭇가지에 앉아서 상황을 엿보고 있다.
"굉장한 냄새로군."
수사관은 눈길을 돌리고 코를 잡으며 찌푸렸다.
"시체의 산더미 아닌가."
"아니, 그 냄새뿐만이 아니야. 다른 이상한 냄새가 나는데. 뭔가 식물이 썩는 것 같은."
"아아, 그 정체는 저거야."
수사관 중 한 사람이 부근의 밭을 가리켰다.
"저건 배추가."
"배추와 양배추야."
"그게 어떻게 됐지?"
"보통 배추나 양배추와는 빛깔이 다르지 않아. 연부병이라고 하는, 양배추나 배추에 생기는 특유의 병이 있는데, 이것에 걸리면 잎사귀에 구멍이 뚫려서 변색되고 알맹이는 썩어서 녹아버린다네. 에르니어균(菌)이라고 하는 박테리아 때문이라더군. 우리 친척이 고원(高原) 채소를 재배하고 있었는데, 이 병에 걸려 크게 당했지. 그래서 알고 있는 거야. 연부병이 생긴 것은 가난한 부락으로서는 설상가상이겠군."
"주민 전멸의 부락에 연부병이라."
수사관들은 일본의 이 잊혀진 부락을 습격한 불행의 이중고에 암담한 얼굴로 서로 마주보았다.
현경찰본부와 미야후루 서(署) 합동으로 한 검시(檢屍)로 사후경과는 17~22시간이라고 추정되었다. 즉 범행은 어제 오후 5시에서 10시쯤에 저질러진 것이다.
흉기는 나가이 집과 우치야마 집 사이에 놓인 다리밑 늪 속에서 발견되었다. 그것은 주민들이 쓰던 농구의 하나인 도끼였다. 자루는 피로 더럽혀지고 대조가 가능한 지문은 나타나지 않았다.

시체 및 현장검증이 진행되는 동안 새로운 사실이 발견되었다.

"부장님, 아무래도 시체가 하나 부족합니다." 현장의 수사 지휘를 하고 있던 본부의 무라나가 형사부장에게 부하가 기묘한 보고를 가져왔다.

"시체가 부족하다고? 그렇지만 수는 맞지 않는가?"

무라나가 형사부장은 걷잡을 수 없이 막막한 얼굴을 돌렸다. 억센 얼굴들만이 있는 수사1과 내에서, 전연 어울리지 않는 풍모를 지니고 꾸밈이 없는 인품이었지만 수사에 대한 집착은 뛰어난 사람이었다. 부내에서는 오직 '촌장(村長)'으로 통하고 있다.

"틀림없이 주민수대로 13구가 있습니다만 1구는 부락민이 아닙니다."

"주민이 아니라고? 딴 고장 사람이 끼어 있다는 건가?"

"그렇습니다. 수가 맞기 때문에 지나쳤는데 복장이 전혀 다릅니다."

"가 보세."

무라나가는 부하를 앞장세워 그 시체 옆으로 갔다. 아까 대충 관찰했을 때에는 현장의 너무나 참혹한 꼴에 아찔해져서 피해자의 복장까지는 잘 보아두질 못했다.

그것은 나가이 집 근처에 있는 밭에 쓰러져 있는 여자의 시체였다. 처음에는 나가이 마사에인 줄 알았다. 검시를 맡은 감식 팀이 그 시체를 둘러싸고 있었다.

"피와 흙으로 더럽혀져서 부락민이라고만 생각했는데 관찰해보니 외부에서 온 사람이라는 것을 알았습니다."

잘 관찰해보니 나이가 스물 서넛의 젊은 여성이다. 흰 스웨터에

고동색 자켓과 바지를 입고 있다. 달아나는 것을 등 뒤에서 흉기를 휘둘렀는지, 뒤통수가 갈라졌으며, 어깨나 등에도 열창이 있고, 피가 엉겨 있었다. 시체는 땅바닥에 엎어져 피와 진흙을 덮어쓰고 있다. 그 때문에 주민과의 판별이 늦어진 것이다.

"하이킹이라도 온 모양이군."

"등산객이 말려든 것일까요?"

"등산객이라면 뭔가 짐을 가지고 있을 텐데."

"이런 것이 흉기가 있었던 늪가에 떨어져 있었습니다."

수사관 한 사람이 흙투성이가 된 배낭을 가져왔다. 속에는 세면도구와 갈아입을 내의가 뭉쳐져 들어있었다.

"음식만 꺼냈군. 신원을 알아낼 만한 게 없는데."

"바지 주머니에 지갑과 정기권(定期券)이 들어 있었습니다."

"그것으로 신원은 밝혀지겠군. 빨리 조회하도록. 등산하러 왔다면 같이 온 사람은 없었을까?"

"아무래도 혼자 온 모양입니다."

"외부에서 온 등산객이 말려들었다면 주민 한 사람이 없다는 결론이야. 그건 누군가?"

"방금 조사해 보았는데 나가이 요리코라는 여자아이가 보이지 않는 모양입니다."

"어제 학교에서 돌아왔나?"

"지금 학교와 연락을 취하고 있으니까 곧 소식이 있을겁니다."

"어떻든 한 사람이라도 살아 있으면 좋으련만."

후도의 학생들은 10킬로미터 떨어진 가키노기 촌 본(本)부락의 학교에 매일 걸어서 다니고 있다.

본부락의 학교마저 학생들이 줄어서 표준학급의 편성이 곤란해졌다. 후도 지구는 길이 나빠서 스쿨버스도 들어오지 않는다. 아이들은 왕복 20킬로미터의 산길을 걸어서 통학하고 있다. 겨울철에는 폭설로 통학이 곤란했다. 또 겨울철 외에도 태풍이나 강풍 등으로 산사태나 쓰러진 나무로 길이 막히기도 한다.

학교에 가 있는 동안에 날씨가 나빠져서 돌아오지 못할 때도 있다. 그럴 때는 본부락의 친척이나 아는 사람 집에서 재워준다. 최근 며칠은 일기가 안정되어 통행불능이 된 적은 없었으나, 몸이 불편해서 본부락에서 잤는지도 모른다.

나가이 요리코에게 그런 사정이 생겨서 어제 후도에 돌아오지 못했다면 오히려 좋은 결과로 목숨은 건진 셈이 되는 것이다. 어떤 사정이라도 좋으니 희생자는 한 사람이라도 적을수록 좋다. 무라나가는 기도하는 심정이 되었다.

이 범인은 흡사 마인(魔人)이라고 할 수밖에 없는 흉폭성을 갖고 있다. 범인은 어른 아이 할 것 없이 도끼를 휘두르며 무참하게 마구 죽였다. 만약 나가이 요리코가 현장에 있었더라면, 그 피에 굶주린 송곳니로부터 도망칠 수는 없었을 것이다.

그러나 가키노기 촌의 초등학교에 문의한 결과, 나가이 요리코는 어제 오후 2시쯤, 후도에서 함께 통학하고 있는 세가와 도메오와 데즈카 스에코 두 아이와 함께 하교했다는 것을 알았다. 그들 세 명은 모두 학년도 학급도 달랐지만, 통학거리가 멀기 때문에 등하교를 함께 하고 있었다.

그런데 세가와 도메오와 데즈카 스에코는 흉행(兇行)의 희생이 되어 버렸는데, 나가이 요리코 혼자만 자취가 묘연했다.

생각할 수 있는 가능성으로서, 나가이 요리코가 하교 도중 일행과 헤어져 어디론가 가버렸거나, 혹은 범인이 그 아이만을 데리고 가버린 경우가 있다.

세 명의 아이들 가운데 가장 나이 어린 요리코가 하교 도중에 혼자서 어디로 가버린다는 것은 어려운 일이므로 범인이 데리고 갔을 가능성이 가장 유력해졌다.

왜 나가이 요리코만을 데리고 갔는가, 하는 수수께끼는 남아 있지만 여하튼 그 소녀의 시체가 발견되지 않는 한, 그 생존에 일루의 희망을 걸게 되었다.

3

검시가 끝난 시체는 해부를 하기 위해 반출되었다. 소방단과 청년단의 손에 의해 일단 가키노기 촌의 본부락까지 실려왔다가, 그곳에서 다시 경찰의 수송차로 모리오카(盛岡)까지 실려갔다.

다시 또 미야후루 서 수사1과, 기동수사반, 현장감식반의 혼성팀에 의한 현장검색에 따라, 또 하나의 희생이 발견되었다. 그것은 아키다 견(犬)의 잡종으로 부락에서 키우는 개 같았다. 부락의 북방 약 500미터 떨어진 잡목숲에 두개골이 깨져서 죽어 있었다. 흉기는 주민에게 휘두른 것과 동일한 둔기로 추측되었다.

개는 이곳까지 용감하게도 범인을 쫓아왔지만 도리어 죽임을 당한 모양이었다.

살해된 개를 자세히 검사하고 있던 감식과원이 피투성이가 된 개 입속에서 사람의 손톱을 찾아냈다. 그것은 집게 손가락이나 가운데 손가락이라고 생각되는 손톱으로 개가 물어 뜯은 것인지 손톱 뿌리에 근육조직이 달라붙어 있었다.

뿌리에 반달이 뚜렷하게 나타나 있는 두껍고 강한 손톱이었다. 달려든 개가 살해되기 전에 범인의 손가락에서 생손톱을 물어 뜯은 것이리라. 이것만이 범인의 유류품이었다. 그것은 실로 귀중한 유류품이었다. 충실한 개가 학살된 주민의 원한을 조금이라도 갚고자 생명을 걸고 잘라낸 손톱이었다. 범인은 13명을 몰살한 후에 개에게 손톱까지 잘렸으니까 전신이 피투성이가 되었을 것이다.

 수사관은 이 충견의 죽음에 눈시울이 뜨거움을 느끼면서 그 생명과 바꾸고 남겨준 귀중한 자료를 헛되이 만들지 않겠다고 마음속으로 맹세하며 보존했다.

 이리하여 전대미문의 대량 학살사건으로서 일제히 수배망이 펼쳐졌으나, 이미 흉행 후 꼬박 하루를 경과하고 있었기 때문에 범인은 어떤 먼 곳이라도 도망갈 여유가 있었다.

 11월 12일 오후 11시 30분에 현경찰본부 수사1과 내에 형사부장을 본부장으로 한 요원 61명으로 구성된 '가키노기 촌 대량 살인사건'의 수사본부가 설치되었다. 그리고 심야임에도 첫 번째의 수사회의가 열렸다. 형사부장의 훈시가 끝나자 조속히 수사방침이 검토되었으나 가장 논의가 집중된 점은 이러한 악행을 저지른 범인의 동기였다.

 아무것도 빼앗을 게 없는 가난한 외진 마을을 습격한들 범인이 얻을 것은 아무것도 없으리라. 사실 집 안을 뒤져본 흔적도 없고, 단지 빼앗겼다고 추측되는 것은 희생된 등산객 배낭에 든 내용물뿐이었다.

 그것도 등산을 온 것이니까 먹을 것을 가지고 왔을 것이라는 추측뿐이지, 배낭에 먹을 것이 있었는지는 모르는 일이다. 그 속을 뒤진 흔적은 있었으나 빼앗긴 것이 있는지 없는지 확인할 수가 없다. 등산객은 지갑 속에 약 1만 8000엔 가량의 현금을 소지하고 있었는데 그것이 그대로 남아 있는 것을 보니 재물을 목적으로 한 범행은 아닌 것 같았다.

 피해자 중에서 젊은 여성은 등산객과 15세의 나가이 마사에뿐이었고, 시체는 폭행을 당한 흔적이 없다. 그 외는 노인과 어린아이뿐이다. 살해 방법은 잔학하여 어떤 시체도 눈을 바로 뜨고 볼 수 없을 정도로 참혹했으나 성적인 장난이나 능욕의 흔적은 전혀 없었다. 변태성욕자인 범인의 충동적 범행이라고도 생각되지 않는다. 그렇기 때문에 말려들어 희생된 것은 여자 등산객이 아니라 부락민 쪽이 아닌가 하는 의견이 나왔다. 즉 범인의 목적은 처음부터 등산객의 살해에 있었고, 우연히 범행을 주민들에게 들켰기 때문에 전주민을 살해했다는 그럴싸한 설(設)도 있었다.

그러나 등산객을 노렸다면 주위에는 인적이 끊어진 산길이 얼마든지 있는데 일부러 사람이 있는 곳에서 흉행을 저지른 것도 모를 일이었다. 게다가 단 한 사람을 죽이기 위해서 13명의 무고한 인간을 끌어 넣는다는 것도, 너무나 비현실적이라는 중론이었다.

이렇게 되면, 정신이상자나 일시적으로 정신착란을 일으킨 자의 발작적 범행이라는 설도 추측할 수 있는 일이다.

범행동기와 나가이 요리코의 행방이 검토된 후, 관할서에서 수사본부로 투입된 '기타노'라는 젊은 형사가 새로운 의견을 제시했다.

"약간 납득이 안 가는 점이 있는데요."

그는 본부의 상사들 앞에서 조심스럽게 입을 열었다. 이런 장소에서 젊은 형사는 좀처럼 발언하기 힘들다. 전원의 시선을 받자 그는 더욱 상기되었다.

"뭔가? 무슨 말이라도 괜찮네." 무라나가의 일부러 사투리를 강조한 말투에 재촉되어 기타노는 말을 계속했다.

"개는 부락에서 500미터쯤 북방의 잡목숲에 죽어 있었지요?"

"그랬지."

"그렇다면 범인은 부락민을 죽인 후, 북쪽의 잡목숲으로 달아났고 거기서 개가 달라붙었기 때문에 개를 죽였다는 상황이 됩니다. 흉기는 부락민들에게 휘두른 것과 같은 것이라고 생각됩니다. 그러나 흉기는 다리 밑 냇물 속에서 발견되었습니다. 그렇다면 범인은 부락민을 살해한 후, 일단 북쪽의 잡목숲으로 달아나, 개를 죽인 후 다시 부락에 돌아와, 다리밑에 흉기를 버린 것이 됩니다. 이 행동에는 모순이 있다고 생각합니다."

"그 생각을 거꾸로 하면 어떨까?"

다른 쪽에서 목소리가 났다. 수사1과의 '사다케'라는 수사관이다. 부내 제일가는 민완으로 '귀신 사다케'라는 별명으로 불리우는 쟁쟁한 형사였다.

"거꾸로라니요?" 기타노는 본부의 명형사에게 조심스럽게 반문했다.

"개가 인간 다음에 살해되었다고 생각하는 것은 속단이고, 개가 먼저 살해되었는지도 모르지."

그건 확실히 새로운 견해였다. 개가 나중에 발견되었기 때문에 범행 순서도 발견 순서처럼 생각되었지만, 이것은 선입감에 따른 편견이었는지도 모른다.

"그럼 개는 주인의 보복 때문이 아니고……"

"그것도 선입감일지 모르지. 그 개는 십에서 기르는 개인지 아닌지도 확인되지 않았거든. 산에 있는 야생개가 범인에게 달려들어 얻어 맞았을지도 모르지. 도대체 사람이 먹을 것도 부족한 빈촌에서 개를 기를 여유가 있었을까? 그 부락에 개집 같은 것은 아무데도 없었지 않아."

"그럼, 개를 죽인 흉기는 어떻게 했을까요? 흉기로 쓴 도끼는 부락민의 농구였습니다. 범인은 일단 부락으로 들어가서 도끼를 가지고 나와 개를 죽이고 그 후에 부락민을 습격한 것이 됩니다."

"어째서 도끼로 개를 죽였다고 단정하지?"

사다케는 흰자위가 많은 눈으로 기타노를 쳐다보았다. 이럴 때는 몹시 가혹한 표정이 되어 바로 '귀신'이라는 별명 그대로였다.

"그러시다면?"

기타노는 본부에서 으뜸가는 민완형사라고 칭송이 자자한 사다케의 눈빛에 위축되어, 점점 자신을 잃었다.

"개가 입은 상처는 부락민의 상처와 같은 종류의 흉기로 형성된 상황이라고 추정했을 뿐이고 동일한 흉기라고 단정된 것은 아니야. 그런 상처는 특히 도끼가 아니라도 큰 낫이나 철봉 또는 모진 바위나 돌을 던져도 생겨. 그렇군, 개가 먼저 당했다고 가정한다면 범인이 화를 내고 부락을 습격했다고도 생각할 수 있지 않을까?"

"그러나 야생개가 아니었습니까?"

"부락에서 키우는 갠 줄 알았겠지. 또는 정말 부락에서 키우는 개일지도 모르지. 어느쪽인가는 확인되지 않았지만."

기타노는 입을 다물었다. 사다케의 말에 납득이 간 것은 아니지만, 그것을 논파할 만한 뚜렷한 논거가 없었다. 게다가 사다케의 설은 확실하지는 않으나 하나의 동기의 가능성을 제시해 주었다. 이것은 동기의 존재가 전무(全無)였을 때에 비해 일보의 진전이었다.

"그러나, 생손톱을 개에게 물어뜯길 정도로 상처를 입고, 13명이나 몰살할 만한 전투력이 남아 있었을까?"

무라나가가 의문을 제시했다. 사다케가 가차없이 찍어누른, 젊은 형사의 모처럼의 착안을 다소나마 구제하고 싶었던 것이다.

"손톱 하나쯤은 별차이가 없습니다. 오히려 범인의 분노를 부채질하는데 큰 효과가 있었겠지요."

사다케는 여지없이 잘라 말했다.

공동의 외딴 마을

제1회의 수사회의에서 다음의 여러 가지 사항이 결정되었다.

① 여자 등산객의 신원조회

② 나가이 요리코의 행방수색. 특히 8세의 여아를 데리고 있는, 집게 손가락 또는 가운데 손가락에 상처를 입은 인물의 수사

③ 개가 물어뜯은 손톱의 검사

④ 피해자의 유체 해부

⑤ 정신이상자, 변질자 및 소행불량자의 수사

⑥ 현장부근의 지면수사

⑦ 현장부근의 행상인, 여행자, 등산객, 공사관계자, 우편, 우유, 신문배달 등의 정기 통행자의 수사

⑧ 피해자의 인간 관계의 수사

⑨ 후도 주민의 수사

등이 결정되어 사건의 중대성으로 미루어 보아 근처에 있는 각 마을에 대한 범인 수배가 시작되었다.

한편 피해자의 유해는 동북대학 의학 교실에서 해부되고, 검시의 제일소견(第一所見)이 전적으로 입증되었다. 또한 개가 물어뜯은 손톱에 대해서는 오른손 가운데 손톱, 혈액형은 AB형, 30~50세의 건강한 남자일 가능성이 있다고 판정되었다.

젊은 여성 등산객은 F현 하시로 시(市)에서 F시까지의 국철통근정기권 및 F시 혼마치도리(五町通)의 5의 × '스미에통상'의 사원신분증을 가지고 있었다. 이름은 오치 미사코(越智姜佐子), 스물 네 살이다.

'스미에통상'에 조회한 바에 따르면 그녀는 그 회사의 전화교환수로 11월 10일부터 사흘동안 휴가를 받아 여행을 갔다는 것이다. 오치 미사코는 회사에서는 직무에 충실하며 상냥하고 상사나 동료간에 신뢰를 받고 있었다.

그녀는 자진해서 친구를 만나는 타입이 아니어서 휴식 시간에는 조용히 책을 읽거나 뜨개질을 즐겼다.

취미는 여행과 등산으로 그것도 그룹을 지어 가는 일은 거의 없고 언제나 혼자서 간다. 회사의 취미 클럽에도 가입하지 않았다. 권하면 마지못해 교제는 하지만 그외는 자기 속에 묻히는 일이 많았다. 그렇기 때문에 회사에서는 남녀를 불문하고 친한 사람이 거의 없었다.

남자들 중에는 그녀의 우수에 잠긴 미모에 끌려 접근하는 자가 있었으나 끝내 그녀의 실체를 알게 된 자는 없었던 것 같았다. 회사경력은 3년으로 F시에 있는 단과대학을 졸업한 후 입사했다. 교환수로서는 고참에 속한다. 이상이 직장에서의 오치 미사코의 외적 정보였다.

오치 미사코의 집은 하시로 시의 서남부에 해당하는 자이모쿠초에 있었고, 그곳에서 노모와 여동생과 함께 살고 있었다. 부친은 하시로 시에서 유일한 혁신적인 신문사 '하시로신보(新報)'를 창시한 저널리스트로, 그 이름은 중앙에까지 알려져 있었으나 작년에 애석하게도 교통사고를 당해 숨졌다.

동생인 도모코는 언니와 같은 단과대학을 작년에 졸업하고 부친이 창설한 '하시로신보'에 입사했다. 언니와 두 살 차로서 얼굴은 쌍둥이처럼 닮았지만 성격은 언니보다 급하고 거세다고 한다. 다른 응시자와 동등하게 입사시험을 치르고 부친의 신문사에 들어간 것도 그 성격의 일면을 나타내고 있는 듯했다.

하시로 시에서는 동생인 도모코가 언니의 유해를 확인하러 오게 되었다.

사건 발생 뒤 사흘째인 11월 13일 오전 8시쯤 이와데 현 이와데 군 구로빼라 촌(村) 가니자와 부락에 7, 8세의 소녀가 우두커니

서 있는 것을 그 고장의 농부가 발견했다. 가니자와는 후도의 북방 약 30킬로미터의 북상산지(北上山他)에 있는 호수 30호 정도의 부락이었다. 후도처럼 심하지는 않았으나 부락민이 지나칠 정도로 줄어들어 고민하는 지역이었다.

농부가 어디서 왔느냐고 물어도 소녀는 완고하게 침묵을 지킬 뿐이다. 소녀의 의복은 더럽고 몸은 쇠약해져 있었다.

하여튼 누군가가 집에 데리고 가서 먹을 것을 주었더니 어지간히 배가 고팠는지 마구 먹어댔다. 배가 부르자 소녀는 조금씩 입을 열기 시작했다. 소녀가 더듬거리는 말을 종합해보니 '푸른 옷을 입은 사나이'가 데리고 다녀 며칠인가 산속을 걸은 뒤, 이 마을에 두고 가버린 모양이었다.

이름이나 주소를 물어보아도, 도대체 갈피를 잡을 수가 없었다. 그때 소녀를 발견한 농부의 아내가 얼핏 후도의 대량 살인사건을 생각해냈다.

"여보, 이 애는 후도에서 온 게 아닐까요?"

"뭐라고!"

남편이 놀라 눈을 부릅떴다.

"틀림없이 초등학교 2학년 여자아이가 범인에게 납치되어 행방불명이 되었다는 뉴스를 들었어요."

행정관할이 달라서 부락인들끼리의 교류는 없었으나, 거리적으로는 가장 가깝다. 이곳의 부락민 가운데에는 후도를 습격한 살인귀가 이 부락도 습격할지 모른다는 공포와 불안감에, 사건이래로 밤에 제대로 잠을 못 자는 사람도 있었다.

소녀는 자신의 이름도 주소도 기억하고 있지 않았다. '푸른 옷의 사나이'와 함께 왔다는 것 이외에는 모든 것을 잊고 있었다.

나가이 요리코와 비슷한 소녀를 발견했다는 연락은 구로빼라 부락의 파출소에서 즉시 수사본부에 전해졌다. 얼굴이나 신체의 특징은 완전히 일치했다. 가키노기 촌 초등학교에서 나가이 요리코의 담임 교사가 수사관과 같이 구로빼라 촌까지 가서 그 아이를 확인했다.

아무데도 다친 곳은 없었으나 나가이 요리코는 심하게 쇠약해져서 일단 구로빼라 촌의 진료소에서 응급치료를 받게 한 뒤에 가키노기 촌에 데려가기로 했다. 가키노기 촌에 돌아간들 양친과 언니는 살해당하고 없다.

가키노기 촌 본부락에 있는 나가이 집안의 먼 친척에게 일단 맡겨졌으나 장래 요리코의 생활에 대한 방침은 전연 가망이 없었다.

수사관은 겨우 원기를 되찾은 나가이 요리코에게 사정을 물었다. 그러나 요리코는 수사관에게도 '푸른 옷을 입은 사나이'가 데리고 갔다라는 주장뿐이고, 그 이상 구체적인 것은 아무것도 몰랐다.

"밤에는 어디서 잤지?"

수사관은 참을성 있게 요리코한테 유도 질문을 했다. 사건 발생 후 사흘밤을 그 '푸른 옷의 사나이'와 함께 산중에서 지낸 것이 된다.

"숲속에서 잤어요. 몹시 추웠어요."

"뭘 먹었지?"

"푸른 옷을 입은 사람이 나무 열매랑 감을 따주었어요. 배가 고팠어요."

"왜 그 사람을 따라 갔었지?"

"난 몰라요. 어느 틈엔지 함께 있었어요."

"아버지와 어머니 그리고 언니는 무얼 하고 있었지?"

질문이 육친에게 관계되면 그애는 갑자기 얼굴이 굳어지고 입을 다물어버린다. 진료소의 의사는 눈앞에서 부모가 살해당한 공포가 원인이 되어 일시적으로 기억장애를 일으키고 있다고 한다.

결국 나가이 요리코의 말에 따라 범인은 '푸른 옷을 입은 사나이'라는 것을 알았을 뿐, 그가 왜 후도의 주민을 몰살했는지 또 나가이 요리코 하나만을 살려 주었는지, 전혀 알 길이 없었다.

요리코는, 다시 모리오카의 국립병원 정신과에서 정밀검사를 받았는데, 이상한 공포의 체험이 정신적 원인이 되어, 기억이 억압되어 있다는 것이었다. 그래서 여태까지의 지난 생활에 관한 기억을 상실한, 소위 전반건망(全般健忘)을 일으키고 있으며 단 과거의 생활사의 기억은 상실해도 습관이나 버릇은 유지되고 있다고 한다.

아무것도 모르는 어린 마음에 양친이 눈앞에서 학살당했다는 체험은 상상을 초월한 충격이었으리라. 그 충격이 소녀의 기억을 빼앗아갔다고 하면 회복의 가능성은 전혀 없지 않은가. 이 소녀만이 참극과 범인을 목격하고 있는 것이다. 수사관은 매달리듯이 의사에게 물었다. 의사는 치료를 하면 점차 좋아질 거라고 말했다. 또 어떤 계기로 모든 기억을 되찾을 수 있을지도 모르지만 반드시 회복한다는 단정은 하지 않았다.

정신과 다음에는 신체를 진찰했다. 다소 쇠약하기는 했지만 특별한 질환은 없었고, 성적인 장난도 전혀 가해지지 않았다. 범인은 성적 흥미에서 소녀를 데려간 것도 아닌 모양이다. 요리코의 말을 종합해 보면 '푸른 옷의 사나이'는 그애에게 시종 친절했다고 한다.

나가이 요리코는 발견되었지만 수사에 진전은 없었다. 한편 오치 미사코의 유해는 동생 도모코에 의해 확인되었다.

"언니는 혼자 있는 것을 좋아해서, 휴일에는 대체로 자기 방에 틀어박혀 책을 읽거나 음악을 들었습니다. 그외에는 1년에 서너 번 혼자서 여행하는 것이 취미라면 취미였습니다. 젊은 여자가 혼자 여행하는 것은 위험하다고 몇 번이나 충고했지만, 언니는 남자와 같이 가는 편이 훨씬 위험하다고 웃으며 저의 말을 듣지 않았습니다. 이번 여행도 상당히 오래전부터 계획한 것이라 언니는 몹시 기뻐했습니다. 아무에게도 폐를 끼치지 않고 착실하고 얌전하게 살아온 언니에게 대체 누가 이토록 참혹한 짓을 했을까요?"

오치 미사코와 꼭 닮은 동생은 흐느꼈다. 동생의 증언으로 죽은 미사코에게는 특별히 친한 남자도 없었다는 것이 확인되었다.

이렇게 해서 오치 미사코가 가엾게도 말려들었다는 것이 거의 확실해졌다.

오치 미사코 쪽에서도 새로운 국면은 열리지 않았다.

사건발생 후 20일 간의 '제1기'는 삽시간에 지나갔으나 수사관들이 다리가 저리도록 쫓아다니며 수사를 펼쳤는데도 특별한 수확은 아무것도 없었다.

태풍처럼 한 마을을 습격하고 섬멸한 범인은 마을 안과 이웃마을에 포고된 수배망을 빠져나가 그 모습과 그림자를 감추고 말았다.

4

가키노기 촌의 대량 살인사건은 미궁 속에 빠졌다. 수사본부는 필사적으로 노력했는데도 유력한 용의자는 떠오르지 않았다. 몇 명쯤인가 수상한 인물을 잡았으나, 조사하는 동안에 차례로 밝혀지며 사건에 연결되지는 않았다.

미증유의 대량 살인사건이므로 수사본부는 유지되고 있었지만, 당초의 인원보다 크게 삭감되었다. 매스컴은 경찰의 무능을 질타

하고 '교통정리밖에 모르는 이와데 현 경찰'이라고 욕을 했다. 시민들간에도 경찰에 대한 불신이 높아지고 있었다.

사면초가의 괴로운 처지 속에서 전속으로 남겨진 수사관들은 차근차근 범인의 자취를 찾아서 개미 같은 걸음을 계속하고 있었다. 범인은 후도와 뭔가 관계를 가진 인간임에 틀림없다는 가상을 기본으로 세우고, 후도 마을을 떠난 사람들 한 사람 한 사람을 집요하게 추적하고 있었다. 마을을 떠난 사람 가운데는 소식이 끊긴 자도 있었다. 그들은 친척, 지기, 또는 관계자를 쫓아서 어떤 희미한 실마리가 있기라도 하면 그들을 끌어당겼다. 겨우 찾아내면 타향에서 병사한 자도 있었다. 또는 부랑자가 되어 폐인이 된 자도 있었다. 황폐한 고향에 남은 자는 살해되고 고향을 떠난 자도 행복하게 된 인간은 아주 드물었다.

그들은 가난한 고향에서 탈출해도 가난으로부터는 영원히 탈출할 수 없는 운명에 처해 있는 것 같았다. 그것은 가난이라는 지옥 속의, 결국은 덧없는 몸부림에 지나지 않는다. 실로 안타까운 수사였다.

그 수사관 가운데 본고장의 서에서 참가한 기타노가 있었다. 기타노는 조금도 보람없는 수사를 집요하게 계속하면서도 최근 점차 마음 속에 응어리지고 있는 그 무엇을 느끼고 있었다.

원래 동북관구의 경찰은 움직임은 둔중하나 끈기가 있다. 미궁에 빠진 사건이라도 집요하게 물고 늘어져 범인을 잡은 일이 있었다.

기타노는 그 동북의 전형적 수사관이었다. 화려한 행동은 없으나 눈에 띄지 않는 곳에서 착실한 추적을 계속하고 있었다. 범인이 완전범죄의 성공에 취해서 어느 날 문득 뒤를 돌아보니, 기타노가 서 있다——이런 느낌을 안겨주는 형사였다.

그 기타노의 심중에 굳어가는 생각이란――제1회의 수사회의에서 나온 '오치 미사코 살해 목적설'이었다. 즉 범인의 목적은 오치 미사코의 살해에 있고, 후도의 촌민이 말려들었다는 가설이 나왔었는데 취소되었다.

그 취소에 기타노는 일단 납득은 했지만 시간이 흐르면서 마음속에 또다시 그 가설이 머리를 치켜들었다.

그는 어느날 고개를 들고 일어나는 가슴의 응어리를 무라나가 부장에게 털어 놓았다. 수사회의에서 발표하면 또 예의 '사다케'에 의하여 일소에 붙여질 것 같았기 때문이었다.

"오치 미사코에 의해 주민들이 말려들었다는 추정을 다시 한 번 생각해 보아야 하지 않을까요?"

"오치 미사코의 수사는 소홀히 한 게 아니지. 그러나 오치 미사코의 선에서는 아무것도 떠오르지 않았어."

"틀림없이 오치 미사코의 주위에서는 사건과 관계된 것이 아무것도 없었습니다. 그러나 범인이 사람을 잘못 보았다고 가정하면 어떨까요?"

"사람을 잘못 보았다고? 도대체 누구하고 잘못 보았다는 건가?"

"동생입니다. 오치 미사코에게는 두 살 아래인 여동생이 있습니다. 저는 그녀가 시체를 확인하러 왔을 때 한 번 만난 것뿐이지만 쌍둥이가 아닌가 생각할 정도였습니다."

"범인이 동생으로 잘못봤다는 건가?"

무라나가는 펄쩍 뛸 정도로 놀랐다. 무라나가의 생각에는 이것은 터무니없는 착상이다. 만약 이 착상이 과녁을 맞췄다면, 여태까지의 수사는 모조리 엉뚱한 방향에서 살핀 것이 된다. 후도의 주민이 말려들었으니까 후도 마을을 떠난 사람들을 쫓은들 아무런 의미가 없다.

수사의 방향을 가르는 중요한 기로였기 때문에 오치 미사코의 신변은 특히 신중히 수사되었다. 그러나 동생 대신에 오살(誤殺)되었다는 가설은 아무도 생각을 하지 못했던 것이다.

"동생을 죽이려고 노리던 범인이 꼭 닮은 언니를 동생으로 오인하고 죽였을 가능성도 고려했어야 한다고 최근에 생각하게 되었습니다. 동생의 신변을 전혀 파보지 않았다는 것이 맹점이 아니었을까요?"

"사람을 잘못 봤다고 해도 한 사람을 죽이기 위해서 부락민을 모조리 죽였다고 생각하는 것도 무리가 아닌가. 만약 그렇다고 해도, 촌민들이 보고 있는 데서 왜 죽였는가, 하는 수수께끼가 남지."

"설명할 수 없는 점도 있습니다만, 오치 미사코의 동생을 전적으로 무시한 것도 실수였다고 생각합니다. 부장님, 오치 도모코의 신변을 조사하게 해 주십시오."

기타노는 실낱같은 가능성에 매달리듯이 무라나가를 쳐다보았다.

독재의 사시(私市)

1

 특수 기능도 있다. 신체는 철근을 넣은 것처럼 강했다. 찾아다니면 더 좋은 직장도 있었을 것이다. 그런데도 일부러 이 직장을 고르고 게다가 2년 가까이 계속 출근하고 있는 것은 그의 전 직업에 대한 반발심과 그리고 다분히 자학적인 기분이 작용했기 때문이었다.
 도중에 몇 번이나 그만 두려고 생각했다. 그러나 그때마다 이를 악물고 참았다. 별로 참아야 할 이유도 없었다. 현재의 직장에 의리가 있는 것도 아니다. 의리는 고사하고 회사에서는 그들을 소모품으로 취급하고 항상 신규사원을 모집하고 있었다.
 아지사와 다케시(味澤岳史)는 하시로(羽代)시에 있는 '히시이생명' 하시로 지점의 외무사원이었다. 생명보험의 외무사원은 그가 '제2의 인생'으로서 고른 직업이었다. 취직의 계기가 된 것은 전에 다니던 직장이 생명보험에서 기피(忌避)되었던 곳이었기 때문이다. 즉 전직장에 있는 한, 생명보험에는 가입할 수가 없었다.

그만큼 생명의 위험율이 높은 직업이었다. 하지만 그 반발로서 선택한 지금의 직장은 생명의 위험이 없는 대신 비교가 안 될 정도로 굴욕적인 일이 늘어났다.

생명보험의 판촉을 나가면 환영해 주는 집은 하나도 없다. 보험이라는 말만 듣고서, "다 들었어요"라며 문전에서 쫓겨났다.

최근에는 문전 박대는 고사하고 현관 문에 "외판원 및 강제판매 거절"이라는 거절팻말을 걸어 놓고 문밖에서 쫓아내는 집이 늘어났다. 이런 집은 초인종을 누를 수도 없다.

단지(團地)나 맨션에서는 한 집이 거절팻말을 붙이면 순식간에 모든 가구들이 흉내를 낸다. 그만큼 외판원이 많다는 사실을 나타내는 것이겠지만, 이렇게 되면 외판원 쪽에서도 거절팻말 때문에 힘없이 물러난다면 장사가 안 된다.

거절팻말을 무시하고 덤볐다가 물벼락을 맞은 적도 있었다.

보험회사도 전술을 바꾸어 직선적인 권유법을 중지하고 앙케이트나 의견청취(意見聽取)의 간접적인 접근을 외무원에게 지도하고 있다. 그러나 그린 잔 재주 상술로도 요즘 사람은 걸리지 않는다.

대체로 보험권유에 있어 모르는 사람 집에 다짜고짜 돌입하는 작전은 가장 성공율이 낮다고 한다. 그러기에 신입사원이 먼저 도는 곳은 틀에 박힌 연고자였다. 친척, 친구, 지기의 집을 돌고, 의리로 묶어서 보험에 들게 한다. 그러나 연고자란 3개월도 못되어 찾아갈 곳이 없어진다. 연고자의 소개가 다행히 끝까지 연결되면 대개는 1년 안에 낡은 신짝처럼 버림받고 탈락해 버린다.

아지사와는 애당초 하시로 시에는 연고자가 한 사람도 없었다. 처음부터 '돌입작전'으로 밀고 나갈 수밖에 없었다. 그러나 이것이 그에게 인내성을 빨리 붙여 주었다.

연고자를 모조리 돌고난 동기사원이 우수수 탈락해가는 속에서, 어쨌든 남게된 것은 처음부터 '돌입작전'의 한류(寒流) 속에 문자 그대로 뛰어들었기 때문이었다.

너무나 심한 굴욕때문에 무의식 중에 상대를 죽이고 싶은 충동을 일으킨 일도 있었다. 그것을 참고 견딘 것은 역시 전직장에 대한 반항이라고 할 수 있으리라.

아무리 밀고 들어가도 거절당했다. 초기에는 연고자를 가지고 있는 자들이 좋은 성적을 올린다. 계약 제로의 숫자가 계속되면 지부장으로부터 끈덕지게 잔소리를 듣는다.

'이 시점에서 그만두면 나라는 인간은 쓸모 없게 된다' 하고 아지사와는 스스로 자신을 격려했다. 어느날, 그는 거절팻말에 굴하지 않고 밀고들어간 집에서 기묘한 부탁을 받았다. 아내가 외출중인지, 마흔 전후의 남자가 나왔다. 낮잠이라도 자고 있었는지 잠옷바람으로 현관에 나왔다가 보험권유라는 걸 알게 되자 침을 뱉을 정도로 욕설을 퍼부었다.

아지사와가 움츠리고 간신히 물러나려고 하는데 사나이는 무슨 생각을 했는지 등 뒤에서 불러세웠다.

아지사와가 돌아보니 사나이는 아까와는 딴판으로 웃음을 띠고 말했다.

"심부름 좀 해 주지 않겠소?"

"어떤 심부름입니까?"

사나이는 집게 손가락과 엄지손가락으로 원을 만들며 말했다.

"잠깐 약방에 가서, 이걸 사다주었으면."

"뭡니까, 그것은?"

"약방에 가서 이 사인을 하면 알아요 1000엔짜리 한 장이면 되지. 돈은 자네가 대신 내주게."

무슨 일인지를 잘 몰랐으나 어쨌든 약방에 가서 그가 말한 대로 사인을 하니 약방주인은 알았다는 듯이 끄덕였다. 그리고 이미 포장되어 있는 작은 상자를 주었다.

  아지사와는 그제서야 겨우 자기가 무슨 심부름을 했는가를 깨달았다. 그는 피임용구를 사는 심부름을 했던 것이다. 아마 사나이는 아내와 동침중에 예의 물건이 없는 것을 깨닫고 때마침 찾아온 아지사와를 보자 이거 잘됐다 싶어 부탁을 한 모양이다. 그는 어이가 없어 화도 나지 않았다.

  주문한 물건을 갖다 주니 사나이는 1500엔과 명함을 주면서, 자기는 벌써 보험에는 충분히 들어있지만, 회사에 찾아오면 다른 사람을 소개해 주겠다고 말했다. 명함에는 하시로 시에서는 이름이 꽤 알려진 나이트클럽의 총무과장이라고 씌어 있었다.

  이 일이 계기가 되어 최초의 계약을 했다. 그러나 이 정도로는 가혹한 책임량의 달성에는 아직도 멀었다.

  어떤 맨션에서는 남의 첩이라고 생각되는 여자가 개를 기르고 있었다. 개는 잘 짖는 스피즈였다. 보험에 들어줄 것 같아서 몇 번을 찾아가니까 여자는 까닭있는 듯한 웃음을 지으면서 말했다.

  "당신께 부탁이 있는데요."

  "뭡니까? 제가 할 수 있는 일이라면 뭣이든지 하겠습니다만."

  아지사와가 억지 웃음을 띠며 대답했다.

  "정말이에요? 거짓말은 아니겠지요?"

  "제가 할 수 있는 일이 아니면 곤란한데요."

  "간단한 일이에요. 당신 같으면 할 수 있어요."

  여자는 요염한 곁눈길을 아지사와의 몸에 던졌다. 아지사와는 어떤 예감이 들었다. 시간이 남아 돌아가는 부인손님 가운데는 남자 외무사원을 대상으로 불장난을 저지르는 사람이 있다는 것을 고참외무사원에게서 들은 적이 있었다.
 서로 비밀만 지키면 그녀로서는 안전한 파트너가 생기고, 외무사원에게는 몸이 맺어진 여인이라는 가장 확실한 손님이 생기는 것이었다. 또한 아지사와처럼 건강한 사나이에게는 축적된 욕망의 처리도 된다. 실로 일석이조(一石二鳥)의 이점이 있다.
 상대의 여자는 정말로 남자들이 좋아하는 몸매를 가지고 있었다. 그가 열심히 찾아다닌 것도 순수한 영업 때문만은 아니었다.
 그라면 할 수 있는 일이라고 해서 아지사와는 기대에 몸이 달아올랐다.
 "쥬피터를 3, 5일 맡아주셨으면……."
 "쥬피터?"
 "그래요, 저는 어떤 사람하고 여행을 떠나요. 그렇지만 쥬피터까지 데리고 가지는 못하지요. 그렇다고 그렇게 오랫동안 맡아달라고 할 데도 없고 난처해요. 당신이라면 쥬피터도 잘 따르고 있는 것 같아 괜찮을 거라고 생각해요."
 아지사와는 그때서야 겨우 상대가 말하고자 하는 뜻을 깨달았다. 쥬피터라는 대단한 이름의 소유자는 그 여자가 총애하는 개였다. 그녀가 여행하는 동안에 총애물을 맡아달라는 것이었다. 아지사와는 자기의 예상과 동떨어진 일에 웃음을 머금었다.
 "네, 부탁해요. 먹이는 개가 좋아하는 개먹이를 두고 갈테니 그것을 매일 두세 번 주기만 하면 돼요. 그다지 귀찮은 일은 없을 거예요."
 여자는 아지사와의 웃음을 승낙의 표시라고 해석했는지 강제로 떠 맡겼다.
 "그리고 하루에 한 번은 꼭 산책시켜 주시겠어요? 요즘은 애완동물의 배설물 때문에 시청이나 보건소가 시끄럽게 구니까 반드시 플라스틱 주머니를 갖고 가세요. 그 대가로 돌아와서 보험 건을 생각해볼게요."

여자는 점점 뻔뻔해졌다.

여자는 여행에서 돌아오자 주인을 설득시켜 100만 엔의 보험에 가입시켰다. 재해시에는 20배의 보상금을 받게 되는데 수취인은 물론 그녀였다. 아지사와는 여자의 악착스러움에 기가 막혔으나 어쨌든 한 건의 계약을 해냈다. 그러나 이 계약에는 사후봉사가 뒤따랐다. 여자가 그 후에도 여행을 가거나 집을 비울 때는 쥬피터를 맡겼던 것이다. 게다가 또 부산물이 생겼다. 그녀가 여기저기 소문을 퍼뜨렸는지 아지사와에게 애완견과 같은 총애물을 맡기러 오는 자가 부쩍 늘었다. 그가운데에는 외출중에만 맡기는 게 아니라 운동이나 산책까지도 부탁하는 자가 있었다.

그러나 그 덕분에 그는 서서히 성적을 올리고 있었다.

아지사와는 생명보험의 일에 다소 전망이 보이자 며칠동안 여행을 떠났다. 회사측에는 행선지를 말하지 않았지만, 돌아왔을 때는 열 살 가량의 소녀를 데리고 있었다. 아지사와는 소녀를 시내의 초등학교에 편입시키고 함께 생활을 시작했다.

소녀는 고아였고 외가쪽의 먼 친척집에 맡겨져 있었다. 아지사와는 그 연고자에게 전부터 양녀건을 교섭중이었다. 연고자 쪽에서는 자기들의 생활도 빈궁한데다가 별로 핏줄도 가깝지 않은 인척간의 소녀를 기를 여유가 없었기 때문에 그녀를 양녀로 인수하겠다는 기묘한 신청을 환영했다. 소녀의 아버지 쪽 먼 친척이라는 아지사와의 말에 의심하려들지 않고 단순히 한 사람 몫이 줄어드는 것만 좋아했다.

소녀는 순순히 아지사와를 따라왔다. 소녀의 이름은 나가이 요리코, 10세, 2년 전 양친이 살해된 후로 기억을 상실하고 있었다.

그러나 그뒤 자기 이름이나 주소 등은 쓸 수 있게 되었다. 학습적인 능력에는 장해가 없고 지능지수도 뛰어나서 학교생활에 지장은 없었다.

소녀를 데려오고 하시로 시에서의 생활이 점차 안정되자 아지사와는 남몰래 하나의 '접근'을 시도했다. 이미 벌레의 발걸음 같은 접근을 시작했지만, 우연한 행운의 기회를 이용해서 일보 전진하게 되었던 것이다.

2

부친이 창시한 신문사였다. 하지만 내용은 완전히 변질되어 있었다. 오치 도모코 쪽에서 보기에 그것은 변질이 아니고 부패였다. 메탄가스를 가득 품은 더러운 땅처럼 썩어 문드러진 시정(市政)에 단 한 사람 감연히 맞섰던 부친의 패기는 신문사 내에 조금도 남아 있지 않았다. 오로지 하시로 시를 마음대로 지배하는 오바 일족의 어용신문이 되어버린 것이다.

또 어용신문이 되었기 때문에 오늘날까지 연명할 수 있었다. 게다가 단지 연명한 것뿐만이 아니라 현에서는 몇 개 안 되는 지방신문으로 발전했다.

하시로 시는 오바 일족의 성채라고 불리울 정도로 그 세력이 구석구석까지 침투되어 있었다.

일족의 당주(當主)인 현시장 오바 잇세(大場一成)를 중심으로 시의회·상공회의소·경찰·시립병원·시립학교·은행·신문·지방방송·기업·교통기관 등의 요직은 모조리 일족과 그의 지시를 받는 자들이 자리잡고 있었다.

하시로 시는 산악지방 F현의 중앙부에 위치한 정치·문화·상업·교통의 중심지였다. 사방이 높은 산으로 둘러싸인 환경은 봉쇄된

산업중심지로서의 성격을 형성하고 독자적인 문화와 자급자족형의 경제권을 형성했다.

에도시대(江戶時代) 초기에 하시로 시의 성하도시(城下都市)로서 개발된 뒤 대대로 성주의 경영 노력이 공을 이루어 근세의 성하도시로서 발전했다. 또 메이지(明治) 초기에 중부양잠(中部養蠶) 구역의 중심으로서, 분지(盆地)의 누에를 모아 제사업(製絲業)을 일으켜 다이쇼(大正)에서 쇼와(昭和)에 걸쳐 '하시로 생사(羽代生絲)'는 전국시장에서 독특한 위치를 자리매김했다. 이것이 시세의 증대에 크게 도움이 되었던 것이다.

시가지는 태평양전쟁 말기에 전쟁으로 말미암아 그 대부분이 소실되었으나 전쟁이 끝난 뒤 재빨리 부흥하여 근대도시로서의 면목을 새롭게 했다.

전쟁이 끝난 지 얼마 안되어 이 지역에서 천연가스 자원이 개발되어 광공업 발전의 기초가 되었다. 그리고 기계·화학·제지·정밀기계 등의 기업을 차례로 유치하여 근대적 공업도시로서 다시 거듭났다.

현청(縣廳) 소재지는 현 남쪽의 F시에 양보했지만 경제, 문화, 교통의 여러 규모에서 현의 중추적 위치를 차지하고 있었다.

오바 집안은 대대로 하시로 번(藩)의 하급무사였다. 메이지(明治)의 폐번치현(廢藩置縣)은 번주(藩主)의 얼굴조차 제대로 본 일이 없는 오바 가문에 빛을 볼 수 있는 기회를 주었다.

애당초 사쓰마와 초슈 2번(藩)에 반감을 품은 하시로 번은 무진전쟁(戊辰戰爭)에서 막부(幕府) 쪽에 협력했기 때문에 '폐번치현'의 단행에 따라 철저히 해체되었다. 본래 하시로 현이라고 명명되어야 할 것이 F현에 통합되어 현도(縣都)도 F시에 빼앗긴 것은 이 같은 사정이 있었기 때문이었다.

이 번정(藩政)의 개혁에 따라 현(現) 당주(當主) 오바 잇세의 조부 이치류는 무사를 그만두고 농부가 되었다. 그런데 얼마 뒤 그의 토지에서 천연가스가 나온 것이다. 자원은 무진장이었다.

농부가 되기에는 모험심이 너무 강했던 이치류는 하늘이 그에게 우연히 미소지은 이 기회를 놓치지 않았다. 이것을 조속히 기업화하여 순식간에 시의 중심 기업으로 만들었을 뿐만 아니라, 그 이윤을 축적한 막대한 재력으로 시의 행정에 뚫고 들어가 시 그 자체를 지배해 간 것이다.

시의 발전의 원동력이 된 풍부한 가스자원을 한 손에 쥐고 있기 때문에, 관련기업을 차례로 파생, 또는 유치하여 시의 재정조차 빈틈없이 거머쥐었다. 그 때문에 하시로 시는 번주가 하시로 가문에서 오바 가문으로 바뀌었을 뿐이라고 뒤에서 수군거릴 정도였다. 사실 하시로 시에서 오바 일족의 눈 밖에 나면 살아갈 수 없었다. 시민은 어디에선가 반드시 오바 일족과 관련을 가지고 있었다. 가령 자기 자신은 직접 관련을 갖지 않았어도 가족이나 친척 중의 누군가가 그 지배 아래에 있었다.

학교나 병원에 가도, 어디로 취직을 해도 오바의 영향이 있었다. 오바의 위세는 현도인 F시까지 닿아 있었고, 그 지배에서 완전히 벗어나기 위해서는 현 밖으로 탈출하는 길밖에는 없었다. 그러나 현 외로 나가도 오바의 허수아비 대의사(代議士)가 몇 사람이나 정계의 요직을 차지하고 있었다.

전쟁도 오바의 위세에 박차를 가해 주는 결과가 되었다. 군부에 아첨해서 군수사업에 파고 들어가 종전 뒤에는 순식간에 평화산업으로 바꾸었다. 당시에는 이미 현 당주인 잇세가 계승하고 있었는데 그의 변신하는 모양은 실로 훌륭했다.

전쟁의 피해 속에서도 천연자원은 아무 상처없이 남았다. 오바 집안의 발전을 측면에서 떠받든 것이 나카도 다헤이(中戶多平)였다. 다헤이는 하시로 번의 최하급 무사로서 오바 이치류와는 친밀했다. 폐번치현때문에 실직한 나카도 다헤이는 '건달'이 되었다. 하시로 시에 일가를 이루고 서서히 부하를 길러 세력을 늘려 나갔다.

일가가 커지고 부하가 늘자 그에 비례해서 돈이 더 많이 필요해졌다. 돈이 없으면 일가를 거느릴 수 없다. 이것을 재정면에서 원조한 것이 오바 이치류였다. 오바로서는 긴급한 일이 있을 때에 대비해서 사병을 기르고 있는 셈이었다.

전쟁이 끝난 뒤에 제대한 군인이나 부랑자가 하시로 시에 밀려들었다. 그들은 전쟁 당시 피해를 입지 않은 하시로 역을 소굴로 시민과 여행자를 노렸다. 그렇기 때문에 시민이나 여행자는 안심하고 시내를 거닐거나 열차를 타지 못했다.

경찰은 전적으로 무력하기 짝이 없었다. 그래서 오바 잇세가 나카도 다헤이의 아들 다이찌(多一)에게 시의 경비를 부탁한 것이다. 이렇게 해서 나카도 일가는 공공연하게 하시로 시의 '특별자경대장(特別自警隊長)'으로 임명된 것이다.

그 뒤 경찰은 나카도 일가에 대해서 고개를 들지 못했다. 복원군인들이 시내에서 난폭한 짓을 해도 경찰은 손을 댈 수가 없었다. 그러나 나카도 일가 쪽에서 달려가면 삽시간에 조용해진다. 이렇게 되면 경찰의 위신은 땅에 떨어지고 만다.

명실공히 시의 주인인 오바 잇세로부터 임명을 받고 있는 나카도 일가는 역전 광장에 시장을 만들고 그곳을 발판으로 해서 차근차근 세력을 뻗어갔다.

그러나 한때는 시민을 보호해주어 환영받았던 건달들도 이내 본성을 드러냈다. 백주에 당당하게 시장 안에서 살벌한 노름판을 벌인다. 건달이나 암상인이 떼지어 모이는 무법지대였다. 경찰도 여기는 얼씬도 하지 않는다. 애당초 두목과 경찰이 뒤에서 결합되어 있으므로 공영 도박장이나 다름이 없었다.

이 나카도 일가가 나서서 오바 일족의 악업을 대행해 주었다. 오바가 직접 표면에 나서기 어려운 일은 모조리 나카도가 대행했다. 총알은 얼마든지 지니고 있었다.

총알로 뽑히는 것을 젊은 건달은 '사나이가 된다'고 기뻐했다. 나카도 일가가 오바 일족의 사병이라는 것은 엄연한 사실이었지만 다들 알면서도 모르는 척했다.

시를 개인 소유로 생각하는 오바 일가족에 대해서 어쩌다 저항하는 용기있는 시민이 나타난다. 그러나 그들은 얼마 안 되어 교통사고를 당한다든가, 빌딩에서 뛰어내려 '자살'하거나, 개천에 떨어져 익사해 버린다. 경찰도 서둘러 사고사로 처리해 버린다. 사고사라고 생각하는 자는 한 사람도 없었지만 아무도 그것을 입 밖에 내지 않는다.

그런 말을 입 밖에 내면 이번에는 자기가 '사고사'를 당할 것을 알고 있기 때문이다. 당시 시내에서 인쇄소를 경영하고 있던 오치도모코의 부친, 모기치(茂吉)는 시장을 하시로 시의 '암흑가'라고 부르고 나카도 일가와 경찰이 밀착한 유대를 가차없이 폭로한 기사를 타블로이드판 두 장의 신문으로 만들어서 한 달에 한두 번씩 시민들에게 배달했다.

그는 타고난 강한 정의감이 있어서 잠자코 있을 수가 없었던 것이다. 처음에는 취재·원고작성·편집·교정·인쇄에서 배달까지 혼자서 했다.

오바 잇세는 이 신문을 보고 격노했다. 오바의 이름은 아직 명백히 지적되고 있지 않았으나 암흑가를 모르는 척 내버려두고 있는 경찰당국에 공개질문장을 들이대고 있었던 것이다. 그것은 그들의 배후에 있는 오바의 시행정에 대한 통렬한 비판이었으며 감연히 반기를 휘두른 셈이었다.

여태까지 이처럼 노골적으로 오바에게 저항의 자세를 취한 자는 없었다. 전국신문의 지사에서도 오바에 대해 잘못 보도했다가는 시의 기자클럽에서 쫓겨나서 아무것도 취재를 할 수 없게 되므로 오바 관계의 보도에 관해서는 몹시 신중했던 것이다.

나카도 일가의 '총알'이 난폭하게 쳐들어왔다. 신문사의 사내는 엉망진창이 되고 인쇄기에 모래가 뿌려졌다. 폭력단이 떠나간 뒤에야 겨우 경찰이 왔다.

그러나 이러한 압력이 행사된 뒤에도 오치 모기치는 굴복하지 않았다. 그의 용기있는 보도는 시민의 압도적인 지지를 받았다. 독자는 점차로 불어났고, 오치 밑에서 협력하고 싶다는 젊은이들이 모여들었다.

시민도 다년간의 오바의 '압제'에 반감을 축적하고 있었던 것이다. 윤전기를 구입하고, 인원도 증가하고, 신문사다운 면모가 갖추어졌다.

오치 모기치는 정면으로 오바의 시정(市政)을 공격하게 되었다. 전제정치가 강하면 강할수록 반대분자의 내공이 있는 법, 오치의 편은 도처에 있었다. '하시로신보'는 기자클럽에서 제명당했으나 클럽의 '공식발표'에 없는 시정책의 급소를 찌른 자료가 얼마든지 실려 있었다.

오바 쪽에서는 열심히 기밀방위를 서둘렀지만 어디서 새어나오는지 몰랐다. 시민은 갈채를 보냈다. 오랫동안 오바 체제에 대한 불만을 가슴속 깊이 접어 두었던 시민에게 있어서 '하시로신보'의 기사는 가슴의 체증이 내릴 정도로 통쾌했다.

오치 모기치는 시민의 지지에 힘입어 폭력추방과 시의 숙정이라는 일대투쟁을 펼쳤다. 그것은 흉기 아래 몸을 내민 투쟁이었다. 상대는 매일 같이 습격이나 몹쓸 짓을 해왔다.

 오치의 자택은 물론 사원들의 집에까지 못된 짓이나 협박이 있었다. 가족의 생명에 불안을 느낀 사원 가운데는 가족을 다른 지방에 '격리'시키기도 했다.

 오치의 투쟁이 겨우 열매를 맺으려고 할 때 그는 교통사고를 당해 어이없이 죽어버렸다. 몹시 추운 겨울날 꽁꽁 얼어붙은 길을 횡단하려던 오치를 다른 현에서 온 차가 미끄러지며 치어버린 것이다. 가해자는 남쪽에서 이 지방에 처음 왔기 때문에 언 땅이 이렇게 미끄러운 줄은 몰랐다고 했다.

 고의는 인정되지 않았다. 가해자는 교통법위반과 업무상 과실치사로 문책받고 오치 모기치는 생명을 잃었다. 오치 모기치의 죽음 때문에 모처럼 부풀어 일어났던 오바 일당에 대한 폭력 추방의 투쟁은 바람 빠진 풍선처럼 자연히 시들어 버렸다. 오치 모기치가 당하자 이제는 안 되겠다는 실망과 무기력이 시민을 사로잡고 있었다. 오치 모기치의 부하였던 주축들이 한 사람씩 신문사에서 사라졌다. 대신 오바의 사람이 그 자리에 앉았고 '하시로신보'는 급속도로 그 날카로운 송곳니를 잃어갔다.

 또한 어느틈에 신문사 주식의 과반수도 오바 잇세에게 쥐어졌고 오바 일족의 어용신문으로 타락해 버렸던 것이다.

 오치 도모코가 입사했을 때는 이미 완전히 오바에게 자리를 빼앗긴 뒤였다. 오바 일족으로서는 그녀를 채용한 것도 '적장(敵將)의 딸'을 대우한다는 그런 우월감에서였다.

 입사 당시에는 오치 도모코에게도 아직 꿈이 있었다. 부친이 창립하고 모든 정열과 에너지를 기울여 부정에 맞선 부친의 성채에 그 여열(餘熱)과 체취의 잔향(殘香)이 남아있을 것 같은 생각이 들었다.

그러나 그런 것은 한 조각도 남아있지 않았다. 부친이 지은 성은 일찍이 무너지고 부정의 달콤한 즙을 빨아 먹고 통통하게 살찐 적이 또아리를 틀고 있을 뿐이었다.

도모코 자신도 시민들이 느낀 구제불능의 무기력에 감염되어 있었다. 언니의 죽음이 그것을 한층더 조장했다.

언니의 죽음은 오바와 관계가 없는 것 같았다. 언니는 동생인 도모코와는 달리 무슨 일에든 조심성이 있었으며 고독을 즐겼다. 세상 일에는 흥미를 갖지 않고 오로지 자신의 껍질 속에 묻혀 있었다. 그런 그녀가 남에게 원한을 샀다고는 생각되지 않았다. 언니가 근무하고 있던 F시의 '스미에 통상'은 오바 일족과는 아무런 관계도 없는 회사였다. 그녀가 오바의 뭔가 곤란한 비밀을 알았기 때문에 없앴다고는 생각되지 않았다. 여하튼 언니의 죽음은 도모코에게 다소나마 남아있던 부친의 유지를 이어받겠다는 마음에 종막을 내리게 했다.

도모코는 완전히 변질된 '하시로신보'에서 별로 쓸모없는 부인란을 담당하며 차츰 젊음을 잃어갔다. 언니가 죽었을 때의 나이가 되었는데도 아직 이렇다 할 상대가 없었다.

도모코의 현대적인 미모에 끌려서 접근해 오는 남자가 있었지만 그녀 쪽에서 반응하지 않았다. 요컨대 짜릿한 느낌이 오는 자가 없었던 것이다. 도모코는 하시로 시에 있는 한 자기 마음을 빼앗을 자는 나타나지 않을 거라고 생각하고 있었다.

오바 체제에 대한 유일한 반항의 성채였던 '하시로신보'마저 그 자들의 아성(牙城)의 하나가 되어버리고 부친을 따랐던 사원은 모두 쫓겨나든가 거세된 지금, 하시로 시내의 남자들은 모조리 오바

쪽 인간으로 보아도 좋았다. 부친을 지지했던 자들도 지금은 오로지 오바에게 순종을 맹세하고 그의 눈치만 살피고 있었다.

도모코가 청춘의 가능성을 찾아내기 위해서는 이 거리에서 뛰쳐나가는 수밖에 없었다. 그러나 그녀의 늙은 모친은 새삼스럽게 낯선 땅에 나가려고 하지 않았다. 지금은 단 하나의 핏줄인 도모코에게 꼭 매달려서 아무데도 가지 말라고 호소했다.

이런 모친을 홀로 남겨두고 어디로 가버릴 수는 없었다. 게다가 도모코 자신이 청춘의 가능성 같은 건 아무래도 좋다고 생각했다. 요즈음은 부친의 삶마저 오히려 유치한 영웅주의처럼 우습게 보였다. 오바 체제에 협력하고 있는 한 생활은 보장되었다. 깊이 고여 있는 썩은 물에 잠겨 있는 것 같은 생활이기는 했지만, 그것은 그것대로 정착해 버리면 그만이었다.

오바의 독재 시정이기는 하지만 일반시민에게 범죄의 공범을 강요하는 것은 아니며, 그들에게 얌전히 복종하고 있는 한 생명을 위협받는 일도 없다.

그것을 섣부른 정의감을 일으켜 저항했기 때문에 부친은 멸망해 버렸다.

오바 체제를 뒤엎었다고 한들 시정책이 좋아진다는 보장은 조금도 없다. 아니 오히려 나빠질 수도 있다. 오바와 같은 절대적인 일인자가 군림하고 있는 편이 도시로서는 평화가 보장된다. 오바는 하시로 시로 보아 정부(政府)이며 천황(天皇)이었다. 그가 없으면 도시는 무정부 상태가 될 것이다.

'부친은 왜 그런 어리석은 짓을 했을까?' 도모코는 최근에 그렇게 생각하게 되었다. 부친이라는 반항분자가 없어졌기 때문에 도시는 평화를 되찾은 것 같았다. 껍질 아래 잔뜩 고름이 채워져 있는 겉보기만의 평화였지만 아무튼 평화임에 틀림이 없었다.

3

도모코는 최근 신변에 어떤 시선을 느끼게 되었다. 시선을 보내는 사람이 누구인지는 몰랐으나 하여튼 어디선가 감시하고 있다는 것을 알았다. 그 시선은 꽤 오래 전부터 자기에게 향해진 것 같았으나 도모코 자신이 최근에 더욱 의식하게 된 것이다. 도모코는 정체불명의 시선이 항상 몸에 붙어 있는 것은 불쾌했다. 그러나 그 시선은 결코 악의적인 것은 아니었다. 남몰래 호의를 품고 조심스러운 시선으로 먼곳에서 지켜보고 있다는 느낌이었다.

그러나 어떻든 간에 정체불명인 시선에는 신경이 쓰인다. 도모코는 감시의 시선을 보내는 자를 알아내려고 했지만 감시라고 단정하기에는 너무 약했고 도모코가 반대로 탐지의 눈길을 탐지하려 해도 언제나 도중에서 끊어졌다.

도모코는 자기만의 지나친 생각인가 했다. 그러나 확실히 감시받고 있다는 본능적인 감각이 움직였다. 사건은 그럴 때 발생했다.

그날, 인터뷰할 상대방의 형편으로 회사에서 늦게 끝난 도모코는 귀가 시간이 몹시 늦었다.

그녀의 집은 시의 서남쪽 교외의 신흥주택지였다. 애당초 도시 복판에 있던 부친의 인쇄소를 주거지로 했었는데, '하시로신보'가 발전함에 따라 그곳은 협소했기 때문에 부친이 집장사의 집을 사들인 것이다.

현재의 '하시로신보'는 옛건물을 헐어버린 자리에 당당하게 서 있었다. 오바 일족이 뺏은 후에 신축한 것이다.

회사 앞에서 잡아탄 차가 공교롭게 도중에서 고장났다. 다른 차는 지나가지 않았다. 운전수는 자꾸만 미안해 했지만 수리를 기다리는 것보다 걸어가는 게 빠를 것 같았다.

차로 가면 겨우 10분 정도의 거리였으나 걸어보니 의외로 멀었다. 이 지역은 신개발지였으므로 밭이나 산림이 그대로 남아 있었다. 인가의 등불이 드물고 한낮의 한적한 환경도 밤이 되니 쓸쓸했다. 사실 이 부근에는 치한이 자주 날뛰었다. 짙은 어둠 속에 정말로 치한이 숨을 죽이고 잠복하고 있는 것 같았다.

걷고 나서야 도모코는 차가 수리될 때까지 기다렸더라면 좋았을 걸 하고 후회했다. 그러나 그때는 집과 차의 중간지점에 와 있었다. 뒤에서 저벅저벅 발소리가 따라오는 듯했다.

걸음을 멈추고 낌새를 살피니 갑자기 조용해지고 멀리서 개짖는 소리만 들렸다. 그것이 더욱 그녀의 공포를 부채질했다.

도모코는 누군가가 자기를 뒤따르고 있다고 생각했다. 그러나 인가의 등불은 절망적으로 멀었다. 그녀는 끝내 견딜수 없어 달리기 시작했다. 달린다는 행동 속에서 밀려드는 공포를 잊으려고 했다.

신경이 뒤로만 가고 앞이 소홀해졌다. 돌연, 앞쪽의 어둠 속에서 그림자가 움직이고 앞을 가로 막았다. 깜짝 놀라 당황했을 때 어둠 속의 그림자는 말없이 덮쳐 왔다. 도움을 청하려고 했을 때는 이미 늦어 두툼한 손으로 입을 틀어막혔다. 몇 개인가의 팔이 몸을 휘감아 오고, 도로에서 잡목 숲속으로 무턱대고 끌고갔다.

뜨겁고 비린내 나는 입김이 얼굴에 불어오고 욕망으로 번들거리는 짐승의 눈이 어둠 속에서 번쩍이고 있었다. 짐승들은 먹이를 먹기 쉬운 장소까지 끌어온 다음 처절한 겁탈을 시작했다. 여자의 전력을 다한 저항도 삽시간에 유린되고 과일껍질을 벗기듯이 여자의 옷이 벗겨졌다. 그림자는 셋이었다. 그들은 이런 일에 매우 익숙한 모양이었다. 하나가 망을 보고 하나가 다리를 누르는 동안에 또 하나는 옷을 벗긴다. 일체가 무언중에 진행되고 행동에 낭비가 없다. 도모코는 순식간에 절망적인 상태가 되었다. 순번도 미리

짧던 모양이다. 옷을 벗기던 자가 도모코를 능욕할 자세를 취했다. 그 순서가 가장 능률적이었다.

여전히 보람없는 저항을 계속하는 도모코의 볼에 불같은 손바닥이 날아왔다.

그이상 저항을 계속하면 꼭 죽일 것만 같았다. 공포가 그녀의 저항을 약화시켰다. '이제는 끝이다!' 그녀는 체념의 눈을 감았다. 그다지 처녀성을 소중하게 여긴 것은 아니었고, 여태까지 기꺼이 바칠 수 있는 상대를 만나지 못했을 뿐이다. 처녀 그 자체에 대한 집착은 없으나 이런 꼴로 짐승과 같이 음란한 욕망의 희생이 되어 물어 뜯기는 것은 실로 분했다. 짐승은 초조해했다. 도모코는 이미 저항을 포기하고 있었지만 경험이 없는 육체의 생경(生硬)함이 수욕의 침범을 거부하고 있는 것이다.

"제기랄!" 폭한은 처음으로 소리를 질렀다.

"뭘 꾸물대? 뒤가 밀려있지 않나." 2번 타자가 재촉했다. 모두 젊은 목소리였다. 폭한의 초조함이 부자연스러운 움직임이 되고, 도모코의 입을 막고 있던 손이 빗나갔다. 그 틈을 타고 그녀는 힘껏 비명을 질렀다. 기적은 그 순간에 나타났다. 그녀의 몸을 누르고 있던 폭한의 체중이 별안간 제거되고 분노한 소리와 처절한 투쟁의 기척이 그녀의 몸을 중심으로 맴돌고 있었다.

싸움의 균형은 삽시간에 깨어지고, 도망가는 자와 쫓는 자의 소리가 어둠속에서 저멀리 이동하고 있었다.

위기가 지난 뒤에도 도모코는 공포에 위축되어 아니, 공포 그 자체도 마비되어 그저 멍하니 자기자신을 잃고 있었다.

무슨 일이 일어났는지도 몰랐다. 폭한들 사이에 순번을 다투는 싸움이 벌어졌는지도 모른다. 여하간에 이것은 위기에서 달아나는 절호의 기회였다. 폭한이 되돌아오기 전에 도망가야지 하고 겨우 정신을 차렸을 때 어둠 속에서 발소리가 달려와 그녀 앞에서 멎었다. 그녀가 넋을 잃고 있는 동안에 최강의 짐승이 되돌아 왔다. 되살아난 공포로 도모코는 이제 소리도 나오지 않았다.

"이제 괜찮습니다. 다친 데는 없습니까?"

어둠속의 그림자가 말을 건넸다. 아까의 폭한하고는 다른 것 같았다. 도모코가 믿어지지 않아 경계자세를 풀지 않고 있으려니까 다시 물어왔다.

"비명이 들려서 달려왔습니다. 정말 다친 데는 없습니까?" 도모코는 상대가 말하는 상처의 의미를 알았다.

그녀는 겨우 도움을 받은 것을 깨달았다.

"괜찮습니다." 대답하는 동시에 공포 때문에 잊었던 수치가 되살아났다. 요행히 어둠속에 감춰져 었었으나 하반신은 완전히 무방비였다.

"나쁜자식들 같으니라구. 아, 여기 옷이 있습니다."

상대는 땅바닥에 흩어진 그녀의 의복을 가리켰다. 그 속에 속옷도 있었다. 그것을 직접 집어 주지 않는 점에 상대방의 섬세한 배려가 느껴졌다. 산산조각으로 찢겨 있었으나 안 입은 것보다는 나았다.

"병원에 가지 않아도 좋을까요?" 상대방은 걱정스럽게 묻는다.

"괜찮습니다, 피해는 아무것도 없으니까요" 하고 말했지만 상대방은 믿어지지 않는 모양이었다. 이같이 피해를 받은 여성은 오로지 숨기려고만 하는 법이다.

"그렇다면 괜찮겠지만 나중에 피해가 나타나는 일도 있으니까요. 충분히 주의를 해 두시는 게 좋겠지요."

상대는 병을 두려워하고 있는 모양이었다.

"정말 위험했었는데 감사합니다."

도모코는 진심으로 감사했다. 혼자서 세 명의 폭한을 쫓았으니까 상당히 힘이 센 사람인가보다. 아니 그보다도 용기가 있는 사람이겠지. 어둠속에 희미하게 떠오르는 윤곽도 정말 늠름하게 생겼다.

"댁은 여기서 먼가요?" 늠름한 체격에 비해 목소리는 부드러웠다.

"저 건너 자이모쿠쵸예요."

"자이모쿠쵸라면 꽤 멀군요. 아까 그 못된 것들이 또 돌아올지 모르니 댁까지 바래다드리지요." 상대는 강요하듯 말했다.

"그렇게 해 주시면 고맙겠습니다." 도모코가 걸으려고 하는데 무릎에 통증이 일어나 다리가 비틀거린다. 폭한에게 습격당할 때 무릎을 나무뿌리나 돌에 부딛친 모양이었다.

"조심해요!" 상대는 재빠르게 어깨로 받쳐주었다. 강하게 생긴 사나이의 어깨였다. "제발 사양마시고 붙드시오."

하라는 대로 그 어깨에 매달려 도로에 나왔다. 이윽고 먼곳에서 비치는 희미한 빛으로 도모코는 구세주의 얼굴을 볼 수가 있었다. 네모진 얼굴에 탱크처럼 강하고 굵은 뼈의 신체를 가진 30 선후의 사나이였다. 이 정도라면 가련한 여성만을 노리는 치한 세 명쯤이야 어림도 없겠지.

그의 볼에서 피가 흐르고 있었다. 아까 그 폭한들과의 격투에서 다친 모양이었다.

"어머, 피가 흘러요."

도모코가 말하니까 사나이는 거침없이 손바닥으로 피를 닦았다.

"균이 들어가면 안돼요. 잠깐 집에 들러서 치료하고 가세요."

"뭐 이까짓 거 아무것도 아닙니다. 상대의 이빨을 꺾어 놓았더니 피가 튄 모양입니다."

웃으니까 눈이 보이지 않을 정도로 얼굴이 조그마해지고 의외로

앳되어 보인다. 어둠 속에서 새하얀 이가 뚜렷이 떠올랐다.
 두 사람은 도모코의 집 앞까지 왔다.
 "저어, 제발, 잠깐만 들르시지요."
 "아니오, 너무 늦었습니다."
 "이대로는 보내드릴 수 없습니다. 최소한 치료만이라도 하시죠."
 "이 정도의 상처는 내버려 두어도 낫습니다. 이제부터는 혼자서 밤에 다니지 않도록 하십시오. 그럼, 안녕히 주무십시오."
 "잠깐만이라도 좋으니 들어오세요. 그래야 제 마음이 놓입니다."
 그대로 가려는 사나이를 도모코는 애써 만류한다. 두 사람이 옥신각신하는 동안에 집 안에서 기척을 알아차렸는지 도모코의 모친이 현관으로 나왔다.
 "도모코냐?"
 "네, 어머니. 이분을 집에 들어오시도록 해 주세요."
 "어머, 손님이 계셨었니. 도모코가 항상 폐를 끼칩니다." 하고 사나이에게 인사를 하려다가, 도모코의 참담한 모습을 보고 깜짝 놀란 소리로 물었다.
 "어머나, 도모코, 그 모양은 대체 어떻게 된 거냐?"
 "오는 길에 치한에게 습격당했어요. 위험했는데 이분이 구해 주셨어요."
 "도모코, 너 정말로 괜찮니?" 노모는 구조자의 존재같은 것은 잊어버리고 딸의 처참한 모습에만 당황했다.
 "염려마세요. 옷을 찢겼을 뿐이에요. 그보다도 어머니, 이분을 빨리 들어오시도록 해 주세요."
 도모코는 집 안의 밝은 등불 앞에 서자 수치심이 급속도로 되살아났다. 어서 옷을 갈아입고 올바른 모습으로 돌아가고 싶었다. 특히 젊은 구조자 앞에서 물어뜯기기 직전의 모습을 드러내고 있는 것은 부끄럽기 그지없었다.

4

사나이는 도모코 모녀가 묻는 대로 신원을 밝혔다. 그의 이름은 아지사와 다케시, '히시이 생명'의 하시로 지점에 근무하고 있었다.
"생명보험회사에 근무한다고 해서 도모코 씨에게 절대로 보험권유 같은 것은 안할 테니까요."
아지사와는 희고 건강한 이를 드러내고 웃었다. 웃는 얼굴이 상쾌한 사나이였다.
이것을 계기로 두 사람 사이에 교제가 시작됐다. 도모코에게는 아지사와가 구해주었다는 고마워하는 의식이 있었다. 아지사와는 미남형은 아니었지만 근육노동자 같은 늠름한 신체와 정말로 남자다운 분위기를 풍기고 있었다. 세 명의 치한을 순식간에 물리친 완력도 보통이 아니었다.
그러면서도 그런 타입의 사나이에게 흔히 보이는 동물적인 냄새는 없었다. 매사를 조심성 있고 눈에 띄지 않게 숙이고 살아가는, 그런 점이 있었다. 그는 과거를 말하려들지 않았다.
이 고장사람이 아닌 것은 분명했으나 여기로 오기 전에는 어디서 무엇을 하고 있었는가. 또 어떤 이유로 하시로에 왔는가 일체 말하려고 하지 않았다.
그는 시내 아파트에서 열 살 가량의 소녀와 살고 있었다. 소녀는 아지사와의 먼 친척으로 양친은 강도에게 살해당하고 고아가 되어 그가 맡고 있다는 이야기였다. 아지사와는 결혼경력이 없다고 했다. 그 말을 곧이 곧대로 믿을 수는 없었으나 소녀와의 사이에 핏줄을 나타내는 닮은 점은 전혀 없었다.

만약 그가 현재까지 정말로 독신이었다면, 소녀의 존재가 결혼의 장애가 되었는지도 모른다. 그애는 참으로 이상한 소녀였다. 얼굴이 희고 아랫볼이 통통한 귀여운 소녀였으나 거의 말이 없었다. 말을 걸면 똑똑하게 대답을 했지만 눈은 언제나 먼 곳을 바라보고 있었다. 분명히 이쪽을 보고 있으면서 초점은 상대방 너머의 먼곳을 헤매고 있는 것 같았다. 소녀와 말을 하고 있으면 몸만 이곳에 있고 정신은 어딘가 자기 혼자만의 우주에서 놀고 있는 것 같은 답답함을 느꼈다.

그 말을 아지사와에게 했더니 양친이 살해당한 충격으로 그 이전의 기억을 상실했다고 했다. 그러나 습관이나 학습의 기억은 잃지 않아 일상생활에는 지장이 없다고 한다. 소녀가 기억을 잃을 정도의 심리적인 요인이 된 양친이 죽은 이유를 알고 싶었으나 아지사와는 그 이상 말하지 않았다.

'나는 어느 사이에 아지사와 씨에게 흥미를 가지고 있다.' 도모코는 문득 깨닫고 자신의 볼을 눌러 보았다. 아지사와의 과거나 소녀의 기억상실의 원인 등은 본래 도모코에게는 관계없는 일이었다. 그런데 어느 사이엔가부터 열심히 알고 싶어한다. 그때 그녀는 자기가 아지사와를 이성으로서 의식하고 있음을 깨달았다.

아지사와를 이성으로 느끼게 된 후 또 한 가지 마음에 걸리는 일이 생겼다. 그것은 아지사와의 눈이었다. 그는 도모코를 볼 때 눈이 부신 것처럼 일정한 거리를 두고 쳐다보았다. 옆에서 상대하고 있어도 거리감이 있었다. 그녀 쪽에서 다가와도 다가온 만큼 아지사와는 조심스럽게 거리를 두었다.

그녀를 싫어하거나 경원하기 때문이 아니었다. 아지사와가 두는 거리에는 눈부신 동경의 대상에서 눈을 돌리는 망설임과 죄인이

용서를 비는 호소가 있었다. 그 거리감을 둔 시선에 대한 기억이 있었다. 전에 어디선가 그 눈을 본 기억이 있었다. 그것도 극히 최근의 일이다.

'그렇다. 그 시선이야.' 도모코는 겨우 생각났다. 그것은 최근 어디선가 그녀의 신변에 붙어 있게 된 바로 그 예의 시선이었다. 치한에게 습격 당한 이래 그 시선을 의식하지 않게 된 것은, 그것이 없어진 게 아니라 먼곳에서 몰래 주시하던 것이 드러나게 옆에 와 있기 때문이었다.

'아지사와 씨가 나를 주목하고 있었다'는 것은 그가 도모코를 전부터 감시하고 있었던 것이 된다. 그것은 언제부터였을까? 그리고 무엇 때문에? 의문은 또다시 새로운 의문을 유발시켰다. 아지사와가 도모코를 구하기 위해 달려온 것도 우연히 지나는 길이 아니었는지도 모른다.

아지사와는 그때 "비명을 듣고 달려왔다"고 말했는데 잘 생각해 보니 도모코가 비명을 지른 것과 거의 동시에 달려왔던 것 같았다. 도로에서 숲속까지 대략 30미터 정도의 거리가 있있다. 도중에 수목이나 덤불숲 등의 장애물이 있었으니까 아무리 빨리 달려와도 비명과 동시에 현장에 나타나는 것은 불가능하지 않은가? 그것을 가능케한 아지사와는 치한에게 숲 속으로 끌려간 도모코를 계속 미행한 것이 아니었을까, 그리고 위험 직전에 뛰어나왔던 것이다.

위험에서 구해 주었는데도 불구하고 이런 상상을 하는 것은 아지사와에게 실례이지만, 세 명의 치한은 그가 고용한 자들이 아니었을까? 아무리 아지사와가 강해도 혼자서 세 사람을 삽시간에 격퇴한 솜씨는 아무래도 지나치다.

싸구려 영화나 소설에서, 주인공과 접근하는 계기를 만들기 위해, 자기와 한패인 치한으로 하여금 습격하도록 해놓고 구조하는 수법을 잘 쓰는데, 아지사와도 도모코에게 호감을 갖도록 접근하기 위해 그 수법을 이용한 것인가.
 '아니다, 그런 일은 절대로 없다.'
 도모코는 황급히 자신의 부푼 상상을 지웠다. 세 명의 치한 습격은 연극이 아니었다. 아지사와가 한발만 늦었더라도 그녀는 여지없이 당했을 것이다.
 아지사와의 상처도 연극이 아닌 진실이었다. 출혈한 볼의 상처뿐이 아니라 팔이나 어깨와 등에도 타박상이 있었다. 그것은 혼자서 세 사람을 상대로 필사적으로 싸운 증거였다. 3대 1의 절망적인 열세를 극복하고 도모코를 구하기 위해 몸을 내던진 아지사와에 대해서 그같은 의혹이 한 가닥이라도 있어서는 안 된다. 그런 생각을 하며 도모코는 자책하고 뉘우쳤다.
 그러나 아지사와가 어떤 이유에서든지 도모코를 감시하고 남몰래 미행한 것은 확실한 것 같았다. 먼발치에서 지켜보는 따스한 눈길, 그 눈길의 소유자가 한 패거리의 치한과 짜고 그와 같은 계략을 꾸민다는 것은 모순이었다. 한발 늦었으면 보람이 없었을 절박했던 구출도 필사적으로 달려와 주었기 때문이었다.
 일정한 거리를 둔 채, 도모코와 아지사와의 사이는 진행되었다. 그리고 그 거리는 확실히 좁혀지고 있었다.

5

 기타노(北野)는 오치 도모코가 살고 있는 하시로 시에 왔다. 먼저 하시로 서(署)에 인사차 들렀다. 수사관이 관할이 다른 지역으로 갔을 때는 무엇보다도 먼저 관할서에 인사를 하는 것이 관습이었다. 멋대로 관할이 다른 장소를 수사한 것을 알게 되면 서로 감정적으로도 좋지 않을 것이다. 그러므로 그 고장 경찰서의 협력을 바라는 편이 일하기가 쉽다.

"오치 도모코말입니까. 아아 오치 모기치의 딸이군요."

기타노가 도모코의 이름을 말하니 하시로 서의 다케무라(竹村)라는 수사과장이 즉석에서 반응했다. 다케무라의 표정에 복잡한 그늘이 서린 것을 기타노는 민감하게 느꼈다.

"오치 모기치는 이 고장의 '하시로신보'의 창시자이며 초대 사장이라고 들었습니다. 3년 전에 죽었다지요."

기타노는 다케무라의 표정에 숨어있는 것을 손으로 더듬듯이 물어 보았다. 수사과장이 죽은 지 3년이나 되는 일개 지방언론인에게 보인 반응은 너무나 뜻밖이었다. 순간 기타노는 다케무라가 오치 모기치에게 무언가 거리낌이 있다는 것을 깨달았다.

"꽤 시끄러운 사람이었는데 그의 딸이 뭘……" 다케무라는 오치 모기치의 이름을 스스로 꺼내 놓고도 그에 관한 이야기는 그다지 하고 싶어하지 않는 모양이었다.

"예의 가키노기 촌의 대량 살인사건때문에 오치 도모코의 신변을 잠깐 수사하고 싶은데 협력해 주시면 다행이겠습니다." 기타노는 끝까지 저자세로 굴었다.

"오치의 딸이라면 '하시로신보'에 근무하고 있지요. 아주 미인인데 아직 미혼입니다. 나이도 꽤 들었을 텐데, 필시 꺼리고 있는게지."

"꺼리다니요? 그건 또 무슨 이유지요?"

"아니, 저어, 뭐 그건 여러 가지로……"

다케무라는 분명하게 말을 잇지 못하고 말끝을 흐렸다. 다케무라뿐이 아니고 하시로 서 전체가 오치 일가에 대해서 뭔가 알 수 없는 야릇한 감정을 품고 있는 모양이었다. 그것은 오치 모기치를 원점(原點)으로 하고 있는 듯하다. 3년 전에 죽은 오치 모기치가 오늘날까지 하시로 서에 던지고 있는 영향력이란 무엇인가?

기타노는 하시로 서의 반응에서 그들이 오치 도모코의 신변 수사를 그다지 좋아하지 않는다는 것을 깨달았다. 표면으로는 협력을 가장하면서 실제로는 방해하는 듯한 느낌이 들었던 것이다.

다케무라가 붙여준 지원 형사도 기타노의 움직임을 감시하는 것이 실제 역할인 것 같았다.

'이거, 하시로 서의 협력을 받으면 오히려 곤란해지겠는데……'
기타노는 수사에 만족하고 일단 돌아가는 거동을 취했다. 그리고 하시로 서의 형사를 따돌린 후에 재차 수사를 시작했다.

하시로 서에 알리면 서로가 서먹서먹해지므로 은밀한 행동을 취하지 않을 수 없었다. 그것은 땅바닥을 기어가는 것 같은 답답한 수사였다. 기타노는 여기서 뜻밖에 새로운 사실을 발견했다. 그 새로운 사실이 사건 전체에 어떤 관련을 가져올 것인지는 아직 예측할 수 없다. 그러나 결코 버려 둘 수는 없는 사실이었다. 그는 상사에게 보고하기 위해 수사본부로 일단 돌아갔다.

"오치 도모코에게는 사건 당시 특별히 친했던 남자나 원한을 품고 있었던 사람은 없었습니다."

"역시 없었는가."

무라나가는 정직하게 실망의 빛을 띠었다. 오치 도모코는 굳어버린 수사에 최후의 희망을 이어주는 가는 선이었다.

"그런데 최근에 와서 한 사나이가 접근하기 시작했습니다."

"최근이라면 별수없군."

언니 살해의 동기도 그 당시로 소급해서 조사하고 있기 때문에 사건 후 발생한 인간관계는 의미가 없다.

"오치 도모코도 스물 세 살이니까 남자친구 하나 둘쯤 있다는 것은 별일은 아닙니다만, 실은 도모코에게 접근한 그 사나이라는 자가 가키노기 촌과 관련이 있습니다."
"가키노기 촌과 관련이…… 정말인가?"
무라나가의 눈이 약간 긴장되었다.
"정확하게 말하자면 사건 후에 관련이 생겼습니다. 후도의 피해자인 아이로 단 한 명의 생존자가 있었지요. 그 아이를 맡아 기르고 있습니다."
"나가이 요리코라고 하는 아이야. 아마 친척집에 맡겨져 있을 텐데……"
"그렇습니다. 그 나가이 요리코를 양육하고 있는 사나이가 최근 오치 도모코의 신변에 얼씬거리고 있습니다."
"그건 예삿일이 아니군. 그래 어떤 사나인가?"
"아지사와 다케시라고 합니다."
"무엇을 하는 사람인가?"
"히시이 생명 하시로 지점의 외무원입니다. 연령은 30 전후로 근육질의 아주 남자다운 녀석입니다. 그런데 주민등록을 하지 않아서 어디서 왔는지 신원이 어떤지 전혀 모르겠습니다. 이 이름도 어쩌면 가명일지도 모릅니다. 아지사와라는 전과자도 없습니다."
"지문을 채취할 수 있으면 좋겠는데."
"지금의 단계에서는 무립니다. 아직 신원조사를 하는 방법은 많이 있습니다만, 반장님께서는 이 아지사와를 어떻게 보십니까?"
기타노는 먹이를 물고온 사냥개가 그 가치를 주인에게 묻듯이 무라나가의 얼굴을 들여다보았다.

"약간 짐작이 가는군. 나가이 요리코를 기르고 있는 사나이가 오치 미사코의 동생에게 접근하고 있다고. 양쪽 모두 후도와 관계가 있군. 자네는 당분간 아지사와 다케시의 신변을 철저하게 들춰 보게. 손이 모자라면 지원을 해줄 테니."
"아닙니다. 당분간 혼자 움직이는 편이 좋을 거라고 생각합니다. 하시로 경찰서에 대한 체면상 눈에 띄고 싶지 않습니다."
"하시로 서와 무슨 일이 있었나?"
갑자기 말끝이 흐려진 기타노의 어조에 무라나가는 바닥에 함축된 무엇인가를 느낀 모양이다.
"이것은 제 육감입니다만……."
"괜찮으니 말해 보게."
"하시로 서의 분위기가 아무래도 재미 없습니다. 오치 도모코의 신변수사를 좋아하지 않는 것 같아요."
"그건 또 어째서지?"
"아직은 잘 모르겠습니다만 도모코의 부친 오치 모기치는 현재 하시로 시에서는 제일 큰 '하시로신보'의 창설자입니다."
"그는 3년 전에 죽었지. 아마 교통사고였던가."
"하시로 시는 오바라는 일족이 메이지(明治) 이래로 계속 시정(市政)을 쥐고 흔들고 있습니다. 시에서 솟아난 천연가스 자원을 독점하고 대대로 성주처럼 그 도시를 지배하고 있습니다. 현 당주는 3대째인데 전쟁 후에는 폭력단과 이면에서 결탁하고 있어, 그 강권 체제를 더욱 견고하게 굳혀버렸습니다. 이에 반항하고 일어선 자가 오치 모기치로서 당시 혼자서 '하시로신보'를 발행하고 오바 체제의 타파와 폭력추방의 투쟁을 벌였습니다."
"그 이야기는 잠깐 들은 일이 있네."
"이것이 시민의 지지를 얻어 크게 대두하려던 찰나, 오치는 교통사고를 당해 어이없이 죽어버렸습니다."
"배후에 오바 혈족의 세력이 움직였다는 건가?"
무라나가의 표정은 여전히 막막했지만 눈빛이 강렬해졌다.
"단정할 수 없으나 그 의혹이 짙습니다."
"그러나 경찰은 교통사고를 인정했지 않았나."
"그 경찰이 오치 모기치 딸의 신변조사를 싫어하고 있습니다."
"그렇다면 하시로 서도 오바와……."
"하시로 서와 오바 일족은 관련이 있습니다. 제가 조사해 본 것으로는 하시로 서는 오바 일족의 사설경찰이나 마찬가지입니다."
"그러나 오치 모기치의 교통사고와 미사코 살해와는 관계가 없을 텐데."
"일단 무관한 것으로 되어 있습니다만 사실상 관계가 없다면 우리들이 미사코 살해에 관련해서 도모코의 신변을 조사하는데 그렇게 신경을 곤두세울 까닭이 없지 않습니까."
"오치 모기치의 사고가 살인이라면 하시로 서로서는 그 딸을 수사 하는 것은 불쾌한 일이겠구먼."
"타현(他縣)의 경찰이 다른 사건의 조사를 하는 데 그토록 신경을 곤두세우는 것은 역시 뭔가 뒤가 켕기는 일이 있다는 증겁니다."
"오치 모기치의 사건에 관해서는 손을 댈 수 없을까?"
"미사코 살해와 관계없는 한에서는 그렇습니다. 그러나 만약 두 사건에 연관성이 있다면……."

기타노는 말끝을 꿀꺽 삼켰다. 마주 보고 있던 두 사람의 얼굴이 앞으로 귀찮아지겠다고 말하고 있었다.

가키노기 촌에 발생한 살인 사건이 뜻밖에도 하시로 시의 두목과 경찰의 유착을 폭로하려고 한다. 그 유착의 흉터 밑에 교묘하게 꾸며진 다른 살인 사건이 숨겨졌는지도 모르는 일이었다.
 기타노가 물고온 수확물은 컸다.
 게다가 더 큰 먹이가 걸릴 기미가 짙었다.

6

 "아지사와 씨에게 여쭈어볼 말이 있어요." 도모코는 과감하게 말을 꺼냈다. 그가 아무리 과거를 말하는 것을 피하려고 해도 그것을 물어 보지 않고서는 안되는 일이었다. 사랑이 싹튼 순간부터 여인은 상대방의 모든 것을 알고 싶어한다. 아니, 알아야 할 권리가 있다고 생각한다.
 요컨대 사랑은 상대방을 모든 의미에서 독점하지 않으면 완수되었다고 말할 수 없다. 아지사와에게 향한 도모코의 탐색에는 그녀의 사랑의 강도(强度)가 강하게 나타나 있었다.
 "무엇이지요?" 아지사와는 평소와 다름없이 거리를 둔 눈으로 그녀를 보았다. 그의 의지의 힘으로 둔 거리였다.
 "아지사와 씨의 이야기를 듣고 싶어요. 당신은 조금도 자신의 이야기를 하지 않으시니까요."
 "이야기할 게 아무것도 없습니다. 보시다시피 아무런 보잘것없는 평범한 인간입니다." 그는 난처한 웃음을 띠고 있었다. 언제나 도모코는 이런 웃음에 속아 넘어갔던 것이다.
 "어떤 사람에게도 생활이라는 게 있어요. 아지사와 씨는 이 도시 사람이 아니지요. 어디서 태어나 여기 올 때까지 어디서 무엇을 했는지 알고 싶어요."
 "그런 말을 하셔도 별 수 없습니다. 매우 흔해빠진 인생이니까요."

"사람들의 인생이란 지극히 평범한 것이죠. 저는 아지사와 씨의 여태까지의 인생에 굉장히 흥미가 있어요. 저는 당신의 모든 것을 알고 싶어요."

그것은 이미 사랑 고백이었다.

"곤란한데요."

아지사와는 정말로 난처한 것 같았다.

"아무것도 곤란할 것 없잖아요. 뭐 지명수배자도 아닌데."

도모코가 반농담으로 말했을 때, 아지사와의 표정에 순간 당황의 빛이 스쳐간 것 같았다. 그러나 그의 애매한 웃음 속에 녹아들어 도모코는 눈치채지 못했다.

"아니, 의외로 지명수배자일지도 모르지요."

아지사와는 순간적으로 도모코의 말에 보조를 맞추었다.

"수배자라도 저는 괜찮아요. 절대로 밀고 같은 건 안할 테니 가르쳐 줘요."

"어째서 그렇게 제게 흥미를 가지십니까?"

"그걸 제 입으로 꼭 말해야 되나요?"

도모코는 원망하는 듯한 눈길을 던졌다.

"그러시다면, 질문을 한 가지 하겠어요. 저를 미행하셨죠?"

"미행이라니요!"

아지사와가 허점을 찔려 당황하는데 틈을 주지 않고 도모코는 말했다.

"시치밀 떼셔도 소용없어요. 당신이 제 뒤를 쭉 미행한 것은 알고 있었어요. 치한에게서 구해 주셨을 때도 저를 남몰래 미행하고 계셨지요. 어째서 그렇게 저를 감시하셨나요?"

"그, 그것은……"

"이 기회에 남자답게 모두 털어놓으세요."

아지사와는 질문에 몰려서 이젠 달아날 수 없게 되었다.
"실은 닮았어요."
"닮았어요?"
"여기에 오기 전에 나는 도쿄에서 봉급생활을 하고 있었습니다. 그녀는 같은 회사에 근무하고 있던 여성인데 장래를 약속하고 있었습니다."
"사랑하고 계셨군요."
"미안합니다."
"뭐 사과하실 건 없어요. 그 여성과 제가 닮았나요?"
"똑같습니다. 처음 당신을 보았을 때는 그녀가 다시 태어났는가 하고 생각할 정도였습니다."
"다시 태어나다니……?"
"2년 전에 죽었습니다. 교통사고였습니다. 그래서 그녀의 추억을 잊기 위해서 회사를 그만두고 이 도시로 온 것입니다. 잊기 위해 온 것이 그녀의 환생과 같은 당신을 만나게 되어 실은 난처했지요."
"저는 싫어요."
도모코는 갑자기 큰 소리를 질렀다. 아지사와는 그녀의 난데없이 변한 목소리에 약간 놀란 눈으로 바라보았다.
"그 여자 대신이라면 싫어요. 아무리 닮았다고 해도 저는 저예요."
"대신이라곤 생각하지 않습니다."
"그럼 난처할 건 없지 않아요?" 금방 화를 냈던 도모코의 눈이 교태를 띠고 있다.
"아니, 당신을 바라보게 되어서 곤란한 것입니다."
"전 상당히 둔한가 봐요. 그건 무슨 뜻인가요?"

"그녀가 죽었을 때는 나도 죽을 것 같았는데 벌써 당신이라는 딴 여성에게 마음을 빼앗겼기 때문입니다."
"그 말을 믿어도 좋을까요?"
"믿어주시오."
"기뻐요."
도모코는 순수하게 아지사와의 팔에 몸을 맡겼다. 아지사와는 마치 깨지는 물건이라도 다루듯 조심스럽게 도모코의 몸을 안았다. 도모코는 사나이의 완력으로 좀더 난폭하게 다뤄주기를 바랐으나 그것을 말하는 것은 좀더 시간이 지나야 한다고 생각했다.

아지사와의 생활사에 관한 세밀한 부분은 아직 아무것도 구체적으로 말한 것은 아니었으나 도모코는 대충 만족했다. 지금 그의 과거를 집요하게 탐색하는 것은 모처럼 잊고 결별하려는 과거의 여자에 대한 추억을 되살아나게 하는 것이다. 그녀의 대신은 싫다고 말했지만 그가 과거를 떠메고 있는 한 대신이 될 수밖에 없을 것이다.

만약 아지사와가 과거를 말하고 싶지 않아서 그런 비련설(悲戀說)을 꾸며댔다면 그것은 여자의 마음을 계산한 교묘한 방법이라고도 할 수 있었다.

아지사와로 하여금 과거를 잘라버리도록 하기 위해서 도모코는 당분간 그 과거의 탐색을 하지 않기로 했다.

아지사와의 '비련설'은 또 한 가지의 효과가 있었다. 도모코는 아지사와의 옛 연인과 꼭 닮았다는 말에 무의식중에 그녀와 경쟁하게 되었다. 매사에 그녀와 비교되고 있다. 경쟁자의 의식은 서로 겨루는 목적물에 마음을 기울인다. 라이벌을 배제하고 경쟁대상을 독점하는 것으로써 처음으로 승리했다고 할 수 있다.

도모코는 라이벌을 상대로 경쟁 심리 속으로 유도되고 있었다.

7

하시로 시는 성(城)을 중심으로 만들어져 있다. 하시로 시의 원점이라고 할 수 있는 '하시로 성'은 게이초 연간(慶長年間)에 건축되어 완공시에는 5층의 망루를 갖춘 웅대한 것이었다. 그런데 지금은 메이지 초기에 해체되어 현재는 도랑과 벽만 남아 있었다.

성은 도시의 동북쪽 끄트머리에 있는 낮은 언덕을 이용한 평탄한 산성(山城)이다. 성에서 가장 가까운 고지대가 '도랑 안'이라고 불리우는 상급무사의 저택가이다. 이어서 가운데는 '나카마치', '시다마치'라고 불리우는 중급 무사와 하급무사의 주택이 있었다. 게다가 저지(低地)에는 절, 장인, 어채(魚菜), 대장간, 소금집, 포목상, 쌀집, 가마집 등의 이름이 붙은 상가(商街)가 있다.

이들 동네 이름에서도 엿볼 수 있듯이 하시로의 성하도시(城下都市) 경영은 직능별로 구획 정비되어 있고 성을 중심으로 한 완전분업에 따른 자급자족형(型) 경제권의 완성을 목표로 하고 있었다. 그것은 어느 성하도시에서도 볼 수 있는 공통 현상이었으나 하시로의 경우에는 그것이 한층더 철저하며 성하에 사는 시민이 주거지를 옮기는 것을 허락하지 않았다.

'시다마치'에 태어난 자는 영구히 '시다마치'에서 탈출하지 못하고, 상가 사람은 마음대로 전직(轉職)을 할 수 없었다. 사는 고장이 그 사람과 직업을 대대로 구속하는 구조였다. 결혼조차도 같은 직업인 사이에서 행해졌다.

그 점에서 '길드'를 닮아 있었으나 '길드'가, 자유로운 신분을 가진 자들이 그 인권적 자유와 재산의 보호를 위해 편성된 단체임에 비해서, '하시로 시 직능별 구획정비'는 성주의 전제정치를 보장하는 것을 목적으로 하고 있었다.

가신이나 서민에게 자유는 없었지만 직업이 대대로 영원히 세습되기 때문에 각 직업에 역사와 전통이 빛나고, 하시로 특유의 서민문화가 태어났다.

그렇기 때문에 시민의 기풍은 보수적이고 여간해서는 혁신의 풍조가 들어갈 수 없었다. 하시로 시의 역사상 유일한 혁명은 메이지 초기에 번정(藩政)이 폐지되었을 때 하급무사에서 나온 오바 이치류가 번주 대신이 되어 시의 지배권을 장악할 때였다. 그때부터 오바 일족은 절대적인 경제력을 기반으로 하여, 세력을 착실하게 굳히고 그 지배체제를 확보했던 것이다.

현재 성산공원(城山公園)이 된 성터와 하시로 시 최고의 땅인 '도랑 안'에는 오바 일족의 저택이 모여 있고 '우에마치'에는 그에 걸맞는 간부들이 살고 있다.

'도랑 안', '우에마치'의 거주지라는 것은 하시로 시의 지배계급의 신분증이 되었다. 그러나 일반시민은 오바 체제에 대한 반감을 마음 속에 축적하고 있었다. 그러나 그들은 3백 년이 넘는 피지배자의 역사에 익숙해 있었다. 요컨대 지배자만 바뀌었을 뿐, 지배받는 사실에는 변화가 없었다. 시민으로서는 성주가 누가 되든간에 자기의 생활만 보장되면 그만이었다.

오치 모기치가 들고 일어났을 때 시민은 그를 지지했다. 그러나 지지만 했을 뿐 스스로 선두에 서서 혁명의 깃발을 휘두른 것은 아니었다. 고양이 방울을 다는 것은 대찬성이었으나 자기자신이 다는 역할을 맡는 것은 사양하겠다는 자세였다. 여하간에 이 도시에서는 오바 일족의 눈 밖에 나면 살아나갈 수가 없었다.

'도랑 안'부터 '우에마치' 일대에는 오바 일족 및 간부들이 떡 버티고 있었고, 역이 있는 가마 동(洞)에서 시의 번화가의 포목동에 걸쳐서는 나카도 일가의 세력권 내였다. 하긴 나카도 집안도 오바 일족에게 고용된 경호원이니까, 이 부근은 요컨대 오바 성하의 병대촌(兵隊村)인 셈이다.
 시내에는 나카도 일가에 대항하는 폭력단도 없고 광역조직(廣域組織)의 폭력단도 경호가 견고하기 때문에 진출할 수가 없는 형편이었다.
 오바 일족의 독재하에서는 그 나름대로 시내는 안정되고 있었다. 나카도 일가의 폭력에 대해서는 경찰에서도 보고도 못본 척했기에 시민은 언제나 억울한 꼴만 당하고 있었다.
 도모코와 아지사와는 포목상가의 찻집에서 자주 만났다. 그날 저녁에도 만나서 식사를 함께 한 뒤 헤어지기 아쉬워 찻집에서 이야기를 나누었다. 이미 도모코는 아지사와가 요구하면 언제든지 허락해도 좋다는 마음을 갖고 있었다. 그러나 아지사와는 전혀 요구를 하지 않았다.
 아지사와가 그녀의 몸과 마음을 탐내는 것은 눈빛을 보면 알 수 있었다. 그는 휘몰아치는 강렬한 욕망을 의지의 힘으로 억누르고 있었다. 무언가가 그의 마음 속에서 그러한 의지를 발동시키는 갈등을 일으키고 있었다. 젊은 사나이의 건강한 생리와 옛날 연인으로부터 이어받은, 소용돌이 속으로 끌어들이는 것 같은 도모코의 이끌림마저도 억제할 수 있는 강한 브레이크가 움직이고 있었다.
 '그 브레이크는 도대체 무엇일까?'
 도모코는 의심하면서도 머지 않은 장래에 꼭 브레이크 장치를 뽑아낼 자신이 있었다. 그것은 사랑받는 자의 자신감이라고 해도 좋았다.

브레이크 장치가 뽑혀진 뒤에는 무엇이 있는지 그것은 뽑아보지 않으면 모른다. 깊이 가라앉은 썩은 물에 잠겨있는 것 같은 현상태에서 어떤 파문이 일어날지도 모른다.
 아니다, 파문은 이미 일어나고 있었다. 아지사와와 알게 된 뒤 그녀의 생활에는 확실히 파문이 일어났다. 주위에서는 요즈음 더 아름다워졌다고 한다. 스스로가 표정이 싱싱해진 것을 느꼈다. 도모코는 연인이 생겼느냐고 놀림을 받아도 굳이 부정하지 않았다. 파문이 생긴 후 괴어 있던 물이 흘러갈 것인가, 아닐 것인가 그것이 문제였다. 파문만으로 끝나버릴지도 모른다. 그래도 좋지 않은가. 이것으로 내 인생이 바뀔 가능성은 있는 것이다.
 도모코가 아지사와에게 기울인 감정 속에는 새로운 인생의 문을 열고자 하는 모색이 있었다.

 헤어지기 아쉬워 이야기를 나누었다. 이야기에 지치면 서로 얼굴만 바라보고 있어도 시간을 보낼 수 있었다.
 아지사와가 도모코를 위해 귀가가 너무 늦지 않도록 시산을 염려하며 시계를 보았을 때였다. 그들의 옆자리에 있던 손님이 벌떡 일어섰다. 마침 거기에 주문을 받은 차를 쟁반에 얹고 웨이터가 지나가는 참이었다.
 웨이터가 황급히 피한 찰나에 손에 든 쟁반의 균형이 무너졌다. 커피잔과 물을 담은 유리잔이 요란스런 비명을 지르고 통로에 쏟아졌다. 그 조각들이 아지사와쪽 좌석에도 튀었으나 얼마쯤 거리가 있었기 때문에 몸을 돌려 피할 수 있었다. 원인을 일으킨 손님은 부딪친 것도 아닌지라 카운터에서 돈을 지불하고 나가버렸다.
 웨이터는 당황하여 흩어진 컵 등을 주워 모았다. 글라스가 몇 갠가 깨져 있었다.

요행히 통로에 떨어뜨렸으므로 손님에게 폐를 끼치지는 않은 것 같았다. 겨우 깨진 글라스를 주워 모은 웨이터가 손님들에게 사과를 하고 가려는데, "잠깐" 하고 불러세운 자가 있었다.

뒤돌아본 웨이터에게 도모코의 자리와 통로 사이에 비스듬히 있는 좌석에 자리잡은 눈초리가 날카로운 젊은 사내들이 손짓했다. 한눈에 불량배임을 알 수 있는 삼인조였다.

"무슨 용무신지요?"

허리를 굽힌 웨이터가 물었다.

"무슨 용무냐고! 이 새끼, 시치밀 떼고 있네."

그들 가운데 가장 인상이 나쁜 자가 손가락의 마디를 딸깍하고 꺾었다. 새끼손가락이 첫 마디부터 잘리고 없었다. 웨이터는 창백해지며 꼼짝 못하고 서 있다. 왜냐하면 나카도 일가의 불량배들이었기 때문이다.

"이걸 봐. 어떻게 할 거야?"

불량배가 가리킨 바짓자락에 커피 얼룩이 약간 묻어 있었다. 웨이터는 몹시 놀랐다.

"어떻게 할 거냐고 묻고 있지 않나."

"즉각 물수건을 가져오겠습니다."

"물수건이라고? 까불지 마!" 불량배는 알맞은 먹이를 발견하고 군침을 흘리고 있었다.

"그럼 어떻게 해야 됩니까?" 불량배의 위협에 웨이터는 벌벌 떨고 있었다.

아르바이트 학생 같아 보였는데 공교롭게도 주변에는 고참 웨이터나 책임자의 모습이 없었다. 부근의 손님들은 어떻게 될 것인가 하고 숨을 죽이며 상황을 엿보고 있었다.

"어떻게 하면 좋으냐구? 이 새끼! 가만둘 수 없군." 손가락이 잘린 놈이 웨이터의 멱살을 쥐었다.
 웨이터는 공포때문에 혀가 굳어지면서 더듬더듬 말했다.
 "손님, 제발 용서해주십시오. 지금 나가신 손님께서 부딪칠 것 같아서 그만."
 "넌 자기 실수를 손님에게 돌리냐."
 "아닙니다, 절대로 그럴 생각은 없습니다."
 "그럼 어쩔 생각이냐!"
 불량배는 별안간 웨이터에게 주먹질을 퍼부었다. 무방비의 웨이터는 견디지 못하고 바닥에 쓰러졌다.
 같이 있던 두 사람이 웨이터를 발로 찼다. 웨이터는 밟혀 뭉개진 개구리처럼 바닥에 들러붙어 용서를 빌었다. 그 꼴을 재미있어 하며 불량배들은 계속 조롱을 퍼부었다. 웨이터의 입술이 찢어졌다. 흐르는 피의 빛깔은 불량배들의 잔인한 흥분을 더욱 부채질했다.
 "아지사와 씨 어떻게 해 주세요, 저 사람 죽겠어요." 차마 볼 수가 없어 도모코는 아지사와에게 호소했다. 아지사와라면 이따위 불량배쯤은 간단하게 때려눕힐 것이라고 생각했다.
 "경찰을 부릅시다."
 "시간이 없어요. 경찰 같은 것은 기대할 게 못돼요."
 "하여튼 여기를 나갑시다."
 아지사와는 도모코를 일으켜 몰아세우듯이 찻집을 나갔다. 주위에 있었던 손님들도 모두 살금살금 달아났다. 아지사와는 찻집에서 나와서도 경찰에 전화를 거는 기색이 없었다.
 "전화 안하세요?"
 "우리가 하지 않아도 누군가 하겠지요." 아지사와는 태연하게 대답했다.

"아지사와 씨는 어째서 그 사람을 구해 주지 않으세요?"

도모코는 불만이었다. 불량배들에게 폭행을 당하고 있는 웨이터를 보고도 못본 척하고 도망쳐온 아지사와 도모코를 구하기 위해 몸을 내던진 사람과는, 전혀 딴사람처럼 보였다.

"관계없는 일에 상관을 않는 겁니다. 저 녀석들은 위험하니까요. 설마 죽이지는 않을 겁니다."

"저는 아지사와 씨에게 실망했어요."

도모코는 또렷하게 말했다.

"나도 목숨은 아까우니까요." 아지사와는 조금도 머뭇거리는 기색이 없었다.

"그렇지만 저의 경우엔 세 놈의 치한을 상대로 싸워주셨어요."

"지금의 세 놈은 다릅니다. 이 놈들은 깡패들입니다. 어떤 흉기를 가지고 있는지 모르거든요."

"그렇지만 치한들도 흉기를 갖고 있었는지 모르지요."

"그때는 당신을 구하려고 열중했었지요. 그러나 아무 인연도 없는 사람들에겐 그렇게 할 수 없어요."

데이트의 즐거운 무드는 완전히 깨져버렸다. 두 사람은 어색한 분위기에서 헤어졌다.

'역시 그때의 치한은 아지사와가 고용한 가짜 치한이 아니었을까?' 도모코는 일단 지워버렸던 의혹을 되살렸다.

그날 밤 자기를 구해 주기 위해서 보였던 아지사와의 힘과 용기가 있다면, 웨이터를 결코 못본 체 하지는 않았을 것이다. 아지사와의 비련설도 신용할 수 없게 되었다. 플레이보이가 여성의 마음을 끌기 위해 만들어낸 감상적인 이야기에 감쪽같이 걸려들었던 것이라고 생각했다.

8

 "저 언니 어디서 본 적이 있어요." 먼곳을 방황하고 있던 나가이 요리코의 시선이 한 곳에 고정되고, 소녀의 입술에서 독백 같은 중얼거림이 새어나왔다.
 "지금 뭐라고 했니?" 아지사와는 소녀의 말을 듣자 깜짝 놀라서 되물었다.
 "저 언니 본 적이 있어요." 요리코는 안개 속에서 형상으로 굳혀지고 있는 윤곽을 바라보고 있었다.
 아지사와는 아이가 말하는 '언니'가 누구를 뜻하고 있는지 알았다. 혼돈된 소녀의 기억 속에서 서서히 어떤 형상이 구성되어 갔다.
 견디기 힘든 공포의 체험으로 사라진 소녀의 기억이 시간의 풍화(風化)와 여러 방면의 의학적 요법으로 서서히 회복되고 있었다.
 "그래. 너는 저 언니를 틀림없이 어디서 만난 일이 있어. 어디서 만났는지 잘 생각해 보렴." 아지사와는 소녀의 짓눌린 기억의 껍질을 한 장 한 장 참을성 있게 벗기려고 했다.
 "시골길을 걸어왔어요."
 "그래, 시골길을 걸어왔다. 누구하고 함께 있었지?"
 유도의 실마리를 끌어당기는 아지사와의 얼굴에 불안과 기대가 파동치고 있었다.
 "몰라요."
 "모르지 않아. 그때 언니는 누구하고 함께 있었지?"
 "머리가 아파요."
 무리하게 기억의 장애를 없애려고 하면 요리코는 두통을 호소하고, 모처럼 기억의 표면에 떠올랐던 것이 또다시 혼돈의 안개 속으로 가라앉아 버리는 것이다.

아지사와는 그녀의 기억에 씌워져 있는 억압을 무리하게 제거하려고 하지는 않았다.

의사는 치료만 계속하면 기억은 다시 돌아올 것이라고 말했다. 치료 외에도 무슨 외적인 충격, 예를 들면 머리를 뭔가에 부딪치거나, 계단에 오를 때나, 누가 어깨를 갑자기 친다든가 하는 순간에 기억을 되찾은 실례가 있다고 했다.

아지사와는 소녀가 '언니'와 함께 본 '그럴지도 모르는' 것에 흥미를 가지고 있었다. 그 정체를 확인하지 않으면 아지사와는 불안해지기까지 했다.

"괜찮아. 억지로 생각해 낼 건 없다. 조금씩 조금씩 생각해 내면 돼. 그리고 생각해 낸 것은 반드시 아빠에게 먼저 이야기해 주는 거야."

아지사와는 요리코의 머리를 쓰다듬어 주었다. 요리코는 고개를 끄덕였으나 그 시선은 이미 초점을 잃고 먼곳을 방황하고 있었다.

조숙한 동년배의 소녀들은 슬슬 초조(初潮)를 본다고 하는데 가난한 마을에 태어나 자랐고, 눈앞에서 가족이 참살당했다는 가혹한 체험이 그녀의 성장을 정지시켰는지 초조는 커녕 신장, 체격 모두가 초등학교의 저학년생처럼 어렸다.

아지사와에게 양육받고 있었으나 그와 자신과의 관계도 잘 인식하지 못하는 것 같았다.

전락한 의혹

1

때마침 한 건의 교통사고가 시의 구역에서 발생했다. 시의 북방에는 시내를 흐르는 하시로 강을 막아서 만든 인공호수인 하시로호(羽代湖)가 있어서 시의 안뜰이라고 불리웠다. 호수의 남쪽 기슭은 도로도 잘 정비되어 있었고, 호텔, 드라이브 인 레스토랑 등의 관광시설이 잘 되어 있었다. 그러나 북쪽 기슭으로 가면 포장도로는 끊어지고 가파른 벼랑에 굴곡이 심한 길이 위태롭게 뻗어 있다.

북녘 쪽은 자연 그대로이나 웬만큼 운전에 자신이 있는 사람 외에는 들어가기 힘들었다. 특히 겨울철에는 길이 위험하고 얼어붙어 아무런 준비없이 들어간 다른 고장 사람들의 차가 꼼짝달싹 못하게 되어 구조를 바란다던가, 사고를 내던가 했다.

이 북벽기슭에서 가장 험하고 가파른 곳이라고 여겨지는 곳은 최북단에 있는 창녀연(娼女淵)이라고 불리우는 부근이다. 여기는 호수와 기슭이 리아스식(式)으로 복잡하게 뒤얽혀 있었다. 그리고 그곳의 길은 100미터쯤 벼랑 위를 커브를 돌며 불안하게 뻗어 있다. 호수와 도로의 높이차이가 가장 심한 장소이기도 했다.

하시로의 유곽(遊郭)에서 달아난 창녀가 쫓겨 붙들리게 되자 투신한 데서 이름지었다고 하는 전설이 있으나, 그 당시에는 아직 댐으로 인한 호수가 없었으므로 어쩌면 관광용으로 꾸며진 이야기 같았다.

어쨌든 이 부근에서 몸을 던지면 땅 속으로 흐르는 물살에 말려들어 시체가 떠오르지 않는다고 한다.

사실 2년 전쯤에 이 창녀못에서 운전과실로 굴러떨어진 차가 있었다. 그런데 끌어올린 차체내에 운전사의 시체는 없었고 아직도 발견되지 않았다고 한다.

5월 24일 오후 10시경, 창녀못에 또하나 떨어진 차가 있었다. 시내에 사는 이자키 데루오(井崎昭夫)와 그의 처 아케미(明美)가 탄 코로나 바아크 Ⅲ로 이자키 데루오만이 추락 도중에 차에서 내던져져서 위급을 면했고, 아케미는 탈출을 못한 채 차와 더불어 창녀못에 가라앉았다. 이자키가 구원을 청해온 레이크사이드 호텔로부터 통보가 있어, 경찰과 소방구급대가 달려갔으나 차가 떨어진 곳은 수심이 깊고 차체의 확인을 할 수 없어서, 우선 잠수부를 잠입시켜 차의 위치를 찾게 하였다. 이 깊이로는 잠수호흡기를 쓴 임시 다이버가 감당할 일이 못되었던 것이다.

그러나 내륙도시이므로 당장에 잠수부를 데려올 수가 없었다. 겨우 불러들인 잠수부가 꼬박 이틀에 걸친 호수바닥 수사를 계속하여 호수 바닥 진흙 속에 박힌 차체를 찾아냈다. 그러나 차내에 아케미의 시체는 없었다.

잠수부는 계속 호수바닥을 수색했으나 끝내 아케미의 시체는 발견하지 못했다. 문이나 유리창은 떨어질 때의 충격과 수압으로 인해서 파손되었고, 시체는 차 안에 있지 않았으며 호수의 복류(伏流)에 말려들어간 것 같았다. 시체는 발견되지 않았으나 그 죽음은 확정적이었다.

"아내와 같이 드라이브를 했는데 호수의 풍경에 도취되어 깜빡 운전을 잘못했습니다. 추락하는 충격으로 문이 열려서 나만 차 밖으로 내던져졌습니다. 차는 벼랑에 두세 번 부딪쳐 튕겨나가 호수속에 떨어졌습니다. 눈 깜짝 할 사이의 일이었지요. 정신없이 내려가서 아내의 이름을 불렀으나 아내는 떠오르지 않았습니다. 저도 함께 죽었더라면 좋았을걸."

이자키는 말을 끝내자마자 대성통곡을 했다.

이자키는 나카도 일가의 간부였고 그의 처는 나카도가 경영하고 있는 시내 제일의 고급 나이트클럽 '골든 게이트'의 호스티스 가운데 최고였다.

차는 며칠 후 윈치로 끌어 올렸으나 차내에는 아케미의 소지품이 한 조각도 남아있지 않았다. 경찰은 이자키의 신고를 받아들여 '교통사고'로 처리했다. 이자키는 도로교통법위반과 과실치사의 문책만으로 끝났다.

문제는 그 후에 발생했다. 이자키 데루오는 아내를 피보험자로 하고 200만 엔 재해(災害) 30배 보장의 생명보험에 가입하고 있었던 것이다. 게다가 그 보험금을 받을 사람은 이자키 데루오로 되어 있었다. 보험계약을 한 것은 금년 1월 말이니까 아직 6개월도 되지 않아서의 일이었다.

이 보험을 담당한 사람이 아지사와였다. 그것도 그가 권유해서 계약을 하게 된 것은 아니었다. '골든 게이트'의 안면이 있는 호스티스 나라오카 사키에(奈良岡咲枝)로부터 이자키를 소개받고 찾아가니, 기다렸다는 듯이 그 자리에서 계약에 응했다.

그때는 우둔하게도 이자키가 나카도 일가의 간부라는 것을 몰랐다. 시내의 게임센터의 전무라는 직함을 가진 그는 사람을 대하는 태도가 부드럽고 세련된 서비스업자의 가면을 쓰고 있어서 깡패와 같은 점은 조금도 엿보이지 않았었다.

게임센터가 오바 계통의 자본이라는 것은 알고 있었으나 시내의 눈에 띄는 기업체는 모조리 오바의 자본이 얽혀 있어서, 별로 마음에 두지 않았었다.

아지사와는 계약시에 이자키가 처를 피보험자로 하는 것에 의문을 갖지 않은 것은 아니다. 본래 생명보험에 가입하는 자(피보험자)는 한 세대의 생계의 중심이 되는 사람이었다. 자신이 불의의 사고로 죽게 되더라도 보험금으로 가족의 생활안정을 찾는 것이 목적이었으므로 남편이나 부친이 피보험자가 되어 처자를 보험금 수취인으로 지정하는 것이 보통이다.

이 점을 아지사와가 질문하자 이자키는 쓴웃음을 지으면서 대답했다.

"집사람의 수입이 좋아서요. 우리집에서는 그 사람이 주인 같은 존재지요. 그 사람이 없어지면 나는 길바닥에서 방황하게 되지요."

그리고 자신은 이미 충분히 보험에 들어 있다고 덧붙였다.

그 말을 전면적으로 믿은 것은 아니었으나 아내가 중심이 되어 있는 가정에서는 여자이름으로 보험을 드는 예도 결코 드문 일은 아니었기에 아지사와는 대충 납득했다.

게임센터의 전무보다는 시내에서 제일가는 나이트클럽의 최고 호스티스쪽이 아무래도 수입이 좋을 것 같았고, 사실 그녀의 소득은 이자키의 몇 배나 되었다.

2

 이자키 아케미의 시체는 발견되지 않았지만 창녀못에 차와 더불어 추락한 그녀의 죽음은 확정적이었으므로 경찰에서는 사고증명을 내 주었다. 생명 보험사는 경찰의 사고 증명을 기본으로 하여 거의 자동적으로 보험금을 지불하였다.
 보험금 지불단계에 이르러 '히시이 생명'에서 의문이 제기되었다.
 "계약하고 6개월 이내에 보험금 지불의 원인이 되는 사고를 일으키는 것은 과거의 예를 보아도 보험금 목적의 살인이 많은데 이자키에게 그런 의심은 없는가?"
 "경찰이 교통사고로 인정하고 사고증명을 낸 이상 보험회사로서는 보험금을 지불하지 못할 이유가 없어."
 "이자키는 나카도 일가의 간부야. 경찰과 나카도 일가는 전부터 유착되어 있어."
 "그러나 이자키 외에는 목격자가 없으니까 이자키가 사고라고 주장하는 이상 어쩔 수 없어."
 "수상한 점은 또 있어. 이자키는 자진해서 보험에 들었다지 않아. 게다가 자기가 아니고 마누라를 피보험자로 하고 창녀못에 마누라만 떨어져서 죽어버렸거든."
 "그 점은 이자키 자신은 충분히 보험에 들어 있고, 마누라 쪽이 벌이가 좋았기 때문이었다고 말하더군."
 "우리 회사의 보험이 아닌 것은 확실한가? 그러나 다른 회사의 보험이라면 본인의 프라이버시에 속하니까 조사할 길이 없구면."
 "이해가 가지 않는 점이 또 하나 있어. 만약 이자키가 보험금을 목적으로 마누라를 살해했다면 시체가 떠오르지 않는다고 알려진 창녀못 같은 곳에 어째서 뛰어들어 갔을까? 시체가 나타나지 않으면 보험금 지불이 안 되는 경우도 있는데."
"그 사망이 확정적이면 시체가 나오지 않아도 보험금은 지불되거든. 그는 경찰이 사고증명을 해줄 거라고 예측하고 있었는지도 몰라. 경찰과 유착하고 있는 증거라고 볼 수 있지 않을까."
"그러나 창녀못에서 차사고를 내고 저만 살아났다니 이자키도 목숨을 걸고 있었군."
"목숨을 걸지 않고 차를 떨어뜨릴 경우도 있습니다." 구석에서 조심스럽게 발언한 자가 있었다.
일동의 시선이 목소리 쪽으로 쏠렸다. 담당자로서 간부회의에 참석이 허락된 아지사와였다.
"그건 어떤 경운가?" 지점장이 물었다.
"예를 들면 피보험자에게 수면제라도 먹이고 재웠을 경우입니다. 피보험자가 약효가 퍼져서 혼수상태에 있을 때, 범인은 차에서 내려서 피보험자와 차를 밀어 떨어뜨리기만 하면 됩니다. 차와 피보험자가 호수바닥에 침몰된 것을 확인한 뒤, 고의로 자기 몸을 정말로 추락도중 차에서 뛰어나온 것처럼 상처를 만들고 구원을 청합니다. 그렇게 하면 범인은 안전한 채 차와 피보험자를 밀어 떨어뜨릴 수 있습니다."
일동은 새로운 창문이 열린 것 같은 표정을 지었다.
"꽤 재미있는 착상이지만 한 가지 난점이 있군." 지점장이 입을 열었다. 회원의 시선이 그쪽으로 옮겨졌다. "수면제 같은 것을 먹이면, 시체를 해부할 때 당장 폭로되고 말아."
"그러니까, 창녀못을 택한 게 아닐까요. 범인, 즉 이자키에게는 마누라의 시체가 발견되면 곤란한 사정이 있었다. 시체가 발견되면 안 된다. 그렇다고 시체가 나오지 않는다면 보험금을 받을 수 없다. 그래서 그 죽음이 확정적으로 인정받을 만한 장소임과 동시에, 시체를 찾기 어려운 장소로서 창녀못이 택해졌다는 겁니다."
"자네, 그것은 중대한 발견인데."
지점장을 비롯해서 일동은 아지사와의 착안에 의해 나타나기 시작한 교묘한 완전범죄의 윤곽에 숨을 삼켰다.
"이 범죄의 교묘한 점은, 마누라를 반드시 창녀못에 밀어넣을 필요가 없다는 점에 있습니다." 아지사와는 또 기묘한 말을 하기 시작했다.
"밀어넣을 필요가 없다는 것은?"
"시체가 나오지 않는다는 것은 반드시 창녀못에서 죽은 게 아니라는 것을 의미하는 게 아닐까요?"
"자네는 이자키 아케미가 창녀못에서 죽은 게 아니라고 하는 건가?"
"그럴 가능성도 있다고 생각합니다. 시체가 안 나왔으니까요. 바다에 가라앉혀도 산속에 묻어도 창녀못에 떨어진 상황만 만들면 됩니다. 경찰의 사고증명만 받으면 보험금은 지불되거든요."
일동은 아지사와가 추리한 완전범죄의 가능성에 망연해졌다.
그러나 그것을 어떻게 증명하는가. 경찰의 사고 증명을 뒤집기 위해서는 계획살인의 증거를 밝혀 내지 않으면 안 된다. 경찰과 나카도 일가 및 배후에 있는 오바 일족이 유착되어 있는 하시로 시에서 그런 일을 하는 것은 오바 체제에 반기를 드는 것과 같은 것이다.
"오바 일족을 적으로 돌려 놓으면 이 시에서는 일을 못하게 된다. 이번 기회에 다소의 의혹에는 눈을 감고 보험금을 지불하는 게 상책이 아닐까." 이 의견이 반 수 이상이었다.
"그렇게 되면, 앞으로 모방범죄가 잇달아 나올 우려가 있습니다. 의문점투성인데 보험금을 지불하는 것은 보험회사의 타락이 아닐까요." 아지사와 혼자만이 다수의 의견에 반대했다.

"그러나 경찰과 맞서서 사고증명을 뒤집을 만한 증거를 잡을 수 있을까?" 지점장은 이미 포기한 듯 물었다.

"그것은 확실히 대단한 일입니다. 그러나 의혹이 있는데도 보험금을 지불할 필요는 없습니다. 하여튼 시체는 나오지 않았습니다. 사고 증명이 나왔어도, 시체가 나타날 때까지 지불을 연기할 구실은 만들 수 있습니다."

"자네가 조사하겠는가?"

"제가 담당자니까요."

"나카도 일가 쪽에서 방해할지도 몰라."

"그것은 각오하고 있습니다."

"만약의 경우 회사로서는 자네를 감싸줄 수 없네. 여하간에 이 도시에서는 오바 일족한테 반항할 수는 없으니까."

"그것도 각오하고 있습니다."

"승산은 있나?"

"한 가지 짐작가는 게 있으니까 그 쪽을 쫓아보려고 합니다."

"너무 위험한 짓은 하지 말게. 그리고 자네는 우리 회사의 사원이 아니라 회사와 계약한 외무원이라는 걸 잊지 말게."

지점장은 빈틈없이 자리보존을 위한 방어망을 굳건히 했다.

3

아지사와의 짐작이란 이자키를 그에게 소개해 준 나라오카 사키에(奈良岡咲枝)였다. 그녀는 '골든 게이트'의 최고급 호스티스였다. 나이는 22세, 그 퇴폐적인 미모와 일본인 답지 않은 균형잡힌 몸매로 들어온 지 1년도 못되어 두각을 나타내기 시작했다.

최근에는 다년간 최고를 고수해 온 이자키 아케미를 물리치게 되었다는 말을 들었다.
 아케미가 아무리 베테랑이고 수단이 좋은들, 젊음에는 당할 수 없었다. 좋은 손님을 모조리 사키에에게 빼앗겼다는 것이 아지사와가 얻어들은 정보였다. 아지사와는 여기서 사키에가 손님뿐만 아니라 아케미의 남편인 이자키 데루오까지도 빼앗은 게 아닌가 하는 추측으로 한 걸음 더 나아갔다.
 이자키와 사키에 사이에 관계가 생겼을 때 방해가 되는 것은 아케미의 존재였다. 사키에로서는 아케미가 연적일 뿐만 아니라 영업상의 경쟁자였다. 이자키도, 젊고 싱싱한 사키에를 얻자, 이젠 모습이 시들어가는 아케미에게 싫증이 났다. 그래서 방해자를 없앨 목적으로 보험에 들어, 일석이조의 '폐물이용'을 생각했다.
 '이자키와 사키에 사이에는 틀림없이 관계가 있을 것이다. 그리고 두 사람의 관계를 증명할 수 있으면 그것을 돌파구로 해서 이자키의 완전범죄를 무너뜨리게 될지도 모른다.'

 이자키 데루오와 나라오카 사키에의 행동을 잠시 감시했으나 경계를 했는지 그들의 접촉은 확인할 수 없었다.
 6천만 엔의 보험금 때문에 만나고 싶은 것을 필사적으로 참고 있을 것이라고 아지사와는 생각했다. 이미 보험금은 지불되었고, 보험금 목적의 범죄였다는 사실을 하루 속히 증명하지 못하면 돈을 써버린다. 돈을 써버린 뒤에 범죄를 증명해 본들 보험회사로서는 의미가 없는 일이다.
 두 사람의 행동을 탐색하는 것을 임시로 보류한 아지사와는 그들의 신변을 알아보기로 했다.
 가장 손쉬운 방법으로서 '골든 게이트'의 호스티스에게 부딪쳐

보는 방법이 있다. 이자키 아케미와 최고를 다투었던 사키에였으니까 반드시 다른 적도 있을 것이다. '여자의 사랑싸움'의 라이벌에게 부딪쳐보면 사키에의 숨겨진 비밀이 드러날지도 모른다.

아지사와는 '골든 게이트'의 손님이 되었다. 하시로 시 으뜸의 고급 나이트클럽이며 요금도 긴자(銀座)의 일류 바와 맞먹는다. 생명보험회사의 일개 외무사원 따위가 출입할 수 있는 장소는 아니었으나 이미 타려고 마음먹은 배였다. 조사 비용은 한 푼도 회사에서 나오지 않는다. 모두 자기가 부담하는 수색이었다. 빈약한 주머니는 '골든 게이트'의 하룻밤치 비용을 짜내는 것도 힘들었다.

아지사와는 토요일 밤에 갔다. 최근에는 토요휴무제가 늘어, '꽃의 토요일'이 금요일로 옮겨지고 있다. 토요일 밤에는 손님이 적다. 주류 호스티스들이 휴가를 받고 팔리지 않는 하급 호스티스만 출근하고 있는 점포가 많았다. '골든 게이트'에도 평일의 3분의 1가량의 호스티스만 출근해 있었다.

이런 밤이야말로 비주류파의 호스티스들에게서 평소에 인기있는 호스티스에 대해 쌓였던 불만이나 반감을 끄집어 내기 쉬울 거라고 생각했다.

아지사와의 겨냥은 들어맞았다. 오후 8시쯤 '골든 게이트'에 갔을 때는 과연 팔리지 않게 생긴 호스티스들이 무료함을 못견디겠다는 표정으로 모여 있었다.

"어서 오십시오." 그녀들은 맞이하는 목소리도 어쩐지 불친절했다. 가게 안은 아직 텅 비어 있었고, 아지사와에게 집중된 시선이 값을 매기고 었었다.

"지명(指名)은?" 보이가 물었다. "별로 없지만 되도록 오래 있었던 사람이 좋겠는데." 그는 대답하고 안내된 룸에 앉았다. 처음 온, 게다가 혼자 온 손님에게는 어차피 별다른 호스티스를 붙여주지 않을 것이다. 오래전부터 있었고, 별로 팔리지 않는 호스티스가 그의 목적에는 알맞았다.

"어서 오세요." 허리를 굽히며 아지사와의 자리에 온 호스티스는 40 전후의 피곤해 보이는 여자였다.

'오래된 사람이라고 했더니 단연 낡은 사람을 붙여 주었구나.' 아지사와는 내심 중얼거리며 쓴웃음을 지었다. '아이를 두셋은 거느리고 있는지도 모르겠다. 보이는 오래된 사람을 늙은 사람으로 해석한 모양이군. 그렇다면 주머니를 탈탈 털어 돈만 없애게 되겠지.' 여인은 무거운 엉덩이를 끌고 와서 아지사와 옆에 앉았다.

"뭘 드시겠어요?" 묻는 입이 하품을 누르고 있었다.

"손님께서는 오늘이 처음이시군요." 여인은 아지사와가 주문한 술에 물을 타면서 말했다.

"우리같은 월급쟁이는 이렇게 호화스런 자리에 자주 올 수 없거든요."

"토요일 밤에는 이런 곳에 오지 않아도 당신이라면 더 즐거운 곳이 얼마든지 있을 텐데요."

물을 타면서 글라스를 내민 호스티스의 눈이 의외로 부드러웠다. 연하의 사나이에게 무리하지 말라고 타이르는 듯했다. 가게 쪽에서 본다면 이롭지 않겠지만 손님의 입장에서는 고마운 일이다.

아지사와는 뜻밖에 좋은 상대를 만났는지도 모른다고 생각을 달리 했다.

"총각인데 애인도 없는 사나이에게는 아무데도 갈 곳이 없지요."

"어머, 아직 독신이세요?" 여인이 놀란 표정을 지었다. 아지사와가 끄덕였다. "믿어지지 않는데요. 아주 침착하시고, 당신 같으면 어딜가나 인기가 있을 거예요. 일부러 이런 할머니를 부르지 않아도 말이죠."

"여자는 나이와 상관없지요."

"어머, 반가운 말씀을 하시는군요. 그럼 뭔가요?"

"부드러움과 나이에 알맞는 아름다움이라고 생각합니다. 남자는 크게 나누어 두 종류가 있습니다."

"어떤 종류일까요?" 여인은 아지사와의 이야기에 어느 사이에 말려들었다. 이지사와의 화술은 보험권유로 상당히 세련되어 있었다. 어느 쪽이 손님인지 분별할 수 없는 대화였지만, 아지사와도 직업적으로 설득하고 있는 것 같은 기분이었다.

"여자를 상반신과 하반신으로 나누어, 하반신에만 흥미를 갖는 자와, 모두를 사랑하는 자의 두 종류입니다."

"상반신과 하반신이요, 멋있는 말을 하시는군요. 그래서 당신은 어느 쪽이죠? 어머, 내가 바보같이 왜 이래. 하반신파라면 나 같은 것은 부르지도 않았을 텐데."

여인은 쓴 웃음을 지었다. 두 사람 사이에 상당히 친밀한 분위기가 감돌기 시작했다.

"그런데 당신은 이 가게에 오래 계셨습니까?" 때가 되었다고 생각한 아지사와는 말을 꺼냈다.

"글쎄요, 벌써 3년쯤 되었을까."

이런 업계에서 3년이라면 오래된 셈이다.

"제일 오래된 분은 얼마나 됩니까?"

"5년쯤일까요. 오랜 사람은 3년에서 5년정도지만, 다음은 거의 반 년이나 1년밖에 있지 않아요. 짧은 사람은 하루만에 그만두지요."

"그럼 당신은 베테랑이군요."

"글쎄요, 열 번째쯤 될까요. 가게에서는 빨리 그만두기를 바라겠지만 달리 갈곳도 없고, 쫓겨날 때까지 늘어 붙어 있을 작정이에요."
"지금 최고는 누군가요?"
"사키에 씨죠. 그 사람은 인기가 좋으니까요."
여인의 말에는 반감이 깃들어 있었다. 아지사와는 이상적인 상대를 만났다고 생각했다.
"전에 친구에게서 잠깐 들은 일이 있는데 이자키 아케미라는 사람이 아니었던가요?"
아지사와는 슬슬 유도의 실마리를 꺼내 놓았다.
"아아, 아케미 씨 말이군요. 그 사람은 참 가엾게 되었어요. 창녀못에 차와 함께 떨어졌다는군요. 그땐 정말 놀랐지요. 아케미 씨는 사키에 씨가 오기 전에는 단연 최고였죠."
"그럼 사키에 씨 쪽이 새로 온 건가요?"
"3년 전쯤이죠. 나와 거의 같은 때 들어 왔지요."
"최고 자리를 빼앗은 사키에라는 사람은 어지간히 솜씨가 좋은 모양이군요. 오늘밤 나왔습니까?"
"인기있는 아이는 토요일밤 같은 날에는 나오지 않죠. 또 좋은 봉이라도 물고 있겠죠. 하여튼 그 사람은 몸을 거니까요. 제대로 하면 도저히 당해내지 못하죠."
"그럼, 하반신으로 최고를 차지한 셈이군요."
"네 그래요, 당신은 정말 근사한 말을 하시는군요. 그 사람은 하반신밖에 없죠. 하긴 남자들에겐 그것으로 충분하겠지. 그렇지 않으면 일부러 비싼 돈을 내고 이런 데 술마시러 오지 않겠죠."
여인이 갑자기 의심스러운 눈초리로 아지사와의 늠름한 신체를 본다.

"아니, 나는 절대로 그 그런 천한 야심 같은 건 없습니다. 나는 그저……."

"변명 같은 건 안하셔도 좋아요. 의외로 순진하시군요." 아지사와가 당황하는 모습을 보고 여인은 웃으면서 "그렇지만 그런 야심을 갖는 편이 좋아요. 남자와 여자는 순간이니까, 최초의 기회를 놓치면 서로가 좋아했다고 생각해도 기회를 잃는 일이 많겠죠. 처음부터 야심을 송두리째 드러내는 편이 여자를 자기것으로 만들 수 있죠."

지쳐 있는 듯한 여인의 시선에는 아지사와에 대한 성숙한 여인의 호기심이 감돌기 시작한 것 같았다. 그런 종류의 호기심을 지나치게 갖게 하면 아지사와가 원하는 이야기를 끌어낼 수가 없게 된다.

"최고의 자리를 유지하기 위해 일일이 몸을 파는 것도 중노동이겠군."

"처음에는. 그러나 거물을 물고 나면 편하죠."

"그럼, 벌써 거물을 물었는가요?"

"글쎄, 최근에 겨우 스폰서가 결정된 것 같던데요."

"'골든 게이트' 최고의 스폰서쯤 되면 어지간히 거물이겠군요."

"최고만 노리는 게 있죠. 남자란 바보 같아요. 그런 건 아무것도 아닌데 최고를 자기 것으로 만들면 자기도 최고가 된 기분인지……."

"누군가요? 그 사키에 씨의 스폰서라는 사람은……."

"그게 말예요……." 여인은 주위를 약간 살피더니 아지사와의 귀에 입을 가까이 대려다가 순간 표정이 달라지더니, "그런데 당신은 이상하군요. 어째서 그토록 사키에 씨에게 관심을 갖는 거죠?"

별안간 경계하는 자세를 취했다.
"아니, 별로 흥미를 갖는 건 아니지만 최고의 스폰서가 어떤 사람인가 남자라면 누구나 알고 싶지요."
"그럴까요? 그래도 사키에 씨에겐 흥미를 갖지 않는 게 좋을 거예요."
"그건 또 왜요?"
"그것도 모르는 편이 좋아요."
여인은 함축성있는 웃음을 지었다. 그때 보이가 그녀를 부르러 왔다. 그녀에게도 겨우 지명이 있었던 모양이다. 드디어 가게 안은 '골든 아워'가 되어 룸은 거의 채워졌다. 호스티스 부족으로 처음 보는 손님에게 언제까지나 달라 붙을 수는 없는 형편인 것 같았다. 혼자라도 하나의 룸을 점령하기 때문이다. 호스티스를 떼어 놓고 혼자 팽개쳐 두면 돌아갈 거라는 낌새가 노골적으로 풍겼다.
"그럼 잠깐 돈벌이 좀 하고 올게요. 천천히 즐기세요."
여인은 몸이 무거운 듯이 일어섰다. 그녀가 떠나는 모습을 보며, 그대로 물러나는 것도 서비스라고 생각하고 아지사와는 일어섰다.
골든 게이트를 나온 아지사와는 그곳이 '하시로신보'에서 가까운 곳임이 생각났다. 토요일밤 9시가 지났는데 도모코가 회사에 있으리라고는 생각되지 않았지만 발은 저도 모르게 그 방면으로 향했다.
그녀와는 전날 찻집에서의 웨이터 폭행건 이래 웬일인지 서먹서먹 해져서 만나지 못했다. 연락도 하지 않았다. 물론 그녀에게서도 아무런 소식이 없었다. 그녀가 아무런 연락이 없는데 이쪽에서 연락을 한다는 것은 뭔가 욕심을 내는 것 같아서 삼가고 있었다.
최소한 회사 밖에서 도모코의 모습이라도 몰래 보려고 걷기 시작했다. 만날 수 없다고 생각하니 불현듯 만나고 싶었다.
 '하시로신보'의 건물이 보였을 때 등뒤에서 말을 걸어왔다. 깡패 같은 말투였기에 잠깐 돌아보기만 하고 그대로 걸었다. 건달 같은 사나이가 네 명 쫓아왔다. 아지사와는 주정꾼이 시비를 거는 줄로만 알고 상대하지 않기로 했다.
 "어이, 기다리라고 하는데 안 들리나?" 재차 협박조인 목소리가 가로막는다.
 "저, 나를 불렀는가요?" 아지사와는 이 이상 모른 척할 수는 없었다.
 "너 말고는 아무도 없잖아!" 상대의 목소리가 약간 웃음을 띤 것 같았다.
 토요일 밤이라 거리는 한산했다. 모두 일찌감치 집으로 돌아가 가족과 주말을 즐기고 있는 모양이다. 아지사와는 그를 홀로 기다리고 있을 요리코의 불안한 얼굴을 얼핏 눈망울에 떠올렸다.
 "무슨 용건인가요?"
 "자넨, 아까 나라오카 사키에에 관해서 여러가지로 묻고 있었지?"
 "그, 그건, 골든 게이트에서——"
 아지사와는 이 사나이들이 거기서부터 쭉 미행해 왔다는 것을 깨달았다.
 "도대체 무슨 속셈으로 사키에의 신변을 알고 싶지?"
 사나이들에게서 발산되는 흉포한 살기가 아지사와의 몸에 다가왔다. 그들은 모조리 나카도 일가의 깡패인 모양이었다.
 "별로 탐색 같은 건 안했어요. '골든 게이트'의 최고란 어떤 여잔가 화제가 되었을 뿐입니다."
 "보험회사의 외무원 따위가 무엇 때문에 사키에의 주변을 냄새

말고 다녀."
 상대는 아지사와의 신분을 알고 있다. 아지사와는 긴장하기 시작했다.
 "재수 좋으면 생명보험에 가입해 주기를 바랐습니다. '골든 게이트'의 최고라면 좋은 손님이 되실 거라고 생각했습니다. 나는 직업 의식에서 누구에게나 흥미를 갖습니다. 만약 좋으시다면 당신들도 어떻습니까?"
 "시끄럽다! 쓸데없는 소리 걷어치워." 동시에 통렬한 주먹이 날아와서 아지사와는 길바닥에 나가떨어졌다. 어지간히 익숙한 패들인 듯, 쓰러진 아지사와에게 일어날 틈도 주지 않고 둘러싼 채 마구 쳤다. 전적으로 무저항인 아지사와를 네 명이 달려들어 넝마처럼 때려 눕혔다.
 마침내 움직이지 않게 된 아지사와를 보고, 사인조는 공격을 멈추었다. "알았나? 목숨이 아깝거든 앞으로 쓸데없이 염탐하고 다니지마."
 "요다음엔 이쯤으로 끝나지 않는다." 그들은 이 말을 내뱉고는 사라졌다. 아지사와는 그들이 사라져가는 발소리를 들으면서, 자기가 추적한 방향이 정확했다는 것을 확인했다. 그들은 생명보험의 외무원이 무엇때문에 사키에의 신변을 탐색하느냐고 힐책했다. 즉 처음부터 보험과 나라오카 사키에를 연관시키고 있는 것이다.
 아지사와가 '골든 게이트'에 간 것만으로는 이 두 가지를 연결할 아무런 근거가 없다. 그것을 굳이 연결한 까닭은, 그들에게 연결할 만한 일이 있었다는 것을 뜻한다. 아지사와가 탐색하고 있는 것을 뜻밖에 저쪽에서 들춰버렸다. 사키에와 이자키 사이에 관련이 없다면 나카도 일가의 총알이 아지사와를 습격할 까닭이 없었다.

"출혈이 심하군."
"경찰을 불러."
"구급차를 먼저……."
아지사와의 주변이 소란해졌다. 어느 사이에 통행인과 건달들이 모여들고 있었다. 그들은 폭행의 선풍이 지나가는 것을 숨죽이고 기다리고 있었던 모양이다. 폭행중에 섣불리 경찰에 연락하면 자신이 보복을 받게 된다. 이 도시에서는 경찰도 폭력단과 한패였다. 시민들은 되도록 자세를 굽히고 저항하지 않는 게 자기 몸을 지키는 최선의 방법이라는 것을 다년간의 경험으로 알고 있었다.

아지사와는 일어서려다가 가슴께에 찌르는 듯한 통증을 느꼈다. 단련된 몸이었지만 사인조의 폭력을 받고, 늑골에 금이 갔는지도 모른다. 통행인을 놀라게 한 피는 코나 입술이 터진 것이며 대수롭지 않았다.

"아지사와 씨! 어머나 몹시 다치셨군요."
그리운 목소리가 들리고 도모코가 아지사와의 몸에 매달렸다. 아직 회사에 있었나보다.

"아아, 도모코 씨, 약간 당했습니다." 아지사와는 그녀의 얼굴을 보자 마음을 놓은 동시에 장난을 하다 들킨 어린아이처럼 싱긋이 웃었다.

"어쩌다가 이 지경이 되셨죠?" 도모코는 울먹이며 말했다.
"나카도 일갑니다. 상처는 대수롭지 않습니다. 하루 이틀 쉬면 낫겠지요. 미안하지만 차를 불러주시지 않겠습니까?"
"안 돼요, 병원에 가서 치료를 받아야해요. 구급차를 부르겠어요."
"벌써 불렀습니다." 통행인이 말했다. 이윽고 구급차가 왔다. 도모코는 병원까지 따라와 주었다.

다행히 상처는 대단하지 않았다. 아지사와 자신이 진단한 대로 오른쪽 제5늑골에 가벼운 금이 가 있었다. 그래서 의사는 수일간 안정하고 있으라고 말했을 뿐 심한 상처는 없었다.

이 습격을 계기로 아지사와와 도모코의 교제가 부활되었다. 아지사와가 위험을 무릅쓰고 이자키 아케미의 교통사고를 조사하고 있는 것이 도모코에게 좋게 보였던 모양이었다.

"내 추리로는 아케미 씨가 살해된 게 틀림없습니다. 그는 사건의 여세가 잠잠해지는 것을 기다렸다가 언젠가는 나라오카 사키에하고 결혼하겠지요." 아지사와는 그 내용을 대충 설명했다.

"그러나 이자키와 사키에의 관계를 추궁해 봤자 살인했다는 증명은 안 되잖아요."

"사키에가 나를 이자키에게 소개해 주었습니다. 그때부터 그들 사이에 관계가 있었다는 것을 알게 되면 상당히 강력한 정황증거가 됩니다. 내 생각은 어쩌면 창녀못에 떨어뜨린 건 차뿐이고, 아케미는 어딘가 다른 장소에서 죽이고 시체를 숨겨버리지 않았나 생각됩니다. 경찰의 사고증명만 받으면 시체가 나타나지 않아도 보험금은 지불되니까요. 실제로 보험금은 지불되었습니다."

"그럼 나라오카 사키에도 아케미의 시체가 어디 있는지 알고 있겠네요." 도모코의 볼이 하얗게 긴장했다.

"아마 그럴 테지요. 아케미의 시체가 창녀못 속이 아닌 어딘가 딴 장소에서 나타나면 꼼짝없는 증거가 됩니다."

"그러나 만약 이자키가 아케미의 시체를 어딘가에 숨겼다고 하면 간단히 발견되지 않는 장소를 선택했겠죠."

살인의 흔적이 남은 시체가 발견되면 그 범죄의 의미가 전적으로 상실되므로 숨기는 장소는 범인에게는 절대 안전장소를 선택했을 것이다.

"또 한 가지 모험을 해볼까 합니다."

"모험이라고요? 어떤?"

"아케미는 자동차사고 전날까지 '골든 게이트'에 나갔으니까. 살해되었다고 하면 다음날 사고발생까지의 20여 시간 사이일 겁니다. 어딘가 다른 장소에서 살해하고 숨겨놓았다고 해도, 그리 멀리 못 갑니다. 범행에는 호수에 빠뜨린 차를 사용했다고 생각됩니다."

"차를 조사할 셈이세요?" 도모코는 재빠르게 앞 일을 내다보았다.

"그렇습니다. 그 차는 끌어올린 후, 경찰에서 검사한 뒤 아직 경찰서 뒤뜰에 있습니다. 그 차를 조사해 보면 뭔가 알게 될 겁니다."

"그러나 그런 것이 있으면 경찰이 찾아냈을 텐데요."

아무리 폭력단과 유착하고 있더라도 살인 범죄의 흔적을 못본 체 할 수는 없을 것이라고 생각되었다.

"아니 경찰은 아케미의 시체가 호수에 가라앉았다고 믿고 차를 검사했으니까 처음부터 관점이 틀립니다. 경찰이 잘못 보았다는 것보다는 관찰의 대상에서 빼놓은 것이 남아 있을지도 모릅니다."

"나라오카 사키에에 관해서 물어본 것만으로 그토록 심한 폭행을 가한 나카도 일가니까, 이자키의 차를 검사한 것을 알면 이번에는 무슨 짓을 할지 몰라요."

도모코의 얼굴은 불안에 싸였다. 아지사와의 몸을 진심으로 걱정해 주는 모습이었다.

"설마 경찰서 안에서 전날 같은 짓은 하지 않겠지요."

"모르죠, 모조리 한패들이니까. 그렇지만 아지사와 씨는 일에 대해서 책임감이 강하시군요."

도모코는 아지사와를 다시 봐야겠다는 눈으로 쳐다보았다. 경찰도 사고로 인정하고 회사도 그것을 믿고 보험금을 지불한 뒤에도 아지사와 혼자만이 위험을 무릅쓰고 있다. 외무원으로 이렇게까지 하는 사람은 없을 것이다.

"일의 책임감뿐만이 아닙니다."

"그럼 무엇때문인가요?"

"녀석들이 하는 짓을 참을 수 없어서요."

"녀석들?"

"나카도 일가와 그 뒤에 있는 오바 일족말입니다."

"그럼……." 도모코의 눈이 빛났다.

"보험금 목적의 살인을 폭로하여 녀석들에게 한번 본때를 보여 주려고 생각합니다. 물론 그 정도로 오바 일족은 끄떡없을 겁니다. 그러나 이것이 보험금 목적의 살인이라면 이것을 계기로 나카도 일가의 다른 죄까지도 들춰내게 될지도 모릅니다. 이번 사건에는 나카도 일가도 반드시 얽혀 있습니다."

"저도 될 수 있는 한 협력하겠어요."

"감사합니다. 그러나 당신을 위태롭게 하고 싶지 않습니다."

"저는 괜찮아요. 만약 범죄증거를 잡으면 어떻게 해서라도 신문에 내겠어요."

"아니, 그런 일을 할 수 있습니까?"

현재의 '하시로신보'는 완전히 오바 일족의 어용신문화되어 있고, 그들에게 불리한 기사가 지면에 게재되는 일은 생각할 수도 없다.

"편집부장이 돌아간 뒤에 밀어 넣는 방법이 있어요. 편집부장이 없으면 체크하는 사람이 없으니까 몰수당하는 일은 없죠."

"하시로신보에 나카도 일가의 간부가 보험금 목적의 살인사건을 저질렀다는 특종기사가 실리게 되면 통쾌하겠군요."
"아지사와 씨, 함께 해보시지 않겠어요? 꼭 증거를 잡으세요. 둘이서 해봐요."
도모코는 부친에게서 이어받은 피가 모처럼 뜨겁게 끓어오르는 것을 느꼈다.

범행현장의 파편

 하시로 서는 시의 남쪽 변두리에 있다. 예전에는 시의 중심가에 해당하는 포목 상가에 있었는데 건물이 협소해져서 새로 청사를 지어 이전한 것이다.
 그러나 포목 상가는 나카도 일가 세력의 근거지였으므로 시민 중에는 경찰이 떨어져 나간 것이라고 보는 자가 많았다. 아무리 친숙한 처지라고는 해도 경찰과 폭력단이 인접하고 있으면 보고도 못 본 체할 수가 없다.
 경찰이 이사할 때는 시민들의 억측을 입증이라도 하듯이 나카도 일가의 많은 조합원들이 도우러 왔다. 신청사 완성 축하시에는 나카도 일가로부터 전직원에게 외국제 고급 볼펜이 선물로 보내져왔다. 교외로 청사를 옮긴 경찰은 시 가운데에서 사건이 발생하면 출동시간이 오래 걸렸다.
 아직 개발 궤도가 충분히 미치지 않는 변두리의 밭 한복판에 홀연히 세워진 경찰 건물은 구청사(舊廳舍)보다는 월등하게 규모나 설비가 훌륭했다.

철근 콘크리트 4층의 근대적 건물은 호텔 같은 설비를 가진 식당과 욕실, 취객 보호실 등이 있었다. 뜰도 충분히 있어, 경찰차나 직원들의 차 및 외래차를 주차시키고도 얼마든지 여유가 있다. 이 주차장의 한구석에 창녀못에서 끌어올린 이자키의 차의 잔해(殘骸)가 방치되어 있었다.
 뜰이라고 해도 외계와의 울타리나 목책이 있는 것은 아니다. 청사에만 공사가 집중되고, 아직 뜰에는 손이 가지 않았던 것이다.
 그렇기 때문에 어디에서든지 누구라도 경찰의 부지 안에 들어갈 수 있었다. 그러나 차를 검사해야 되므로 대낮에 당당하게 침입할 수는 없었다.
 아지사와는 밤이 깊어지는 것을 기다렸다가 뜰 안으로 들어갔다. 청사의 창문 등불이 거의 꺼진 것으로 보아 당직자만을 남겨놓고 잠이 든 모양이었다.
 오바 일족의 독재정치가 구석구석까지 미쳐 있었기 때문에 시내는 대체로 평온했다. 경찰에도 유착된 흉터와도 같은 평화가 있었다. 오바 일족과 나카도 일가의 압력에 눌려서 별다른 사건이 일어날 까닭도 없었다.
 경찰의 평화는 이 도시의 타락을 의미하고 있었다. 창녀못에서 끌어올려진 후 경찰의 검사를 받았던 이자키의 자동차는 조만간 고철업자에게 팔릴 예정이었다.
 100미터의 벼랑에 떨어진 충격으로 차체는 상당한 손상을 입었다. 앞유리창은 완전히 깨져버렸고, 오른쪽 앞문은 부서져 없어졌다. 또 차체 전반부의 기관부는 심하게 눌리었다. 전부완충기·전조등·팬더·엔진냉각기·엔진후드 등은 모조리 파손되거나 눌려 변형되어 있었다. 그에 비해 차의 뒷부분은 비교적 원형을 남기고 있었다.

청사 쪽의 기척을 엿보면서 아지사와는 가지고 간 만년필 모양의 손전등으로 자세히 검사했다.

그러나 특별한 살인의 흔적 같은 것은 발견되지 않았다. 혹시 있었다 해도 며칠 간 호수 바닥에 방치되어 있는 동안 사라져 버렸을 지도 모른다.

어둠 속에서 조그마한 펜라이트의 빛에 의지하여 주위를 살펴가며 하는 관찰인지라 빠짐없이 찾아 보았다고 할 수는 없다.

아지사와는 단념하고 돌아가려고 했다. 그때 그는, 차의 잔해 옆에 수두룩하게 쌓인 진흙더미에 발이 걸려 넘어졌다.

'어째서 이런 곳에 흙을 쌓아 놓았을까?' 의심스러운 눈으로 바라본 그는, 그것이 차안에서 긁어낸 호수바닥의 진흙임을 깨달았다. 차체가 호수바닥의 연토(軟土)에 곤두박질했을 때, 차내에 진흙이 가득 차버렸던 것이다. 경찰은 과연 그 진흙을 검사해 보았을까? 아마 검사를 했겠지. 그러나 만약에 검사를 안했다면 검사 대상인 차내에 들어있던 호수바닥의 진흙은 수색 자료로서 모아져서 넣어버렸을 것이다.

아지사와는 집에서 대기하고 있는 도모코에게 전화를 걸었다.

"뭔가 발견했나요?" 그녀의 목소리가 기대에 부풀어 있었다. 아지사와 손을 잡고 출범한 모험의 항해에 흥분하고 있는 어조였다.

"진흙이 있습니다."

"진흙?"

아지사와는 그 '진흙'에 대해 설명했다.

"그것 참 좋은 데로 눈을 돌리셨군요."

"그래서 그 진흙을 전부 훔쳐와서 검사해볼 생각인데 상당한 분량입니다. 차가 있으면 트렁크에 들어갈 텐데 공교롭게도 차가 없습니다. 도모코 씨, 누군가 입이 무거운 사람으로 차를 빌려줄 분을 아십니까? 어쨌든 경찰 마당에서 훔쳐내는 것이니까요."

"회사에 지프가 있어요. 그걸 취재한다는 구실로 빌리겠어요."

"지프라면 이상적이지만, 내가 회사까지 가려면 좀 시간이 걸립니다."

"제가 운전하고 가면 안되나요?"

"당신은 운전할 줄 아십니까?"

"최근에 겨우 면허를 받았죠. 신문기자가 차를 못 굴리면 마음대로 활동을 할 수 없잖아요."

"이젠 살았습니다. 나도 면허는 있지만 기한이 지났는데도 갱신을 안하고 팽개쳐 두었거든요. 뭐, 면허가 없어도 좀처럼 잡히지는 않지만. 면허가 있으면 말할 나위도 없지요."

"기다리세요, 지금 바로 갈 테니까."

"댁에서 회사까지는 반드시 택시를 이용하세요. 또 전날 같은 일이 생기면 곤란하니까요."

"염려마세요. 걸어가면 날이 밝을 거예요, 30분 내에 갑니다."

얼마 후 도모코가 '하시로신보'의 지프를 타고 달려왔다. 회사깃발은 풀어놓고 있었다.

"이거라면 경찰에 주차해도 의심하지 않겠지. 진흙은 저기 있습니다. 밖에 놓아두어서 잘 말라 있습니다."

"삽과 포대를 가지고 왔어요."

"잘 됐군. 그걸 말하는 걸 깜박 잊었다고 생각하던 참이었습니다."

"저도 돕겠어요."

"당신은 지프에 타고, 바로 차가 떠날 수 있도록 대기하고 계시지요. 진흙은 나혼자 해도 충분합니다."
 아지사와는 도모코를 지프에 대기시키고 삽으로 진흙을 포대 속에 옮겼다. 안에 있는 것은 약간 젖어 있었다. 포대 안이 거의 채워졌을 때 진흙더미는 없어졌다. 70킬로그램 가량의 중량을 아지사와는 지프에 날랐다. 청사쪽에선 아무런 기척이 없었다.
 "잘됐습니다, 갑시다."
 "이거야말로 도둑질이군요."
 "그건 멋지군! 경찰서에서 도둑질을 한 건 우리들 뿐이겠지요."
 "붙들리면 역시 절도죄가 될까요?"
 "글쎄요. 진흙이라도 자료임에는 틀림없을 테니까."
 두 사람은 얼굴을 마주보며 웃었다. 이 작은 '진흙사건'이 두 사람의 연대감을 깊게 해 주었다. 그러나 적에게는 이 진흙이 심각한 위협이 되었던 것이다.

2

 수사과장인 다케무라(竹村)는 출근하자마자 고개를 갸우뚱했다. 아무래도 평소와는 서의 상태가 달라진 느낌이었다. 어디가 어떻게 달라졌는가는 모르겠지만 자기가 없는 동안 뭔가가 약간 옮겨진 것 같았다.
 "이상한데?"
 그가 그 어색함의 원인에 대해서 생각하고 있을 때 부하인 우노(宇野) 형사가 말을 건넸다.
 "왜 그러십니까?"
 "내부 변경이라도 했나?"
 다케무라는 창 밖을 보았다. 어색함은 아무래도 뜰 쪽에서 오는 것 같았다.
"변경이요? 그런 일은 없었습니다만."
"아무래도 어제와는 좀 다른 것 같아."
"그렇습니까, 제게는 아무데도 변한 것 같지 않은데요."
"생각 탓일까?"
"그러실 겁니다."
마침 그때 작업복을 입은 두 사나이가 조심스러운 표정으로 서내에 들어왔다.
"저, ××고철재생회삽니다. 망가진 차를 인수하러 왔습니다."
"아아, 고철상인가, 기다리고 있었었네. 뜰에 있으니 가져가게." 우노 형사는 말했다.
다케무라는 번쩍 눈을 빛내면서 다시 시선을 뜰로 옮겼다.
"그렇다! 우노 군." 다케무라는 갑자기 소리를 질렀다. 불리운 우노보다 두 사람의 고철상이 놀라서 고개를 움츠렸다.
"진흙이 없어졌는데 누가 치웠지?"
"진흙?"
"거, 이자키의 차 안에 메워져 있었던 호수 바닥의 진흙말이야. 차 옆에 쌓아두었잖아."
"네, 그렇게 말씀하시니 생각납니다. 누가 치웠을까?"
"잠깐 알아보게, 틀림없이 어젯밤까지는 있었으니까."
"진흙이 어떻게 되었습니까?"
"약간 마음에 걸린단 말이야."
우노는 밖으로 나가더니 얼마 후 돌아왔다.
"이상하군요, 아무도 치운 사람이 없는데요."
"우노 군, 따라오게." 다케무라는 사무실을 튀어 나갔다. 망가진 차 옆에 선 그는, "역시 누군가가 밤사이에 진흙을 가져갔다,

우노 군, 보게. 진흙이 여기서부터 부지 밖으로 떨어져 있어."

다케무라는 지면을 가리켰다. 거기에는 어제까지 있었던 진흙더미의 찌꺼기가 너절하게 흩어져 있었다.

"이런 것을 누가 가져갔을까요. 우리는 깨끗해져서 도움이 된 셈이군요." 우노는 고개를 갸우뚱거렸다.

"누군가 이 진흙에 관심을 가진 거야. 어째서 그러리라고 생각하나? 이자키의 차 안에 있던 진흙에 관심이 있었다면, 그 녀석은 이자키의 차에도 관심을 가지고 있는지도 모르지."

"그렇다면 왜 차를 가져가지 않았을까요?"

"차를 가져가면 눈에 띄거든. 녀석은 남몰래 조사하고 있는 것을 알리고 싶지 않았겠지. 게다가 차는 트럭이라도 가져오지 않으면 들어낼 수 없지 않나. 흙만이라면 승용차 트렁크에라도 넣을 수 있었을 테니까."

"도대체 누가 그런 짓을 했을까요. 이자키일까요?"

"이자키가 스스로 의심을 살 짓을 할 까닭은 없어."

"진흙은 뜰밖에까지 이어지고 있군요."

흘린 진흙이 범인의 발자취가 되어 부지 밖에 선을 긋고 있었다. 두 사람은 그 자국을 따라갔다.

"여기서 없어졌습니다."

"여기서 차에 실은 모양이군."

"야아, 여기 타이어 자국이 있습니다."

우노가 지적한 지면에는 흘러 떨어진 진흙을 밟은 타이어의 자국이 명확하게 찍혀 있었다.

"이것을 감식반에 부탁해서 채취해 오게. 이쯤 확실하면 차종을 알아낼 수 있을지도 몰라."

"가져가도 될까요?" 고철상은 망가진 차옆을 서성대면서 물었다.
 "사정이 변했네. 미안하지만 이 쇳덩이는 좀더 경찰에 보관해 두어야겠어." 다케무라는 고철상에게 딱 잘라 말했다.
 쇳덩이의 불하를 잠시 보류한 다케무라는 어떤 번호를 돌렸다. 응답한 상대에게,
 "아아, 이자킨가. 경찰의 다케무란데, 좀, 물어볼 게 있어." 경찰이라는 말을 듣고 상대의 목소리가 긴장했다. "자네, 창녀못에 빠진 차말인데 그걸 어젯밤에 손댔는가?"
 "차에 손을 대다니요? 그 차는 경찰에 있지 않습니까?"
 이자키는 다케무라의 말뜻을 얼른 알아듣지 못하는 것 같았다.
 "경찰의 뜰은 출입자유니까 말이야."
 "다케무라 씨, 똑바로 이야기해 주세요. 대체 무슨 말을 하고 싶은 겁니까?"
 "어젯밤에 자네 차를 주물럭거린 녀석이 있었네."
 "그게 내가 한 짓이라고 생각하십니까? 나는 이제 포기했습니다. 그런 쇳덩이를 주무를 까닭이 없지 않습니까."
 "정확히 말하자면 자네 차에 메워져 있던 호수의 진흙말이야. 그것을 차 옆에 꺼내 두었는데 그걸 가져간 녀석이 있네. 그럼, 자네는 아니군."
 "차 안에 있던 진흙? 그런 것을 내가 가져갈 까닭이 없지요."
 "나도 그렇게 생각하네. 사고 증명이 발행된 뒤에 자네가 그런 수상한 짓을 할 까닭이 없으니까 말이야."
 "그런 진흙을 가져가서 뭣에 쓸까요?"
 "그건 나도 몰라. 그러나 자네 차에 흥미를 가지고 있는 녀석이 틀림없어. 자네 차에 흥미를 갖는다는 건 자네의 교통사고를 수상하게 생각하는 인간이 있다는 거야."

"곤란한데요, 다케무라 씨마저 의심한다는 말투시군요."
"사고증명을 냈지만, 자네 마누라의 시체는 안 나왔으니까 말이야. 여하간에 자네는 그 교통사고로 6000만 엔을 벌었으니까."
"벌었다니, 듣기 거북한 말은 마십시오. 그렇지 않아도 차가운 눈으로 보는 패거리가 많습니다."
"뭐, 6000만 엔을 손에 넣었으니 웬만한 일은 참는 거야. 별로 생색내는 것은 아니지만, 딴 경찰에서는 그렇게 간단하게 사고증명을 발행하지 않을걸."
"그 점은 크게 감사하고 있습니다. 그러니까 6000만 엔도 절대로 혼자 가질 생각은 없습니다."
"글쎄, 그 이야기는 그만해 두고 그럼 정말로 자네가 아니었군?"
"절대로 아닙니다."
"그렇다면 자네 사고를 냄새맡고 다니는 녀석이 있어, 조심하게."
"혹시 그 녀석일까?"
"짐작가는 데라도 있나?"
"생명보험회사의 외무원이 내 주변을 조사하고 다니는 모양입니다."
"뭐, 보험회사로서는 대충 조사하겠지. 시체가 없으니까."
"그렇게 시체, 시체 말하지 마십시오. 따로 숨겨 둔 건 아니니까요."
"그렇다면 보험쟁이가 수색한다고 그렇게 신경 쓸 건 없지 않나."
"신경질은 아니지만 보험쟁이가 의심하고 있는 것 같아서 기분이 나쁩니다.

"뭐, 당분간은 얌전하게 있는 게 좋을걸. 여자쪽도 적당히 해 두게."

다케무라는 못을 박듯이 말하고 전화를 끊었다.

3

멋지게 훔쳐낸 진흙은 우선 도모코의 집 뜰에 두었다. 아파트에서 셋방살이를 하는 아지사와의 방으로는 가져갈 수 없었던 것이다. 도모코의 집은 비교적 뜰이 넓어서 별로 눈에 띄지 않는다. 느닷없이 운반된 대량의 흙을 보고 그녀의 노모는 깜짝 놀랐으나 뜰에 흙을 돋운다는 도모코의 설명을 듣자 수긍했다. 그녀는 남편과 딸 하나를 여의고는 무슨 일에도 흥미를 갖지 않게 되어버렸다.

두 사람은 나누어서 그 흙을 조사했으나 특별히 수상한 것은 섞여 있지 않은 듯했다. 애당초 호수가 아니고 산림이나 밭이었던 곳에 인공적으로 물을 모아놓은 곳이니까 흙의 종류는 수림지나 밭흙이었다. 진흙사이에 모래와 돌, 나무뿌리 등이 섞여 있어서 호수바닥의 전신(前身)을 상기하게 했다.

그러나 물풀이나 말 따위는 없으며 그 진흙이 수심이 깊은 곳에서 온 것을 나타내고 있었다. 말라빠진 잔물고기의 시해가 몇 개 흙투성이가 되어 있었다.

"아무것도 이상한 게 없군요."

도모코가 실망한 목소리로 말했다. 모처럼 용기를 내어 경찰서에서 훔쳐온 흙이기 때문에 수확이 없다면 실망도 크다.

"아직 단념하는 것은 빠릅니다. 가령 이 흙이나 물고기도 과연 창녀못에 있었던 것인가 확인되지 않았습니다."

"다른 곳에서 실려왔다는 건가요?"

"그럴 가능성도 없지 않아요."

"그럴지도 모르지만 그렇다고 가정해도 모두 같은 흙으로 보이는데요. 물고기만 해도 이건 아마 붕어일 거예요. 하시로 호(湖)는 붕어 소굴처럼 붕어가 많아요."

"아직 진흙은 남아 있습니다. 최후의 한 알까지 잘 검사해 봅시다."

아지사와는 점점 짙어져가는 실망을 누르고 흙을 체에 거르듯이 세밀하게 조사해 나갔다. 그로서도 자신이 있었던 건 아니었으나, 당장 이밖에는 붙잡을 것이 없었다.

드디어 검사하지 않은 흙더미가 얼마 남지 않았다.

"어?"

아지사와는 중얼거리며 진흙 속에서 굴러나온 자갈을 집어들었다. 여태까지도 모래 형태의 돌은 있었다.

"돌이 섞였군요."

도모코가 피로한 눈을 돌렸다.

"아니, 이것은 돌이 아닙니다."

아지사와는 손가락 사이에 있는 이물(異物)을 비춰보았다. 회백색의 덩어리로 표면이 거칠었다.

"뭘까요?"

도모코의 눈이 흥미를 나타냈다.

"콘크리트의 조각 같군요."

아지사와는 혼잣말처럼 중얼거리고 고개를 갸웃거렸다.

"콘크리트? 왜 그런 것이 창녀못 바닥에 있을까요?"

"그러니까 이상하다고 생각했지요. 도모코 씨, 창녀못에 물이 들어 가기 전에는 무엇이 있었던가요?"

"잘 모르지만 산림이나 밭이었다고 생각해요."

"그 부근에 콘크리트를 사용한 다리나 건물은 없었습니까?"

"그런 것은 없었다고 기억해요. 그 부근은 하시로에서도 가장 과소지역이었으니까요."
"그럼 이 콘크리트 조각은 다른 데서 실려온 것이 돼요. 게다가 이 조각의 색은 아무래도 새 것 같다고 생각되지 않습니까. 오랫동안 물 속이나 흙속에 방치되었다면 더 낡은 색깔일 거라고 생각합니다만."
"글쎄요······"
두 사람의 눈은 점점 열기를 띠어갔다.
"그러나 달리는 동안 이자키의 차 속에 이 조각이 튀어들었다고 해도 이상할 건 없잖아요."
도모코가 다른 가능성을 내놓았다.
"물론 이상할 건 없습니다. 그러나 보통은 달리는 차에 튀긴 돌이나 파편은 차체의 표면에 닿아 튕겨나가죠."
"뭔가에 부딪치고 튀어온다면······"
"유리창은 깨져 있지만, 떨어질 때는 모조리 닫혀 있었다고 발표되어 있습니다."
"그럼 어떻게 해서 이 조각이 차내에 들어왔을까요?"
"이렇게 작은 것이니까 들어갈 기회는 얼마든지 있습니다. 옷자락에 걸리거나 또는 함께 들여놓은 포대나 천에 끼어서······"
"그런 포대나 천은 차내에 없었어요."
"창녀못에 떨어뜨리기 전에 처분한 것입니다. 부주의로 추락하는 차내에는 될 수 있는 대로 이물을 두고 싶지 않았겠지요."
 그들은 지금 그 '이물'에 대해서 공통된 상상을 하고 있었다. 어두운 밤, 시체를 넣은 포대나 천을 차에서 내려놓고, 시체만 버린다. 포대나 천은 후일의 증거가 되는 게 두려워 가져간다. 그런데 거기에 작은 파편이 걸린 것을 범인은 몰랐다. 포대나 천을 처분한 뒤에도 파편은 차내에 남았다. 그럼 그 파편은 시체를 버린 곳이나 숨긴 곳에서 온 셈이 된다. 즉 '범행현장의 파편'이다.

"하여튼, 이 조각의 정체를 검사해 보겠습니다. 도쿄에 있는 친구 가운데 이 방면의 전문가가 있으니까 그렇게 시일이 걸리지는 않습니다."

아지사와는 자신있게 말했다.

제방의 사람 기둥

1

 진흙에 새겨진 타이어 자국을 검사한 결과 그 타이어는 횡구형(橫溝型)으로서 견인력과 제동력이 우수하며 산간지방의 험한 도로를 달리는 데 적합한 종류라는 것을 알아냈다. 타이어 사이즈는 760~15~6PR로서 지프에 장치하는 것이라고 한다. 특히 지프는 성능향상을 위해 타이어를 변경하고 70년형 이후의 M 회사의 차에 한해서 이 사이즈의 타이어가 장치 가능하다는 것이다.
 70년형 이후의 M회사 지프라면, 이 지방에서는 몇 개 되지 않는다. 게다가 타이어 홈의 깊이는 12.8밀리미터이다. 이 사이즈의 타이어 홈의 깊이는 13.3밀리미터이고, 1밀리미터당 1500 내지 2500킬로미터를 주행하고 있는 것이다. 70년형 이후에 장치된 타이어라고 하니까 아마 교환된 것이 아니라 새 차에 장치된 것이리라.
 이자키 데루오의 차에 관심을 갖는 인간은 별로 먼 곳에서 왔다고는 생각되지 않는다. 그렇다면 하시로 시 및 그 주변에 있는 홈의 깊이가 12.8밀리미터 타이어를 장비한 70년형 이후의 지프를 소유한 자는 더욱 한정된다.
다케무라는 관할 화물 운송 사무소에 조회했다.

아지사와는 진흙 속에서 집어낸 콘크리트 파편 같은 것을 도쿄의 친구에게 부쳐 감정을 의뢰했다. 그 친구는 아지사와의 고등학교 동창으로 대학의 공학부 응용화학과에서 고분자화학을 전공하고 현재 어느 화학공업회사의 고분자 연구소에 근무하고 있었다. 몇 해 전에 동창회에서 그 친구를 만났을 때 접착제에 관한 연구를 하고 있다고 이야기했던 것을 생각해낸 것이다. 콘크리트건 시멘트건 접착제에는 같은 점이 없지도 않을 것이라고 생각한 것이다.
며칠 후, 친구에게서 전화가 왔다.
"야아, 놀랐다. 갑자기 이상한 물건을 감정해 달라고 하니 말이야." 친구는 웃고 있었다.
"별안간에 묘한 것을 부탁해서 미안하이. 자네밖에는 부탁할 사람이 없어서. 그래, 정체는 알아냈나?"
"응, 대충은."
"대체 뭐였나?"
"자네가 말한 대로 콘크리트의 일종이더군."
"역시 콘크리튼가."
"그렇긴 한데 약간 특수한 콘크리트더군. 플라스틱 콘크리트라고 하지만."
"플라스틱?"
"뭐 접착제의 일종이야. 콘크리트는 자갈과 모래의 골재를 물과 시멘트를 혼합해서 단단하게 굳어진 것을 말하는데, 이것은 골재와 시멘트를 같이 쓰지 않고 플라스틱만으로 경화시킨 것이야. 성분을 에폭시 변성(變性) 타르피치, 폴리클로프렌, 클로로스폰 화(化) 폴리에틸렌 등의 수지(樹脂)가 결합재로서 사용되고 있지."
"그래서 그 플라스틱 콘크리트는 어떤 곳에 사용하는가?"
"콘크리트의 완성도장(完成塗裝)에 사용되고 콘크리트의 밑바탕에 대한 접착강도는 보통의 시멘트보다 월등히 강해."
"그래? 그럼 결국 어떤 곳에 사용하는가?"
"용도는 광범위하지. 고층 건물, 고속도로, 공장, 교량 등의 특수한 곳에 사용하지. 하여튼 굳어지는 시간이 빠르고 압축과 경도, 접착력 등은 수지 사용량을 증가시키는 데 따라 현저하게 높일 수 있으니까. 플라스틱 콘크리트로 접착하면, 접착층에서 절대로 벗겨지는 일이 없으며 무리하게 떼려고 하면 피착체 쪽이 망가질 정도로 강력하거든. 그렇군, 최근에 댐이나 터널 공사로 인해 벼랑이 무너지는 사고가 줄어들었지 않아. 그것은 사고의 원인이 되는 누수나 균열을 이들 접착제가 막아버리기 때문이야."
"댐이라." 아지사와의 머리 속에서 뭔가가 번뜩하고 빛난 것 같았다.
"그래 그래, 댐이라고 한다면 자네가 부쳐온 파편에 중용열 포틀란드 시멘트의 파편도 약간 있었어."
"뭐야, 그 중용 어쩌구 하는 건?" 아지사와는 갑자기 튀어나온 익숙하지 못한 말에 당황했다.
"시멘트의 일종인데 시멘트가 물과 혼합되어 굳어지는 과정에서 수화열(水和熱)이라는 열이 발생하고, 이 열이 댐이나 제방 공사에서 방산되지 않고 안에 쌓여서 균열의 원인이 되지. 이 때문에 공사 등을 할 때는 수화열이 낮은 시멘트가 필요하지. 그것이 중용열 포틀란드 시멘트야."
"그것이 함께 붙어 있나?"
"양은 중용열 포틀란드 시멘트 쪽이 적었지만 이것을 밑바탕으로 해서 플라스틱 콘크리트를 발랐거나 주입시킨 물체의 파편같던데."
"그럼 이 파편은 댐이나, 제방공사의 작업장에서 왔을 가능성이 가장 강하겠군."
"그렇지. 암반의 균열 등에 주입하면 가장 효과적이니까. 헌데 이런 것을 검사해서 도대체 무얼 하려는 거지?"
"아니, 약간 필요한 데가 있어서 그래. 여러가지로 폐가 많았네."
묻고 싶었던 것을 모조리 알아낸 아지사와는 약삭빠르게 전화를 끊었다.

관할 운송사무소에서 지프의 소유자를 알려왔다.
"'하시로신보'였던가."
다케무라는 뜻밖의 소유자에 적지 않게 놀랐다. '하시로신보'는 바야흐로 오바 일족의 완전한 어용신문이었다. 그 신문이 무엇 때문에 이자키의 차 같은 것에 흥미를 가졌을까? 그러나 어용신문일지라도 신문사가 경찰이 사고라고 단정한 사건을 냄새 맡고 다니는 낌새는 매우 재미없는 일이었다.
'하시로신보'는 기자 클럽에 가입되어 있었다. 경찰출입의 기자가 그런 짓을 하리라고는 생각되지 않는다. 기자 클럽에서 쫓겨나면 차후의 취재활동이 사실상 불가능해진다는 것을 그들은 알고 있다. 만약 움직이고 있는 인간이 있다면 다른 쪽이라고 생각되었다.

 다케무라는 기자 클럽의 기자를 시켜 해당되는 날의, 특히 야간에 '하시로신보'의 지프를 사용한 자를 조사하게 했다. 신문사의 차를 사용하는 자는 자동차 부에 신청해야 하므로 기록이 남아있다.

 "오치 도모코――오치의 딸이군."

 드디어 사용자의 이름을 찾아낸 다케무라는 엉겁결에 입술을 깨물었다. '그렇군, 오치의 딸이 하시로신보에 남아있었던 것을 깜박 잊어 버리고 있었다. 오치는 하시로신보를 창설하고 그곳을 근거지로 하여 오바 일족에게 반기를 휘둘렀다. 힘이 미치지 못하여 그 반란은 뜻을 이루지 못한 채 짓눌려버렸지만 딸의 입장에서는 적수에게 함락된 부친의 성(城)에서 일을 한다는 것은, 매일 원한을 온몸에 아로새기고 있는 것과 같았을 것이다. 그 원한을 몸 속에 모아두고 부친의 의사를 이어받아 반기를 들 기회를 엿보고 있는지도 모른다.'

 오치의 딸의 존재를 잊었다는 것은 주의가 부족한 결과였다. 그리고 그녀라면 이자키의 교통사고나 그 차에 관심을 가져도 이상할 것이 없다.

 다케무라는 한 개의 목표물을 발견하곤 꼼짝도 않고 허공을 주시했다.

2

 "그럼, 그 콘크리트의 파편은 댐이나 제방공사의 현장에서 실려왔을 가능성이 많군요."

 "그렇습니다. 플라스틱 콘크리트뿐이라면 용도는 많지만 중용열 포틀랜드 시멘트와 합치면 장소가 한정됩니다. 어때요, 이 부근에서 현재 그런 공사를 하고 있는 곳은 없습니까?"

"신문사에서 조사해보면 금방 알 수 있을 거예요. 그래서 아지사와 씨는 이자키 아케미가 그 공사현장 부근에 있다고 생각하시나요?"

"물론입니다. 댐이나 제방 속에 묻고 시멘트로 막아 버리면 그것이 무너지지 않는 한 절대로 발견될 염려는 없습니다. 시체를 숨기는 장소로서는 실로 이상적이지 않습니까."

"무서운 상상이에요." 도모코는 창백해졌다.

"충분히 근거가 있는 상상입니다."

"그러나 상상한 대로라면 시체는 발견되지 않겠군요."

"시체를 발견 못할지라도 시체를 묻은 흔적만이라도 찾아낼 수 있다면 우리들의 승리입니다."

"하여튼 조사해 보겠어요." 도모코는 새로운 목적을 향해서 행동을 개시했다.

"오치 도모코의 신변을 몰래 감시해보니 최근에 빈번히 연락하는 인물이 있습니다."

오치 도모코의 감시를 명령받은 우노 형사로부터 곧장 보고가 왔다.

"누군가, 그 녀석은?"

다케무라는 몸을 앞으로 내밀었다. 경찰서의 뜰에서 진흙을 도둑질한 것은 여자 혼자의 솜씨로는 너무나 대담했기 때문에 공범의 존재를 생각했던 것인데 근사하게 들어맞은 모양이다.

"아지사와 다케시라는 '히시이 생명보험'의 외무원입니다."

"뭐 '히시이 생명'이라고!"

다케무라는 눈을 부릅떴다. '히시이 생명'이야말로 이자키 아케미의 보험금 지불자였던 것이다.
 '그랬었군. 히시이 생명이 뒤에서 움직이고 있었던가.' 다케무라는 적의 줄거리와 배역을 어렴풋이 알 것 같다고 생각했다.
 그러나 '히시이 생명'도 멋진 착안을 했군. 오치의 딸에게 부탁하면 자진해서 협력하겠지. 게다가 '하시로신보'의 조사망이나 취재력을 고스란히 이용할 수 있겠다, 다케무라는 내심 감탄했다. 그러나 감탄만 하고 있을 수는 없는 입장이었다. 이자키 데루오에게 사고 증명을 내준 것은 다케무라였다. 그 보수로서 상당한 배당금을 받고 있었다. 만약 사고 증명이 뒤집히는 날에는 다케무라의 입장은 난처해진다.
 제 아무리 오바 체제 아래의 경찰인들, 조잡한 사고증명의 반증을 들고나서면, 다케무라로서는 책임을 져야만 한다. 그것을 돌파구로 해서 경찰과 나카도 일가의 유착까지 폭로될지도 모른다.
 "그러나 '히시이 생명'은 사고증명을 기본으로 보험금을 지불했지 않나."
 "보험회사로서는 6000만 엔이나 지불했으니까 사후조사를 하고 있겠지요."
 "사고 증명을 의심하고 있다는 건가?"
 "그 정도의 인식은 없겠지요. 사무적인 조사가 아닐까요?"
 "사무적인 조사치고는 경찰서에서 진흙을 훔쳐가는 것을 지나치다고 생각하지 않나?"
 "절도죄로 오치 도모코를 체포해 볼까요?"
 "아니 아직 빨라. 그런 것을 하면 그들의 진의를 파악 못할 우려가 있어. 당분간 두 사람을 감시하게나."
 "알았습니다."

"공사현장을 알아냈어요." 도모코가 숨을 헐떡이며 달려왔다.
"알아냈습니까?"
"하시로 강 하류에 '하동유역'이라고 하는 홍수로 피해가 자주 발생하는 지역이 있어요. 거기서 지금 제방공사가 진행 중이에요."

하시로 강은 하시로 호에서 흘러나와 시구역의 동단(東端)을 스치고 남쪽으로 흐른다.

하류로 갈수록 강폭이 넓어지고 시역의 최남단에 이르러 저습지대가 된다. 유역도 굴곡이 있고 매년 장마철이 되면 수해가 발생한다. 특히 하동유역이라 불리우는 부근은 일직선으로 흘러내려온 물길이 거의 직각으로 구부러지고, 물을 방류하면 그 물의 압력이 굴곡부분에 부딪혀 제방이 무너진다. 하동도 쓸려내려갈 정도로 홍수가 난다는 뜻에서 원주민으로부터 이 이름이 붙여졌다는 유래깊은 수해지대였다.

그런데 행정관할상으로는 하시로 시에 소속되었으나 수해의 피해는 시역 밖인 하류 쪽이 심하기 때문에 하시로 시로서는 기껏해야 증수를 완화시키는 구식 제방(提防)을 미봉책으로 쌓아올리고, 적당하게 얼버무리고 있었는데 금년에 들어 본격적인 연속제방을 쌓는 공사가 진행되고 있었다.

"하동유역이었던가."
"게다가 공사 시행자가 누군 줄 아세요. '나카도 건설'이에요."
"나카도 건설이!"

아지사와 앞에 새로운 창문이 열리려고 했다. 나카도 건설은 이름으로도 알 수 있듯이 나카도 일가의 완전 사유회사였다.

"다른 업자가 몇몇 들어 있지만 모두 나카도 일가와 오바 관련회사나 대리회사예요."

"하동유역의 사람 기둥이 되었군." 아지사와는 혼잣말처럼 중얼거렸다.

"지금 뭐라고 하셨죠?"

"사람 기둥말입니다. 옛날 방수공사를 할 때 물을 다스리는 신의 노여움을 달래기 위해 살아 있는 사람을 제물로 물 속에 가라앉혔습니다. 이자키 아케미가 하동유역의 제방공사에서 사람 기둥이 된 것은 틀림없겠지요."

"하동유역의 제방에 묻혔다는 건가요?"

"그것도 시멘트로 막아서 말입니다."

"그렇게 태연하게 말씀하지 마세요. 생각만 해도 끔찍해요."

"이제부터 우리들도 조심을 해야 됩니다."

"그건 무슨 뜻이죠?"

아지사와의 어조에 도모코는 불안에 가득 찬 눈을 돌렸다.

"그들이 우리들에게도 같은 수법을 쓰지 않는다는 보장은 없습니다."

"설마! 전 무서워요."

도모코는 엉겁결에 아지사와에게 매달렸다.

"하하, 농담입니다. 적은 아직 우리들이 움직이고 있는 것을 모를 겁니다. 또 우리들을 죽인들 한 푼의 이득도 없습니다. 그저 그쯤 알고 조심해서 행동하면 좋겠지요."

아지사와는 따뜻하고 탐스러운 도모코의 몸을 살며시 껴안고 귓가에 속삭였다. 그의 건강한 신체 중심에 짜릿한 쓰라림이 있었다. 그 쓰라림이 그로 하여금 골든 게이트에서 수소문하고 돌아오는 길에 습격당한 사실을 잊어버리게 하고, 교통사고 위장살인의 폭로가 이자키 데루오에게서 6000만 엔의 보험금을 빼앗고 그대로 경찰과 나카도 일가의 유착을 도려내게 되는 가능성도 잊어버리게 했다.

"오치 도모코와 아지사와 다케시의 행동을 감시했는데 조금 마음에 걸리는 행동을 하고 있습니다."
"마음에 걸려? 뭐야, 그건?" 우노의 보고에 다케무라는 곧 강한 흥미를 보였다.
"하동유역을 알고 계십니까. 하시로 강의 해마다 홍수가 나는 지역입니다."
"그것이 어떻게 되었는데?"
"그 두 사람이 최근에 빈번히 그 부근을 싸다니고 있습니다. 남의 눈을 피해서 뭔가를 찾고 있는 모양입니다."
"남의 눈을 피해 찾고 있다고? 도대체 뭘 찾고 있을까?"
"제방의 흙을 긁어냈다, 돌을 주워 모았다, 하고 있는 것 같습니다. 여하튼 공사장 사람들에게 들키지 않도록 밤중에 그 부근을 살살 돌아다니고 있습니다."
"공사장 사람이라니?"
"지금 하동유역에서는 제방공사가 진행되고 있습니다."
"그렇군, 이번에는 본격적인 연속제방을 건축한다는 말을 들었네."
"그 녀석들은 대체 무엇 때문에 제방의 흙을 긁어내고 돌을 줍고 하고들 있을까요?"
"흙이나 돌이라……"
"여보게!" 다케무라가 별안간 소리를 질러 우노를 놀라게 했다. "두 사람이 경찰에서 훔쳐간 것도 이자키의 차에서 나온 흙이 아닌가. 그래, 흙이나 돌이다!"
"앗!" 이번에는 우노가 소리를 질렀다.

"그 녀석들, 이자키의 진흙에서 뭔가 알아낸 모양인데. 그렇지! 어쩌면 하동유역의 공사시공에는 나카도 일가가 얽혀 있지 않을까?"
"말씀대롭니다. 시공자 '나카도 건설'이라는 간판이 있었습니다."
"이자키 마누라의 시체는 나오지 않았어. 그 추락사고에는 몹시 구린 데가 있었는데 평소의 친분 때문에 별로 까다롭게 굴지 않았거든. 그렇지만, 이거 이자키 녀석에게 감쪽같이 속았는지도 모르겠는걸."
"그렇다면, 이자키가 사고로 위장하고 마누라를 죽였다······."
"그 의심은 처음부터 있었어. 그러나 창녀못에 시체가 가라앉아 나오지 않는 이상사고인지, 살인인지 판별할 수가 없었거든. 아니 나타난들 판별은 어려울 거야. 보험금이 목적이니까 명확히 살인이라고 할만한 흔적을 시체에 남길 리는 없을 테니까. 경찰서로서는 본인의 진술과 차체의 검사로 사고라고 단정할 수밖에 없었지. 또 그렇게 해도 우리들의 실수는 아니야."
"그럼 뭘 감쪽같이 속으셨다는 건가요?"
"알겠나, 창녀못에 떨어졌기 때문에 사고인가 범죄인가의 구별이 어려운 거야. 우리들이 사고 증명을 내주어도 아마 그것을 뒤엎을 수 없을 거야. 그러나 사고증명을 낸 것은 이자키의 마누라가 창녀못에 가라앉았다는 인식이 있기 때문이었어."
"창녀못에 떨어져서 시체가 나타나지 않으니까 거기 잠겨 있겠지요."
"어째서 그렇게 단정할 수 있지? 시체가 나오지 않는다는 것은 어디 있는가 모른다는 것이 아냐?"
"그, 그렇다면 다른 장소에!" 우노의 얼굴이 창백해졌다.

"다른 장소에 없다고 잘라 말할 수는 없는 거야. 좌우간 시체는 발견되지 않았으니까."
"창녀못이 아니라면 대관절 어디에 있을까요?"
"오치 도모코와 아지사와 다케시는 무엇 때문에 하동유역을 해맨다고 생각하나?"
"그럼 거기에 이자키의 마누라가!"
"도모코와 아지사와는 이자키의 차에서 나온 진흙을 훔쳐갔어. 그 흙 속에서 창녀못에는 없는 흙이나 돌을 발견했는지도 모르지. 그리고 하동유역을 수색하기 시작했어. 거기는 지금 호안공사(護岸工事)가 한창이며 시체를 숨기는 장소로는 안성맞춤이거든. 게다가 나카도 일가가 공사장을 휘두르고 있으니 시체 하나 둘쯤은 간단하게 감출 수 있을 거야."
"만약 이자키 아케미의 시체가 그런 곳에서 나온다면 큰일이군요."
"우리들은 제일 먼저 이거지." 다케무라는 자신의 목을 칼로 치는 제스처를 하고, "모가지만으로는 모자라. 자네도 나도, 이자키에게서 배당을 받았으니까. 일단은 사고증명과는 관계없는 형식으로 해 두었지만 조사한다면 피할 수 없겠지."
"그렇게 남의 일처럼 말씀마세요. 제게는 부양해야 할 가족이 있습니다."
우노의 얼굴에서 핏기가 완전히 사라졌다. 창녀못에 시체가 있다고 믿었기 때문에 안심하고 사고 증명을 냈었다. 그것이 다른 장소에 있다면 경찰의 실수는 보상할 길이 없다.
경찰과 폭력단의 간부가 한패가 되어 보험금 목적의 살인을 실행하고, 보험회사에서 감쪽같이 돈을 타냈다는 말을 들어도 변명할 여지가 없는 것이다.

공교롭게도 히시이 생명은 오바 자본이 당할 수 없는 재벌계의 보험회사였고, 내부에서 손을 써본들 얼버무려 수습할 수는 없었다. 경찰이 사고증명을 낸 시체가 현장에서 떨어진 다른 장소에 있다는 것을 알면, 비록 내부적으로 연결이 있다고 해도 수습이 안될 것이다.

"사정은 나도 같아. 만약 추측한 대로 그렇다면 우리들뿐이 아니라 서 전체에 영향이 있다. 우선 이자키를 불러서 진상을 말하도록 해야 해. 그리고 나서 방법을 생각하세."

평소에는 태연자약하던 다케무라도 표정이 굳어 있었다.

3

"호수의 진흙에서 나온 콘크리트 파편과 하동 유역의 공사장에서 사용하고 있는 건설자재의 성분은 완전히 일치했습니다. 이자키 아케미의 시체가 그 부근에 감춰져 있다는 것은 거의 확실하군요."

"하동유역의 어느 부근일까요."

도모코는 무서운 상상의 화살이 바야흐로 목표의 과녁을 향해서 다가가는 것을 숨을 죽이고 바라보고 있었다.

"아케미는 5월 23일 밤 12시쯤에 '골든 게이트'를 나갔다는데 그게 살아 있는 최후의 모습이었습니다. 그리고 다음 날인 24일 밤 창녀못으로 추락한 것으로 되어 있습니다. 그러니까 이 20여 시간 사이에 살해된 것입니다. 그 시간에 공사했던 부근이 그녀의 '매장 장소'일 겁니다. 창녀못에 가는 소요시간이나 사람 눈이 많은 낮시간을 제하면 범행시간은 한정되고 그만큼 매장장소는 좁혀집니다."

"그러나 시멘트로 막고 제방 속에 매장했다면 간단히 발견되지 않겠군요."
"거기에 매장했다는 증거만 찾으면 제방을 부수고 수사할 수 있습니다."
아지사와는 자신이 있는 모양이었다.

"이자키, 바른 대로 말하게."
긴장한 다케무라와 우노 앞에 별안간 불려와 문책받는 이자키는 한동안 어이가 없다는 듯이,
"바른 대로라니 대체 뭘 말입니까?"
"시치미 떼지 마! 네 녀석 때문에 하시로 서 전체가 위태롭게 됐어."
다케무라는 책상을 꽝 쳤다. 그 옆에 우노가 금방 물어 뜯을 것 같은 표정으로 이자키를 노려보고 있다. 여기는 피의자를 다루는 취조실이다. 문을 꼭 잠그고 다른 사람은 얼씬도 못하게 한다. 평소와는 다른 분위기라는 것보다, 처음부터 뭔가 범인취급이었다.
"안되겠는데, 대체 두 분께서 오늘은 왜 이러십니까? 내가 무얼 했다는 겁니까?" 이자케는 당황한 듯이 애매한 웃음을 띠고 두 손을 비볐다.
"또 시치미를 떼는가. 좋아, 그렇다면 말해 주지. 아케미는 정말로 창녀못에 잠겨 있나?"
"느닷없이 무슨 말을 하시는 거요?"
이자키의 얼굴이 순간 굳어진 것 같다.
"마누라는 창녀못이 아니라 어딘가 딴곳에서 자고 있는 게 아니냐고?"
"그, 그, 그것은 무슨 뜻입니까?" 이자키의 굳은 얼굴이 얼어맞은 것처럼 되었다.

"그것을 네게 묻고 있는 거야."
"다케무라 씨, 나를 의심하고 계십니까?"
"아암, 굉장히 의심하고 있지. 알았나, 경찰을 깔보는 게 아니야. 이곳 경찰과 나카도 일가는 썩은 인연이야. 서로 돕고 지내왔어. 우리들도 웬만한 일에는 눈을 감아 주었지. 그렇다고 해서 지나치게 기어오르는 게 아니야. 눈감아 주는 것도 한계가 있어."
"그런 것은 알고 있습니다. 그러니까 우리들도 한도를 분별하고 있다고 생각합니다."
이자키는 어떻게든 바로 잡으려고 필사적으로 허우적거리는 모양이다.
"네가 계속 시치미를 떼겠다면 이쪽도 생각이 있다. 경찰이 전력을 다해서 하동유역 부근을 수색해 볼까."
"하동유역을!" 이자키의 얼굴이 종이장같이 하얗게 되었다. 쭉 버티고 있던 허세가 완전히 무너졌다.
"뭔가 짚이는 것이 있는 모양이군. 그 부근을 오치 도모코와 아지사와 다케시가 서성거리고 있어. 시체냄새를 맡은 파리떼처럼 말이야."
"……."
"오치 모기치의 딸과 생명보험의 외무사원말이다."
"아아, 그 두 녀석이!"
"일의 중대함을 알았나? 이봐, 너하고 마누라가 창녀못에 떨어졌을 때 우리들은 수상하다고 생각했지. 뭐, 누구든지 그렇게 생각할 거야. 그러나 네가 떨어졌다고 주장하는 이상 사고인가 고의인가 판별할 수가 없어. 그래서 우리들은 다소 수상했지만 평소의 정의로 사고증명을 내준 것이야. 알겠나? 여기까지가 눈감아주는 한도라는 거야. 사고증명을 내준 것은 아케미의 시체가 창녀못에 있다고 믿었기 때문이야. 시체가 나오든 안 나오든 아무래도 좋아. 거기에 있기만 하면 경찰의 입장은 보장되니까. 설마 시체의 소재에 대해서까지 자네가 거짓말을 했다고는 생각지 않네. 만약 뒷날 다른 곳에서 시체가 나오면 어떻게 되지? 우리들의 목이 날아가는 것은 고사하고 하시로 서의 입장은 뭐가 되느냐 말야. 자네는 그걸 알면서 우리들에게 사기를 쳤나!"

"나는 그저, 그저……" 다케무라가 닦아세우자 이자키는 말문이 막혔다.

"그저 어쨌다는 거야!"

"다케무라 씨에게 폐를 끼칠 생각은 없었습니다."

"폐 따위가 아니야! 시체는 역시 창녀못에는 없는 거지?"

"그것은 조금만 기다려 주십시오."

"무얼 기다리라는 거야. 오치의 딸이 시체를 찾아낸 후에는 이미 때가 늦어."

"그런 일은 절대로 없을 겁니다."

"현재 그들은 움직이고 있어. 이러는 동안에도 찾아낼지 모르는 일이야."

"다케무라 씨!" 일방적으로 당하고만 있던 이자키가 바람의 방향이 바뀌듯이 휙 변하면서, "염려 마십시오. 우리들은 그런 실수는 안 합니다. 이 일로 다케무라 씨나 경찰에 절대로 누를 끼치지는 않겠습니다."

빈틈없는 접객업자의 얼굴이 돌변하여 깡패의 얼굴로 바뀌어졌다. 지금까지 다케무라의 힐문 앞에서 주눅이 들었던 소심한 중년 사나이는 이제 흉악한 악의 관록을 무겁게 나타내고 있었다. 그것은 어둠의 세계를 헤치고 살아온 자의 악으로 단련된 자신감이었다. 참으로 훌륭하다고 밖에는 말할 수 없는 변모였다.

4

하시로 시, 미나구보 오아자 스나바타(水窪大字砂畑), 그것이 하동유역 부근의 행정상의 토지표시였다. 옛부터의 지명도 물과의 인연이 끊기지 않는 것을 보아, 이곳 토지가 얼마나 물 때문에 괴로움을 당했는지 알 수 있다. 매년 홍수지고, 모래가 많다는 것에서 스나바타(砂畑)라는 지명도 생긴 모양이다.

그러나 물이 실어다 주는 양분으로 이 지역의 토질이 비옥한 것은 공교로운 노릇이었다. 치수(治水)만 잘하면 이 토지가 현내의 곡창이 되는 것은 틀림이 없었다. 그 계산이 있었으므로 하시로 시에서도 시의 예산을 대폭 잘라서 제방공사에 본격적으로 착수한 것이다.

스나바타의 주민도 연속제방이 완성되면 매년 그들을 괴롭힌 수해의 공포에서 벗어나게 되므로 적극적으로 공사에 협력했다. 돋우어야 할 흙의 운반, 땅을 고르는 일, 말뚝박기 등의 단순한 작업에는 근로봉사를 신청했다.

아지사와는 이자키 아케미의 사진을 가지고 이 고장의 주민들에게 차근차근 수소문하고 다녔다.

'5월 23일 전후의 공사는 제방의 어느 부근까지 되었는가?' '이자키 아케미의 모습을 그 전후에 보지 못했는가?'의 두 가지가 질문이었다.

이자키 아케미의 사진은 신문에 게재된 것을 잘라낸 것이었다.

당일 전후의 하동유역의 공사부분은 대충 알았으나 아케미의 모습을 본 사람은 나타나지 않았다. 애당초 범행은 심야에 사람눈이 적은 곳에서 비밀리에 이루어진 것일 테니까 목격자가 없다고 해도 이상할 것은 없다.

공사는 대략 흙을 돋우는 일과, 물에 접하는 면을 굳히는 '도와' 치기와, 마무린 경사면에 잔디붙이기의 세 가지로 구분되어 있다. 자갈이나 시멘트와 플라스틱 콘크리트 등이 사용되고, 작업장에는 나카도 건설 및 업자의 콘크리트 믹서, 덤프 트럭, 자재운반 트럭 등이 분주하게 왕래하고 있었다.

이들 속에 시체가 하나쯤 운반되어도 아마 발견하기 힘들 것이다.

업자들은 거의 '나카도 건설'의 지배를 받고 있으므로 그들에게 직접 물어보는 것은 위험했다. 아니, 공사의 완성은 고장사람 전부가 원하고 있는 일이었으므로, 그 시공자인 '나카도 건설'에 불리한 일인 줄 알면, 고장사람들도 입을 다물 것이다. 그런 의미에서 수소문하는 것도 상당히 위험한 모험이었다. 스나바타 지구는 말하자면 적지(敵地)나 다름이 없는 곳이다.

위험을 무릅써야 하는 것을 얼마쯤 줄이기 위해서 아지사와는 단독으로 수소문했다. 도모코가 알게 되면 반드시 따라오고 싶어 할 것이기 때문이다.

수소문을 시작한 지 약 1주일쯤 지나서 아지사와는 한 가지 유력한 정보를 얻었다. 그것은 바로 최근에 제방공사의 사역을 나갔다가 낙하한 자재 밑에 깔려죽은 농부의 부친에게서였다.

그 농부의 부친인 도요하라 고사부로(豊原浩三郞)는 얼굴에 노골적으로 증오를 띠며 말했다.

"흥, 뭐가 마을을 위한 거냐. 녀석들 모두가 제가끔 단물을 빨아먹으려고 하는 게지."

"단물을 빨다니, 부정이라도 있습니까?"

"그렇소. 공사는 '나카도 건설'이 일체 독점하고 있소이다. '나카도 건설'이 시의 토목과에 뇌물을 주고 청부받은 것이라오.

토목과 녀석들은 평사원조차도 밤마다 '골든 게이트'라는 도시 제일의 캬바레에서 흥청망청하고 있다더군."

"애당초 나카도 일가는 오바 시장의 사설 경호원 같은 것이니까 그 정도는 하고 있겠지요." 도요하라의 이야기는 아지사와도 대충 상상하고 있던 일이다.

"뭐, 토목과 사람들의 뇌물 같은 거야 댈 것도 아니지."

"아니 그럼, 더 많이 거둬들이는 거물 악당이 있습니까?"

"있다마다. 이건 시에서 하동유역을 무대로 연출된 대연극이란 말이오. '나카도 건설' 현장감독의 술에 취한 입에서 새어나온 말이니까 틀림이 없어요. 마을 사람들은 매년 수해가 없어진다고 기뻐하지만 모조리 속고 있는 거지."

"그 대연극이란 무엇입니까?"

"남에게 얘기하지 마쇼." 도요하라는 새삼스럽게 주위를 살핀 후 아무도 없는데도 소리를 낮추고 말한다. "당초에 하동유역 부근에는 홍수가 났을 때 불어난 물을 저수지에 흘러가게 하는 '임시제방'이 있었다오. 이것을 본(本) 제방으로 만들려고 시작한 것이 현재의 공사인데, 본제방이 완성되면 여지껏 홍수가 날 때마다 물에 잠겼던 하천부지는 물이 들어오지 않는 보통 토지가 된단 말이오."

"그렇겠군요."

"이것을 시의 고위층은 골프장으로 만들 속셈이라오."

"골프장으로! 정말입니까?"

"틀림없소. 마을사람들은 하천부지의 권리를 거저나 다름없는 헐값으로 나카도 일가가 경영하고 있는 부동산회사에 매도하고 있다오."

"마을사람들은 속고 있다는 것을 깨닫지 못하고 있어요. 우리집

녀석만 하천부지를 팔지 않겠다고 버티고 있었다오. 그런데 작업장에서 자재가 떨어지는 바람에 죽어버렸지. 그건 살인이었소."
"그걸 경찰에 알리셨습니까?"
"말해봤자 받아주기나 하나. 증거도 없겠다, 애당초 경찰도 녀석들과 한패니까."
"그래서 아드님의 하천부지 권리는 어떻게 되었습니까?"
"상속권이 있는 자식의 아내가 지체없이 부동산업자에게 팔아넘겼지. 그따위 값어치 없는 땅을 가지고 있댔자 별 볼일 없다고 하면서 말이야. 아들 놈 목숨과 맞바꾼 것도 모르는 멍청한 여자지."
"아드님처럼 반대하다 죽은 사람이 또 없습니까?"
"저 공사장에서는 여러 사람이 죽었다오. 죽은 것은 모두 마을 사람이거나 그렇지 않으면 날품팔이들이지. 그때마다 '나카도건설'에서 사람이 찾아와 50만 엔 정도의 보상금을 내 놓고는, 마을을 위해서 참으라고 한다오. 조금이라도 불만스런 표시를 하면 이번에는 그들의 수법인 협박으로 나오거든. 신문에는 나지 않지만 호주가 죽어버리는 바람에 억울하지만 어쩔 수 없이 단념하는 집이 몇 집이나 된다오."
"그 사람들도 하천부지를 파는 것을 반대하고 있었습니까?"
"반대한 사람도 있었고, 바로 팔아버린 자도 있지. 그러나 증거는 절대로 잡을 수가 없다오. 섣불리 말이 새면 이번에는 자기가 당하거든. 그래서 아무도 말을 안 한다오. 나야 여생이 얼마 남지 않았고 아들놈도 없는 이 세상에 아무런 미련도 없으니까 상관없지만, 그런데 당신은 왜 그런 것을 조사하고 있소?"
"제가 아는 분도 나카도 일가에게 살해당한 것 같습니다."

"아까 그 사진의 여잔가?"
"그렇습니다."
"그런 여자는 본 적이 없지만, 시멘트로 봉해 버리고 사람 기둥이라도 되었다면 어떻게 할 도리가 없지. 이런 일을 조사하고 다니는 것을 녀석들이 눈치채면, 당신도 무슨 일을 당할지 모르지. 조심해야 하오."
"감사합니다. 할아버지께서도 조심하십시오."
"나는 염려없소. 이런 늙은이에게 손을 대보았자, 녀석들에게 이로울 건 아무것도 없으니까. 그점에선 녀석들은 약삭빠르거든."
도요하라 고사부로는 이가 빠진 입을 벌리고 웃었다.

심야의 쿠데타

1

 생각지도 않았던 큰 수확에 유쾌한 기분이 되어 돌아가는 도중에 아지사와는 인적이 끊어진 밭 한 가운데서 불쑥 5, 6명의 눈초리가 사나운 힘센 젊은 사나이들에게 포위당했다.
 "아지사와 다케시로구먼." 우두머리 격의 가장 흉악하게 생긴 사나이가 위협조로 말을 건넸다. 아지사와는 잠자코 있었다. "이 부근을 서성거리며 냄새맡고 다니는데, 대체 무슨 수작이야."
 "……"
 "귀가 먹었나?"
 "……"
 "이자키 씨 일로 더 이상 서성거렸다가는 그냥 두지 않겠다."
 "나카도 일가의 사람들이군."
 "알겠나, 이자키 씨의 사건은 이미 끝난 거야. 아무것도 아닌 게 쓸데없이 탐색하고 돌아다니면 좋지 않을 거야."
 "탐색하면 곤란한 일이라도 있는가?"

"쓸데없는 소리 말고, 이 일에서 손을 떼라. 그게 네 몸을 위하는 거야."

"손을 떼고 뭐고, 나는 내 직무를 다하고 있는 것뿐이야. 그쪽에 켕기는 것이 없으면 그쪽이야말로 입을 내밀 입장이 못되지."

"이만큼 말해도 모른다면 네 몸뚱이가 알아듣도록 할 수밖에 없겠군."

우두머리가 능글맞게 흉악한 웃음을 띠고 턱을 치켜 들었다. 사내들이 살기를 띠면서 간격을 바짝 좁혀왔다.

"그만두지!" 아지사와는 한 발 물러서며 말했다. "험한 꼴을 당하지 않으려면 개처럼 냄새맡고 다니는 것은 이걸로 끝내라."

"다치게 하고 싶지 않다."

아지사와의 태도는 홱 변했다. 고양이의 무리에 둘러싸인 쥐와 같았던 약자의 가장을 벗어던지고, 고양이보다도 훨씬 흉표한 손톱과 송곳니를 드러냈다.

나카도 일가의 깡패는 아지사와의 돌변에 당황하면서도 그의 말이 뜻하는 중대한 모욕에 머리끝까지 피가 올랐다. 나카도 일가의 깡패 다섯 명을 상대로 비록 허세일지라도 이런 모욕을 퍼부은 자는 일찍이 없었다.

"뭐라고!"

"상처를 입히고 싶지 않다."

"지껄이고 있는 말의 뜻을 알고나 있냐."

"여하간에 쓸데없는 싸움은 그만두자."

다섯 명의 깡패에게 둘러싸여 얼굴색 하나 변하지 않은 채 오히려 몸을 풀고 쉬고 있는 듯한 음성이었으나, 전신은 하나의 흉기로 변한 것처럼 강력한 살상력(殺傷力)을 갖추고 있었다. 그것이 눈을 바로 뜨고 볼 수 없는 살기가 되어 숫자상 절대적으로 우세한 깡패들을 압도했다. 깡패들도 웬만한 경험을 쌓은 자들이었다. 아지사와의 살기가 궁지에 몰린 쥐의 그것이 아니고 단련을 거듭한 프로의 것임을 그들은 깨달았다.

육식하는 맹수의 송곳니를 양순한 초식동물의 모습으로 감추고 있었던 것이다. 깡패들은 순간 압도되어 겁을 먹었다. 그때 먼곳에서 어린아이의 목소리가 들려왔다. 어린 계집애가 누구를 부르고 있는 모양이다. 아지사와는 그 목소리에 나가이 요리코의 목소리를 겹쳐 들었다. 전연 다른 아이의 목소리였으나 그에게는 요리코가 부르는 것처럼 생각되었다.

아지사와의 몸에서 풍선이 꺼지듯이 살기가 빠져 나갔다. 삽시간에 맹수에서 초식동물로 바뀌었다. 나카도 일가의 깡패들은 그 기회를 놓치지 않았다.

"해치워라." 우두머리의 명령이 떨어지자, 다섯 명이 쏜살같이 달려 들었다. 그에 대해서 아지사와는 전적으로 무저항이었다. 그저 때리는 대로 몸을 맡기고 있었다. 너무나 무기력해서 깡패들로서는 때리는 보람이 없어질 정도였다. 그들은 땅바닥에 쓰러진 아지사와를 진흙투성이의 구두로 걷어차고 밟아뭉갰다. 진흙덩이처럼 누워 있는 그에게 침까지 뱉었다.

"이제 됐다. 그쯤 해 둬라." 우두머리가 겨우 소리를 질렀다. 한순간 손톱을 드러낼 때의 아지사와의 살기가 심상치 않다고 느꼈었는데 어이가 없을 정도의 무저항에, 그도 약간 맥이 빠진 모양이었다.

"쯧, 말과는 딴판이로군."

"앞으로는 잘난 체 하지 마라."

깡패들은 아지사와의 무저항에 점점 우쭐대고 있었다. 그들로서는 저항하지 못하는 약자를 희롱하는 것처럼 즐거운 일은 없었다.
"오늘은 이쯤 해 두지만 시키는 대로 안하면 다음 번에는 목숨도 보장 할 수 없다." 우두머리는 내뱉듯이 말하고 사라져버렸다.
아지사와는 집단폭행을 전신에 받은 통증으로 몽롱해지는 의식을 다잡고, 이 습격의 의미를 생각해 보았다. 적은 명확하게 정체를 드러내고 도전해 왔다. 전번의 습격에서는 그 이유를 밝히지 않았는데 이번에는 분명히 '이자키의 사건에서 손을 떼라'고 말했다. 이것은 그 사건이 들춰지게 되면 곤란한 사정이 있다는 것을 스스로 명백히 드러낸 셈이다. 게다가 적은 드러내는 것에 자신을 가지고 있다. 스스로 '그 사건은 뭔가가 있는 거야' 하고 표명하며 도전해 온 것이다.
그러한 자신은 시체가 절대로 발견되지 않으리라는 안도감과 아지사와에 대한 멸시에서 나온 것이리라. 경찰도 한패라는 의구심이 있기 때문인지도 모른다.
"여보시오. 괜찮소?" 부르는 소리에 부어오른 눈꺼풀을 억지로 떠 보니 아까 그 늙은 농부의 얼굴이 위에서 걱정스러운 표정으로 들여다보고 있었다.

도모코가 달려왔다. 그녀는 아지사와의 참담한 모습에 한 순간 선 채로 꼼짝도 못했다.
"상처는 대수롭지 않습니다."
아지사와는 노인을 안심시키기 위해 억지로 웃음을 지었다. 눈꺼풀이 부어오르고 치근(齒根)이 솟아 있었다.
"정말 몹쓸 짓을 하는군요."
"그러나 적은 명확히 선전포고를 해 왔습니다."
아지사와는 습격의 자초지종을 말했다.

"그들은 자신만만한 모양이네요."
"그렇습니다. 동시에 드러나는 것을 두려워하고 있지요. 하동유역의 공사에 부정이 있는 것을 알게 되면 수사하기가 수월합니다."
"그건 제가 탐지해 보겠어요."
"아니 위험합니다. 적은 나를 두 번이나 습격해 왔습니다. 이번에는 당신을 노릴지도 모르지요."
"저는 신문기자예요. 취재를 방해하고 폭행이라도 하면 아무리 유대가 있는 경찰이라도 모른 척할 수는 없어요."
"그런 걸 알게 뭡니까? 나한테는 이름까지 대가며 기습하는 수법도 썼다니까요."
"이름을 대지 않으면 무엇 때문에 습격하는가 당신이 알 수 없으니까 그랬겠죠."
"그러나 적은 이미 자기 이름을 밝혔으니까, 만약에 당신을 습격할 때 이름을 대지 않아도 우리들로서는 무엇 때문에 습격당했는지 알 수 있습니다."
"알았어요, 충분히 조심하겠어요. 그러나 아지사와 씨는 어째서 맞서지 않았어요?"
"네?"
"저는 당신이 가만 있는 것이 믿어지지 않아요. 당신은 강해요. 당신이 정말로 저항한다면 그런 꼴은 당하지 않았을 텐데요."
"하하, 힘이란 뻔한 것입니다. 얼마쯤 싸움에 자신이 있다 해도, 상대가 두 사람 이상이면 못당합니다. 당수나 유도의 달인이라도 권총 앞에서는 꼼짝 못합니다. 영화나 텔레비전 활극의 주인공 같을 수는 없지요."
"벌레라도 그렇게 되면 달려들 거예요. 당신은 벌레만큼의 저항도 안해요. 무슨 까닭이라도 있나요?"

도모코를 구하기 위해 세 명의 치한을 순식간에 때려눕힌 그가 그후 두세 번에 걸친 나카도 일가의 폭력 앞에서는 완전히 침묵하고 있다.

그중 한 번은 타인이 희생자였지만, 도모코의 요청에도 불구하고 현장에서 도망쳐버렸다.

"별 이유는 없습니다. 저는 폭력에 대해서 선천적인 공포와 혐오가 있습니다. 이번에도 대들지 않았기 때문에 이 정도로 끝났지, 서툴게 저항했더라면 죽었을지도 모릅니다."

"……"

"당신에게는 그날 밤의 이미지가 뚜렷하게 남아 있겠지요. 몇 번이나 말했듯이 그날 밤은 당신을 구하려는데 신경을 썼습니다. 그날은 예외입니다. 인간은 열중하면 다른 사람처럼 힘을 내는 일이 있거든요."

"저는 그렇게 생각하지 않아요. 그날 밤의 당신도 틀림없는 당신 자신이에요. 절대로 딴 사람은 아니에요. 아지사와 씨는 무슨 이유가 있어서 자기의 진정한 힘을 숨기고 있는 거예요."

"곤란한데."

"그러나 괜찮아요. 저를 구하려고 진정한 힘을 내주셨으니까요. 또 제가 위기에 빠지게 될 때는 구해 주시겠지요."

"언제나 가까이 있다고는 할 수 없지요."

"가까이 있으면 구해 주신다는 말씀이죠. 당신은 역시 힘을 숨기고 있어요."

유도를 하는 바람에, 말하는 동안 엉겁결에 사실을 고백해버린 격이 된 아지사와는 말문이 막혔다.

심야의 쿠데타

2

"아버지는 아직 돌아오시지 않았니?" 아지사와의 방을 찾아간 도모코는 혼자 집을 지키고 있는 요리코에게 물었다.

"응." 하고 대답한 요리코는 동그란 눈으로 도모코를 바라보았다. 으레 그렇듯이 시선은 이쪽을 향하고 있으면서 초점은 도모코 너머 먼곳을 방황하고 있는 것 같은, 가늠할 길 없는 눈이었다.

"자, 선물이야."

도중에서 사가지고 온 케이크 상자를 내놓으니 순간 어린이답게 눈이 빛났지만, 케이크를 먹는 동안 또다시 먼 곳을 보는 눈으로 돌아가 버렸다.

"너무 많이 먹으면 안 돼요, 저녁식사를 못하게 되니까."

"응."

요리코는 유순하게 대답하고 상자를 치웠다. 그런 행동은 매우 어려 보였다. 지능지수는 높았지만 기억의 장애가 성장에 다소 영향을 주고 있는 듯했다.

아지사와에게서 들은 바에 따르면 상실된 기억이 서서히 회복되고 있다고 한다.

아지사와를 잘 따르는 모양이었다. 학교에서 돌아오면 이렇게 집에 틀어박혀서, 아지사와가 돌아올 때까지 꼼짝않고 기다린다. 그동안 소녀는 자기 혼자만의 상념의 세계 속을 헤매고 있으리라. 자욱한 안개를 헤치면서 잃어버린 기억의 이정표를 필사적으로 찾고 있는 것일까.

도모코는 시계를 들여다보며, "잠깐 기다릴게" 하고 말했다.

아지사와의 방에는 이미 몇 차례 왔었다. 2평 정도의 넓이로, 대충 살림살이는 되어 있었다. 그러나 10세의 소녀와 단 두 식구뿐인 살림의 외로움은 숨길 수 없었다. 깨끗하게 정돈되어 있었지만 그것이 그대로 정한 공간으로 보였다. 핵가족조차도 되지 않는 의리의 부녀에게는 2평도 너무 넓은 셈이었다.

도모코는 이 집의 결손을 메우는 자신의 모습을 상상하고 얼굴을 붉혔다. 아지사와 장래에 대한 약속이 암암리에 성립되어 있었다. 남은 것은 실천뿐이다. 요리코도 막막한 상태이긴 하나 도모코가 싫지는 않은 것 같았다.

"학교는 재미있니?" 도모코는 물었다.

"재미있어요." 요리코의 학교성적은 중상위라고 한다. 말씨도 표준어에 가까워졌다.

"이제 곧 중학생이 되겠구나."

"응." 대답을 하고 요리코는 도모코 쪽으로 예의 먼곳을 헤매는 시선을 향했다. 도모코를 보고 있는 것이겠지만 초점이 고정되지 않는 모양이다.

"요리코, 뭘 보고 있니?"

"난 언니를 만난 일이 있어요."

"어머 전번에도 그런 말을 했었지."

"언니 얼굴이 점점 확실히 보여요."

요리코의 초점이 도모코의 얼굴에 맺혔다. 도모코는 섬뜩했다.

"요리코! 너 생각난 것 아니니?"

"조금씩 조금씩 떠올라와요. 언니 옆에 누가 있어요."

"아버지나 어머니겠지."

"으응, 아니야. 누군가 모르는 사람이야."

"아버지나 어머니 얼굴은 생각났니?"

"아니, 그렇지만 아빠나 엄마는 아니야, 딴곳에서 온 사람이에요."

"딴곳? 어쩌면!" 도모코는 몹시 긴장했다. 요리코는 범인의 얼굴을 본 것이 아닐까. "요리코, 생각해 내는 거야. 그 사람은 어떻게 생겼어?"

"얼굴이 하얬어요, 밋밋한 것 같았고 눈도 코도 없어요."

"잘 생각해 봐, 그 사람. 남자니?"

"남자였어요."

"어떻게 생긴 옷을 입고 있었지?"

"파란 옷."

"파란 옷을 입은 남자가 언니하고 함께 있었니?" 요리코는 고개를 끄덕였다.

'푸른 옷의 인물'이 그녀의 양친을 죽인 강도일까?'

"그 파란 옷을 입은 사람, 키가 크니, 작니?"

"컸다고 생각해."

"뚱뚱해, 아니면 말랐어?"

"마른 것 같애."

"손에 뭘 들고 있었니?"

"몰라요."

"그래도 며칠이나 그 사람하고 함께 있었지?"

"몰라요."

"자아, 그 사람 얼굴을 잘 바라보렴. 반드시 뭔가 생각날 거야. 그 사람이 언니 옆에서 뭘하고 있었니?"

등뒤에서 기척이 나며, 요리코의 표정이 움직였다.

"아버지!"

언제 돌아왔는지 아지사와가 서 었었다.

"어머, 이제 오세요. 온 지 몰랐어요. 안 계시는 동안 폐를 끼치고 있었어요."

도모코가 일어서려는데 쳐다보지도 않고 아지사와는 요리코를 향해 말하며 엄격한 얼굴을 한다.
"공부 안하면 초등학교 재수생이 된다."
아지사와가 평소에 보인 일이 없었던 험악한 표정이었다. 도모코는 그때 아지사와에게서 휘몰아치는 흉악한 기미를 느꼈다.
요리코를 옆방으로 쫓은 그는 여느때와 같이 부드러운 얼굴로 도모코를 대했다. 그러나 도모코는 지금 아지사와가 순간적으로 보인 험악한 얼굴이 그의 본얼굴이라는 것을 깨달았다.
"기다리시게 해서 미안합니다. 잠깐 단골집에 들러 왔습니다. 곧 차를 끓이겠습니다."
"차는 제가 끓일게요. 멋대로 부엌에 들어가고 싶지 않아서요."
도모코가 당황해서 일어섰다.
"아무쪼록 집에서처럼 편하게 하십시오." 아지사와는 약간 원망조로 말했다.
'생판 모르는 사람처럼 서먹서먹한 행동은 누가 했는데?' 하고 나오려는 말을 도모코는 목구멍에서 눌렀다. 그것을 여자의 입으로 말한다는 것은 경박하다고 생각했기 때문이다.
저녁식사를 하기에는 아직 이른 시간이었다. 두 사람은 도모코가 가지고 온 케이크를 사이에 두고 마주앉았다.
"대강 알 것 같아요." 차를 마신 후 도모코는 말을 꺼냈다. "하동유역의 부정건 말입니다. 그래요, 당신이 들은 것은 역시 소문만은 아니었어요."
"그러면, 시청에서도 한패가 되어 하동유역의 하천부지를 거두어 들이려고……"
"시청뿐이 아니에요, 이 사건에는 건설성도 얽혀 있어요."
"건설성이!"
"현 건설장관은 오바 자금과 연관되어 있고, 하시로 시의 건설국은 오바 일족의 지배를 받는 사람들로 굳혀져 있어요."
"건설성이, 하동유역의 공사에 어떤 식으로 얽혀 있나요?"
"하동유역의 하천부지는 약 60헥타르이며, 그 가운데 40헥타르는 국유지고, 남은 20헥타르가 사유지로 되어 있어요. 이 국유지도 메이지 29년까지는 사유지였는데 구(舊) 하천법의 시행에 따라, 나라에서 무상으로 몰수한 토지예요. 몰수한 뒤에도 예전 지주는 점유경작권을 인정받고 있지만, 비옥한 토지임에도 매년 홍수때문에 기껏해야 뽕나무밭으로 해둔 정도였어요. 그런데 지금 진행 중인 본제방공사가 완공되면, 하천부지가 아니고 건설성에 의해 폐천처분이 되는 거예요."
"폐천처분에 의해 무엇이 달라집니까?"
"하천법에 의한 여러가지의 제한, 토지의 점용이나 지형의 변경, 공작물의 신축 금지 등이 해제되지요."
"폐천처분이 된 하천부지는 본래 누구의 소유가 될 예정이었습니까?"
"경작권을 인정한 옛 지주에게 매각할 예정이었지요. 그런데 건설성은 그것을 본 고장 농민에게 알리지 않고, 오바 일족의 터널회사인 '헤이안 흥업'에 팔 것을 암암리에 결정하고 있는 것 같아요. 그래서 '헤이안 흥업'은 조속히 손을 써서 경작권을 가지고 있는 지주들을 설득시키고 다니며 사유지 부분의 소유권과 국유지 부분의 경작권을 폐천처분 후에 양도한다는 계약을 끝내 버렸지요. 매수가격은 사유지의 소유권이 평당 3백 엔, 국유지의 경작권이 1백 엔이라 해요."
"3백 엔과 1백 엔! 그건 너무 심하군."
"심한 이야기지요. '헤이안 흥업'이 이 매수건 때문에 투자한 자본은 5천만 엔 전후이며, 본 제방공사가 완공되면 약 2백억 엔으로 뛰어 오른다는군요."
"5천만 엔에서 2백억 엔이라 대체 몇 배가 될까요."
그 거액의 급등에 암산이 곧 쫓아가지 못했다.
"4백 배지요. 마치 도적같아요."
"농민들은 그것을 전연 모르고 있을까요?"
"그게 말예요. 본 제방공사가 시작되기 전에 '헤이안 흥업'은 매점을 하고 있거든요."
"그럼 처음부터 건설성과 공모하고 제방공사를 시작했단 말입니까?"
"그렇게밖에는 생각할 수가 없겠지요. 하천개수공사는 건설성의 소관이고, 하시로 시를 지도·감독·조성하는 입장에 있어요. 하천 부지의 반환에 있어서 당연히 그것을 지주에게 미리 알리지 않으면 안 되거든요. 그때 제방공사를 오래지 않아 시작한다고 예고하면, 지주는 토지의 가치가 오르는 것을 알게 되고 매수에 응하려 들지 않겠지요. 건설성이 그 공사를 모른다는 것은 있을 수 없는 일이니까 공모라고 생각해도 되겠지요."
"좌우간 국유지를 반환한다는 것은 하천부지에 본 제방이 건축되어 폐천처분이 된다는 인식이 있었기 때문이겠지요."
"그렇죠. 하천부지를 그대로 두면 당연히 하천법의 적용을 받아서 함부로 반환할 수 없을 거예요. 그러니까 건설성은 반환예고를 낼 때, 본 제방의 축조를 알고 있으면서도 '헤이안 흥업'의 이익을 위해 잠자코 있었지요."
"본 제방공사가 시작된 후, 속은 것을 알고 떠든 지주도 있겠지요."
"반대파의 리더 격이 도요하라 고사부로의 아들이에요. 또 몇 사람 있는 것 같았는데 나카도 일가에게 협박당하고 조용해진 모양이에요."
"도모코 씨, 그래 어떻게 하실 겁니까?"
"좀더 확실히 조사해보고 신문에 내겠어요."
"무시해 버리지 않을까요?"
"물론 정식으로 내면 편집부에서 쥐고 없애버릴 테지요. 편집부에도 최종판이 있어요. 최종판의 마감 시간에 아버지가 살아 계실 때부터 있었던 사람에게 출고하면 지면에 게재될 기회는 있어요. 최종판은 부수도 많고 현중앙부에 배달되니까 영향력이 크지요."
"이것이 '하시로신보'의 특종기사가 되면 굉장한 소동이 일어나겠군요."
"벌써부터 그 꼴이 눈에 선해요."
"하동유역의 제방공사의 부정이 증명되면 이자키 아케미도 수색하기 쉽습니다."
"아케미의 시체도 나올지 모르겠군요." 그와 같은 상상을 무서워했던 도모코가 국가와 시청 공모의 부정 적발에 흥분하여 공포를 잊고 있었다.

3

"우라카와 씨, 잠깐 드릴 말씀이……."
사회부 부장 우라카와 고로(浦川悟郞)는 오치 도모코가 말을 꺼내자, 순간적으로 사내에서는 말하기 곤란한 일이구나 하고 눈치를 챘다.
"잠깐 나갑시다." 그는 턱짓을 했다.
신문사에서 떨어진 다방에서 마주앉자 말했다. "여기라면 괜찮겠지요."

"죄송해요. 바쁘신데."

"아니, 괜찮아요. 마침 일이 끝난지라 차라도 마실까 생각하던 참입니다."

우라카와는 부친이 사장으로 있을 때부터 있었던 사원이었다. 온순하고 별로 자기 주장을 하지 않기 때문에 오치 파(派)의 잔당 숙청 속에서도 오늘날까지 살아 남아왔다.

우라카와는 오바 일족의 식민지로 변한 '하시로신보' 내에서 거세된 것처럼 되어버렸지만, 분한 감정을 깨끗이 씻어버리지 않았다는 것은 도모코에 대한 은밀한 언동으로도 알 수 있었다.

"당신 아버님께서 나의 이런 꼴을 보시면 참으로 한심스럽다고 하시겠지요."

오바 파(派)의 감시가 없는 틈을 타서 우라카와는 도모코에게 슬며시 말했다.

"정말 나는 전(前)사장님께 뵐 낯이 없어요. 사장께서 어릴 때부터 키워온 사원들이 무더기로 떨어져 나가는 판에, 나 혼자만이 적의 녹을 먹으며 연명하고 있다니……. 나는 뛰어나갈 기회를 잃었던 거요."

우라카와는 오치의 반골(反骨)의 부하들이 사라져간 속에서 신문사에 남아서 일하는 것을 '죽지 않고 살아 남았다'라고 생각하고 있는 듯했다. 샐러리맨은 한번 기회를 놓치면 좀처럼 그만 둘 수 없는 것이다. 장래성이 없는 탈것이라도, 일단 거기서 내리면 당장 갈아타야 할 탈것이 없으므로, 질질 끌며 그대로 타고 있다는 것이다.

"그렇게 자책하실 건 없어요. 저 또한 이렇게 적의 인정으로 고용되어 있잖아요." 도모코는 그를 위로했다.

두 사람은 어언간에 적성(敵城) 안의 포로동지와 같은 연대감을

심야의 쿠데타 155

갖고 있었다.
 '우라카와라면 이 원고를 어떻게 살려줄지도 모른다.' 도모코는 마음속으로 그에게 희망을 걸고 있었다.
 물론 이것을 게재하려면 우라카와도 담당책임자로서 각오를 해야 한다. 아마 그는 신문사에 있을 수 없게 되리라. 그러나 도모코는 우라카와가 '죽을 곳'을 찾고 있는 것을 알고 있었다. 이것은 그에게 그 기회를 제공하는 일이 될 것이다. 문제는 우라카와가 편집국장이나 정리부의 눈을 어떻게 빠져나가느냐 하는 것이다.
 지방신문사는 전국지보다 최종판의 마감 시간이 늦다. 이것은 전국지가 수송될 때까지의 시간 차이로 전국지에 기재되지 않는 뉴스를 뽑아 내기 때문이다. 기회는 우라카와가 데스크를 담당하는 밤에 온다.
 주문한 커피가 오자 우라카와는 재촉했다.
 "그런데 새삼스럽게 이야기라니, 무슨 일인가요?"
 "부탁이 있어요."
 "내가 할 수 있는 일입니까?"
 "네." 대답은 했지만 도모코는 여기까지 와서 말을 해야 할지 말아야 할지 주저하고 있었다.
 "뭔가 난처한 일인 모양이군요."
 우라카와는 커피를 한모금 마시고 표정을 굳혔다. 도모코는 주위를 재차 살피고 나서, 준비해 온 원고를 내놓았다.
 "이것은?" 수상하다는 듯이 얼굴을 들며 우라카와는 말했다.
 "잠깐 읽어주십시오." 도모코의 기색이 보통이 아닌 것을 느낀 우라카와는 자세를 고치고 원고에 눈을 떨구었다. 읽어가는 동안 우라카와의 안색이 변했다.
 도대체 문화부에 있는 그녀가 사회부 데스크의 우라카와에게 원고를 가지고 오는 것 자체가 이례적인 일이었다. 겨우 읽고 난 그는 잠시 말도 못할 정도로 놀라고 있었다. 원고는 입증도 잘 되어 있었고, 설득력도 있었다.

"도모코 씨, 이건……." 간신히 우라카와는 입을 열었다.

"모든 것이 사실입니다. 제가 조사했습니다."

"그런데 이걸 어떻게 할 생각입니까?"

"지면에 실어주시기 바랍니다. 문화부원인 저로서는 담당이 다르지만, 우라카와 씨라면 어떻게 해서라도 살릴 수 있다고 생각했어요."

"나 혼자 힘으로는 무립니다. 국장도 있고 편집부와 교열도 있거든요."

"그 점을 어떻게……." 도모코는 필사적으로 매달렸다.

"이것이 보도되면 대소동이 일어납니다."

"각오는 하고 있어요."

도모코는 눈썹 언저리에 굳은 결의를 나타냈다. 우라카와는 다시 원고를 읽어보았다. 최초의 경악이 가라앉고 대신 감탄의 빛이 떠오른다.

"그러나 이만한 증거를 잘도 잡았군요. 사회부는 면목없게 됐군."

"구식이지만, 아버님의 울분을 조금이라도 갚고 싶습니다."

"도모코 씨, 어떤 위험을 당하게 될지 모를 텐데요."

"물론 각오한 바예요."

"이 도시에 계실 수 없습니다."

"저는 제 걱정보다는 우라카와 씨에게 끼치는 괴로움을 생각하고 있어요."

"내, 염려는 마십시오. 나에게 훌륭한 죽음으로 명예를 남기게 하는 절호의 기회인지도 모르오."

"가족이 가엾어요."

"아니, 가족은 아내뿐이오. 아이들은 떠나버려 딴 고장으로 가 있으니까 간단합니다. 도모코 씨, 합시다!"

우라카와는 결단을 내린 듯이 말했다.

"네, 협력해 주시는 건가요?"

"'하시로신보'에서 하는 내 최후의 일로 시켜주십시오. 나도 오바에게 빼앗긴 '하시로신보'에서 오늘날까지 오랫동안 연명해 왔지만, 신문 기자로서는 이제 죽은 거나 다름없습니다. 이대로 간다면 나는 영혼마저 썩어버립니다. 도모코 씨, 당신이 조사해 온 자료는 나를 되살리는 것입니다. 이대로 숨소리도 제대로 못 내면서 살아봤자, 오바 밑에서는 난 오래지 않아 오치 사장의 잔당(殘黨)으로서 잘리게 될 것입니다. 어차피 잘릴 거라면 여기서 한번 반기를 휘둘러 보렵니다."

"감사합니다! 우라카와 씨." 도모코의 가슴속에서 뜨거운 의욕의 물결이 치밀었다.

"그러나 혼자서는 어찌할 수 없습니다. 요행히 사내에는 전(前) 사장의 부하가 아직 남아 있으니까, 그들을 모아 힘을 빌려야 합니다."

"어떤 식으로 하려고요?"

"우선 내가 당번 데스크일 때 최종판의 마감시간에 출고합니다. 이것이 편집부로 돌아가서 기사화될 것인지 결정됩니다. 여기서 적당하지 않은 기사는 저지당합니다. 우선 이것이 제1관문이지요."

"편집부에는 몇 명이나 있나요?"

"편집장 밑에 부원이 적어도 두 사람은 붙습니다. 편집부에는 전 사장에게 사랑받았던 노나카군이 있지요. 편집부 다음에는 활판으로 돌립니다. 활판에는 문선공, 식자공, 조판 등이 있으니까 이들의 눈에도 기사는 띕니다."

"그럼, 꽤 많은 협력이 필요하군요." 도모코는 약간 어깨를 떨구었다. 이들 가운데 한 사람이라도 오바 파(派)가 있으면 기사는 나가지 못한다. 활판쪽에는 도모코와 친숙한 사람이 전혀 없었다.

"활판은 유동작업으로 공정을 소화시킬 뿐이니까, 일일이 기사 내용까지 읽지는 않겠지요. 문제는 지면완성점의 조판단계에 있습니다. 교정이 끝나면 이것을 편집국장이 본 후에 지형을 뜨고, 연판(鉛版)을 주조하여 그것을 윤전기에 넣습니다."

"국장도 교정을 보나요?"

국장은 오바 파의 친위대였다. 여기서 발각되면 편집부나 인쇄에 있어 오치 파의 잔당이 아무리 뭉쳐도 쿠데타는 실패한다. 실망이 물에 떨어진 먹물처럼 가슴속에 서서히 번졌다.

"한가지 좋은 방법이 있습니다." 떨어진 먹방울을 떠내듯이 우라카와가 말했다.

"무슨 방법인데요?" 도모코는 금방 얼굴색이 밝아졌다.

"국장에게 보일 때는 무난한 가짜 기사를 넣어 두고, 지형을 뜨는 단계에서 진짜 기사와 바꿔칩니다."

"국장은 가짜기사를 읽게 되는 셈이군요."

"그렇습니다, 이 방법이라면 반드시 성공합니다."

"인쇄된 단계에서 일부를 읽어보지 않을까요?"

"국장은 교정쇄를 보고나면 귀가합니다. 하물며 요새는 평온무사하니까 인쇄할 때까지는 출근하지 않습니다. 염려없습니다. 내가 교정쇄 단계에서 돌아가도록 하지요."

우라카와는 말하고 있는 사이에 점점 자신이 생긴 모양이었다.

그러나 기회는 좀처럼 돌아오지 않았다. 우라카와가 담당해도 편집부에 오바 파가 있거나, 다른 곳을 뭉쳐놓아도 인쇄쪽이 아무래도 불안하거나 했다. 인쇄공이 기사의 내용까지 읽을 가능성은 적었지만 일이 일인 만큼 만전을 기하고 싶었다. 적의 눈은 도처에 있었다.

그 동안 우라카와의 활약으로 더욱 뒷받침이 확실해졌다. 적은 전적으로 방심하고 있었다.

적은 발밑에 커다란 구덩이가 파이는 것도 모르고, 수년간 해온 지배에 마음을 놓고 있었다.

9월 2일 밤, 기회가 왔다. 도모코에게 우라카와는 내일 조간으로 내겠다는 연락을 했다.

"편집부·교열·인쇄·모든 것을 전 사장을 따르는 부원들의 협력으로 굳혔습니다. 뭐, 내일 조간이나 기대하십시오. 내일 아침 하시로 시가 뒤집힙니다." 우라카와의 목소리가 들떠있었다. 도모코는 바로 아지사와에게 연락하려고 했다. 그러나 그는 외출 중이라 연락이 안 되었다. 전해 달라고 할 내용도 아니었다.

"어차피 내일 아침이면 알게 되는 일. 잠자코 있다가 깜짝 놀라게 해줄까." 도모코는 조간을 읽고 놀라는 아지사와의 얼굴을 상상하고 남몰래 미소를 머금었다.

신문사를 나온 도모코는 무거운 짐을 내려놓은 것처럼 해방된 기분이었다. 국장이 교정쇄를 볼 때까지는 안심할 수 없었다. 그런데 교정쇄는 무사히 통과되었다. 남은 것은 조간을 기다리는 것 뿐이다.

하시로 천 개수공사의 부정과 폐천처분에 따른 하천부지의 내막이 폭로되었을 경우, 오바 일족이 입는 손상은 대단히 크다. 건설성도 한 가닥 물고 있기 때문에 당연히 다른 신문에서도 보도가 잇따를 것이다. '하시로신보'에 기재되면, 더 이상 얼버무릴 수는 없다.

오바 일족의 근본을 흔들리게 할 '폭탄'이 신문 판매점에 돌려지고 분배되어, 이제 몇 시간만 지나면 현 중앙부의 각 가정에 배달된다.

오바 일족이 건축한 거대한 제방의 한쪽 모서리가 무너지는 소리가 들려오는 것 같았다.

"아버지, 해치웠어요." 도모코는 밤이 깊어진 하늘의 허공을 향해 중얼거렸다. 별은 보이지 않았다. 하늘은 두꺼운 구름에 가리워져 있는 모양이다. 어둠속에서 '잘했군' 하는 아버지의 목소리가 들려오는 것 같았다.

도모코는 못견디게 아지사와를 만나고 싶었다. 이것은 애당초 아지사와가 찾아낸 자료였다. 무엇보다도 먼저 그에게 보고하지 않으면 안되는 일이었다. 아지사와는 외출했다가 곧장 집으로 돌아갔는지, 결국 연락은 되지 않았다.

아지사와의 방에는 전화가 없다. 밤이 깊었으므로 집주인에게 불러달라는 것은 마음이 내키지 않았다.

"오늘밤은 특별이야." 도모코는 중얼거리며 그의 아파트에 갈 결심을 했다. 신문사의 운명을 뒤엎는 작전을 남몰래 진행하고 있던 때였으므로 신문사의 차를 타는 것은 사양했다. 걸어가도 별로 먼 거리는 아니었다.

4

9월 2일 오전 1시 30분, 우라카와는 최종판을 출고했다. 이것이 편집부 데스크의 노나카(野中)의 손을 경유해서 문선부로 돌려졌다. 보통기사라면 종이 테이프에 천공(穿工)되어, 자동주조기로 활자를 찍는데 이쪽으로 가면 세공이 어려워지므로 구식인 손으로 줍는 문선부로 보낸다. 박스 기사 등은 지금도 문선공이 활자를 집는다. 문선 쪽도 물론 오치 모기치의 입김이 닿는 자로 굳혀 있었다. 문선과 식자의 소조(小組)를 끝낸 조판은 소쇄(小刷)라고 불리우는 각 기사의 교정쇄를 떠서 교열로 회부한다.

교열을 통과한 소쇄는 이윽고 신문지면의 원판을 짜는 대조에 모여진다. 대조작업에서는, 편집(정리)입회자와 대조작업자가 협력해서 마무리지은 조판·사진판·블록판 등을 지면의 체재를 생각하면서 쇠틀(鐵枠) 안에 짜넣는다.

대조가 끝나면 대쇄가 찍힌다. 이것이 신문 지면과 같은 크기의 전체 교정쇄이며 국장의 최종 체크를 받는다.

오치 파의 대조계가 여기서 가짜 기사로 메우고 가짜의 대쇄를 만들어서 국장에게 제출했다.

국장은 얼핏 보기만 하고 극히 간단하게 통과를 시켰다. 이로써 활판 공정은 끝났다. 통과된 대쇄는 강판(降版)되어서 드디어 지형을 뜨게 된다. 최종강판은 대부분이 제1면이나 사회면이다.

지형을 뜨는 단계에서 대조담당자는 쇠틀 둘레를 죄고, 판의 지저분한 것을 털어내기 위해서 활자를 씻고 균형을 바로 잡는다. 이 자리에 입회하는 것은 편집부와 대조담당자와 그 조수 세 사람이다. 이 작업 중간에 진짜 기사와 바꿔치기를 해야 된다.

진짜 기사는 가짜 박스 기사와 똑같은 크기로 만들어져 준비되어 있었다.

우라카와에게서 연유를 알게 된 편집부의 노나카와 당일 밤의 대조 담당자인 기무라는 눈짓을 했다. 두 사람 모두 오치 사장 때의 사람들이었다. 마침 그때 활판부의 전화가 울렸다.

"다오카(田岡)군, 잠깐 전화 좀 받게."

기무라가 조수에게 명령했다. 그 전화가 우라카와로부터 온 것임을 알고 있었다. 다오카만은 오치 파가 아니었으므로 우라카와가 유인전화를 걸어 그 자리를 뜨게 한 것이다.

바꿔치기는 한순간에 완료되었다.

"글쎄요, 여기는 오지 않았습니다. 네? 잘 안들리는데요. 글쎄요, 잘 모르겠는데요."

전화 쪽에서 이렇게 주고 받는 소리가 들려온다. 다오카가 돌아왔을 때 바꿔치기는 완전히 끝나 있었다. 지형계가 조판을 가지러 왔다.

그때 다오카는 고개를 갸웃거렸다. 제1면의 박스 기사부분이 어쩐지 전체에서 붕 떠 있는 듯한 것을 느꼈기 때문이다.

그러나 잘 보니 그런 일은 없다. '기분 탓인가' 하고 생각을 고치고 두세 줄 기사를 훑어보자 그의 눈이 달라졌다.

깊은 밤, 오바 잇세의 전화가 겨울 풀밭에서 숨이 넘어갈 듯이 가냘프게 우는 벌레소리처럼 울렸다. 그의 머리맡에는 세 대의 전화기가 놓여 있었다. 모두가 그의 비서와의 직통이었고, 그 번호는 매우 한정된 사람밖에 모른다. 벨에 장치가 되어 있어 소리는 작았지만 오바는 바로 잠을 깨어 수화기를 귀에 댔다.

"밤중에 죄송합니다." 시간을 생각하고 상대는 소리를 죽이고 있다.

"뭔가?" 깊은 잠에서 두들겨 깨웠는데도 불구하고, 오바의 목소리에 졸음의 여운이 조금도 없는 것은 과연 그다웠다.

"회장님, 큰일이 났습니다." 억제된 음성의 바닥에는 놀라움이 깔려 있었다. 오바는 잠자코 말을 재촉하고 있었다. "하시로 강의 하천부지 매수 건을 냄새맡은 자가 있습니다."

"뭐라고!" 억양이 없었던 소리가 약간 동요했다.

"'하시로신보'의 인쇄공이 몰래 연락해 왔는데, 하시로 강 하천부지의 매점문제를 기사로 한 인물이 있습니다."

"어째서 그런 기사가 나온 거야?"

"지금 비밀리에 조사 중입니다만 우연히 감시를 빠져나간 것 같습니다."

"그래서 기사는 물론 금지했겠지."

"그것이 최종판을 윤전기에 넣은 후에 연락이 왔기 때문에……."

"즉각 윤전기를 멈추게 해."

"그러면 최종판을 못 내게 됩니다."

"바보 같은 놈! 무슨 짓을 해서라도 그 기사는 금지시켜. 그때문에 신문배달이 늦어져도 관계없다." 갑자기 벼락이 떨어졌다.

"그것이 기사가 되어 쏟아져 나와봐라, 대충 넘어갈 수도 없어. 기사의 출처 탐색은 나중에 하고, 저지하는 데에 전력을 다하도록. 그런 급한 사항은 내 지시를 기다릴 것도 없다. 서둘러라."

오바 잇세는 송구해하는 비서를 큰소리로 꾸짖었다. 비서의 전화를 끊은 오바는 즉시 몇 개의 번호를 돌렸다. 모두가 오바 일족의 중진들이었다. 그는 한밤중임에도 일족들을 비상소집하여, 이 비상사태의 발생에 대처하려고 했다.

"왜 그래요? 이 밤중에." 옆에서 보기 흉한 꼴로 자고 있던 젊은 여인이 겨우 부스럭거리며 움직였다. 지성은 없지만 오직 남자를 즐겁게 해주기 위해서만 태어난 것 같은 절묘한 육체가 사랑받아, 최근 오바의 침실에서 시중을 들게 된 미요(美代)라는 기생출신의 여자였다. 여자라기보다는 그의 섹스 장난감이었다. 오바에게는 이와 같은 장난감이 다른 곳에도 셋 가량 있었으나, 현재는 그녀를 가장 총애하고 있었다.

"괜찮으니 너는 자고 있으면 돼." 오바는 졸린 눈의 미요를 제지하면서 그녀의 어지러운 모습에 문득 설레이는 자신을 느꼈다.

'이번 일은 까다롭게 될 것 같군.' 오바는 몸의 중심에 부풀어 오른 욕망에 혀를 찼다. 지금까지도 사건이 발생해서 급히 나가야 할 때 성욕을 느낀 일이 있었다. 그럴 때는 반드시 사건이 복잡하게 전개되었다.

성욕은 그의 본능이 발산하는 위험신호와 같은 것이다. 그리고 이제부터는 당분간 그 욕망을 마음껏 추구할 수 없게 되리라는 것도 알고 있었다.

발견되지 않는 증거

"아버지, 아버지!"

꿈속에서 요리코에게 불려, 아지사와는 깊은 잠에서 금세 의식의 수면(水面)으로 떠올라왔다. 깨어보니 요리코가 자꾸만 아지사와의 몸을 흔들고 있었다.

"요리코, 왜 그러니?" 머리맡에 있는 시계를 보니 새벽 3시를 지나고 있었다. 요리코의 얼굴은 이상하게 긴장되어 있었다.

"도모코 언니가 부르고 있어요."

"도모코 씨가? 꿈이라도 꾼 게지. 이런 밤중에 올 까닭이 있니."

"그래도 들렸어요, 언니 목소리가."

요리코는 가만히 귀를 기울인 채 우겨댔다. 그러나 심야의 정적이 귀를 압박하듯이 되돌아온다.

"아무것도 안 들리는데, 네 마음 탓이겠지. 자아, 빨리 자지 않으면 내일 졸려서 안 돼."

"아니에요, 진짜 언니가 부르고 있어요." 평소에는 양순하고 아지사와의 말을 잘 듣는 요리코가 완강하게 우겨댔다.
 "뭐라고 부르던?" 너무나 우겨대서 아지사와는 한 발 양보했다.
 "살려달라고 했어요."
 "살려달라고?"
 "언니는 나쁜 사람들에게 붙들려서 폭행당하고 있지 않을까, 걱정이 돼요."
 요리코의 얼굴은 불안과 공포에 굳어 있었다. 기억을 잃고 요리코는 감각이 예민해졌다. 없어진 부분만큼 정신의 어느 부분이 예민해졌는지, 그녀의 예감은 곧잘 맞았다.
 미숙한 심신에 가해진 가혹한 체험이 일시적으로 정신의 감응력을 증대시킨 것 같았다. 그렇기 때문에 아지사와도 자꾸만 호소하는 요리코의 말을 묵살할 수 없게 되었다.
 "네가 그토록 말한다면 잠깐 보고 올까?"
 "아버지, 나도 갈 게요."
 "너는 집에서 기다리고 있거라. 감기가 들면 안되니까."
 "데리고 가줘요!" 요리코는 집요하게 우겨댄다.
 "할 수 없군, 그럼 따뜻하게 입고 나오렴."
 밖으로 나와보니 냉기가 몸을 찔렀다. 아직 9월 초순인데 산에 둘러싸인 분지(盆地)이기 때문에, 야간에는 기온이 내려간다. 부녀는 밖으로 나오기는 했으나 길가에는 아무도 움직이는 기척이 없었다. 차도 지나가지 않았고 개 소리도 들리지 않았으며 모든 것이 깊은 잠에 빠져 있는 것 같았다. 구름이 무겁게 깔려 있는지 하늘엔 한줄기의 빛도 없었다.
 "역시 아무것도 없잖아."
 "그래도 들렸어요, 정말예요."

"어느 쪽에서?"

"몰라요."

"곤란한데, 그럼 찾을 길이 없지 않니."

걸음을 멈춘 두 사람을 감싸듯이 엷은 안개가 사방에 흐르고 있다. 마침 그때 먼곳에서 개가 짖어대고 사람이 달리는 기척이 있었다.

"저쪽이야!"

아지사와는 본능적으로 그 방향에서 이변이 일어났음을 깨달았다. 길에서 떨어진 잡목 숲속에서 개 짖는 소리가 요란했다. 아지사와는 달렸다. 아지사와의 전력질주에 요리코는 따를 수 없었다.

"너는 집에 가서 기다리고 있거라."

숨이 차서 땅바닥에 쭈그리고 앉은 요리코에게 말을 남기고 아지사와는 오로지 달렸다. 그는 지금 도모코 몸에 무슨 일이 일어난 것을 확신하고 있었다.

무슨 일이 일어났는가는 모르지만 여하간에 이상 사태가 발생한 것은 틀림이 없다. 아지사와는 요리코의 직감을 믿고 있었다. 개 짖는 소리가 가까워졌다. 상수리 나무 밑에 사람이 쓰러져 있었다. 그가 달려 오는 기척에 개가 도망갔다. 어두워서 잘 보이지는 않았으나 여자 같았다.

"도모코 씨!"

불러보았으나 대답이 없다. 어둠 속에 쓰러져 있는 사람의 그림자는 꿈틀하는 반응도 없다. 먹물처럼 가슴속에 번지는 절망을 누르고 아지사와는 쓰러져 있는 사람을 안아올렸다. 어두운 밤의 나무밑이었으나 안아올린 순간에 도모코라는 것을 알았다. 그러나 그 육체는 인형처럼 축 늘어져 생기가 없었다.

놀라움을 의지의 힘으로 누른 아지사와는 그녀의 가슴에 귀를

댔다. 심장은 고동이 멈춰 있었다. 도모코는 어떤 자에게 여기까지 끌려와서 목숨을 빼앗긴 것이다. 그것도 바로 조금 전의 일이다. 시체는 체온이 남아 따뜻했다. 아직 범인은 멀리 달아나지 못했으리라.

얇은 빛이 나무 사이에서 새어 들어왔다. 구름 사이에서 달이 얼굴을 보였나보다. 달빛은 희미한데도 어둠을 몰아내고 그 자리의 상황을 노출시켰다. 도모코의 의복이 흩어진 것으로 보아 빼앗긴 것은 목숨만이 아닌 것을 알게 했다.

'누가? 무엇 때문에?'

뜨거운 분노가 가슴에 치밀었다. 아마, 도모코는 아지사와의 집에 오는 도중에 습격당한 것이리라. 이런 시간에 아지사와의 집으로 오려고 했을 때는 뭔가 급한 일이 생긴 게 틀림없다.

왜 오기 전에 전화를 걸지 않았을까. 밤에 혼자 다니는 것은 절대로 조심해야 한다고 그만큼 말해 두었는데도 전화를 걸 시간도 없을 정도로 급박한 용건이란 무엇이었을까?

그리고 적은 그것을 사전에 알고 있었고, 도모코를 습격하여 그 입을 막았다. 그렇다면 도모코의 급한 용건은 아지사와에게 알려지면 곤란한 일이었던가?

그렇다해도 도모코가 이 시간에 자기에게 무슨 용건이 있었을까?

혼란한 머리 속에서 아지사와는 필사적으로 도모코를 계속 불렀다. 불러도 소용없다는 것은 알고 있었으나 부르지 않고는 견딜 수 없었다.

당황과 놀라움이 일단 가라앉자 아지사와는 이제부터 취해야 할 행동을 생각했다. 우선 경찰에 알리지 않으면 안 된다. 하시로의 경찰을 믿을 수 없다는 것은 알고 있었지만 이대로 있을 수는 없다.
 적은 경찰과 내통하고 있는지도 모른다. 범인을 수사해야 할 경찰이 범인 편에서 사건을 무마시킬 계획을 꾸미지 않는다는 보장은 없다.
 그러나 경찰의 개입을 거부할 수는 없다. 그러니까 경찰이 오기 전에 될 수 있는 한 현장의 원형을 파악해둘 필요가 있다. 요리코의 직감 덕분에 아지사와가 현장으로 제일 먼저 오게 되었다. 사건발생 후 아직 얼마 되지 않은 것 같으니까 범인의 유류품이나 자료가 원형대로 남아 있을 가능성이 있다.
 아지사와는 희미한 달빛 아래서 슬픔을 누르며 도모코의 시체를 관찰했다. 목 언저리에 교살한 흔적이 남아 있었다. 범인은 도모코를 범한 후에 손으로 목을 조른 모양이다. 표정이 고통스러운 듯이 일그러진 채 굳어 있고, 능욕의 폭풍과 저항의 처절함을 말하듯이 옷은 갈기갈기 찢겨 있었다.
 부족한 달빛 때문에 단말마의 표정을 잘 읽을 수 없는 것만이 다행이라고 할 수는 있었으나, 아지사와는 도모코의 무참한 시체를 보고 있는 사이에 시야가 흐려졌다. 경악과 당황 때문에 마비되었던 감정이 그제서야 겨우 되살아났다. 도모코는 범인에게 침범당하고 살해되면서 필사적으로 아지사와를 불렀으리라. 그 절망의 소리가 요리코의 이상할 정도로 발달된 청각에 들렸던 것이다. 그 소리가 조금만 더 빨리 들렸더라면.
 아지사와는 눈물이 자꾸만 흘러나와 도모코의 시체 위에 쏟아졌다. 도모코의 표정이 이그러짐은 단말마의 고통 때문에서만은 아닐 것이다. 부당한 능욕에 순결하고 존귀한 것을 송두리째 빼앗기는 노여움과 원통함으로 표정이 이그러지고, 짓눌린 저항 아래서 힘껏 범인에게 증오를 드러낸 것이리라.

그 처음의 것은 아지사와에게 바쳐질 것이었다. 아지사와를 위해 20여년간 고이 간직해 왔던 것이다.

도모코의 저항의 처참함을 말해 주듯이 스커트는 갈기갈기 찢기고 속옷은 종이조각처럼 뜯겨져 있었다. 범인의 유류품을 찾기 위한 관찰이긴 했으나 아지사와는 눈을 바로 뜨고 볼 수가 없었다. 도모코의 저항이 범인에게 살의를 일으키게 했는지도 모른다. 그만큼 그녀는 긍지가 높은 여성이었고, 아지사와를 위해 간직해 온 것을 목숨을 걸고라도 지키려 했던 것이다.

"도모코 씨, 대관절 누가 이렇게 몹쓸 짓을 하였소?"

아지사와는 말없는 그녀에게 또다시 말을 건넸다. 아무런 자료도 얻지 못한 채 이대로 경찰에 넘기면, 범인의 흔적은 영원히 은폐될 것만 같았다.

그러나 한밤중 잡목숲속의 관찰로는 단서가 될 만한 것을 찾아낼 길이 없었다.

"범인은 누구야? 가르쳐다오."

아지사와가 타이르듯이 되풀이 했을 때 발끝에 물컹한 감촉이 닿았다.

뭘까? 하고 시선을 떨구니, 한 개의 가지가 떨어져 있었다. 왜 이런 곳에 가지가 떨어져 있을까? 그것은 분명히 처음부터 그곳에 있었던 것은 아니다. 그 일대는 주로 상수리의 잡목림이며 가지밭 같은 것은 없다. 도모코가 그런 것을 가지고 있을 리는 없다. 그렇다면 범인이 가지고 온 것일까. 아지사와에게는 그 가지를 범인의 단서로서 도모코가 가르쳐준 것 같았다. 주변을 뽀얗게 비추던 달빛이 사라지고, 다시 깊은 어둠이 장막을 내렸다. 달이 구름 사이에 숨은 모양이다.

아지사와는 사건을 경찰에 보고하기로 했다. 그리고 그 다음에는 도모코의 모친에게 슬픈 소식을 전해야 하는 가장 괴로운 일이 있었다.

2

아지사와의 통보에 의해서 하시로 서의 수사계가 달려왔다. 수사 반장은 다케무라였다. 다케무라는 최초 발견자인 아지사와를 처음부터 색안경을 끼고 보고 있었다.

현장도 아지사와의 집에서 가까운 잡목 숲이었다. 두 사람이 동행해서 이자키 아케미의 사고사를 몰래 탐색하는 눈치였는데 사이가 나빠져서 아지사와가 오치 도모코를 죽인 게 아닌가 하고 생각했다.

첫째로 아지사와의 사건 발견의 이유가 아무래도 애매했다. 아지사와로서는 요리코의 초능력이라고 할 수 있는 이상 청각이 도모코의 비명을 들었기 때문에 달려갔다고 말할 수는 없었다.

"그럼, 자네는 오전 3시의 이 밤중에 우연히 그 길을 지나가다가 시체를 발견했다는 건가?"

다케무라의 말투는 범인에게 대하는 것처럼 준엄했다.

"그러니까 개가 짖어대서 보러 갔다고 말하지 않습니까?"

"개가 짖었다고? 이 부근은 들개가 많지. 보게, 지금도 저렇게 짖고 있는 게 들리지 않나, 들개가 짖을 때마다 자네는 일일이 보러 가나?"

"여느 때와는 다르게 짖어댔어요."

"내가 묻고 있는 것은 개의 이야기가 아니야. 여기는 자네 집에서 상당히 떨어져 있다. 개가 짖는 정도로 일부러 나올 만한 장소가 아니란 말이야. 자네는 그런 시간에 무엇 때문에 이런 곳을 서성거렸나?"

"그, 그건 도모코 씨가 온다고 해서 마중나온 겁니다."
"처음에는 그렇게 말하지 않았어. 게다가 이런 밤중에 그녀가 무슨 용무가 있었겠나."
"무슨 용건이든 관계없지요. 우리들은 만나고 싶으면 언제든지 만납니다."
"그만두세, 조사하면 알게 되겠지. 괜찮다고 할 때까지 여기서 떠나지 말게."

다케무라는 금방 가면을 벗겨놓겠다는 표정을 지었다. 동녘 하늘이 밝아오는데, 검시와 현장관찰은 날이 완전히 밝은 후에 하기로 했다.

다케무라도 처음에는 아지사와를 몹시 의심한 것 같았으나 피해자의 격심한 저항 흔적에 대응할 만한 것이 아지사와에게 없었으므로, 경관의 감시 아래 일단 귀가를 허락했다.

아지사와는 현장에서 주운 가지를 끝까지 감춰두었다.

집으로 돌아와보니 요리코는 자지 않고 그를 기다리고 있었다.

"아버지, 언니는?"

요리코는 불안한 마음을 누르며 견디고 있었던 모양이다. 아지사와는 사실을 말해줄 수가 없었다. 어차피 알게 될 일이기는 하지만 지금은 잠을 자게 해줘야 한다고 판단됐다.

"약간 다쳐서 지금 병원에 있다. 별일은 아니니 안심하고 자거라."

아지사와는 괴로운 거짓말을 했다. 그러나 요리코의 동그란 눈은 오치 도모코의 신상에 일어난 이변을 정확하게 느낀 모양이었다. 요리코는 온순하게 대답했다. 요리코는 아지사와의 거짓말을 들춰내면 그를 괴롭힌다는 것을 깨달은 모양이다.

요리코를 잠자리에 들게 하고 아지사와는 현장에서 주워온 가지를 다시 관찰했다. 만약 이 가지가 범인이 남기고 간 물건이라고 한다면 범인은 무엇 때문에 이런 것을 가지고 있었을까?

가지를 들여다보고 있던 아지사와의 눈이 긴장했다. 그는 가지의 껍질에서 약간의 피를 발견한 것이다. 종이로 닦아보니 빛깔은 상당히 변색되었지만 틀림없이 피 같았다. 아지사와는 가지의 용도를 이해했다. 그것은 범인이 가지고 온 것이다. 범인은 단지 도모코를 능욕했을 뿐만 아니라 가지로 도모코의 육체를 희롱한 것이다.

도모코의 영혼은 오욕과 수치를 견디면서 범인의 유류품(遺留品)으로 가지의 존재를 암시해 준 것이리라. 격렬한 분노가 아지사와의 가슴 깊은 곳에서 몰아쳤다. 이 가지에는 도모코의 원한이 사무쳐 있다. 그녀는 가지를 증거물로 하여 무언가를 아지사와에게 말하려 하고 있었다.

이것은 그녀가 품은 원한의 결정일 뿐만이 아니라, 말을 잃은 그녀가 범인의 정체를 암시하는 증거이기도 하다.

도모코는 가지에 의탁하여 무엇을 말하려는가? 그 가지는 가장 흔한 계란형(型)이었다. 모양은 평범했으나 빛깔은 나빴다. 특히 껍질의 측면만 가지다운 짙은 자색이었고 반대쪽은 엷은 색이었다. 마치 한쪽만 햇볕에 그을은 사람 같은 느낌이었다.

아마 햇빛이 고르지 못한 장소에서 자랐기 때문에 이런 착색 이상을 나타낸 모양이었다. 가지의 탐색은 그 이상 진척되지 않았다. 그 방면의 전문가의 도움을 빌리면 더 새로운 일을 알게 될지도 모른다.

아지사와는 가지의 탐색을 일시 보류하고 잠을 자두기로 했다. 내일은 아니 이미 오늘이 되었지만 틀림없이 고달픈 하루가 되리라는 것을 알고 있었다. 방안이 밝아지고 닭 울음소리가 들려왔다. 잠을 잘 수가 없는 심정이었으나 여하튼 그는 잠자리에 들어갔다.

검시와 현장조사는 오전 8시 30분부터 시작되었다. 물론 아지사와도 제1발견자로서 현장에 불려 나왔다. 현장은 아지사와의 집에서 약 300미터 떨어진 잡목림 속이었으며, 도로에서 30미터 들어간 곳이었다. 피해자는 꽤 저항한 것 같고, 발자국이 흩어지고 나뭇가지와 풀들이 꺾여 있었다. 발자국도 여러 개가 뒤섞여 난잡했다.
"자네가 맘대로 들어섰기 때문에 현장이 망가졌지 뭐야."
다케무라가 아지사와에게 대들었다.
"내가 현장에 왔기 때문에 발견된 것입니다. 나는 필요 이상 걸어다니지 않았습니다."
"여하간에 이 발자국은 자네를 빼놓고도 한 사람은 아닌 것 같군."
"범인은 여러 명입니까?"
"아직 단정할 수는 없지만 그럴 가능성은 많군." 하고 말하다가 다케무라는 쓸데없는 말을 한 것을 깨달은 듯이, "자네에게는 이제부터 여러 가지 물어볼 게 있어. 방해가 되지 않게 그 근처에서 얌전하게 기다리고 있게" 하고 명령했다.
오치 도모코의 시체의 상황은——머리를 동쪽으로 향하고, 안면은 정면에서 돌려 오른쪽 땅 위에 대고, 상체를 오른쪽으로 비틀고 누운 자세로, 오른손은 허공을 쥐고 뜯는 형태로 팔꿈을 굽히고 손바닥을 위로 하여 오른쪽 귀 옆에, 왼손은 상체를 따라 아래로 뻗고, 다리는 억지로 비틀어 벌려놓은 것처럼 무릎 아래가 벌려져 있었다.

블라우스와 스커트는 갈기갈기 찢기고 속옷은 쥐어뜯겨서 발 밑에 버려져 있었다. 안면은 암자색을 이루고 두 눈은 감고 있었다. 눈꺼풀을 검사해 보니 양쪽 눈꺼풀 막에 심한 출혈점이 나타나 있었다.

얼굴 양쪽에 손가락 자국과 손톱자국이 남아 있었다. 오른쪽 위에서 엄지와 네째 손가락, 왼쪽에 네째 손가락과 둘째 손가락의 자국이 뚜렷이 남아 있었다. 이것은 오른손을 위로 하여 양 손으로 경부를 압박해서 죽였기 때문이었다.

다케무라가 아지사와를 불렀다.

"자네 손을 좀 보여주게."

아지사와는 순간적으로 그 뜻을 알아차렸다. 손가락 자국에서 범인의 손의 치수나 신장이 산출되는 것이다.

"아직도 나를 의심하고 있습니까?"

"범인을 빨리 잡고 싶으면 협력해 주어도 되지 않나?"

"그렇지만 이건 전적으로 범인취급이 아닙니까?"

"대조검사라는 거야. 범인의 지문이나 발자국을 산출할 때는 현장에 출입할 가능성이 있었던 모든 사람에게서 빠짐없이 자료를 뽑아낸 뒤 제외시키지. 남은 것이 범인의 것이야."

다케무라는 강제로 아지사와의 손가락 사이즈를 쟀다. 다행히 아지사와의 손가락은 범인의 손가락보다 훨씬 더 컸다.

"이것이 꼭 맞았더라면 내가 범인이 될 뻔했군."

"아직도 자네에 대한 혐의가 풀린 것은 아니야. 범인은 여럿이라는 형상과 자취가 있으니까 말이야."

"어지간히 해 두시지요. 나는 도모코 씨가 살해돼서 누구보다도 충격이 큽니다. 당신은 나를 범인취급 하고 있지만 내가 여기 있는 것은 참고인으로서 경찰이 불렀기 때문이 아닙니다."

"그럼 무엇 때문에 있는가?" 다케무라의 눈에 약간 의아한 빛이 서렸다.

"감시하고 있어요. 당신들을."

"감시한다고?"

"그렇습니다. 현 경찰은 시민의 편인지 범인의 편인지 모르니까요."

"뭐라고!"

"도모코 씨는 신문기자로서 최근에 조사하던 일이 있었어요. 그것이 공표되면 범인 입장이 난처해지지요. 그래서 이런 참혹한 방법으로 그녀의 입을 봉해 버렸습니다. 이것은 단순한 살인이 아니라 배후에 거물이 움직이고 있습니다. 제발 거물의 의지에 좌우되지 않도록 경찰은 똑똑히 수사를 해 주시기 바랍니다."

"우리들이 거물의 괴뢰라는 건가?"

"그렇지 않을 것을 마음 속으로 빌고 있습니다."

"그 거물이란 누구야?"

다케무라의 얼굴이 붉어졌다.

"그것을 말하면 이번에는 내 목숨을 노립니다."

"억측만으로 말을 함부로 하면 가만두지 않겠다."

다케무라는 소리쳤지만 그 이상 추궁하지는 않았다. 어쩐지 아지사와의 말은 그의 급소를 찌른 모양이었다.

오치 도모코의 시체는 '하시로 시립병원'에서 사법해부로 돌려졌다. 결과는 다음과 같다.

①사인. 손으로 목을 압박한 질식.

②자타살의 구분은 타살.

③사망 추정 시각. 9월 3일 오전 2시부터 3시 사이.

④간음유부. 질내에 적어도 2인 이상의 혼합 정액의 체류를 인정. 처녀막의 파열, 외음부에 열상, 대퇴내부에 압박자국 및 찰과상. 적어도 두 사람 이상이 폭력으로 피해자의 저항을 억압하고 윤간한 것이라고 인정됨. 혼합 정액의 혈액형 판정 불능.

⑤시체의 혈액형. O형.

⑥기타 참고사항. 피해자의 오른손 및 집게손가락의 손톱에 가해자의 것으로 보이는 피부 한 조각(B형)이 부착되어 있었음.

결국 손가락 사이즈나 혈액형이 같지 않은 아지사와(O형)는 용의자 대상에서 빠졌다.

아지사와는 도모코가 살해된 동기는 하시로강 하천부지 문제에 있었다고 혐의를 걸었다.

반란의 계획이 적에게 알려진 것이다. 그리고 선제공격을 받은 것이다. 도모코를 능욕하고, 그것도 여럿이서 범한 것은 아지사와에 대한 협박도 있으리라.

그렇다면 범인은 아는 것이나 다름없다. 오바 일족이 범인인 것이다. 도모코에게 실제로 손을 댄 것은 나카도 일가의 깡패들이겠지만 진범은 바로 오바 잇세다.

하시로 강 하천부지의 부정은 신문지상에서 규탄해야만이 효과와 증거가치가 있다.

지금 단계에서는 단순한 억측을 벗어나지 못한다. 하천부지를 빼앗긴 도요하라 고사부로의 증언만으로는 약하다. 게다가 그 토지는 도요하라의 죽은 자식의 것이고, 상속받은 아내가 표면상으로는 법적으로 나카도 일가의 부동산회사에 매각했다.

'도모코의 신변에 무슨 일이 일어났는가' 아지사와는 우선 그녀가 말했던 오치 모기치의 심복이었던 사회부의 책임자인 우라카와를 만나보기로 했다. 그러나 '하시로신보'에 전화를 걸어보니 그는 출근하지 않았다. 비번인가, 혹은 병환인가 하고 물어보아도 확실한 대답이 없다.

겨우 자택의 주소를 알아내어 찾아가보니 그는 꺼칠한 얼굴로,

"아아, 당신이 아지사와 씨입니까. 도모코 씨로부터 말씀은 들었습니다."

"그 때문에 방문했습니다만. 도모코 씨가 저런 참혹한 일을 당했기 때문에 어떻게 해서든지 내 나름대로 범인의 윤곽만이라도 알아내려고 돌아다니고 있습니다. 그날 밤, 신문사에서 집으로 돌아오는 도중에 습격당한 모양인데 귀가 전에 무슨 일이 있었습니까? 그녀는 신문사를 나온 뒤 집으로 돌아가지 않고, 웬일인지 제 아파트로 오는 도중이었던 모양입니다."

"쿠데타가 실패했습니다. 그날 밤, 구(舊)사장파가 죄다 모였으므로 하시로 강 하천부지의 부정기사를 최종판의 지면에 실으려고 지형까지 떴는데, 직전에 오바 쪽에 알려졌습니다. 나는 회사에 반하는 행위를 했다는 이유로 즉각 그 자리에서 밀려나 자택근신을 명령받았고, 함께 일을 꾀한 자들도 모조리 처분을 받았습니다. 곧 최후통첩이 오겠지요. 도모코 씨는 오바 쪽의 보복을 받은 겁니다."

"역시 그랬었군요. 그럼 그녀는 그날 밤 나에게 쿠데타의 실패를 알리려고 했던 것이군요. 마침 그날은 하루종일 돌아다녔기 때문에 그녀와 연락이 닿지 않았습니다."

"아니 도모코 씨가 퇴근할 무렵에는 아직 폭로되지 않았을 겁니다. 그녀가 퇴근한 것은 오전 2시 경으로 교정쇄가 국장을 통과한 것을 듣고 나서였습니다."

"쿠데타가 발각된 것은 몇 시쯤입니까?"

"오전 3시쯤이라고 생각합니다. 대조(大組)에 오바파가 있어

최종판의 강판 후에 밀고를 한 겁니다."
"그렇다면 도모코 씨를 습격한 것은 쿠데타의 보복이 아니군요."
"그렇다면?"
"해부에 의한 사망 추정 시각도 오전 2부터 3시 사이라고 되어 있고, 내가 달려갔을 때도 아직 체온이 남아있을 정도였습니다. 적이 오전 3시경에 쿠데타를 알고 즉각 행동을 일으켰다고 해도, 그녀를 습격하기에는 시간이 부족합니다."
"과연 그렇군요."
"도모코 씨는 쿠데타와는 관계없이 살해된 게 아닐까요."
"그럼 누가 무엇 때문에 그랬을까요?"
"모르겠습니다. 우라카와 씨는 같은 직장에 있던 동료로서 그녀에게 원한이나 특별한 관심을 쏟고 있던 사람이 짚이는 데가 없습니까?"
"같은 직장이지만 부서가 다르니까요. 오히려 그녀의 사생활이라면 당신이 더 잘 아시겠지요."
우라카와는 눈에 신문기자다운 탐색의 빛을 띠었다.
"아닙니다. 나도 전혀 짐작이 가지 않습니다. 게다가 그녀에게 사생활의 비밀이 있다고는 생각되지 않습니다."
아지사와는 지상에 공표되지는 않았지만 해부 결과 도모코가 처녀로 인정받은 것을 다케무라의 말투에서 알아차렸다. 특히 아지사와하고 알게 된 후에는 오로지 아지사와뿐이었다. 그는 그 점에 자신이 있었다.
아지사와와 힘을 합쳐서, 부친을 비명횡사에 몰아넣고 부친의 신문사를 탈취해간 오바 일족에게 보복하려던 그녀에게 아지사와가 모르는 비밀의 사생활이란 도저히 들어갈 여지가 없었을 것이다.

"아지사와 씨, 쿠데타와 관계없다고 단정하는 것은 아직 빠를지 모릅니다."
우라카와가 뭔가 깨달은 것처럼 말했다.
"빨라요?"
"그렇습니다. 도모코가 하시로 강 하천부지의 부정을 탐색하고 있는 것은 적이 이미 알고 있는 일이 아닙니까."
아지사와는 고개를 끄덕였다. 애당초 하시로 강 하천부지의 부정은 이자키 데루오의 보험금 목적 살인용 조사의 부산물로서 떠오른 것이다.

나카도 일가가 아지사와를 습격해왔다. 그들은 그 시점에는 아지사와 도모코가 '부산물'을 얻은 것을 몰랐을 것이다. 그 뒤 도모코가 뒷조사를 했기 때문에 알게 되었는지도 모른다.

혹은…… 아지사와는 또 하나의 가능성이 있음을 깨달았다. 적은 아지사와에게 보험금 목적 살인의 조사를 중지시키려고 도모코를 죽였는지도 모른다. 하천부지의 문제는 보류한다고 해도 아지사와 도모코가 협력해서 이자키 아케미의 시체를 찾고 있던 상황은 적이 이미 알고 있었던 일이다.

도모코는 신문기자였기에 두려웠다. 하물며 부친의 원한이 있기 때문에 적에게는 귀찮은 존재로 보였는지도 모른다. 그리고 도모코를 습격한 밤이 우연히 쿠데타가 발견된 밤과 겹쳤던 것이다.

그렇기는 하나 우라카와를 만나본 덕택에 도모코가 쿠데타의 직접적인 보복으로 살해된 것이 아니라는 것을 알게 되었다.

3

"이자키. 자넨 무엇 때문에 그렇게 어리석은 짓을 했나?"
별안간 불려나와 다케무라에게 호통을 맞은 이자키 데루오는 자기가 무슨 일로 꾸중을 듣고 있는지 몰라서 멍하니 서 있었다. 그 표정이 다케무라의 눈에는 시치미를 떼는 것처럼 보였다.

"우리들이 감싸주는 것도 한계가 있어. 이번에는 현(縣) 경찰본부에서 출장을 나왔단 말이야."

"다케무라 씨, 도대체 무엇 때문에 현 경찰이 나왔습니까?"

"시치미 떼지마!"

"아니 정말 뭐가 뭔지 모르겠습니다. 내가 뭘 했다는 겁니까?"

"자네도 상당한 연기자로군. 그만한 연기자가 무엇 때문에 그토록 어리석은 짓을 했냐 말야. 이번에는 피할 길이 없어."

"그러니까 도대체 내가 무엇을 했기에……."

"그것을 내가 말해야 알겠나. 설마 오치 도모코를 죽일 정도로 자네가 이성을 잃을 줄은 몰랐네."

"뭐, 뭐라고? 내가 오치 도모코를……." 이번에는 이자키가 안색을 잃었다.

"이제와서 시치미를 떼도 이미 늦었어."

"기, 기다려요! 다케무라 씨, 당신은 정말로 내가 오치 도모코를 죽였다고 생각합니까?"

"그럼, 정말이고 말고. 그야말로 그렇게 생각하지."

"농담마시오, 나는 오치의 딸을 죽일 정도로 바보는 아니오."

"자네가 죽이지 않았다면 누가 죽였다는 거야. 바로 얼마 전에 나는 자네에게 오치의 딸과 생명보험의 외무원 녀석이 짜고, 자네 마누라의 사고를 냄새맡고 다닌다고 주의를 주었었지, 오치의 딸은 자네가 피할 수 없는 증거를 잡았을 거야. 그 입을 막았겠지. 뭐가 나에게 폐를 안 끼친다는 거야? 살인이라면 현 경찰이 나온다는 것쯤 알고 있겠지. 이렇게 자네와 만나고 있는 것만으로도 나는 목을 걸고 있는 셈이야."

"다케무라 씨, 기다려요. 나는 정말로 죽이지 않았소. 믿어 주시오. 생각해 봐요. 오치 도모코를 죽여봤댔자 생명보험장이 녀석이 있지 않습니까. 그 여자를 죽인들 아무런 이득이 없지요. 나는 그런 바보가 아니오."
"입으로야 무슨 말이라도 할 수 있지. 여자를 죽여 보험장이에게 위협을 보였겠지."
"곤란한데……, 나는 정말 죽이지 않았소. 지금 살인 같은 짓을 하면 모처럼 손에 넣은 보험금이 사라지지 않습니까."
"흥, 어차피 위험한 다리를 건너서 수중에 넣은 돈이 아냐? 돈을 지키기 위해서 그 다리를 내친 걸음에 또 하나 건넜을 테지."
"그만해 두세요. 다케무라 씨. 나도 그 살해사건은 신문에서 읽었지만 범인은 여럿이라고 하지 않습니까. 게다가 윤간까지 하고 었었소. 여자가 남아돌아가고 있는 내가 그런 짓을 할 까닭이 없지요."
"자네 밑에는 굶주린 깡패들이 우글거리고 있으니까 말야."
"다케무라 씨야말로 좀 이상해진 게 아니오?"
"뭐라고!"
"그렇지 않습니까. 만약에 내가 범인이라면, 여자를 강간하고 피할 길 없는 증거를 여자의 몸에 남기는 실수를 할까요. 부하에게 시킨다고 해도 그렇지요. 여하튼 6000만 엔이 걸려 있는데 금방 붙들리게 될 그런 서투른 수법은 쓰지 않아요. 다케무라 씨 하고는 오랜 교제가 있었지만 여태까지 그렇게 서투른 짓을 한 일이 한 번이라도 있었던가요?"
"그, 그건……."
"그 살인사건은 우리들이 한 것이 아니오. 그것만은 단언할 수 있소. 깡패들에게도 미련없도록 돈과 여자는 충분히 할당해 주고 있소. 여자 하나를 여러 명이 돌리는 그런 한심한 짓은 절대로 하지 않죠."
"자네들 짓이 아니라면 대관절 누가 했다고 생각하나?"
다케무라의 처음 기세는 거의 가라앉았다. 이자키의 말을 듣고 보니 그를 범인이라고 하기에는 상황이 부자연스러움을 알게 된 것이다.
"글쎄, 나도 모르겠지만 이 도시에는 여자에 굶주린 젊은 녀석들이 얼마든지 있겠지요. 그쪽 방면을 알아보는 게 어떨까요."
"그것은 말하지 않아도 하고 있어. 그러나 자네에 대한 혐의가 풀린 것은 아닐세. 당분간은 얌전하게 있는 거야."
"나야 언제나 얌전하고 선량한 시민의 한 사람이지요."

4

오치 도모코를 잃은 아지사와는 정신의 지주를 잃었다. 이 하시로에 온 것도 그녀가 있었기 때문이다. 그는 이제 하시로에 있는 의의조차 잃었다. 요컨대 새로운 땅에서 새로이 출발한 인생의 의의를 그녀의 죽음과 더불어 상실한 것이다.
그러나 아지사와는 당분간 하시로를 떠나지 않을 작정이었다. 도모코와 더불어 영혼의 지주를 상실해 버린 그는, 그녀를 범하고 살해한 범인의 추적을 당분간 삶의 지주로 삼은 것이다.
우선 용의자로 네 부류가 생각되었다.
①하시로 강 하천부지의 부정에 얽힌 나카도 일가와 오바 일족.
②보험금 목적 살인의 은폐를 꾀하는 이자키 데루오.
③전번에 도모코를 습격하고 아지사와의 개입으로 실패한 치한.
④부랑배의 범행——등이었다.

①은 '하시로신보'의 사회부장 우라카와에 의해서 바로 혐의 대상에서 제쳐놓았다.

②는 ①보다는 유력했지만 아지사와에게 보험관계의 조사를 중지시키기 위해서 도모코를 살해했다는 것은 너무도 먼길을 도는 것이며 지나치게 위험한 일이다.

③은 최초에 도모코를 습격했을 때 아지사와가 끼어들어 열정(熱情)의 수행을 이루지 못한 치한이 그 때문에 열정이 강해져서 틈을 노리고 있었을 가능성이 있다. ①, ②보다는 유력했다. ④는 ③과 같은 정도로 유력했으나 수사권과 조직적인 수사력을 갖지 못한 아지사와가 추적하기에는 구름을 잡는 것처럼 막연했다.

아지사와의 수중에 남은 유일한 단서는 가지였다. 이 가지만이 범인을 알고 있다. 가지에는 도모코의 원한과 그녀가 당한 굴욕이 새겨져 있는 것이다.

아지사와는 가지를 썩지 않도록 냉동해서 보존하고, 마땅한 전문가를 찾고 있었다. 때마침 보험 가입자 한 사람이 현도(縣都)인 F시에 감자에 대한 권위자가 있다고 가르쳐주었다.

"농림성의 출장기관으로 농업 기술연구소 실장인데 말이오. 주로 감자의 질병을 연구하고 있는 학자이며, 그 방면에서는 권위자라고 하더군. 감자뿐만 아니라 널리 식물의 병도 연구하고 있다고 하니까 필시 가지에 관해서도 능통할 거요. 스키를 잘 타는 사람으로 젊었을 때 탄환 활강의 선두였다더군. 스키장에서 알게 되었는데 뭣하면 소개장을 써줄까?"

마에지마(前島)라고 하는 가입자는 친절하게 말해 주었다.

"꼭 부탁드립니다." 아지사와는 나루터에서 배를 만난 듯이 매달렸다. F시라면, 오바 일족의 영향이 적어서 그런 의미에서도 여건이 썩 좋았다.

"단 보험권유는 안 되네. 그러나 보험장이인 자네가 갑자기 가지라니. 재미있는 것에 흥미를 갖는군." 사정을 모르는 마에지마는 이상하다는 듯이 말했다.

보험회사의 외무원은 책상에 묶여 있지 않고 돌아 다닐 수 있다. 개인적인 것도 일 때문이라는 구실을 붙일 수 있었다. 하물며 도모코 살해의 범인 추적은 보험금 사기에 연관될지도 모르는 일이다.

아지사와는 그 길로 F시로 뛰었다. 미리 약속을 해 두지도 않았다. 헛걸음을 각오하고 우선 상대에게 부딪쳐 볼 생각이었다.

마에지마의 소개장이 효력이 있어 사카다 다카스케(酒田隆介) 박사는 쾌히 만나주었다. 내놓은 명함에는 농업기술연구소 식물병리부 사상균(絲狀菌) 제1연구실장 농학박사라고 씌어 있었다.

아직 스키의 계절은 아니지만 새까맣게 그을어 있다. 50전후의 무게있고 온후한 신사였다.

"마에지마 씨의 소개이십니까. 오랫동안 못뵈었는데 그분은 안녕하신가요?"

사카다 박사는 아지사와의 돌연한 방문에 불쾌한 태도도 보이지 않고, 쾌활하게 말을 걸어왔다. 이런 때를 위해서 아지사와는 회사명을 넣지 않은 명함을 가지고 있었다. '보험'이라고 듣기만 해도 거부반응을 표시하는 사람이 많기 때문이었다.

"불쑥 찾아와 죄송합니다. 실은 선생님의 도움을 받고 싶은 일이 있어서요." 아지사와는 인사가 끝나자 단도직입적으로 말을 꺼냈다.

"무슨 일인가요?"

"실은 이것입니다만." 아지사와는 플라스틱 용기에 담아온 가지를 사카다 박사 앞에 내놓았다.

"이 가지가 어떻게 되었습니까?" 박사는 의심스러운 눈으로 바라 보았다.

"모양은 흔한 것입니다만 빛깔이 좋지 않습니다. 병이 든 게 아닌가 생각됩니다. 만약 그렇다면 어떤 병인가, 그 병에 의해서 이 가지가 재배된 장소가 어딘가. 그런 것을 알고 싶어서 가르침을 받고자 실례를 무릅쓰고 찾아 뵈었습니다."

"허어, 이 가지가……." 사카다 박사는 깜짝 놀란 듯이 아지사와의 얼굴과 가지를 번갈아 비교하면서,

"가지 재배를 하고 계십니까?"

"아닙니다, 실은 보험관계의 일을 하고 있습니다."

"보험관계의 일을 하시는 분이 가지에?……" 박사의 얼굴에 호기심의 빛이 떠오른다.

"제 약혼녀가 난행을 당한 뒤 살해되었습니다."

"난행당하고 살해되었다고요……."

박사는 멍하니 입을 벌렸다. 이 연구소와는 전혀 관련이 없는 흉악하고 엽기적인 사건에 곧 응대할 수가 없었던 모양이다. 아지사와는 되도록 간략하게 사정을 설명했다. 그것을 말하지 않고는 박사의 협력을 얻을 수가 없다.

"허어 참, 그런 사정이 있었습니까?" 듣고 나서 박사는 길게 숨을 내쉬고서,

"그러나 그런 일이라면 가지는 경찰에 제출할 문제가 아닙니까?" 온건하게 타이르듯이 말을 덧붙였다.

"지금 말씀드린 바와 같이, 저는 하시로 시의 경찰을 신용하고 있지 않습니다. 게다가 제 약혼녀를 욕보이는 도구로 사용한 가지를 경찰의 비정한 관찰하에 두고 싶지 않았습니다. 이 기분을 이해해 주시지 않겠습니까?"

"딴은 그렇군." 박사는 수긍하고서, "그러나 나도 이 일을 맡은 이상에는 성심껏 관찰을 할 거요."

"꼭 부탁드립니다. 선생님은 경찰처럼 그녀에 대한 선입감이 없습니다."

"한 가지만 확인해 두고 싶은데, 당신이 경찰보다도 먼저 범인을 알아낸다면 어떻게 하실 겁니까?" 박사는 아지사와의 얼굴을 주시했다.

"그때는……" 아지사와는 한숨을 쉬고, "경찰에 신고하겠습니다."

"그러시다면 부족하나마 협력하겠습니다." 사카다 박사의 말에 아지사와는 얼굴색이 밝아졌다. 역시 찾아오기를 잘했다고 생각했다.

"그런데 선생님, 이 가지만으로 그걸 생산한 장소를 알아낼 수 있을까요?" 아지사와는 매달리듯이 물었다.

"어느 정도는 가능합니다. 식물에 영향을 주는 원인은 매우 다종다양합니다. 크게 나누어 우선 비생물적 원인으로서 토양·기상·채광부족이나 풍설·우뢰 등의 피해·농약·공업·광독(鑛毒)·연해(煙害)·오수(汚水), 생물성 원인으로는 동식물, 쥐·진드기·곰팡이, 조류의 피해, 그 다음에는 바이러스가 있습니다. 이들 원인이 한 가지만으로 영향을 주는 경우는 오히려 희귀하고, 두 가지 이상의 원인이 복잡하게 중복되는 일이 많습니다. 그 종합적인 영향을 받은 식물에서 생육된 토지를 알아내는 것은 복합(複合)된 원인을 완전히 분석하는 것이 어려운 만큼 상당히 어려운 일입니다."

"꽤 여러 가지 원인이 있군요. 그 중에서 토양이 미치는 영향은 어떻습니까?" 아지사와가 알고 싶은 것은 가지가 재배된 토지뿐이었다.

"그야 뭐니뭐니해도 토양은 식물이 뿌리를 내리고 영향을 흡수하는 말 그대로 지반이니까 토지의 영양상태는 식물의 성장에 직접 영향을 끼칩니다. 따라서 식물의 영양 상태로부터 그것을 생육한 토지가 어느 정도는 추측됩니다. 식물 성장에 빠뜨릴 수 없는 필수요소, 그 중에서도 비료의 3요소라고 하는 질소·인산·칼륨 등은 식물이 가장 요구하는 것으로 부족한 경향이 많습니다. 이밖에도 마그네슘·붕소·철·망간·아연·동·몰리브덴 등의 결핍증이 밭에서 늘어나고 있습니다. 그러나 이들의 요소는 너무 많아도 좋지 않습니다. 예를 들면 토마토에 있어서 생육이 아무래도 좋지 않고 잎사귀가 노란 것은 질소의 결핍이지만 황산암모늄을 지나치게 웃거름으로 주면 가지와 잎만 무성하고 열매가 열리지 않습니다."

"그런 것으로 질소가 부족한 토지인가 많은 토지인가를 알게 되는군요."

"그렇습니다. 식물이 성장하는 땅에 필요한 어느 요소의 과부족 상태가 되면, 당연히 평상적인 대사(代謝) 사이클이 흩어지고 영양 장해가 나타납니다. 그러나 같은 식생활을 하고 있는 가족도 한 사람 한 사람의 체격이 다른 것처럼, 동일토지의 식물의 영양 장해라고 해서 원인은 단순하지 않습니다. 잠깐 따져보아도 비료 요소의 부족, 다른 요소와의 양적인 불균등, 토양의 반응의 부적당, 토양의 물리적 성질이 나쁜 경우 등이 생각되는 것입니다."

"저어, 땅의 물리적 성질이 나쁘다는 것은 어떤 것일까요?"

"예를 들면 모래땅으로서, 비료분이 밑으로 빠져, 식물의 뿌리가 닿지 않는 경우를 말합니다."

"그 토양조건 외에도 선생님께서 말씀하신 기상이나 동식물의 바이러스 등의 영향을 받는 셈이군요."
"그렇습니다. 뭐 우리들은 여러 가지 원인에 의해서 식물이 받는 영향을 병과 장해로 구분하고 있습니다만."
"그 말씀은?"
"가령, 감자의 잎사귀가 까맣게 되어 시들거나, 양배추가 썩어서 이상한 냄새를 풍기듯이 식물이 병이 난 원인에 대해서 나타낸 반응을 질병이라고 부르고 바람으로 가지가 부러지거나, 잎사귀가 벌레에게 먹혔을 때와 같은 경우에는 장해라고 합니다."
"그러시다면 선생님, 이 가지는 어떨까요?"

아지사와는 적당한 기회라고 보고, 드디어 질문의 핵심에 들어갔다. 사카다 박사는 확대경으로 신중히 가지를 관찰하더니, "이 가지는 계란형 소형종(小形種)이라는 품종이군요. 보기에는 색깔이 나쁘지만 별다른 질병은 없는 것 같군요. 가지는 과채로서는 병해충이 적은 편이며, '수무밤별 무당벌레'라는 감자의 해충이 옮아오거나, '벼룩깃털이'라는 작은 갑충이 기생하는 정도입니다. 주로 있는 질병으로는 청고병, 입고병, 면역병, 갈색점무늬병 등이 있지만 그중 어느 병에도 걸리지 않은 것 같습니다."
"양쪽 색깔이 다른 것은 무슨 까닭일까요?"
"이것은 확실히 가지의 착색이상이군요. 가지는 수박, 토마토, 멜론 등에 이어 일광의 포화가치가 높은 농작물이니까 일광부족으로 생리장해를 일으킨 것입니다."
"일광의 포화가치라고 하심은?" 아지사와는 익숙지 못한 말이 튀어나와 당황했다.
"아아, 그것은 말입니다. 일광이 아무리 강해도 일광의 양분을 받아들일 수 없는 한계를 나타내는 가치라는 말입니다. 이것이 낮은 작물은 일광이 아무리 많이 쪼이는 장소에 두어도 그것을 충분히 이용할 수 없습니다. 즉 일광 포화가치가 높은 식물일수록 일광을 좋아하는 셈입니다. 가지는 일광이 부족했군요."
"그럼 응달에서 자랐다는 말씀……."
"아니, 응달은 아니겠지요. 양쪽의 착색이 균일하지 않습니까. 이것은 측면에만 햇볕을 쪼였다는 증겁니다."
"그럼, 어떤 장소일까요?"
"청천시(晴天時), 여름 야외에서는 10만 룩스(촉광강도)를 넘는 해가 있습니다. 가지의 포화가치는 4만 룩스니까 야외에 재배되고 있으면 착색 이상을 일으키지 않습니다."
"그렇다면 야외는 아니라는……."
"아마 그렇겠지요. 유리나 비닐의 온실에서는 햇빛을 흡수하고 반사하기 때문에 실내의 햇빛량은 60에서 90퍼센트나 감소됩니다. 피복재(被覆材)가 더러워지면 더욱 감소됩니다. 이 때문에 일광부족의 온실 내에서는 일광포화가치 이하가 되어서 재배식물에게 난데없는 생리장해를 일으키는 수가 있습니다."
"그럼, 이 가지는 온실 속에서 재배되어 태양광 부족에 의한 착색 이상을 일으킨 것일까요?"
"그렇게 생각하면 되겠지요. 게다가 이것은 온실 입구 부근에 있던 것이군요."
"어떻게 그런 것을 아십니까?"
"한쪽이 보통의 농자색인데 반대쪽은 뿌옇게 되어 있어요. 이것은 입구 부근에서 재배되어 한쪽만 자연광을 받은 것입니다. 사이타마(埼玉)의 원예시험장에서 가지의 과채(果菜)의 착색과 온실의 피복재의 광질과의 관계를 조사해본즉, 360에서 380밀리크론의 근자외선의 일광투과율이 가지의 색소가 되는 과피의 안토시안 함량에 막대한 영향을 주고 있는 것이 밝혀졌습니다. 나는 그전에도 어느 비닐하우스에서 재배한 가지로 이것과 아주 비슷한 착색 이상을 일으킨 것을 본 적이 있습니다."
"그건 어떤 비닐하우스입니까?"
"폴리에스텔 수지가 주재료인 유리섬유강화판을 사용한 비닐하우스로서 근자외선을 거의 투과시키지 못한 것입니다."
"그와같은 하우스를 찾으면 좋겠군요." 아지사와는 기세를 올렸다. "지금은 이 피복재가 자외선을 투과하지 못하는 것을 알게되어 이런 종류의 비닐하우스는 적을 겁니다."
"폴리에스텔 수지를 사용한 온실이라……." 아지사와는 드디어 적의 꼬리를 붙잡은 것 같았다.
"일반적으로 식물체가 받는 영향은 같은 지역에 있는 동일 종류 혹은 다른 종류의 식물로 관찰함으로써 그 원인을 알아내는 것인데, 가지는 한 개뿐이므로 이것으로 방향을 잡을 수밖에 없습니다. 이것을 조금 더 내게 두어도 될까요?"
"네, 그 때문에 가지고 온 것이니까요."
"혹은 눈에 보이지 않는 병이 스며 있을지도 모릅니다. 식물의 질병은 갓난애의 질병을 닮았지요. 스스로 증상을 호소할 수가 없습니다. 육안으로 보고나서 현미경으로 검사하고, 때에 따라서는 병원균을 배양검사나 이화학적 검사, 또는 혈청학적 진단을 하지 않으면 안됩니다."
"사람과 똑같군요."
"그렇습니다. 거의 다름이 없습니다. 그 때문에도 당신의 약혼녀에게는 가엾은 일이지만, 식물을 그런 옳지 않은 곳에 사용한 범인이 밉군요."
박사는 식물학자로서 범인에게 분노를 느낀 모양이었다.

과거에서 오는 이상능력

1

"따님 일로 잠깐 드릴 말씀이……" 아지사와가 요리코의 담임 교사로부터 학교로 호출된 것은 오찌 도모코가 살해된 지 약 1개월 후의 일이었다.

교사로부터 학부형 호출이 있을 때는 예사로운 일은 아니다. 하물며 요리코는 보통 어린이가 아니다. 학교생활에 지장은 없었지만, 학교 측에는 요리코가 기억장해 아동이라는 것을 알고 있었다. 아지사와는 그 일로 뭔가 말썽이 일어나지 않았는가 하고 겁을 먹고 출두하였다.

"요리코 양의 아버님이시군요. 바쁘신데 오시라고 해서……"

"딸애가 언제나 신세를 지고 있습니다. 일에 쫓기어 찾아뵙지 못했습니다. 요리코가 무슨?"

"아닙니다. 이것은 오히려 기뻐할 일인지도 모르겠습니다만, 아무래도 저 혼자서 판단하기 난감해서 아버님께 상의드릴까 생각했습니다." 교사는 약간 난처한 표정으로 말했다.

"기뻐할 일이라는 건……."

"최근 요리코 양은 댁에서는 이상한 데가 없습니까?"

이상하다면 애초부터 이상한 아이였지만 도모코의 재난을 예감했듯이 최근에는 육감이 예리해진 것은 틀림없었다. 아지사와가 그 이야기를 하니까 교사는 역시 그렇군, 하는 표정으로 수긍하면서,

"요리코 양은 댁에서 열심히 공부를 합니까?"

"아시다시피 어머니가 없어서, 제가 늘 보고 있는 건 아니지만, 뭐 보통으로 하고 있는 것 같던데요."

"특히 최근에 더 열심히 공부를 하게 되었다던가?"

"글쎄요, 그렇지는 않은 것 같던데요."

"그렇습니까?" 교사는 대충 수긍하면서, 미리 준비해 둔 한 다발의 종이뭉치를 아지사와 앞에 내놓았다.

"이것은?"

"요리코 양의 금년 1년 동안의 시험답안입니다."

"요리코의 시험답안……"

"보십시오, 최근에 와서 몹시 성적이 좋아졌지요. 특히 이 한 답안은 최근에 한 단원 테스트인데, 여섯 과목 중 만점이 네 과목이나 있습니다. 그 외에도 모두가 90점 이상입니다. 전학기 기말 시험의 평균 62점에 비하면, 이건 대단한 성적입니다. 물론 학급 1등입니다. 이 학교에 전입 해왔을 때는 최하위에 가까웠으니까. 믿어지지 않는 진보입니다."

"1등입니까!"

아지사와도 1등이라고 듣고 깜짝 놀랐다. 육감은 예리해졌지만, 다름없이 과거가 없어진 채 의식의 표면에 엷은 막이 씌워져 있는 것 같은, 알 수 없는 점이 있는 요리코였다. 보통상태에서도 이와

데 현의 초과소 지역의 분교에서 F현 최대의 도시인 하시로의 학교에 전입해 왔기 때문에, 학력이 뒤떨어지는 것은 막을 수가 없었다.

아지사와는 함께 생활하고 있으면서도 요리코가 어떻게 공부를 해서 최하위에서 1등으로 뛰어올랐는지 알 수 없었다.

"저 역시 솔직히 말해서, 처음 답안을 보았을 때는 믿어지지 않았습니다. 수업중에는 최근에 현저하게 진보된 것같이 보이지는 않았으니까요. 오히려 수업중에도 자기의 세계 속에 푹 파묻혀 있고 제가 지적하지 않으면, 자진해서 발언하거나 손을 드는 일은 없습니다."

"그럼, 컨닝이라도 했는가요?"

"아니요, 컨닝 같은 것은 하고 있지 않습니다. 컨닝으로는 전과목에 걸쳐 이만큼 좋은 성적이 나올 수 없습니다."

컨닝이라면 교사가 기쁜 일일지도 모르겠다는 말을 할 리가 없다.

"그럼 어떻게 된 일일까요?"

"요리코 양에게 물으니까, 답이 보인다는 겁니다."

"답이 보여요?"

"네, 문제를 가만히 바라보고 있으면, 그 밑에 답의 문자(文字)가 보인다는 겁니다. 그것을 그대로 베껴쓰면 대강 맞는다고 합니다."

"해답을 암기하고 있었을까요?"

"뭐 그렇다고 밖에는 생각할 수 없습니다만 요행수를 바란 일이 전부 맞아들어갈 까닭은 없으니까, 출제범위를 전부 암기했다고 하면 굉장한 기억력이군요. 게다가 산수 같은 것은 응용문제가 나오니까, 암기력만으로는 할 수 없습니다."

"……."

"뭐, 성적이 좋아졌으니까 기뻐할 일이며 일부러 오시라고 해서 상의할 필요도 없었습니다만, 최근 다른 일로 약간 걸리는 점이 있어서요."
"또, 무슨 일이 있었습니까?"
교사의 저의가 있는 듯한 어조가 마음에 걸렸다.
"한 달에 한 번, 오락회라는 학생주최 파티를 학급에서 열고 있습니다. 거기서 친한 사람끼리 5, 6명 그룹을 만들어서 연극을 합니다. 뭐, 미니 학예회라고나 할까요. 각 그룹이 모두 막(幕)을 올릴 때까지 연극내용을 비밀로 해두고 있지요. 깜짝 놀라게 하려는 속셈입니다. 요새 아이들은 빨라서 어른들이 무안할 정도의 내용도 생각해 냅니다. 여하튼 초등학교생이 '록히드 독직사건'을 풍자한 촌극(寸劇) 같은 것도 하니까요. 그런데 아이들이 요리코 양이 있으면 오락회의 흥이 깨진다고 싫어합니다."
"그건 또 왜요?"
"연극의 클라이맥스나 재미있는 장면 직전에 요리코 양이 혼자서 박수를 치거나 웃거나 합니다. 그리곤 한발 늦어서 모두가 손뼉을 칩니다. 그런 일이 계속 반복되니까 다른 아이들이 어색해 합니다."
"요리코가 연극의 내용을 알고 있었을까요?"
"처음에는 모두가 그렇게 생각하는 것 같았는데, 각 그룹의 프로그램은 절대로 비밀이고 밖으로 샐 까닭이 없다는 겁니다. 요리코 양에게 물어보니까, 연극을 보고 있는 동안에 재미있는 장면을 먼저 알게 된다고 합니다."
"먼저 안다!"
"어저께는 알고 계시겠지만, 오전 11시쯤에 몸이 느낄 정도의 지진이 있었지요."

"그렇게 말하시니 생각납니다."
"그때도 요리코 양은 그 조금 전에 책상 밑에 기어 들어갔습니다. 마침 수업중이었으므로 내가 왜 그런 짓을 하느냐고 나무라니까 지진이 온다는 겁니다. 선생님은 아무것도 느끼지 못했으니 수업중에 그런 숨바꼭질 흉내 같은 것은 그만두고 책상 밑에서 나오라고 말하는 순간, 지진이 왔습니다."
"요리코가 지진을 예감했습니까?"
"그렇습니다. 학급의 어느 학생도 느끼지 못했는데 요리코 양은 그것을 예감하고 있었습니다. 그 애에게는 미래를 감지하는 일종의 이상능력, 즉 초능력 같은 것이 있지 않을까요. 그것도 최근에 이르러 그 능력이 이상할 정도로 발달한 것같이 생각됩니다. 과거의 기억에 장애가 있는 아이라고 듣고 있습니다만, 그 일에 관계가 있을지도 모릅니다. 그래서 아버님께도 상의하는 게 좋으리라고 생각되어 이처럼 오시도록 수고를 끼친 것입니다. 만약에 정말로 그와 같은 초능력이 있다면 모처럼의 훌륭한 능력이 비뚤어지지 않도록 올바른 방향으로 키워주고 싶습니다."

담임교사의 말을 듣고 있는 동안에 아지사와는 문득 생각나는 일이 있었다.

"선생님, 이 시험은 언제 시행되었습니까?"
"9월 중순 이후입니다."
"그것은 오치 도모코가 살해된 직후였다. 그날 밤, 아지사와에게는 들리지 않았던 도모코의 구원을 바라는 목소리를 요리코는 들었다. 그날 밤부터 요리코의 이상능력은 고도로 진전됐는지도 모른다.

"뭔가 짚이는 일이라도 있습니까?"

교사가 아지사와의 얼굴빛을 보고 민감하게 알아차렸다.
"선생님, 그 아이의 이상능력이 기억장애와 관계가 있다고 생각하십니까?"
그 질문에는 아지사와로서는 또 한 가지 걱정되는 일이 내포되어 있었다.
"글쎄요, 그 점에 대해서는 저 역시 전문가가 아니어서 뭐라고 말씀드릴 수는 없지만, 기억상실 후에 그 능력이 고도로 진전된 것이라면 그것과 무슨 관계가 있는지도 모르겠군요."
"선생님, 그와 반대의 가능성은 생각할 수 없을까요?"
"반대라니요?"
"상실된 기억의 보상으로 육감이 예민해진 것이 아니라, 기억이 회복되면서 생긴 현상이 아닐지······."
"요리코 양의 기억이 회복되었습니까?"
"확실히는 모르지만, 최근 약간 그런 걸 느낍니다."
요리코는 때때로 아지사와의 얼굴을 응시한다. 그의 얼굴에 시선을 대놓고, 그 속 깊숙이 또 하나의 얼굴을 찾고 있는 듯한 눈으로 주시한다. 아지사와 쪽에서 마주보면, 깜짝 놀라 정신을 차린 듯이 눈길을 돌려버린다.
"아아, 그렇게 말씀하시니······."
교사는 뭔가 깨달은 표정을 지었다.
"뭔가 선생님께서도 깨달으신 게 있습니까?"
"그것이 기억이 회복되고 있는 증거인지 뭔지는 모릅니다만, 최근 눈초리가 변한 것 같습니다."
"눈초리가?"
"전에는 수업중에도 초점이 산만한 눈으로 막연히 먼곳을 보고 있었습니다. 그런데 요새는 한 점(點)을 응시하게 되었습니다.

뭔가를 자꾸만 생각해 내려고 하는 것처럼."

그것은 같은 눈이라고 생각되었다. 요리코는 아지사와의 얼굴에서 누군가를 생각해 내려고 하고 있는 것이다.

"그래서 학교에서는 실제로 무엇인가를 생각해 낸 것 같은 거동은 없습니까?"

"생각해 냈다면 뭐라고 말하겠지요. 확실하게 기억을 회복했다는 행동은 아직 보이지 않습니다."

"서서히 기억을 회복하고 있는데, 본인이 잠자코 있는 일은 없을까요?"

"어째서 잠자코 있겠습니까. 잃어버린 과거를 되찾으면 활짝 잠이 깬 것처럼 되지 않을까요. 영화나 텔레비전에서도 자주 그런 장면이 있지요. 벼랑에서 떨어지거나 머리를 뭔가에 부딪친 찰나에 꿈에서 깨어난 것처럼 기억을 되찾는다는 장면이……. 그러나 서서히 회복해 오는 경우도 있겠지요. 전문가가 아니라 뭐라고 말은 못하지만."

그러나 아지사와는 요리코가 기억을 회복하고 있으면서 그것을 그에게 숨기고 있을 가능성을 생각하고 있었다.

"그렇지, 지금 막 생각났는데 좋은 사람이 있습니다."

교사는 말을 덧붙였다.

"좋은 사람이라니요?"

"제 모교대학의 교수인데, 기억의 장애와 육감의 관계를 연구하고 있는 선생님이 계십니다. 그 선생에게 물으면, 어쩌면 요리코 양의 초능력과 기억장애의 관계를 알게 될지도 모릅니다."

"그런 분이 계셨습니까? 그럼 꼭 소개해 주십시오."

아지사와는 담임교사로부터 한 인물을 소개받았다.

아지사와는 요리코를 여태까지와는 다른 눈으로 보게 되었다.

어쩌면 이 아이는 기억을 회복하고 있는지도 모른다. 회복했으면서, 여전히 장애가 지속되는 것처럼 연기를 하고 있을까? 이상능력의 고도 진전이 그 연기를 폭로해 버렸다. 왜 그런 짓을 하는가? 그것은 아지사와가 회복한 사실을 눈치채면 난처한 일이었기 때문이리라. 그 난처한 일이란 무엇인가? 아지사와는 거기까지 자기의 생각을 쫓다가 등골이 오싹함을 느꼈다. 그러나 10세의 소녀가 과연 그런 연기를 할 수가 있을까? 그것은 모른다. 여하튼 그녀는 평범한 소녀가 절대로 경험할 수 없는 참극을 체험했다. 그것이 깨끗한 어린 마음을 어떤 식으로 비뚤어지게 했는지 모르는 일이다.

아지사와는 담임교사에게 불려간 뒤 요리코의 시선을 느끼게 되었다. 그것은 뒤에 있거나, 밤중에 잠들어 있는 자기를 몰래 내려다보고 있거나 했다. 그것을 눈치채고 돌아보거나, 눈을 떠보면 요리코는 무심히 딴 방향을 보고 있거나 아지사와의 옆에서 새근새근 하고 잠든 건강한 숨소리를 내고 있었다.

그날 아침, 아지사와와 요리코는 함께 집을 나섰다. 요리코의 등교 시간으로는 약간 빨랐으나 그날 아침은 고객 한 사람이 이른 시간에 약속했기 때문에 두 사람은 함께 나가는 형편이 되었다.

요리코는 표면상으로는 아지사와를 곧잘 따르고 있었다. 요리코의 눈속 깊이 또 하나의 차가운 눈이 있고 그것이 항상 자기를 보고 있다고 느낀 것은 아지사와의 의심이었던 것 같다. 아지사와가 말을 걸면 대답도 잘 한다.

"요리코, 요즘 성적이 굉장하던데."

아지사와는 슬며시 말을 붙였다. 미묘한 아이니까, 서툴게 탐색했다가는 마음의 문을 닫아버린다.

"응, 선생님도 놀라고 있어요." 요리코는 칭찬을 받고 기분이 좋은 모양이었다.

"뭔가 비밀 공부방법이라도 있니?"

"비밀 같은 건 없어요. 시험전에 교과서나 참고서를 잘 보아두면 답안지에 답이 보이게 돼요."

담임교사가 말한 대로였다.

"좋겠군. 아빠는 아무리 책을 읽어도 글자가 보이지 않더라."

"읽는 게 아니에요. 보는 거예요."

"본다고?"

"글자를 가만히 본단 말예요. 그러면, 그 글자가 눈속에 남아요. 저 말예요, 태양 같은 것을 보거나 하면 눈속에 한참동안 남아있지요. 그런 식으로 글자가 남아있어요."

"아아, 그것은 잔상이라고 하는데, 글자의 잔상이란 처음 듣는구나."

"잔상?"

"눈 속에 남는 빛이다. 빛뿐이 아니라, 밝은 곳에서 물건을 보면 물건의 형태가 눈속에 남아있지. 바로 그거야."

요리코는 아지사와의 말을 듣고 있지 않았다. 두 사람은 보도를 걷고 있었다. 요리코의 시선은 전방을 똑바로 주시하고 있었다.

"요리코 뭘 보고 있니?"

아지사와는 그녀의 시선 끝이 마음에 걸렸다.

"아버지, 저 트럭 옆에 가지 않는 게 좋아요."

10미터쯤 앞에 사거리가 있고, 때마침 붉은 신호로 한 대의 대형트럭이 맨 앞줄에 멈춰 있었다.

"트럭이 어떻게 되었니?"

요리코가 묘한 말을 한다고 생각하면서도, 걷고 있기 때문에 곧 사거리에 다다랐다.

"그쪽으로 가면 안돼요!"

요리코가 아지사와의 손을 세차게 잡아당겼다.

"그렇지만 사거리를 건너지 않으면 회사에 못 간다."

"안 된다면 안돼요!"

어린 힘이지만 세차게 잡아당겼으므로, 아지사와의 걸음이 둔해졌다. 그 순간 신호는 푸른색으로 바뀌었다. 트럭은 쇠사슬이 풀린 맹수처럼 맹렬한 기세로 돌진하더니, 별안간 왼쪽으로 꺾었다. 꺾인 기세가 너무 강해서 핸들을 꺾을 수 없었는지, 그대로 인도로 올라 길가의 돌담에 심하게 부딪쳤다.

아지사와가 보조를 늦추지 않고 그냥 걸었더라면, 트럭과 돌담 사이에 끼어서 납작하게 깔렸을 것이다.

트럭에 부딪힌 돌담의 파편이 몸을 스쳐갈 정도로 가까운 거리였다. 심장이 죄어들어 잠시 그 자리에 멍하니 선 채, 움직일 수가 없었다. 사람들이 와글와글 달려왔다.

"여보시오, 괜찮습니까?"

"굉장히 난폭한 자식이로군. 조금만 더 가까웠더라면 납작해졌을 거야."

"구급차를 불러라. 운전수가 다쳤다."

달려온 통행인과 건달들이 잇달아 외쳤다. 아지사와는 처음의 충격이 가시자 전신에서 식은 땀이 흘렀다.

여하튼 부상은 없었으므로 뒷일은 사람들에게 미루고 갈길을 서둘렀다. 이쪽은 실수가 없었으니까 난폭한 운전결과의 뒷처리까지 해줄 필요는 없다. 자칫하면 죽을 뻔했으니까, 오히려 불평의 한 마디라도 하고 싶을 지경이었다.

"요리코, 어떻게 알았니?"

요리코와 헤어지는 네거리에 이르자 아지사와는 중요한 일을 물어본 것을 깜빡 잊었음을 깨닫고 물어보았다. 그만큼 놀랐던 것이다.

"보였어요."
"보였어, 무엇이?"
"트럭이 돌담에 충돌하는 것이."
"그렇지만 요리코. 네가 아빠의 손을 끌어당겼을 때는, 트럭은 아직 멈춰 있었다."
"그렇지만 보였는걸."
요리코는 우겼다.
"그럼 너는 미래를……"
말을 하려다가 말이 막혔다. 요리코는 틀림없이 미래의 위험을 사전에 감지한 것이다.
"그럼 아빠, 바이바이. 되도록 빨리 돌아오세요."
요리코는 갈림길에 서서 아지사와에게 티없이 밝게 웃는다. 아지사와는 그때 확실히 보았다. 요리코의 웃는 얼굴 속에서 조금도 웃고 있지 않는 눈이 똑바로 자기를 향하고 있다는 것을.

2

여하간에 요리코의 덕택으로 목숨을 구하게 된 아지사와는 그날 저녁 그녀의 이상능력의 고마움을 재차 알게 되었다.
그날의 석간 각 신문에는 트럭의 폭주사고가 보도되었다. 부상자는 운전수뿐이었으므로 어느 신문이나 기사를 작게 다루고 있었지만, 아지사와는 그 기사를 꼼짝도 않고 응시했다.
폭주트럭은 '헤이안 흥업'의 소유였다. '헤이안 흥업'은 나카도 일가와 연관된 회사로서, 하시로 강 하천부지의 매점을 정면에 서서 진행하고 있는 회사였다.

'녀석들, 드디어 내게 손을 뻗쳐 왔군' 아지사와는 몸 중심으로부터 오한이 기어올라 오는 것을 느꼈다.

아니다, 검은 손길은 전부터 뻗쳐 있었다. 여태까지는 아지사와의 간섭을 중지시키려는 위협이었으나 드디어 아예 없애버리려는 생각이었던 것이다.

요리코의 덕택으로 여하튼 공격은 피할 수 있었다. 그러나 적이 이것으로 체념하리라고 생각되지는 않았다.

제1차 공격이 실패했으므로 습격은 더욱 치열하고 집요해질 것이 틀림없으리라.

그러나 적이 이와 같이 명확하게 흉악한 의사를 드러낸 것으로 보아 도모코 살해는 역시 오바였을까.

여하튼간에 오바는 확실하게 아지사와에 대해서 선전포고를 해왔다. 완전한 오바 체제 하의 하시로에서 오바로부터 도전을 받는다면 도저히 이길 가망이 없다.

오바 쪽의 제일 공격으로 보아도, 그 교묘함을 알겠다. 만약 아지사와가 그 함정에 빠졌더라면 어떤 사람의 눈에도 교통사고로 보였을 것이다. 그리고 그것을 조사하는 경찰은 오바의 사병같은 존재들이다. 사고로 인정하는 데 아무런 방해도 없었으리라.

아지사와는 중대한 판단의 기로에 서게 되었다. 오치 도모코도 죽었다. 더 이상 목숨을 걸고 하시로에 있을 이유는 없다. 이자키 데루오의 보험금 목적 살인용의 조사인들, 애당초 아지사와가 말을 꺼낸 것이지 회사로서는 처음부터 내키지 않았던 일이다. 그러한 조사를 도중에서 그만두어도 조금도 곤란할 게 없다.

자기 혼자서 사회 악이나 부정과 싸웠다고 잘난 체하는 것은 유치한 영웅주의에 지나지 않는다.

도망치려면 지금이 기회다. 어떻게 할까? 아지사와는 자문했다. 그의 눈망울에 도모코의 무참히 죽은 모습이 떠오른다. 그녀를 죽인 범인을 그대로 둔 채, 꼬리를 감추고 슬그머니 달아날 것인가? 이자키 아케미의 살해도, 하시로 강 하천부지의 부정도 중간에서 포기하고 약한 마음 쪽과 타협해서 작디작은 자기 보호 속으로 도피하겠다는 것인가.

 그것은 틀림없이 안전해질 것이며 또 생명을 위협하는 자도 없어지리라. 오바도, 저항의 자세를 버리고 이 왕국에서 달아나 버린 자를 쫓아 오지는 않을 것이다.

 그러나 무조건 항복을 하고 얻은 안전은 포로의 안전이 아닌가? 오바의 포로뿐만 아니라 인생의 포로이기도 한 것이다. 오바가 지배하는 땅에서 도망쳐 어디로 가든 약한 쪽의 마음과 타협해서 얻은 안전에는 비겁이라는 꼬리표가 붙여지고 인생의 포로로서 한평생을 쇠사슬에 묶이고 만다.

 아지사와가 어느 쪽으로도 판단을 내리지 못하고 있을 때에 F시에서 전화가 걸려왔다.

 "야아, 아지사와 씨입니까? 그 가지에 대해서 또 새로운 것을 알게 되어 연락합니다."

 수화기에서는, 들은 적이 있는 온화한 목소리가 들려왔다. 농업기술연구소의 사카다 박사였다.

 "이렇게 일부러, 황송합니다."

 아지사와는 요리코의 이상능력문제와 트럭 폭주사건에 정신이 쏠려, 자기가 부탁을 해놓고도 그 일을 모조리 잊어 버리고 있었다.

 "그 가지를 나중에 세밀히 조사해 보니까 새로운 부착물이 발견되었습니다."

 "새로운 부착물이라니요?"

"그렇습니다. 하나는 작은 바퀴벌레입니다만……."
"바퀴는 식물에 곧잘 기생하지요?"
"바퀴는 각종 식물에서 영향을 섭취하고, 식물바이러스를 매개합니다. 그러나 이 가지는 바이러스에는 별로 감염되지 않았습니다. 다만, 바퀴와 함께 다른 물질이 부착되어 있어서요."
"그것은 무엇인가요?"
"수산화나트륨과 탄산수소나트륨과 흑색 화약입니다."
"그것은 화학비료입니까?"
"아니, 화학비료는 아닙니다. 애초에 수산은 염(鹽)의 형태로 식물중에 아주 널리 분포하고 있는 것이죠. 특히 나트륨 염은 녹미채나 나문재 속(屬)에 함유되어 있습니다. 그러나 가지에서 발견된 수산은 나트륨이나 탄산수소나트륨이 분리되어서 부착되어 있었습니다. 게다가 바퀴의 몸에도 그것이 대량 묻어 있었습니다. 오히려 수산투성이라는 느낌이었지만."
"그것은 대관절 왜 그럴까요?"
"밭에 날아오는 유상(有翔), 즉 날개가 있는 바퀴는 노랑색에 끌리는 성질을 가지고 있습니다. 이 호황색성(好黃色性)을 이용해서 황색수반(黃色水盤)으로 바퀴를 잡는 방법도 연구되고 있습니다. 그런데 이것은 나의 전문 소관이 아니지만, 나트륨은 공기 중에서 황색의 불꽃을 발산하며 연소하여 과산화나트륨으로 변화합니다."
"그럼, 바퀴는 공중에서 불타는 나트륨을 목표로 날아가서 이 가지에 떨어졌다는 말씀입니까?"
"흑색 화약과 연결시킬 때, 가능성은 충분히 있습니다. 불꽃 속에 뛰어들어가면 그야말로 불 속으로 날아 뛰어들어가는 여름벌레입니다만, 불꽃 속에 들어가기 전에 비상력을 잃고 가지 위에 떨어졌겠지요."

"나트륨이나 흑색화약이 공중에서 탈 때는 어떤 경우일까요?"

"나도 전문 외의 일이라 바로 몰랐지만, 그 방면의 전문가에게 물어보니, 수산화나트륨과 탄산나트륨은 불꽃의 발색용으로, 흑색 화약은 불꽃의 할약(割藥)으로 이용된다는 것입니다."

"불꽃입니까?"

"아마 하시로의 불꽃놀이라면 매년 8월 하순에 시행되지요. 나는 구경한 일은 없지만 이 지방에서는 가장 규모가 큰 것으로 유명하더군요."

사카다 박사의 말대로, 하시로의 불꽃놀이는, 이 지방의 여름철 최대행사로서 전통이 있다. 그리고 불꽃놀이를 하는 밤은 인근의 현(縣)뿐만 아니라, 도쿄 방면에서도 구경꾼이 10여 만 명이나 몰려든다. 그것이 금년에는 8월 30일에 열렸었다.

"그럼 선생님, 이 가지는 불꽃을 쏘아올린 지점 부근에 있었다는 말인가요?"

"쏘아올리는 불꽃이라면 화약재료가 꽤 넓게 흩어지겠지만, 비닐하우스 내의 한 개의 가지에 밀도 짙게 부착된다는 일은 없겠지요. 불꽃장치의 재료가 일부 불발상태로 주변에 사방으로 날아 흩어지게 되면, 근처의 작물에 뭉쳐서 떨어질 수도 있을 겁니다. 이 나트륨 염이 불꽃재료라고는 단정지을 수 없지만 바퀴벌레와 대조해 볼 때 그 가능성을 생각해 본 것입니다. 바퀴벌레는 야간에는 별로 행동하지 않습니다. 때아닌 불꽃 때문에 낮으로 착각하고 노랑색 불꽃에 끌려서 날아간 것이거나, 혹은 주간부터 불꽃을 쏘아올렸는지도 모릅니다. 어찌되었든, 불꽃을 쏘아올린 기지 부근의 비닐하우스를 찾으면 가지가 나온 장소를 알게 될지도 모릅니다. 그렇게 생각하고 전화를 드린 것입니다."
 사카다 박사의 말을 듣고 있는 동안 아지사와는 동요하고 있던 자기 마음이 점점 굳어지는 것을 느꼈다.

3

 가키노기 촌(村) 대량 살인 사건의 수사본부는 근근히 유지되고 있었다. 당초에는 미증유의 대량살해라고 해서, 현 경찰본부도 다수의 인원을 투입하고 열띤 수사의 자세를 보였으나, 보람없이 시간만 경과되고 조금도 활발한 진척을 보이지 않는 수사에 실망하여 조금씩 인원을 빼내어가서 바야흐로 수사본부는 숨이 끊어지려는 껍데기에 지나지 않는다고 해도 과언이 아니었다.
 그러나, 아직 완전한 시체는 되지 않았다. 간신히 집요하게 살아있었다.
 그 살아있는 부분의 핵심에 기타노 형사가 있었다.
 그는 수사본부가 개설된 당초의 대수사진이 대폭 축소된 가운데에서, 전속수사관으로서 남게 되었다. 그것은 그가 이 수사에서 보인 예사롭지 않은 정열을 인정받았기 때문이었다.
 기타노는 단 한 사람의 용의자로 떠오른 아지사와 다케시에게 집요하게 감시의 눈을 번뜩이고 있었다.
 이것은 인내의 수사였다. 완전범죄를 성공시킨 범인도 오랜 시간이 흐른 뒤에는 반드시 몸과 마음의 방어 태세를 늦출 때가 온다. 범행 그 자체에 실수는 없다. 그러나 그 뒤 시간의 차단으로 인하여 범인이 범행과 무관하게 되었다고 안심하는 시기에 자연히 나타나는 범죄의 증거를, 즉 범인이 아니면 할 수 없는 언동을 잡는 것이다.
 장치해 놓은 그물 속에 포획물이 들어오는 것을 꼼짝않고 기다린다. 이쪽의 낌새를 조금이라도 눈치채게 하면 안 된다. 추적의 발소리가 사라졌다고 안심한 범인 스스로의 행동 속에서 완전범죄의 파탄(破綻)을 잡으려고 하는 수사는 해(年)가 단위가 되는 장기 감시를 해야만 했다.

아지사와는 감시받고 있는 것도 모르고 단독활동을 시작하고 있었다. 오치 도모코에게 접근해서 겨우 그녀의 환심을 잡았는가 생각했더니 두 사람은 하시로 시역에서 발생한 교통사고를 협력해서 조사하기 시작했다. 그 조사로부터 발전해서 하시로 강의 하동유역 부근을 찾아다니는 모양이었는데 오치 도모코가 어떤 자에게 살해당해 버렸다.

당시에 기타노는 아차! 하고 입술을 깨물었다. 그는 틀림없이 아지사와가 범인이라고 생각했다. 아지사와가 도모코에게 접근한 것도 그 언니인 오치 미사코의 살해와 무언가 관련이 있다고 혐의를 걸고 있었다. 그러나 도모코까지 죽이리라고는 생각하지 않았다.

그들은 서로 사랑하고 있는 것같이 보였던 것이다. 아지사와가 범인이라면, 무엇 때문에 도모코를 죽였을까? 언니를 살해한 증거를 동생에게 들켰는지? 그러나 도모코에게 접근한 것은 아지사와 쪽이다. 그가 가까이 가지 않았던들 아지사와의 존재는 도모코에게 알려질 까닭이 없다. 스스로 모습을 드러내고 범인이라는 것을 알린 뒤 피해자의 동생을 또다시 죽인다는 것도 기괴한 일이다.

기타노는 갈피를 못잡고 당황했다. 도모코의 살해사건은 하시로서의 관할이라, 기타노는 간섭할 수가 없다. 만약 아지사와가 도모코 살해의 혐의대상에 오르면, 기타노도 합동수사의 형태로 참가할 수 있다. 그러나 기타노는 일부러 뒷켠에 잠복하여 하시로서의 수사행방을 지켜보고 있었다. 마음속 어딘가에 하시로 경찰에 대한 씻을 수 없는 불신이 있었다. 하시로 서에는 어딘가 수상한 점이 있다. 잠복하여 그물을 치고 있는 동안에도 그 의심은 점점 짙어지기만 했다.

지금이야말로 기타노는, 하시로 서마저 그물에 끌어들일 포획물로 계산하고 있었다. 그들에게 이쪽의 기미를 눈치채게 하면 안 된다.

다행인지 불행인지, 아지사와는 도모코 살해의 혐의의 대상에서 빠져버렸다. 그 일 자체에는 하시로 서의 실수를 느끼지 않았다. 하시로 서는 어쩐지 아지사와를 적대시 하고 있는 것 같았다. 하시로 서로서는 아지사와를 범인으로 꾸며내고 싶었는지도 모른다.

그러나 살인사건의 수사라면 현경찰도 간섭을 한다. 하시로 서의 생각대로만 되지 않는다. 일단 용의가 풀린 아지사와는 기묘한 행동을 시작했다. 그 자신이 도모코 살해의 범인을 찾기 시작한 모양이었다.

한 살인사건의 용의자가 다른 살인사건에 말려들어 그 범인 탐색을 한다는 것은 드문 일이다. 기타노의 경험에도 없었다.

아지사와는 위장이 아니라 진심으로 범인을 쫓고 있는 모양이다. 첫째 아지사와에게는 자기 자신이 기타노의 추적을 받고 있다는 인식이 없을 것이다. 그렇다면 위장할 필요가 없다.

기타노는 아지사와가 더듬는 길을 충실하게 밟고 있었다. 하시로신보의 우라카와를 만나고, 도모코와 아지사와가 나카도 일가 간부의 보험금 목적 살인의 조사로부터 하시로 강 하천부지의 부정사건을 알아낸 사실과 F시의 농업기술연구소의 사카다 박사에게서 '불꽃 대회의 기지 부근의 비닐하우스에서 나온 가지'의 존재 등도 알게 되었다. 기타노가 장치해 놓은 그물에 예상도 못했던 큰 수확물이 걸려 들려고 했다.

그들은 기타노가 하시로 서의 형사가 아니라는 것을 알자, 호의적으로 협력해 주었다. 기묘한 심리의 도착(倒錯)이었으나 장기간 감시하고 있으니까 그 대상에게 감정이입이 생겼다.

후도의 잔학한 살인사건의 범인에 대한 증오는 조금도 가시지 않았지만, 그러니까 그 때문에도 표시해 놓은 용의자는 '자기의 수확물'이라는 의식이 강해진다. 자기 손으로 꼭 붙잡을 때까지는 제3자의 개입을 허용하고 싶지 않았다. 아지사와를 적대시하고 있는 나카도 일가나 하시로 서, 결론적으로 하시로의 오바 체제로부터 보호해 주고 싶은 기분이 들었다.

그 기분이 그대로 우라카와나 사카다 박사에게 통했기 때문에, 아지사와에게 호의적인 그들이 경찰관인 기타노에게 협력해 준 것이리라.

어찌되었든 잠시 조용했던 아지사와가 드디어 활발하게 행동하기 시작했다. 그의 도모코 살해범의 추적이 기타노의 본부 명령 사건과 어떻게 연관될 것인가, 지금 이 시각에는 모르는 일이다. 그러나 멈춰 있었을 때는 없었던 국면의 전개가 있는 것은 틀림없는 일이다.

하시로에서의 수사 경위는, 샅샅이 무라나가 형사부장에게 보고되었다. 담당 살인사건의 수사가 타현 경찰 관할의 사건과 관련되는 경우는 그리 드문 일은 아니었지만, 경찰 자체의 부패에 연관되는 것이라면 곤란해진다. 무라나가도 신중한 태세를 취했다.

지금이야말로 하시로 서와 나카도 일가의 유착은 명백했다. 하시로 서는 나카도 일가의 배후에 있는 오바 잇세의 고용병이라 해도 과언이 아니었다.

그러나 경찰 내부의 불상사는 경시청에서도 관할 외의 비밀로서 처리되고, 발생 건수 등도 공공연하게 알리지 않는다. F현 하에서의 오바의 영향력은 크다. F현 경찰에서도 경찰 내부의 감시역으로 '감찰관'을 두고 있다. 그러나 감찰관 실장은 경정에서 임시 총경으로 승격한 것뿐이었다. 실장이 서장이 되어 전임하면, 또 경정으로 되돌아갔다. 이것은 현 경찰 자체가 감찰관 제도를 그다지 중요시하지 않는 증거라고 할 수 있었다.

또한 감찰관이 조사끝에 동료의 불상사를 알아냈을 때에도 어지간한 부정만 범하지 않는 한, 그 처치는 매우 관대했다. 감찰은, 동료가 동료를 감시하는 '내부 스파이'로서, 경찰 내부에서도 백안시되기 일쑤다. 철저하게 감찰하면, 전체의 반발만 사게 될 뿐이다. 이런 취지 아래 정해진 감찰반이기 때문에 말소실(抹消室)이라고 혹평을 받을 정도였다.

애당초 경찰 내부의 불상사라는 어려운 문제를 맡고 있는 만큼, 타현 경찰의 일이라면 이것은 포기하는 것이나 같다.

"이건 꽤 까다롭게 되었군." 무라나가는 머리를 움켜쥐었다.

"이것은 제 추측입니다만, 아지사와는 이자키 아케미의 교통사고에 의문을 품고 그 시체를 찾고 있는 동안, 하시로 강 하천부지의 부정사건을 알아낸 모양입니다. 그 일은 근처에 사는 농부 도요하라 고사부로에게서 나온 말입니다. 그것은 이자키 아케미의 시체가 하시로 강 하동유역 부근에 감춰졌다는 간접적인 증거가 됩니다."

"그런데 말이야, 이자키 아케미의 시체를 꺼내 본들 이쪽 사건과는 관련이 없지 않은가?"

"직접적인 관련은 없습니다. 그러나, 오치 도모코는 하시로 강 하천부지의 부정을 신문에다 폭로하려다가 살해되었다고 저는 생각합니다. 그렇다면 범인을 혼자서 추적하는 아지사와는, 오바 일파 쪽에서 볼 때는 매우 귀찮은 존재라고 생각되지 않겠습니까. 애당초 그는 부정을 냄새맡은 장본인이며 도모코의 파트너였습니다."
"오바가 아지사와를 어떻게 하리라고 생각하나?"
"벌써 행동을 개시하고 있습니다."
"뭐라고! 벌써 뭘 했단 말인가?"
"'헤이안 흥업'이라는 나카도 일가의 터널회사 트럭이 교통사고로 위장하여 아지사와를 살해하려고 들었습니다. 아지사와가 한발 먼저 알아차리고 간신히 피했습니다만."
"틀림없이 오바의 의지가 움직였나?"
"확인할 수는 없지만 주위 상황과 대조해 보니 오바의 압력이 있다고 생각해도 틀림없다고 봅니다."
"이건 큰일이군."
"처음 일이 실패했으니까, 2차, 3차로 계속 행동하겠지요. 오바나 나카도 일가와 유착하고 있는 하시로 서에, 아지사와의 보호 요청은 바랄 수 없습니다. 오히려 하시로 서가 앞장서서 아지사와를 없애고 싶겠지요."
"어떻게 하면 좋을까?"
담당 살인사건의 본부명령 용의자를 자유롭게 해주고 있는 동안에 타현 관할서의 살인사건과 경찰 부정사건이 낀 불상사에 이번에는 피해자의 형태로 말려들어가서, 그쪽 경찰에 의해 피살 직전이라는 경우는 아마 없을 것이다. 이 시점에서 아지사와가 없어져 버리게 된다면, 여태까지의 오랜 기간 숨을 죽이고 잠복 감시하고 있었던 의미가 전적으로 없어지고 만다. 보통의 경우라면 그쪽 관할서와 합동수사를 하겠지만, 관할서가 적과 한패이기 때문에 어리석은 행동은 취할 수 없다. 노련한 무라나가조차도 이번만큼은 난처하고 당황한 모양이었다.

"기다린 보람이 있어서 아지사와는 겨우 활동을 시작했습니다. 아지사와가 돌아다니는 동안에 오치 미사코와의 연관은 반드시 명확해질 겁니다."
"그 동안에 아지사와가 오바에게 피살되면 아무것도 안되지 않나."
"그러니까 우리들이 보호하면 어떨까요?"
"지켜줘! 아지사와를 말이지?"
"그렇습니다. 달리 방법이 있습니까?"
"경찰이 용의자를 다른 경찰로부터 보호한다는 건 이제까지 들은 적이 없는데……."
"그것도 숨어서 말입니다. 우리들이 움직이고 있다는 낌새를 아지사와가 눈치채면, 잠복의 의미가 없어지니까요. 물론 하시로 서에도 알릴 수 없습니다."
"그러나 보호해 줄 수 있을까. 그쪽으로는 지원을 내줄 수가 없는데."
"그야, 여러 사람이 가면 눈치를 챕니다. 저 혼자서 할 생각입니다."
"할 수 있겠나?"
"여하간 해볼 수밖에 없습니다. 뭐, 도모코 살해 건의 수사는 현 경찰에서도 와 있으니까 하시로 서로서도 지나치게 야비한 것은 못하겠지요 아지사와를 도우면서 하시로 강 하천부지의 부정을 폭로하는 것도 괜찮겠지요."
"본부명령의 수사에서 너무 벗어나지 않도록 하게."
"아닙니다, 그것은 철저하게 해야 합니다."
옆에서 목소리가 들려왔다. 사다케 형사였다. 일동의 시선이 사다케에게 모였다.

"만약 하시로 강의 제방에서 이자키 아케미라는 호스티스의 시체가 나오면, 이목이 그곳에 집중됩니다. '하시로신보'의 구(舊)사장파의 편집장은, 오치 도모코로부터 받은 기사를 아직도 쥐고 있겠지요. 지금 상태에서는 그 증거가 약하지만 호스티스의 시체발견과 더불어 증거를 다른 신문사에 건네주면 틀림없이 달라붙습니다. 설득력도 있습니다. 하천부지의 부정이 명백해지면, 도모코 살해의 범인도 자연히 드러나게 됩니다. 아지사와는 하시로의 영웅이 된다. 그것이 우리들이 노리는 점입니다."
사다케는 예의 흰자위가 많은 눈으로 일동을 둘러보았다.
"시간이 너무 걸리지 않을까?" 무라나가가 은근히 반대했다.
"기타노 군의 이야기입니다만, 기타노 혼자서는 아지사와를 끝까지 보호하리라고 생각되지 않습니다. 이쪽에서 대량의 경호원을 보낸다는 것도 사실상 불가능합니다. 그러나 우리 쪽에서 하시로 강 제방에서 호스티스의 시체를 꺼내고, 항간의 이목을 그쪽으로 쏠리게 하면, 적은 아지사와를 없애는 게 다 뭡니까. 또 아지사와를 없앤다는 것도 하시로 강의 부정을 얼버무려 수습하려는 게 목적일 테니까 그것이 폭로될 단계에서 그를 없앤들 의미가 없습니다. 우리들의 수사에는 직접적인 관계가 없지만 차제에 그렇게 하는 것이 아지사와를 보호하는 최상의 방법이라고 생각합니다."
"과연 그렇군."
무라나가는 감탄한 듯이 수긍하였다.
"그렇게 간단하게 호스티스의 시체가 발견될까?"
"그런 것이라면 한 가지 좋은 방법이 있습니다."
사다케는 싱긋이 웃었다.
"어떤 방법인가?"

무라나가를 위시해서 전원의 시선이 사다케에게 쏠렸다.
"우리들의 손으로 하시로 강의 제방을 찾는 겁니다. 시체를 숨겼다면 이자키 아케미가 행방불명이 된 전후에 시행된 공사부분이겠지요. 그곳을 중심으로 후비는 것입니다."
사다케는 아무렇지도 않은 듯이 말했다.
"후벼본다니, 자네……." 무라나가는 입을 딱 벌렸다. 깜짝 놀라서 말이 나오지 않는다는 표정이다. 이쪽 관할지역이라면 몰라도, 타현 경찰의 관내를, 관계가 없는 다른 사건의 용의로 멋대로 후비고 다닐 수는 없는 일이다.
"이쪽 사건과 관련이 있는 것처럼 가장하는 것입니다."
사다케는 무라나가의 의문에 대답하는 듯이 말을 덧붙였다.
"그렇지만, 수색을 하려면 영장이 있어야겠지."
수사를 하기 위한 강제처분으로서 수색 및 검증을 하기 위해서는 재판관이 발행하는 영장이 필요하다. 이 영장은 인권에 중대한 관계가 있는 것이므로 범죄수사에 반드시 필요하여 피의자가 죄를 범했다고 추측되는 사정이 있고, 피의자 외의 신체, 물품 또는 주택, 기타의 장소에 따른 수색은 압수할 물품의 존재를 인정할 만한 상황이 있는 경우에 한해서 된다는 등등의 엄격한 조건이 붙어 있다. 또 수색 검증할 대상은 되도록 구체적으로 특별히 결정할 것이 바람직하다고 되어 있다.
그러나 이자키 아케미의 시체가 하시로 강 제방에 숨겨졌다는 추측은 아지사와 다케시의 행동에서 산출된 것에 지나지 않았으며 그 자리에 시체가 있다고 가정해도 그들의 수사에는 전혀 관계가 없다. 이렇다면 관할구역 내에서도 영장은 발부되지 않는다.
"영장 같은 건 필요가 없습니다." 사다케는 또 아무렇지도 않게 말했다.

"영장이 필요하지 않다고!" 무라나가는 눈알을 부라렸다.
"여태까지도 영장없이 수색이나 검증을 해본 적이 있지 않습니까."
"그야 뭐, 산골짜기라든가 황무지를 여기저기 수색했을 때에는 영장이 없었을 때도 있긴 했지만……."

최근에는 죽이고 매장하거나, 토막을 내서 버리는 '시체은폐사건'이 갑자기 늘어나고 있다. '시체없는 살인사건'은 성립되지 않는다. 피해자의 시체 발견이 범인 검거의 최대의 요점이 되므로, 경시청에서는 수사강화월간(搜査強化月間)을 설치하고, 각도도부현(各都道府縣) 경찰은 각기 전담수사반을 편성하여, 현재 살해되었다고 의심되는 행방불명자를 철저하게 수사하고 있었다.

"마침 지금이 '행방불명자 발견 수사강화월간'에 해당됩니다. 우리 관내에서도 살해된 채 행방불명이 되었다고 의심되는 몇 사람이 있습니다. 그것을 걸고 찾는 것입니다. 아마 야마나시현에서는 폭력단에게 살해된 보험회사원의 시체 발굴을 위해 유료 도로를 파괴한 일이 있었지요."
"그러나 거기는 우리 관내가 아니야."
"용의자가 하시로 강의 제방에 묻었다고 자백한 것으로 하면 되지 않습니까."
"그런 용의자는 없지 않나."
"없으면 만드는 겁니다."
"만든다고?" 무라나가는 또다시 눈알을 부라렸다.
"그렇습니다. 범인의 말주변에 넘어가서 몇번이나 헛탕 수색을 했고, 범인 자신이 묻은 장소를 잊어버리고 결정지을 수 없는 경우가 있었지요. 그럴 때 일일이 영장을 받고 있으면 일이 안됩니다. 그런 범인을 만들어내어 수사하러 가면, 하시로 서에서는 영장을 보이라고는 절대로 안합니다. 하시로 서에서는 이쪽 수사내용 같은 것은 모릅니다. 공조수사의 방침때문에 거부도 못합니다. 재판관이 공판기일에 시행하는 검증이라면 영장도 필요없습니다. 우리들은 그 보조역이 되는 셈이지요."
"굉장히 거친 방법인데."
"게다가 잘하면 수색하지 않을지도 모릅니다."
"그건 무슨 까닭인가?"
"만약에 하시로 서가 이자키와 뜻이 통하고 있다면——그 가능성이 큽니다만——하시로 제방에서 호스티스의 시체가 나온다면 면목을 잃습니다. 사고 증명을 내주었으니까, 면목을 잃는 건 고사하고 공표라고 간주될지도 모릅니다. 즉, 하시로 서로서는, 이자키 아케미의 시체가 제방에서 발견되면 몹시 난처하게 됩니다. 범인에게 연락해서, 우리들이 수색하기 전에 시체를 어딘가에 옮기려고 하겠지요. 그것을 붙잡으면……."
"정말, 그럴 가능성이 많지." 무라나가가 무릎을 쳤다.
"이렇게 해서 시체가 나오면 큰 소득입니다."
"그 방법으로 할까." 무라나가는 마침내 양보했다.

이자키 아케미가 행방불명이 된 5월 23일 전후에 시공된 하시로 강 제방공사 부분이 비밀리에 조사되었다. 이미 아지사와가 탐색했던 '하동유역' 부근이라는 짐작이 있었으므로 이 조사는 그 덧붙임이었다.

수색장소의 목표를 세워 놓고, 하시로 서에 대해서 '귀서 관할내의 하시로 강 제방 부근에 살인사건의 피해자라고 예측되는 시체가 매장되었을 가능성이 많으므로 수색하고 싶다'라는 취지의 신청서를 냈다. 하시로 서는 타현 경찰에서의 소위 '인사' 정도로 생각하고 있었다. 설마 '가키노기 촌 대량살인 사건'의 수사본부가 이자키 아케미의 시체를 찾으러 왔다고는 꿈에도 생각하지 못했다.

게다가 하시로 서에서는 이자키 아케미가 창녀못에 차와 함께 추락해서 죽었다고 믿고 있었다.

그러나 여기에 아연실색한 자가 있었다. 하시로 서의 수사과장인 다케무라 부장은 즉시 우노 형사를 불렀다.

"여보게, 큰일났네."
"그러나 이자키가 설마 거기에……."
"아니, 전번에 하동유역을 수색해 보자고 넘겨 짚었을 때 이자키의 반응을 보지 않았나. 녀석은 그 장소에 반드시 약점을 갖고 있을 거야."
"그렇다면 입장이 곤란하게 되겠군요."
"곤란하지, 아주 곤란하단 말이야. 만약 저쪽 패들이 이자키 마누라의 시체라도 후벼낸다면 사고 증명을 발행한 내 입장은 난처해져."
"어떻게 수색을 막을 수 없을까요."
"그것은 무리야. 행방불명인 시체가 매장되어 있을 가능성이 있다니까. 하물며 지금은 수사강화기간이 아닌가."
"그러나 어째서 그런 곳에 묻었을까요. 서로 다른 사건의 두 시체가 공교롭게 같은 장소에 매장되었다니, 우연의 일치로군요."
"이제와서 그런 말을 해도 소용없네."
"제방을 부수게 되면 일이 크게 벌어집니다."
"시체가 매장되었다면, 제방이건 도로이건 파괴해야 되겠지. 분명하지는 않지만, 저쪽 범인은 제방공사를 하기 전에 묻혔다는 거야."

"당연히 그럴 테지요. 그러니 어떻게 하면 좋을까요."
"이렇게 되면 우리들의 목이 달렸지, 이자키에게 시체를 옮기라고 하는 방법밖에는 없어."
"그 작자는 정말로 그곳에다가 마누라를 묻었을까요?"
"여하간 그 작자에게 그곳이 수색된다는 것을 알려야 해. 만약 그 녀석이 거기에 시체를 숨겼다면 수색이 시작되기 전에 어떻게든 손을 쓰겠지."
"언제 수색이 시작됩니까?"
"내일이라도 시작하겠다는 말투였어."
"그렇다면 서둘러야겠군요." 두 사람은 발등에 불이 떨어졌음을 느꼈다.

이자키 데루오는 다케무라에게 그러한 이야기를 듣고 매우 놀랐다.
"어, 어째서 이와데 현의 경찰이 하시로 강의 제방 같은 것을 파헤치는가요?"
"그러니까, 시체 수색 때문이라고 했지 않나. 저쪽에 잡힌 범인이 거기에다 피해자를 묻었다고 자백했다는군."
"아무리 자백했다고 하지만 이쪽 경찰의 세력범위를 타지방의 경찰이 수색할 수 있습니까?"
"수색할 수 있지. 담당경찰이 사건을 전부 처리해. 우리들은 협조할 뿐이야."
"그 제방은 거액의 돈을 들여서 얼마전에 건축했습니다. 그것을 그대로 부수게 놔둡니까."
"시체가 묻혀 있다고 한다면야. 시체 한 구의 발견에 1000만 엔 이상의 비용이 들 때도 있어."
"그런 건 저쪽의 일방적인 구실이지요."

"이자키!" 다케무라의 날카로운 목소리는 회초리처럼 튀었다. 이자키가 꿈틀 몸을 움츠렸다.
"자네는 어째서 하시로 강 제방이 수색되는 것을 싫어하지?"
이자키는 입술을 깨물었다.
"역시 자네는 마누라를 죽였군."
"아니, 나는…… 별로."
"이 시점에 와서 시치미를 떼도 소용없어. 그보다도 이와데의 패들에게 꼬리를 잡히지 않도록 빨리 손을 쓰게. 녀석들은 내일부터라도 수색을 시작할 거야. 시기는 빠를수록 좋아. 파헤친 자국은 알아보지 못하게 원상태로 해놓는 거야."
"다케무라 씨, 안본 걸로 해주시겠습니까?"
"나는 아무것도 몰라. 그저 자네 마누라가 사고 증명대로 죽었다고 믿고 있을 뿐이야."
"죄송합니다. 이 은혜는 잊지 않겠어요. 다케무라 씨에게 폐는 끼치지 않겠습니다."
"폐라면 지금도 충분히 끼치고 있어. 자아, 빨리 가게. 허비할 시간이 1분도 없어. 그러나 눈에 띄지 않도록 하게."
다케무라는 이자키를 쫓아보내면서도 검은 구름처럼 밀려오는 불안을 참을 수가 없었다. 이번 일이 돌이킬 수 없는 파탄에 연결될 것 같은 낌새를 동물적인 직감으로 느끼고 있었던 것이다.

4

달도 없는 어두운 밤이었다. 물 위를 건너오는 바람이 싸늘하다. 사방이 산으로 둘러싸인 하시로의 가을은 빠르다. 싸늘한 바람은 흉기처럼 날카로웠다. 시각은 오전 2시를 지나고 있다. 멀리 드문드문 있는 인가의 등불도 모조리 꺼져버리고 칠흑 같은 어둠 속에 물소리만이 높다.
 그 어둠 속에 동화된 것 같은 몇 개의 그림자가 있었다. 그들은 모습을 감춘 채로 어둠이 다가오기 시작한 때부터 오래도록 꼼짝 않고 기다리고 있었다.
 잠복하는 일에는 익숙했다. 추위에도 단련되어 있었다. 그러나 오늘밤의 잠복은 아무래도 종전과는 상황이 달랐다. 설사 노리는 물건이 그물에 걸렸다 하더라도 그들의 담당사건과는 아무런 관계도 없는 것이다. 본래의 사냥감을 지키기 위해서 그 사냥감의 적을 그물에 걸리도록 하는 것이므로, 수사관들도 기다리고 있는 동안 자기가 지금 무엇을 기다리고 있는지 깜박 잊을 뻔했다.
 "녀석들은 정말로 올까?" 어둠 속에서 한 사람이 속삭여 거기에 사람이 숨어있는 것을 증명했다.
 "녀석들이 움직인다면 오늘밤일 거야. 내일부터 수색을 개시한다고 하시로 서에 통고했으니까." 또 한 사람의 목소리가 대답했다.
 "그러나 하시로 서와 나카오 일가가 유착되어 있다고 해도 경찰이 살인의 공범 노릇을 할 수 있을까?"
 "오늘밤 오지 않으면 우리들이 내일 수색하게 된다."
 "그렇다 해도 다른 사건의 모험에 간섭이 너무 지나친 게 아닐까." 수사관의 꼭 누른 음성에는 의혹과 후퇴가 있었다.
 "할 수 없지, 그렇게 결정했으니까, 그렇지만 어차피 올 거면 빨리나 오지." 한 사람이 콧물을 들이켰다. 그때 멀리서 엔진소리가 들려왔다.
 "어이, 차가 온다."
 "녀석들일까."
 "모르겠어. 상황을 보자."
 수사관은 긴장하며 어둠 속 저편에서 다가오는 한 대의 차쪽으로 시선을 돌렸다. 그것은 한 대의 소형트럭이었다. 제방 윗길을 엑셀을 밟으면서 서서히 달려온 트럭은 수사관들이 잠복하고 있는 풀밭 못미쳐서 정차했다. 라이트를 끄고 운전대에서 두 개의 그림자가 내렸다.

"됐다. 이 부근이야." 그림자의 한쪽이 속삭였다. 목소리를 죽이고 있으나 주위가 조용해서 잘 들렸다.

"콘크리트를 잘 벗길 수 있을까요?"

또 한쪽이 물었다. 그 목소리와 그림자의 윤곽으로 보아 한 사람은 여자 같았다.

"염려없어, 대낮부터 부식제를 흠뻑 부어 놓았으니까 모래같이 바삭바삭하게 되었을 거야. 그보다도 파헤친 자국을 원상복구해 놓는 게 큰 문제야."

"처음부터 이렇게 될 것 같았어요. 그래서 저는 죽이는 것에는 반대였는데."

"이제와서 그런 말 해도 소용없어. 딴 방법이 없었거든. 시체만 옮겨버리면 염려없어. 애당초 다른 사건으로 수색하러 왔다니까."

남자는 자꾸만 여자를 달래고 있는 눈치였다. 두 사람은 제방의 경사면을 내려가 증수(增水)를 하면 수면 밑이 되는 전면계단이라고 불리우는 제방 가운데에 있는 테라스에 섰다.

"전, 무서워요."

"일은 나 혼자서 할 테니까 당신은 제방 위에서 감시하고 있어요."

남자는 여자와 헤어지고, 남자의 그림자가 전면 계단의 한 구석을 곡괭이로 파기 시작했다. 이윽고 목적물을 파낸 모양이었다.

남자의 그림자는 곡괭이를 놓고 땅바닥에 쭈그리고 앉았다.

"됐다, 지금이다."

풀밭 속에서 사다케가 말했다. 숨을 죽이고 잠복하고 있었던 수사관이 튕겨진 것처럼 일어서서 라이트의 빛다발을 그림자 쪽으로 퍼부었다.

"거기서 뭘 하느냐?"

기타노의 목소리가 화살처럼 꽂혔다. 갑자기 어둠의 장막이 젖혀지고 여러 줄기의 라이트의 중심에 끌어들여지자, 사나이는 '악' 하고 부르짖은 채 꼼짝도 못했다.

전혀 잠복을 예기치 않았기 때문에 그저 멍청히 서 있을 뿐, 순간적으로 달아날 생각도 나지 않는 모양이었다.

그 사이에 잠복했던 한 사람이 트럭의 퇴로를 가로 막았다.

"사키에, 도망쳐!" 사나이가 여자에게 소리를 질렀을 때는 이미 늦었다.

이자키 데루오와 나라오카 사키에는 이자키 아케미의 시체를 하시로 강의 제방에서 파내는 장면이 이와데 현 경찰 잠복빈에게 포착되었다. 이미 변명은 아무런 효력이 없었다.

이자키는 완고하게 입을 다물고 있었는데 나라오카 사키에가 자백을 했다. 그녀에 따르면 그들의 결혼에 이자키 아케미가 방해가 되어 생명보험에 든 뒤 색과 욕의 양다리를 걸친 살인을 계획하고 실행했다는 것이다.

"처음에는 차와 함께 창녀못에 떨어뜨릴 작정이었는데 아케미가 도중에 의심을 품고 떠들어대서 어쩔 수 없이 목을 졸라 죽인 것이다. 시체에 뚜렷하게 흔적이 남았기 때문에 마침 공사중인 하동유역 부근의 제방에 묻고 자동차만 창녀못에 떨어뜨렸다."

"그때 당신(나라오카 사키에)도 함께 있었는가?"

"아케미가 나와 이자키의 관계를 알고 우리집으로 쳐들어왔기에 셋이서 이야기를 하자고 속이고, 그날 밤 유인했다."

"이자키와 공동으로 죽였는가?"

"살인은 이자키가 혼자 했다. 시체를 묻는 작업과 이자키가 차를 창녀못에 떠미는 것을 거들었다. 이자키가 차를 밀어넣은 후에는 내 차로 시내에 돌아왔다. 의심을 받지 않도록 당분간 만나는 것도 삼가고 있었다."

피보험자의 시체가 나타나지 않았는데 그렇게 간단하게 사고증명을 내준 하시로 서의 체면은 완전히 손상되었다. 사고의 조사를 지휘한 다케무라 부장과 이자키 데루오의 관련은 증명되지 않았으나 누구의 눈에도 유착은 명백했다.

무라나가 쪽은 예기치 않은 부산물──실은 처음부터 그것을 노리고 있었지만──에 하시로 서의 사고조사의 느슨함에 대해서는 비평을 삼가고 있었지만, 그들이 전적으로 재조사를 시작한다면, 하시로 전서(全署)의 존폐에 관계되는 일이다. 그러나 이 사건에 하시로 서 이상으로 놀란 자가 있었다. 바로 오바 잇세였다. 그는 급히 일족의 중진들을 모아놓고 회의를 열었다.

"이자키 그 바보녀석이 또 무엇에 정신이 팔려 마누라의 시체를 하시로 강의 제방 같은 곳에 묻었나?"

오바는 분노로 몸을 떨면서 일족의 우두머리 앞에서 호통쳤다. 그의 노여움을 사면 제아무리 한 파의 두목이라 할지라도 이 도시에서는 살아나갈 수 없다. 특히 가장 송구스럽게 생각하고 있는 것은 나카도 일가의 조합장인 나카도 다스케(다헤이의 손자)였다. 오바를 지켜야 할 친위대의 간부가 주인의 발등에 불을 지른 꼴이 되었으므로 그 대장의 책임이 컸다.

"하시로 강이 지금 우리에게 얼마나 중요한 곳인가는 알고 있겠지."

오바는 매우 불쾌한 표정이었다.

"참으로 뭐라 말씀드릴 면목이 없습니다. 저는 아무것도 모르고 있었기에……." 나카도는 오로지 고개를 숙일 뿐이었다.

"겨우 6000만 엔 정도의 보험금에 눈이 어두워져서, 하시로 강의 하천부지에 세상사람들의 이목을 집중시켜 버리지 않았나. 이런 일 때문에 매수한 것이 표면화된다면 내가 망하게 될지도 모른다."

"그러나 마누라의 시체를 묻은 것뿐이니까, 하천 부지의 매수와는 관련이 없다고……"

"바보 같으니라구!" 벼락이 떨어지고 전원이 목을 움츠렸다.

"저 하천부지의 매수에는 일족의 부침(浮沈)이 걸려 있다. 항간의 주목을 받을 만한 것은 아무리 사소한 일이라도 피해야 돼. 시체를 묻는 장소로는, 하시로에 얼마든지 있다. 네 부하가 마누라를 죽이든 살리든 내가 알 바는 아니야. 그러나 그 시체를 일부러 골라서 하시로 강의 제방에 묻는 것은 무슨 이유야! 그것도 하시로의 경찰이 찾아낸다면 몰라도 다른 지방의 경찰에게 발각되었다는 것은 구제할 길이 없다."

"그 사건으로 약간 마음에 걸리는 게 있습니다."

'하시로신보'의 사장 시마오카 요시유키가 겨우 말할 기회를 잡았다.

"뭔가, 마음에 걸린다는 것은?"

"이와데 현의 경찰은 다른 사건의 행방불명자의 시체가 하시로 강의 제방에 매장된 의혹이 있으니 수색하고 싶다고 신청했습니다만, 그들이 이자키를 체포했을 때는 잠복하고 있었답니다."

"잠복? 그건 어찌된 일이지?"
"행방불명된 시체를 수색하는데 무엇 때문에 잠복할 필요가 있었을까요? 그들이 잠복 감시했다는 것은 처음부터 이자키를 노리고 있었던 것이 아닐까요?"
"이와데의 경찰이 무엇 때문에 이자키를 노리지?"
"모르겠습니다."
"그러나 시체수색 때문에 나온 것이라면 잠복 같은 것은 하지 말고 빨리 수색하면 될 텐데요."
"어째서 이자키를 노렸다고 생각하나? 딴것을 노리고 있던 그물에 우연히 이자키가 걸린 게 아닐까?"
"이자키를 체포한 후로는 수색을 안 합니다. 이자키가 우연히 그들이 쳐놓은 그물에 뛰어든 부산물이라면, 그후 본수사를 계속해야 하지 않을까요?"
"……"
"그리고 시기도 지나치게 잘 맞습니다. 하시로 서에다 내일부터 수색을 한다고 신청한 그날 밤에 이자키가 걸렸으니까요."
"그럼, 이와데가 함정을 파 놓았다는 것인가?"
"함정인지 뭔지는 모릅니다. 함정이라면, 방향이 다른 이와데 현 경찰이 무엇 때문에 이자키를 노렸는가 전혀 짐작이 안갑니다만, 그들이 하시로 서에 통고한 밤에 잠복의 그물을 쳤다는 점이 마음에 걸립니다."
"만약 이와데가 이자키에게 그물을 쳤다고 하면, 이와데 현 경찰은 어떤 기회에 이자키의 마누라 시체가 하시로 강의 제방에 매장된 것을 알게 되어 이자키를 유인한 것이 되겠군."
"그렇습니다."
"하시로 서는 이자키 마누라의 보험에 사고증명을 발행했다. 그렇다면 현 경찰은 하시로 서와 이자키의 공모관계를 의심하고 있는 것이다. 그렇지 않으면, 하시로 서에서 수색을 사전통고 하더라도 이자키를 유인하는 함정은 되지 않아."
오바 잇세의 눈빛은 점점 날카로워졌다.
"하시로 서는 이자키로부터 교통사고로 마누라가 죽었다고 신고 받으면, 평소의 정의로 형식적인 조사만 하고 증명서를 내주겠지요."
"하시로 서는 이자키의 마누라의 시체가 하시로 강의 제방에 묻힌 것을 알고 있었겠지. 그렇지 않다면 이와데 현 경찰이 함정을 만든 의미가 없지 않나."
"아무리 하시로 서라도 처음부터 살인이라는 것을 알았다면 사고 증명은 발행하지 않겠지요. 나중에 알았다고 생각합니다."
"어떻게?"
"조사하는 것은 그들의 장기니까요. 사고 증명을 발행한 후에 아무래도 이자키 태도가 수상해서 몰래 조사를 했거나, 혹은 이자키를 문책해서 시체를 제방에 묻은 것을 알게 되었다던가. 그때는 사고 증명을 발행한 이후였으므로 표면화시킬 수는 없었겠죠. 그런데 공교롭게 다른 현의 경찰에서 제방을 수색하고 싶다고 연락이 와서 황급히 이자키를 불러 시체를 다른 곳으로 옮기라고 명령한 것이 아닐까요. 그런 장소에서 사고 증명을 내준 시체가 나오면 하시로 서의 신용과 권위는 땅에 떨어집니다."
"그것은 있을 법한 일이군. 그러나 어떻게 그 이면의 사정을 이와데가 알았을까?"
"그 점이 이상합니다. 왜? 이와데 쪽이 숨어서 이자키를 체포했으니까 그들이 이자키를 노리고 있었던 것은 거의 확실합니다."

"이와데가 이자키를 체포하면 무슨 이익이 있지? 무엇 때문에 다른 고장 경찰이 나오게 된 거야?"
"그것은 전혀 모르겠습니다."
"하시로 경찰은 어째서 다른 고장 경찰에 하시로 강의 수색을 허락했나?"
"그거야 어쩔 수 없었겠지요. 공동수사의 방침상 협력을 신청해오면 거부를 못합니다. 게다가 하시로 서에서는 하시로 강 하천부지의 계략을 모릅니다. 뭐, 우리들의 개인경찰 같은 것입니다만, 명색이 경찰이니까 속임수를 알게 되면 전혀 모른 척할 수는 없겠지요."
"너까지 속임수라고 하다니."
"아, 그만 말이 헛나와서……" 시마오카는 당황해서 입을 다물었다.
"마음에 걸리는군." 오바 잇세는 허공을 응시했다.
"이와데 현 경찰의 행동이 걸리십니까?"
"그래, 녀석들은 하천부지의 매수를 알아낸 게 아닐까."
"설마."
"전번에 자칫하면 '하시로신보'에 게재될 뻔했지 않았나. 윤전기를 멈추고 아슬아슬하게 기사를 압류했던 것 말이야."
"죄송합니다. 제 실책이었습니다."
"그 기사의 출처는 조사해 봤겠지?"
"오치 모기치가 키운 우라카와라는 사회부 책임자가 출고한 것까지는 알았습니다만, 그가 어디서 알아냈는지는 모릅니다. 계속 침묵을 지키고 있으니까요. 그러나 가까운 시일 내에 반드시 기사의 출처를 알아내겠습니다."
"그 오치가 키운 자로부터 밖으로 새어나갈 위험은 없나?"

시마오카의 얼굴에는 허점을 찔린 당황의 빛이 서렸다.
"지금 출근 정지를 명령했습니다. 원고는 그가 들고다닌들 상대해 주지는 않을 겁니다."
"글쎄, 어떨까. 그 녀석의 말에 이와데가 흥미를 가졌을지도 모르지."
"하천부지의 매수와 이자키의 사건과는 관계가 없습니다."
"우리들이니까 관계가 없다고 말할 수 있는 거야. 그러나 제삼자가 본다면 당연히 관련짓겠지. 만약 이와데가 하천부지의 매수 건으로 행동했다면 귀찮아진다."
"이와데 현 경찰이 무엇 때문에 전혀 관할이 다른 하시로 강 같은 것에 흥미를 갖습니까?"
"그런 것을 내가 어떻게 알아!" 질의의 위치가 바뀌고 회의는 무거운 분위기에 싸여 있었다.

6

아지사와는 요리코를 데리고 오랜만에 도쿄에 나왔다. 도쿄의 기막힌 변모는 아지사와를 '우라시마 타로'(浦島太郎. 옛날 이야기에 나오는 사람)가 된 것처럼 느끼게 했다.
이번 상경목적은 요리코의 초등학교 교사인 아이자와(相澤)로부터 소개받은 대학교수에게 요리코의 '이상능력'을 진찰받기 위한 것이었다.
요리코는, 우뚝 솟은 많은 초고층 건물들이나, 길을 묻어버리는 홍수 같이 밀려드는 자동차들을 보고 눈이 휘둥그레졌으나, 그다지 겁을 내지 않고 아지사와를 따라왔다.
"조심해야 한다. 여기는 하시로와는 다르니까" 하고 말하려다, 아지사와는 하시로에서 자칫하면 트럭에 깔려 죽을 뻔했을 때 요리코가 구해준 일을 생각해냈다.
　이 아이가 처음인 도쿄에서 별로 겁도 내지 않고 걷고 있는 것은, 그 이상능력 때문인지도 모른다. 조심해야 될 사람은 오히려 내가 아닌가. 아지사와는 혼자서 쓴웃음을 지었다.
　아이자와로부터 소개받은 대학은, 도하(都下) 미다카(三鷹) 시에 있었다. 신주쿠(新宿)에서 중앙선을 타고 미다카까지 와서, 역 앞에서 차를 잡았다. 차를 달리며 무사시노(武藏野)의 모습이 창밖에 보이고, 도쿄의 압도적인 기계소리에 질식한 것 같았던 아지사와는 겨우 정신이 들었다.
　대학 캠퍼스는 한결 더 짙은 녹색에 싸여 있었다. 정문 접수처에서 교수의 이름을 댔다. 그러자 통행증을 주면서 서쪽 7호관으로 가라고 했다. 학원투쟁의 영향인지, 외부인 출입이 유난히 엄격한 분위기였다. 구내에 학생은 드물었다. 찾아낸 서쪽 7호관은 캠퍼스의 가장 서쪽 끝에 있는 고색창연한 양옥이었다. 2층 건물의 벽돌 벽에는 담쟁이 넝쿨이 온통 얽혀 있어서 대학건물이라기보다는 은자(隱者)의 거처 같은 느낌이었다.
　소개받은 후루바시 게이스케(古橋圭介) 교수는 두 사람을 기다리고 있었다. 안내된 방은 밝은 스타일의 외관과는 어울리지 않는 근대적인 방이었다. 강철제의 책상이나 캐비닛 및 락커가 제각기 알맞게 배치되어 있어 기능적인 사무실이라는 느낌이었다. 벽에 붙여진 여러 도표와 그래프는 매상표나 월간표준의 표시처럼 보인다.
　"야아, 아이자와에게서 말을 듣고, 오시는 것을 기다리고 있었습니다." 후루바시 교수는 상냥한 미소를 지으면서 나타났다. 닫혀진 상아탑 속에서 연구삼매경에 빠진 엄격하고 까다로운 학자를 상상하고 있었던 아지사와는 은행의 중역처럼 중후하고 온화한 얼굴의 교수를 보고 의외라는 생각과 함께 안도감을 느꼈다. 연배는 예순 전후일까……멋있는 백발이었다. 그러나 피부는 윤택하고 젊었다.

"이 아이입니까?" 초대면의 인사가 끝나자 온화한 눈을 요리코에게 돌렸다. 대충의 이야기는 아이자와에게서 듣고 있는 모양이다. 후루바시 교수의 눈은 온화했으나, 그 바닥에는 학구심이 불타고 있었다. 그것은 역시 학자의 눈 이외의 아무것도 아니었다.

후루바시 교수는 아지사와로부터 상세한 이야기를 듣고나서 요리코에게 몇 마디 간단한 질문을 한 뒤에, "그럼 검사를 해봅시다." 하고 방 모서리에 세워져 있는 칸막이 쪽으로 요리코를 데리고 갔다.

요리코는 아지사와 쪽으로 살짝 불안한 시선을 돌렸다. 그러나 그가 염려없다는 듯이 고개를 끄덕여 보이자, 온순하게 교수를 따라갔다. 칸막이처럼 보인 것은 '스크린'이며, 커버를 벗기니 개가 밥그릇에서 약간 떨어진 곳에 웅크리고 있는 그림이 그려져 있었다.

"요리코 양, 이 그림을 보아요. 뭐가 그려져 있지?" 교수는 그림을 가리키며 물었다.

"개가 그려져 있습니다." 요리코는 이상하다는 표정으로 말했다.

"그래, 개가 그려져 있지. 그럼 이 그림을 잘 보아요. 똑똑히 봐야 해. 내가 됐다고 할 때까지. 그래 그렇게 말이야. 됐어. 그럼, 이 개는 지금 아주 배가 고프다. 약간 떨어진 곳에 먹이가 놓여 있고, 그럼 또 한 번 그림을 보아요. 이제는 뭐가 보이지?"

교수의 말을 듣고 영사막을 다시 본 요리코는 '앗' 하고 놀라는 소리를 지르며 두어 걸음 뒤로 물러섰다.

"왜 그러지?" 교수가 물으니, 요리코가 떨리는 손가락으로 영사막을 가리키면서 말했다.

"개가 일어서서, 먹이 있는 데까지 걸어가서 먹이를 먹고 있어요."

이번에는 아지사와가 놀랐다. 그림의 개가 움직일 까닭이 없다. 그러나 요리코는 정말로 놀라고 있었다. 아지사와는 그녀가 드디어 발광해서 환각을 본다고 생각했다.

"그럼 이번에는 뭐가 그려져 있니?"

"바답니다. 사람이 헤엄치고 있어요."

"그렇군. 그럼 이 사람을 잘 보아라." 교수는 바닷가에서 헤엄치고 있는 한 사람을 가리키며 말했다.

"이 사람은 정말은 헤엄칠 줄 모른다. 그럼, 이번에는 어떠냐?"

그림을 응시하고 있던 요리코의 안색이 별안간 변하고, "아, 물에 빠졌어요. 빨리 구해 주지 않으면 빠져죽어요. 누가, 누가, 빨리 살려줘요! 큰일났네, 어떡하나……"

마치 물에 빠진 사람을 목전에 둔 것처럼 당황했다. 교수는 요리코가 지껄이는 대로 내버려둔 채 해수욕의 그림을 걷어올렸다. 그뒤는 아무것도 그려지지 않은 하얀 스크린이다. 그러나 요리코는 거기에서 그림을 계속 보고 있는 것처럼 지껄이는 것을 멈추지 않는다.

"저렇게 괴로워하네, 파도가 하얗게 출렁대고 있어. 앗, 또 물을 먹었어. 이제 소용없어요. 머리가 물속에 가라앉고 손만 물위에서 몸부림을 치고 있어요. 아, 이번에는 큰 고기가 다가왔어. 빨리 구하지 않으면 먹혀버려요. 물고기는 톱니 같은 이빨이 많이 나와 있어요. 굉장히 큰 입이에요. 입속이 빨개요."

요리코는 흡사 스크린 위에 사람을 잡아먹는 물고기를 보고 있는 것처럼 세밀한 특징까지 그려냈다. 아지사와는 그 광경을 멍하니 바라보고 있을 뿐이었다.
 교수는 드디어 요리코를 스크린 앞에서 떼어놓았다. 그대로 놓아 두면 '환각의 동화(動化)'를 한없이 이야기할 것이다.
 그림에서 떼어 놓여진 요리코는 매우 유감스런 표정이었다. 교수는 조수인 듯한 사람을 불러, 요리코를 맡겼다.
 "여보게, 이 아이를 데리고 가서 연구실이라도 보여주게나. 우리들은 잠깐 할 이야기가 있으니까."
 두 사람만 남게 되니 후루바시 교수는 다른 조수가 따라준 차를 마시며 말했다.
 "대충 알았습니다."
 "선생님, 지금 그림을 보고 말하는 환각도 초능력일까요?" 아지사와는 눈앞에서 요리코의 이해할 수 없는 '그림 이야기'를 보고서, 놀라움에서 깨어나지 못하며 물어왔다.
 "저것은 환각이나 환시가 아닙니다." 후루바시 교수는 찻잔을 책상에 올려놓고 말했다.
 "그 말씀은?"
 "아직 대충 검사만을 했기 때문에 단정지을 수는 없습니다만, 요리코 양의 미래예지능력과 같은 것은 직관상(直觀像)의 일종이 아닌가 하고 나는 생각합니다."
 "직관상?" 아지사와는 귀에 익지 않은 말에 어쩔 줄 몰랐다.
 "과거에 본 일이 있는 사물을, 후일에 실물을 보듯이 세부에 결쳐서 충실히 생각해 내고, 선명하게 눈 앞에 그리는 영상입니다. 직관상은 환각과 같이 선명하지만, 실제의 의식이 따르지 않으므로 환각과는 다릅니다."
 "그럼 요리코가 본 것은, 미래의 영상이 아니라 과거에 본 것의 잔상 같은 것이라는 말씀이십니까?"

후루바시 교수의 말은 학술용어가 많아서 어려웠지만 아지사와는 그런 식으로 해석했다.

"잔상 그 자체와는 다르지만 상당한 닮은꼴을 상정(想定)시켜 주지요. 직관상의 경우에는 망막상(網膜上)의 잔류자극(殘留刺戟)의 직접적 잔효(殘效)에 유래할 뿐만은 아니며, 장기간의 기억과 같아서 수 주일 또는 수 개월 뒤에 다시 나타날 가능성이 있습니다. 그것도 누구에게나 나타나는 게 아니고 극히 한정된 직관상소질자(直觀像素質者)라고 말할 수 있는 사람에게만 나타나는, 비교적 드문 현상이니까, 이상능력의 일종이기는 하겠지요."

"요리코는 직관상소질자입니까?"

"아동기에는 대부분이 강약의 차이는 있지만 직관상을 봅니다. 직관상의 원자극은 본인에게는 재미있는 것, 진귀한 것, 슬픈 것, 무서운 것 등이 아니면 안됩니다. 직관상은 성장함에 따라서 상급학교나 일상생활을 통제한 추상적사고가 쌓이면 급속히 감퇴되는 현상입니다. 직관상이 소실되니까 추상적사고를 하게 되는 것인지, 아니면 추상적사고가 직관상을 쇠퇴시키는 것인지, 아직 밝혀지지 않았지만, 개념이나 언어의 형성이 뒤떨어진 정신지체아에게 흔히 나타나는 현상이 아닌가 생각하는 학자도 있습니다. 이와 같은 학문적 상정은 뇌손상아 표본에서 많이 검출된다는 보고에 의해서 확인되었고, 이것을 받아들인 생리학자 헷브리가 직관상의 현출을 뇌손상이 피질의 제지적(制止的) 뉴런의 활동을 억제하게끔 작용하는 것에 기인하는 것이 아닌가 하는 이론을 주장했습니다."

"미리 말씀드린 바와 같이 저 아이는 눈앞에서 양친이 살해되는 비참한 체험을 한 뒤에, 그 이전의 기억을 상실했습니다. 그런 것이 직관상과 관계가 있을까요?"
"그것을 원인이라고 하는 것은 속단입니다. 기억장애에도 여러 가지 타입과 원인이 있습니다. 요리코 양의 경우에는 이미 보존되었던 기억을 상기할 수 없는 역행성건망증이며, 특히 어떤 사건에 관해서 기억을 상실하고 있는 선택성건망증이라고 생각됩니다. 그 후, 뇌손상아에게 직관상이 반드시 많은 것도 아니라는 연구가 제출되었고, 학문적으로도 아직 확정되어 있지 않습니다. 대체로 뇌손상이 그 손상부위에 의해서 여러 증상을 나타내고, 뇌손상을 확정하는 것은 특별히 드러난 것이 없는 한 간단하지 않습니다. 일관된 결론을 내기 위해서는 손상부위를 확정하고 나서도 다시 한 번 조사가 필요합니다."
"그러나 이미 말씀드린 바와 같이 요리코는 시험문제나 지진을 예지했으며, 트럭의 사고를 예고하고 저를 구해 주었습니다. 이것도 과거에 본 사물의 직관상일까요."
아지사와는 아직 후루바시 교수의 말에 납득이 가지 않았다. 그것은 분명히 미래의 예지였다. 과거에 받은 시각적인 인상이라면, 미래의 사건과 어째서 관련을 가지고 있었는가?
"직관상에는 정지형과 변화형의 두 종류가 있다는 것을 인정받고 있습니다. 정지형은 직관상이 본 실물 그대로 정지하고, 드물게 변화하는 일이 있어도 색(色)이 검거나 그에 가까운 변화를 하는 것뿐입니다. 그에 비해서 변화형은 실물로부터 격심하게 변화하고, 때로는 한없이 운동 발전해 가는 것으로 요리코 양은 어느 쪽이냐 하면 이 변화형이라고 생각됩니다. 우선 시험문제를 미리 알아냈다는 것이지만, 그것은 예지가 아니라 본 것을 충실히 재현(再現)시켰겠지요. 요리코 양은 책을 읽는 게 아니고 본다고 말했다지요. 이것은 정지형의 직관상에 속합니다.

시험이라는 정신적 긴장이 이 종류의 직관상을 형성하는 토양이 되고 있습니다. 다만, 직관상을 시험에 이용할 수는 없습니다. 이용하려는 속셈이 있으면 직관상은 나오지 않습니다. 또는 지금 검사한 바로는, 처음 그림에는 개와 먹이가 떨어져서 그려져 있었습니다. 거기에 개는 공복이라는 암시를 주었더니 개가 먹이를 향해서 걷기 시작한 것입니다. 이것은 실물 즉, 원 그림과 직관상의 사이에 회로가 만들어지고 원인에서 결과에 이르기까지 기능을 조절하고 메시지를 수정하는 귀환이 행해져서, 영상에 대해서 실물이 움직이고 보이는 물체에 차례로 구성적 해석(構成的解釋)이 가해진다고 생각하고 있습니다. 또한 한편으로, 이 종류의 귀환이 상대적으로 나타나기 어렵든가 또는 거의 행해지지 않을 경우, 정지형의 직관상이 보이게 되는 셈입니다."

"요리코가 미리 알아낸 지진이나 위험도, 귀환된 변화형의 직관상이었습니까?"

아지사와는 자기가 알고 싶은 것은 좀처럼 대답해 주지 않는 교수에게 약간 초조함을 느끼고 있었다. 그러나 교수로서는 그것은 생략할 수 없는 강의인 모양이었다.

"좀, 들어보십시오." 하고 교수는 너무 결론을 서둘지 말라는 듯이 손을 들고 말했다.

"실물과 영상 사이에 있는 귀환을 경과하고 그것이 직관상이라든가, 잔상이라기보다는, 상상심상(想像心像)과 비등한 특성을 가진 것에 전화되고 있다고 말할 수 있겠지요."

"상상심상?" 또다시 새로운 용어의 등장에 아지사와는 당황했다.

"아까, 요리코 양이 개나 해수욕 그림에서 발견, 상상한 것 같은 심상입니다. 직관상이나 잔상은 게다가 또 상상심상의 전개를 끌어내는 방아쇠가 되어 작용하는 것이 밝혀졌습니다. 변화형에 있어서는 직관상과 상상심상을 분별하기 어렵습니다. 그러나 일상생활에서 형성되는 모든 상상심상이 직관상이나 잔상의 연장상에 있다고는 할 수 없으나, 요리코 양의 경우에는 일상생활상에 실제로 나타나고 있는 것 같으니까 그것이 어떤 조건하에서 나타나며, 일상 행동에서 어떤 역할을 하고 있는 것인가, 더욱 상세하게 추궁해 보지 않으면 안됩니다. 또 직관상 소질자로서의 성격과의 관계도 명백히 해야 합니다. 변화형의 직관상은 원자극 내지 자극에 촉발된 상상과 실물과의 사이에서 귀환이 빈번하게 행해지고 상상이 다채롭게 변화이행(變化移行)하는 타입이며 대단히 상상력이 뛰어나지만, 자기만의 세계에서 멋대로 공상을 발전시키고 사물을 다른 사항과 관련지어 이해하는 버릇이 있습니다. 요리코 양은 이 타입에 속하는 셈이지요."
"멋대로 한 공상으로 미래의 지진이나 위험을 예지했습니까?"
"요리코 양은 몹시 강렬한 직관상 소질자로서 상상력이 매우 왕성합니다. 지진의 경우, 아마 그녀는 다른 사람보다 지진을 무서워하는 모양이지요. 그 때문에 평소에도 흔들리지도 않는데 지면이나 집이 흔들린다고 느낀다, 그래서 진짜 지진이 오기 전에 몸이 그것을 예감한다, 이것은 직관상이 어느 종류의 이상능력을 끌어 낸 것이겠지요."
"트럭의 교통사고는 어떻게 된 일일까요?"
"그것은 자기가 미리부터 트럭에 치일지 모른다는 공포가 있었다는 것과, 또 한 가지……." 후루바시 교수가 문득 말을 멈췄다.
"또 한 가지는 뭡니까?" 아지사와는 멈춘 말끝이 궁금했다.
"이것이 맞는가 어떤가는 모르지만, 요리코 양의 마음속 깊이 당신에 대한 증오심이 잠재하고 있어서, 당신이 트럭에 치이면 좋겠다는 잠재원망이 있었던 것이, 직관상을 끌어내는 동기가 되었다고 생각합니다."

"요리코가 나를 증오하고 있다……." 아지사와는 절규했다.

"보호자를 증오하는 일은 없으리라고 생각하지만, 그러한 전례가 실제로 있었으니까요. 그러나 실제로는, 요리코 양은 경고를 하고 당신을 구했으니까, 그와 같은 잠재원망이 있었다고 해도 당장에 후회했겠지요."

교수의 말은 위로조가 되었다. 그러나 아지사와는 요리코의 마음에 잠겨 있는지도 모르는 원망의 존재를 알게 되자 충격을 받았다. 만약 그때, 그 소망 쪽이 컸더라면, 요리코는 경고를 하지 않고 나는…… 하고 생각했을 때, 등골이 오싹해졌다.

"전례에 비추어 지진이나 위험을 예지했다는 것보다는, 직관상에 의해서 본 사람은 소리나 냄새에 대해서, 일반사람에게는 없는 민감한 것을 가지고 있었습니다. 여하간 이와 같은 공포·불안·긴장·증오 등이 직관상의 출현을 재촉하는 방아쇠로서 작용하고, 그 방아쇠에는 직관상 소질자의 고유 경향의 하나라고 할 수 있는 자극에의 과민성이 있다고 생각됩니다. 요리코 양은 소리나 냄새에 대해서 특별히 과민한 편입니까?"

그 말을 듣고 아지사와는 오치 도모코가 살해된 밤을 상기했다. 그날 밤 요리코는 아지사와가 아무런 소리도 못들었는데, 아지사와의 집에서 300미터나 떨어진 잡목림 속에서 구원을 외치는 도모코의 목소리를 포착한 것이다. 아지사와의 청각은 정상이다. 요리코의 후각에 대해서도 같은 아파트의 다른 방에서 담뱃불이 다다미에 떨어져 연기가 나기 시작한 것을, 상당히 멀리 떨어진 곳에서 냄새를 맡고 일이 번지기 전에 미연에 방지해서 사례받은 일이 있다.

"어쩐지 짚이는 게 있으신가 보죠." 아지사와의 반응에 후루바시 교수는 만족스러운 듯이 고개를 끄덕이며 말했다. "어쨌든 직관상으로서도 매우 드문 유형입니다. 거의 변화형입니다만, 정지형의 요소도 다소 있습니다. 또, 기억의 장애와 관련이 있다고 한다면, 원자극이 없어진 뒤 수년 후에 나타나고 있습니다. 이것은 직관상으로서는, 원자극 뒤의 현출까지 이상하게 긴 시간이 경과하고 있습니다. 혹은 다른 원자극이 있었는지도 모릅니다.

그리고 최근 기억회복의 징조가 있다던데, 학습적인 기억에는 장애가 없고 학교생활도 잘 하고 있습니다. 이것은 학교생활을 통해서 주입되는 추상적 사고에 의해서, 오히려 직관상을 감퇴시키는 셈이지만, 요리코 양의 경우에는 거꾸로 움직이고 있습니다. 뭐, 직관상의 내용이라는 것은 절대로 같은 모양으로 규정지어지는 것이 아니라, 보는 사람에 따라서 다릅니다. 보는 것에 의해서 분류된 각각의 직관상의 상태는, 직관상 소질자를 만든 여러 요소와 연결되고 있습니다. 요리코 양의 경우 그 요원을 하나 하나 찾아내지 않으면 이 애의 직관상은 해명할 수 없습니다. 아직 학문적으로 알려지지 않은 부분이 많은 분야지만, 요리코 양의 이상능력은 직관상, 그것도 매우 특이한 직관상 소질자가 보이는 것이라고 나는 생각합니다."

"그럼, 선생님, 요리코의 직관상도 근간에 사라져버릴까요?"

"직관이라는 것은 눈앞에 있는 구체적 대상에 대한 직각적 사고입니다. 성장함에 따라 추상적 사고가 외부에서 주입되어, 직관상은 사라져 버리지만, 개중에는 성인이 되어도 직관상 소질을 상실하지 않는 사람도 있습니다. 뛰어난 예술가 등에 많이 있지요."

후루바시 교수는 단정을 회피했다.

6

하시로 시의 오바 저택에서는 오바 잇세를 중심으로 회의가 계속 진행되고 있었다.

"이건 저의 엉뚱한 추측일지 모릅니다만," 나카도 다스케가 또 입을 열었다.

오바 잇세가 말해 보라는 듯이 턱을 끄떡였다.

"전날, 오치의 딸이 강간당한 뒤 살해되었습니다."

"너희 굶주린 늑대들이 한 짓이 아니냐?" 오바의 눈이 비꼬는 웃음을 지었다.

"당치도 않습니다. 제 손발, 아니 부하들 중에 그런 미친 개 같은 녀석은 없습니다." 나카도는 진지한 얼굴로 항의했다.

"알았다, 알았어. 그렇게 역정을 낼 건 없어. 그래서 오치의 딸이 어쨌단 말이야?"

"그 처녀가 살해된 것과, 이와데의 경찰의 움직임과는 관계가 없을까요?"

"오치의 딸이 어째서 이와데의 경찰 같은 것과 관계를 갖지?"

"잊으셨습니까. 오치에게는 딸이 둘 있었습니다. 전날 살해된 것은 동생입니다. 그리고 언니는 아마 2, 3년 전에 이와데 현의 산 속에서 살해되었을 겁니다."

"뭐, 뭐라고!" 오바 잇세를 비롯해서 한자리에 있는 자들이 깜짝 놀랐다.

"이와데의 산골촌에서, 전부락민이 살해된 사건이 있었습니다. 당시에는 매스컴에 꽤 요란하게 보도되었으니까 기억하고 계실 테지요. 언니는 우연히 하이킹으로 그 부락을 지나다가 말려 들었습니다."

"그렇게 말하니 생각나는군. 언니가 이와데 현에서 살해되었다.

그래서 이와데가 수색했다는 건가?"
"그밖에는 이와데와 오치의 둘째 딸을 연결시킬 끈은 없지요."
"그렇다면, 이와데가 큰딸 살해범을 쫓아 둘째딸에게 주목을 했기 때문에, 둘째딸까지 살해되었다는 건가?"
"언니를 살해한 범인이 동생도 살해했다고 해도, 그것이 어째서 이와데의 경찰이 이자키를 함정에 빠트리는 것과 관련이 있다는 거지?"
"이것은 대단한 일이 아니라고 생각되어 아직 말씀 드리지 않았습니다만, 이자키가 아내 이름으로 든 보험의 담당외무원이 아지사와라는 사나이입니다."
"아지사와?"
"네, 이 사나이가 죽은 오치의 둘째 딸의 애인이었던 모양입니다. 그리고 둘째 딸과 아지사와는 협력해서 이자키의 마누라의 교통사고를 조사하고 있던 모양입니다."
"바보녀석들!" 재차 오바의 벼락이 떨어졌다. 모두들 똑같이 고개를 움츠렸다. 그러나 왜 소리높여 꾸짖는지 모른다. "네 녀석들은 여기 무엇 때문에 있는 거야! 머리는 그저 모자를 쓰기 위해서만 달고 있느냐."
"네, 네." 일동은 오바 앞에서 오로지 몸을 움츠릴 뿐이었다.
"6000만 엔이나 되는 보험금을 들었던 여인이 애매한 죽음을 당했고 게다가 시체마저도 나오지 않는다면, 보험회사로서는 당연히 조사하겠지. 하시로의 경찰이니까 사고 증명을 내주지, 다른 경찰이라면 살인용의자로 체포해 갈 것이다. 이 보험사원에다 신문기자인 오치의 둘째딸이 붙어 있었던 거다. 네 놈들은 아직도 모르겠나?"
"그, 그럼, 지난번의 하천부지 매수문제의 폭로 건도……" 시마오카가 겨우 배역을 깨달은 표정을 지었다.

"당연하지. 보험사원과 둘째 딸은 손을 맞잡고 이자키의 마누라 시체를 찾고 있었다. 그리고 하시로 강의 제방에 묻은 것을 알아낸다. 그와 동시에 신문기자의 둘째 딸이 하천부지의 매수를 눈치챘다. 출처는 바로 여기다. 보험사원이 뒤에서 조종하고 있었어."

"둘째 딸은 누가 죽였을……?"

"그런 것 내가 알 게 뭐야. 여하튼 보험원인 아지 뭐라는 녀석, 이 녀석을 감시하는 거다."

"아지사와 다케시입니다. 그러나 아지사와하고 오치의 딸이 협력해서 이자키의 마누라의 시체를 찾고 있는 동안에 하천부지 매수를 탐지해냈다 해도, 그것이 어째서 이와데 현 경찰에 알려졌을까요?"

"그것들이 이와데에 말했겠지."

"이와데가, 관계도 없는 이자키의 마누라 살해나 하천부지 매수에 흥미를 가질 까닭이 없을 텐데요."

"어디선가 오치의 큰딸 살해와 연관이 있을지도 모른다. 하여튼 아지사와 이와데의 행동에서 눈을 떼지 마라."

오바 잇세의 말이 그날 회의의 결론이 되었다.

선회하는 범인

1

 요리코의 이상능력이 직관상을 기반으로 하고 있는지도 모른다는 후루바시 교수의 암시는 아지사와가 요리코를 대하는 마음을 달리해 주었다. 특히 직관상에는 잠재의식의 증오가 바닥에 흐르고 있다는 교수의 말에 아지시와는 짚이는 점이 있었다.
 그가 느끼고 있었던 요리코의 '눈'은 역시 자격지심에서 온 것만이 아니었다. 뒤에 있거나 또는 밤중에 몰래 자기를 들여다보고 있는 요리코의 눈——그것은 착각이 아니라 역시 실제로 있었던 일이다.
 아지사와는 지금 중대한 결심을 하고 있었다. 하시로 시에 머물면서 도모코를 죽인 범인을 혼자 힘으로 쫓을 작정이었다. 그것은 오바 측의 도전에 대해서 명확하게 저항의지를 표시하는 것이다.
 이미 첫 번째 공격에 실패한 적은 점점 가혹한 공격을 해오리라. 자기편은 한 사람도 없다. 하시로 시에서 맨손 맨주먹으로 오바에 대항한다는 것은 '범아제비가 도끼에 대드는 것'보다도 승산이 없다.
 그러나 아지사와는 지금 한 사람의 힘센 자기편을 얻었는지도 모른다고 생각했다. 그것은 요리코였다. 직관상이건 초능력이건 요리코에게는 위험을 예지하는 능력이 있다. 이것을 잘 이용하면 앞으로 다가올 적의 공격을 피할 수 있다. 그러나 요리코가 자기편이라 해도 언제 배반할지 믿을 수 없었고, 자기를 찌를지도 모르는 쌍칼날이었다.
 여하튼 요리코의 마음속에는 아지사와에 대한 증오감이 잠재하고 있을 가능성이 강하다. 그것이 언제 어떤 형태로 폭발할지 모른다. 그녀가 증오를 아지사와에게 실행하는 것은 참으로 간단하다. 예지할 수 있는 위험을 아지사와에게 알리지 않으면 되는 것이다.
 그런 의미로는 참으로 위험하기 그지없는 자기편이며 무기였다. 그러나 아지사와는 어쨌든 요리코를 유일한 자기편으로 하고 싸워야겠다고 결심했다.
 도모코의 복수를 하려면 그 방법밖에 없다. 아지사와는 도쿄에서 돌아오자 요리코에게 물었다.
 "요리코, 너 말이야, 일전에 트럭이 돌진해오는 게 보였다고 했지?"
 "응."
 "만약에 다시 한번 그런 위험한 일이 아빠에게 일어난다면 가르쳐 주겠니?"
 요리코는 아지사와의 질문의 진의를 탐색하는 듯이 꼼짝않고 동그란 눈으로 바라보았다.
 "그때 당해 봐야죠."
 "꼭 가르쳐 주기 바란다. 도모코 언니를 죽인 범인을 잡아야 하니까."
"도모코 언니를 죽인 범인?"
"그래, 누군가 도모코 언니를 죽였다. 범인은 어딘가 숨어서 웃고 있어. 아빠는 그 녀석을 잡고 싶다. 그러나 범인도 붙들리고 싶지 않으니까 여러가지로 방해를 할 거야. 일전의 트럭도 범인이 보낸 거야. 그러니까 또 반드시 방해하러 온다. 그걸 요리코가 가르쳐 주기를 바라는 거야."
"응, 알면 꼭 가르쳐 드릴게요"
"정말이니?"
"정말이에요. 약속해요."
 요리코와 약속을 하면서도 아지사와는 이런 소녀의, 학문적으로도 아직 충분히 해명되고 있지 않은 애매한 초능력에 의지하여 강대한 오바 체제와 투쟁을 벌이겠다는 자신이 몹시 우스꽝스럽게 생각되었다.
 그러나 아무리 우스꽝스럽게 보여도 범인 탐색은 게임이 아니다. 만약에 범인이 하시로 강의 하천부지에 관련되어 있다면 적의 저지(沮止)도 진지할 것이다.
 '부탁한다, 요리코.' 너무나 미약해서 얼마나 의지가 될지 매우 불안한, 그러나 유일한 자기편에게 아지사와는 기도하듯 중얼거렸다.

2

 하시로 시의 불꽃놀이 대회는 매년 8월 말 하시로 강의 강변에서 열린다. 그 불꽃을 쏘아올리는 기지는 강변 중간에 설치된다. 매년 강물이 이동하기 때문에 그 위치도 바뀐다. 금년에는 시가지에 가까운 제방으로 주류가 접근했기 때문에, 가운데 모래톱도 훨씬 시가지 쪽으로 다가와 있었다. 그래서 '하시로 불꽃놀이 대회

준비위원회'에서는 만약의 사고를 염려해서 금년에는 중간강변이 아닌 건너편 강가에 기지를 설치할 것을 검토했지만, 그러면 모처럼의 불꽃이 관중으로부터 너무 멀다는 다수 의견에 눌려 결국 예년과 같이 중간 모래톱에 기지를 설치했다.

 하시로 강과 시가지 사이에는 이중제방이 쌓여 있었고, 강쪽을 바깥제방, 시가지 옆을 안제방이라 부르고, 그 사이는 사과밭이나 채소밭으로 되어 있었다. 그 구역을 시민은 제방 외 신개발지라 부르고 있었다. 바깥제방은 하시로 강의 잦은 범람에 불안을 느꼈던 시(市)에서 애초에 한 개뿐이던 제방의 바깥 쪽에 수 년전 신축한 것으로서, 시민의 의식으로는 안제방의 바깥은 제방 외의 지역인 것이다.

 아지사와는 화포의 화약이나 발색제가 대량으로 쏟아진다고 한다면 이 지역이라고 생각했다. 하시로 강의 강변에는 채소밭이나 비닐 하우스는 없었다.

 예상을 하고 온 아지사와는 바로 그와 같은 비닐 하우스를 찾아냈다. 그것은 바깥제방 바로 옆의 양쪽에 같은 길이의 지붕을 받쳐 씌운 쌍지붕식의, 온실로서는 가장 흔한 것이었다.

 온실재료도 유리가 아니라 플라스틱 제품 같았다. 그리고 아지사와는 무엇보다도 가장 확실한 증거를 거기서 발견했다. 비닐하우스의 입구 근처에서 도모코의 시체 옆에 남아 있었던 가지와 똑같은 착색이상의 가지를 발견한 것이다. 품종도 같은, 계란형의 작은 종류였다. 문이 망가져 있고 입구 부근에 재배되고 있는 가지는 한쪽만 자연광선을 직접 받아, 양면의 착색이 불균형을 이루고 있었다.

 그 지역에서 가지를 재배하고 있는 비닐하우스는 이곳뿐이었다. 아지사와는 비닐하우스에 가까이 가서 입구 부근에 있는 가지를 한 개 따가지고 상세히 관찰했다. 그의 눈으로 화약재료나 바퀴벌레는 알 수 없었다. 그러나 그는 가지가 이곳에서 재배된 것이라는 확신을 가졌다.

범인은 이 비닐하우스에서 따온 가지로 도모코를 농락한 것이다. 그때 도모코는 살아 있었는지 죽어 있었는지 모른다.

여하튼 가지의 출처를 확실히 알아냈다. 그러나 여러 사람의 협력을 얻어 겨우 여기까지 오긴 했지만 범인의 정체는 전혀 몰랐다. 비닐하우스의 가지는 지나가는 사람이라면 누구라도 딸 수 있다. 가지의 출처는 조금도 범인과 연결이 되지 않았다.

"거기서 뭘해?" 느닷없이 등뒤에서 성난 말이 쏟아졌다.

목소리가 나는 쪽을 돌아보니 예순 전후의 농부 차림인 사나이가 수상쩍다는 시선을 던지고 있었다.

"아니 별로, 아무것도……." 아지사와는 무방비였던 탓에 허둥지둥댔다.

"손에 들고 있는 건 뭔가? 그건 여기서 딴 가지겠지."

'아차' 했지만 이미 늦었다. '난처한 장면을 비닐하우스 주인에게 들켜버린 모양이로군. 가지 한 개라도 정성들여 기르고 있는 자에게는 용서할 수 없는 일이겠지.'

"대단히 죄송합니다. 약간 조사해볼 게 있었기 때문에……." 아지사와는 무조건 빌었다. 이런 경우 일방적으로 그가 잘못했다.

"조사한다고? 얼빠진 소리를 지껄이는군." 농부는 점점 위협하듯이 화를 냈다.

"가지값은 지불하겠습니다. 용서해 주십시오."

"값을 지불한다? 이거 재미있군. 그럼 여태까지 장난한 것도 모조리 변상하게." 농부는 묘한 말을 꺼냈다.

"잠깐 기다려 주시오. 여태까지 장난이란 뭡니까?"

"시치미 떼지마. 여태까지 실컷 짓밟아 놓구서, 가지를 짓밟아 놓았을 뿐만 아니라 비닐하우스에 여자까지 끌어들여 난행을 하고 말이야, 입구의 문짝을 부순 것도 네 녀석이지?"

"노, 농담 마시오. 저는 이 가지를 한 개 땄을 뿐입니다. 여기에 온 것도 지금이 처음입니다."

"뻔뻔스럽군. 네 녀석이지? 야마다 집안 딸애를 겁탈한 것도." 한 술 더 떠 농부가 하는 말은 예삿일이 아니었다.

"자아, 나와 함께 경찰에 가자. 이번에는 놓치지 않겠다." 농부는 달려들어 붙잡을 기세로 다가왔다.

"이것 참, 정말 기다려 주세요. 그 야마다라는 처녀가 난행을 당했습니까?"

"네놈이 해 놓고 시치밀 떼. 나쁜 녀석 같으니라구!"

정말로 농부의 성난 모습을 보자 아지사와는 굉장한 오해를 받고 있는 것을 깨달았다. 그러나 농부의 노여움의 진짜 대상은 아지사와가 쫓고 있는 것인지도 모른다.

"아저씨, 오헵니다. 실은 저도 하우스를 짓밟은 범인을 찾고 있는 사람입니다."

"뭐라고?" 농부의 표정에 망설임의 기색이 어렸다.

"실은 제 약혼녀가 살해되었습니다. 시체 밑에 이곳 비닐하우스에서 기른 가지와 똑같은 가지가 굴러다니기에 가지가 나온 곳에 범인이 있을 것 같아서 찾고 있습니다."

"약혼녀가 살해되었다는 건 예사로운 일이 아닌데." 경계를 아직 완전히 풀지 않은 채 농부는 표정에 흥미를 띠었다.

"정말입니다. 9월 2일 밤 일입니다. 신문에 나와 있습니다. 그때 옆에 굴러다니던 가지는 아마, 아니 거의 틀림없이 여기서 나온 겁니다."

"어떻게 그런 것을 알 수 있지?"

아지사와는 사카다 박사로부터 들은 지식을 상세하게 설명했다.

"가지 하나로 굉장한 것을 알게 되는군." 농부는 그 설명으로 꽤 의심을 푼 모양이었다.

"그런 사정이 있어서 저도 범인을 찾고 있습니다만, 댁의 비닐하우스를 짓밟은 인물이 어쩌면 제 약혼녀를 죽인 범인일지도 모릅니다."

"하긴, 가지를 가지고 나쁜 짓을 하는 녀석은 그리 흔하지 않을 테니까."

"어떻습니까? 아저씨께서는 그 범인이 대강 짐작이라도 갑니까?"

"그게 말이야, 한번 혼을 내주려고 해도 좀처럼 붙들리지 않는군."

"난행당했다는 처녀는 범인을 보았겠지요?"

"때마침 지나가던 사람이 비닐하우스 안에서 나는 비명을 듣고 달려갔을 때는 이미 당한 뒤였고, 범인도 도망쳐 버렸어. 빨리도 달아났지."

"그러나 그 처녀는……"

"그런데 그 처녀는 겁을 먹고 범인의 이름을 말하지 않아요. 어지간히 협박당한 모양이야."

"경찰에는 신고했겠지요."

"그런 것을 하면, 우리집 애는 난행당했소, 하고 광고하는 거나 마찬가지니까."

"그러나 그렇다고……."

"뭐, 처녀나 부모의 입장에서는 무리도 아니겠지. 나도 이 비닐하우스만 없었더라면 그 처녀가 강간당하는 일도 없었을 텐데

하고 생각하면 웬일인지 책임이 느껴져 조만간 부셔버릴까 생각 중일세."
"그건 언제쯤의 일이었습니까?"
"8월 20일경이었을까?"
"비닐하우스 안에 범인이 남겨둔 물건 같은 것은 없습니까?"
"나도 말이야, 어쩌면 무슨 증거품이라도 있지 않은가 생각하고 잘 찾아보았는데 아무것도 없더군."
"제가 다시 한번 찾아볼까요?"
"그건 괜찮지만 아무것도 없을 거야."
"그리고, 야마다 씨댁을 가르쳐 주실 수 없겠습니까?"
"가르쳐 주어도 되지만 그 처녀는 가만히 두는 게 좋을걸. 꽤 충격을 받은 모양이니까."
"염려 마십시오, 상처받지 않도록 하겠습니다. 그 처녀는 어느 직장에 나가고 있습니까?"
"아마 '하시로 시네마'에 근무하고 있을 거요. 난행을 당했을 때도, 나이트 쇼가 끝나고 늦게 돌아오는 길이었지."
"그렇다면 비닐하우스 안을 보여주십시오. 아, 인사가 늦었습니다만 저는 이런 사람입니다."
아지사와는 신분을 증명하기 위해서 명함을 꺼냈다. 이로써 농부는 완전히 오해를 풀었다.
비닐하우스 안을 샅샅이 찾아보았지만 범인이 가지고 왔거나 남겨 놓은 물건은 보이지 않았다. 아지사와는 '야마다의 처녀'만이 남은 유일한 '증인'이라는 것을 깨달았다.

장본인에게 정면으로 부딪쳐본들 더욱 입을 다물어버리리라는 것 쯤은 이미 알고 있었다. 미친 개에게 물린 것 같은 사건은 본인으로서도 하루속히 잊고 싶을 것이며, 가족들도 덮어두고 싶으리라. 그러나 그 처녀만이 범인을 보았다. 강제로 당한 것이지만 범인과 '접촉'하고 있다. 처녀를 범한 범인과 도모코를 죽인 범인이 동일 인물일 가능성이 매우 크다고 아지사와는 생각하고 있었다. 성범죄라는 것은 계속해서 죄를 짓는 경향이 있다. 피해자의 여성이나 가족이 수치나 세상에 대한 체면 때문에 신고를 주저하면 범인은 더욱 활개친다.

서로 합의와 애정으로만 이루어져야 할 성행위가 사나이의 일방적 욕망의 강제로서 폭력적으로 일어나고, 끝내는 맛있는 먹이를 노리는 육식동물처럼 여성의 저항을 짓누르고 폭력으로 범하는 형태에만 희열을 느끼는 변태성 색정자로 떨어져 버린다. 같은 비닐 하우스를 기지로 하는 성범죄자가 몇 사람이나 있다고는 생각되지 않는다. 아지사와가 남몰래 탐색해본즉 그 여성은 야마다 미치코(山田道子)로 스무 살이며 고등학교를 졸업한 후에 하시로 시의 서양영화를 전문으로 상영하는 영화관 '하시로 시네마'에 근무하고 있다. 온순하고 내성적인 성격이며 직무에 충실하여, 상사나 동료간에 신용도 두터운 모양이다. 특정한 보이프렌드는 없고, 주 1회의 휴일에는 집에서 음악을 듣거나 책을 읽으며 소일한다. 근무처가 영화관이므로, 친구와 어울려 영화를 보러 가는 일도 없다.

그녀가 퇴근길에 범행을 당했다는 이야기는 요행히 근처의 몇몇 사람들만 알고 있을 뿐이었다.

지방도시이기는 하지만, 하시로 시는 그 점에서는 매우 도회적이었고 구간이 다르면 거주인의 세계도 변한다. 하시로 시의 직능별 성하가경영(城下街經營)이 이와 같은 형태로 피해자를 항간의 호기심으로부터 지켜준 것은 아이러니컬한 노릇이었다.

아지사와는 먼저 본인을 관찰하기 위해서 '하시로 시네마'에 가

보았다. 야마다 미치코는 좌석을 세고 있었다. 입구에 오래 머물 수가 없어서 잠깐 동안 관찰했으나, 얼굴빛이 희고 온순하게 생긴 처녀였다. 신체는 잘 발달되어 균형이 잡혀 있다. 의식하지 않는 거동에는 남자의 마음을 들뜨게 하는 성숙함이 있다. 직무상 밤에 늦게 다니는 것을 범인은 알고 있어 귀가길에 습격한 것이리라.

아지사와는 '하시로 시네마'의 근무가 '이른 당번'과 '늦은 당번'의 2교대제(交代制)로 되어 있다는 것을 알아냈다. 야마다 미치코의 부친은 시의 버스회사 운전사로 근무하고 있었다. 모친은 집에서 조그마한 잡화점을 내고 있었다. 여동생과 남동생이 하나씩 있어 각기 고2와 중2에 재학중이다. 가정은 그다지 넉넉지 못한 것 같았다. 이상 본인 및 그 가정환경을 탐지한 후에 대담하게 본인에게 부딪쳐 보기로 했다. 아지사와는 야마다 미치코의 '이른 당번' 날을 노리고 그 귀가길에 잠복했다.

'이른 당번' 날은 오후 제2회째가 끝난 5시경에 돌아갈 수 있다. 야마다 미치코는 오후 5시 반경에 퇴근하고 돌아가는 길이었다. 동행은 없다.

아지사와는 잠깐 뒤를 따르다가 그녀가 아무데도 들르는 기미가 없는 것을 확인하고 말을 걸었다. 미치코는 난데없이 미지의 사나이가 말을 걸어와 경계의 갑옷을 온몸에 걸치고 태세를 갖추었다. 그 모습에서 그녀가 받은 상처의 깊이를 알 수 있었다. 아직도 그 상처는 아물지 않았으리라.

"나는 아지사와라고 합니다. 잠깐 물어볼 게 있어서요."

"무슨 일입니까?"

아지사와가 명함을 내밀어도 조금도 경계를 늦추지 않는다. 전신에 남성에게 대하는 불신이라기보다는 적의의 가시를 곤두세우고 있는 것 같았다.

"여동생 일로 충고할 말이 있어서요." 아지사와는 미리 생각해 둔 대사를 말했다.

"동생의 일로?" 예상대로 미치코의 얼굴에 의아스러운 표정이 생겼다.

"선 채로 이야기를 하는 것도 뭣하니 잠깐 따라 오실 수 없습니까? 잠깐이면 됩니다."

"저는 여기가 좋습니다." 미치코는 고집했다.

"실은 지난 번 당신을 습격한 불량배의 일입니다……."

"그 이야기라면 벌써 지난 일입니다. 이야기할 것도 없습니다."

야마다 미치코는 얼굴이 변하면서 아지사와를 노려보았다. 그러나 시치미를 떼지 않았기 때문에 오히려 대하기가 좋았다.

"제발 조금만 더 이야기를 들어보세요"

"실례합니다." 미치코는 아지사와에게 등을 돌리고 걷기 시작했다. 그 등이, 모든 것을 거절하고 있었다. 그러나 여기서 물러설 수는 없었다.

"기다려 주십시오. 범인이 여동생을 노려도 괜찮습니까?"

아지사와는 최후에 내놓는 유력한 한마디를 내밀었다. 미치코의 다리가 뚝 멎었다. 그 기회를 놓치지 않고 그는 계속 말했다.

"범인은 피해자의 단념을 기회로 삼고 점점 행패가 심해집니다. 본인을 재삼재사 노릴 뿐만 아니라 육친에게까지도 마수를 뻗칩니다."

미치코 어깨가 꿈틀하고 떨렸다. 넘겨짚은 것이 멋지게 적중한 모양이었다. 범인은 그 후에도 미치코에게 귀찮게 구는 모양이다. 그녀는 범인을 알고 있었다.

"당신은 경찰관입니까?" 미치코는 마주보며 돌아섰다.

"나도 피해자입니다. 실은 내 약혼녀가 치한에게 난행당한 후

살해 되었습니다."

"어머!" 미치코의 거절의 표정에 처음으로 호기심의 빛이 떠올랐다. 아지사와는 기회를 놓칠세라 뛰어들었다.

"신문을 읽으셨으면 기억하시겠지만, 내 약혼녀는 '하시로신보'의 신문기자로 '오치 도모코'라고 합니다. 그 사람이 폭한에게 습격받고 능욕당한 후에 살해되었습니다."

"아아, 그 사건……"

"아시는군요. 나는 비밀리에 그 범인을 찾고 있습니다."

"그렇지만 그 사건이 어째서 저와 관계가 있습니까?"

"당신이 습격당한 비닐하우스에서 재배된 가지가 현장에 떨어져 있었습니다."

아지사와는 가지에서 미치코를 더듬어 찾게 된 경로를 간단하게 말했다. 미치코는 겨우 그제서야 아지사와의 이야기 속에 완전히 끌려들어가고 있었다.

"비닐하우스의 가지 같은 것은 아무나 가지고 올 수 있어요. 그것 만으로 같은 범인이라고 단정지을 수는 없지요."

"단정은 못합니다. 그러나 가능성은 아주 강합니다. 비닐하우스 소유자에게 물었더니 범인은 그곳을 악의 놀이터로 사용하고 있다는 겁니다. 같은 비닐하우스를 소굴로 하고 있는 악당이란 그리 많지는 않을 것입니다. 한 사람은 아니라고 해도, 같은 그룹이겠지요. 그 하우스의 가지로 여성을 능욕하고 살해한 범인은 당신을 습격한 범인과 같은 사람 또는 같은 그룹일 가능성이 매우 크다고 보아야겠지요."

미치코는 입술을 깨물었다. 새삼스럽게 자신의 깨끗한 몸에 행해진 이치도 닿지 않는 폭력을 상기한 모양이다. 공포와 굴욕감이 되살아나 분노를 휘젓고 있는 것 같았다.

"야마다 양, 부탁입니다. 범인을 가르쳐 주지 않겠습니까. 당신에게 폭행을 한 범인과 내 약혼녀를 죽인 범인은 반드시 동일인물입니다. 경찰은 전혀 의지할 수 없습니다. 할 수 없이 단념하고 있으면, 범인은 더욱 기가 살아서 또 같은 범행을 되풀이 할지도 모릅니다. 아니 꼭 되풀이 하겠지요. 피해자의 자매 등은 가장 노리기 좋은 대상입니다."
"……."
"야마다 양, 부탁합니다. 범인을 가르쳐 주십시오."
"전 모릅니다."
"특징만이라도 좋습니다. 혼자였습니까, 그렇지 않으면 두 사람 이상……"
"모릅니다."
"모를 까닭이 없습니다. 당신은 협박받고 있습니다. 범인은 그 뒤에도 당신을 귀찮게 따라다니고 있지요. 당신의 그와 같은 태도가 범인을 기어오르게 하는 겁니다."
"저는 정말로 모릅니다. 저는 그 일을 빨리 잊어 버리고 싶습니다. 당신의 약혼녀는 가엾이 여기지만 저와는 관계가 없는 일입니다."
"범인이 같은 범행을 되풀이해도 관계가 없습니까?"
"그런 것은 모릅니다. 여하튼 저는 관련되고 싶지 않습니다. 이제 돌아가게 해 주세요."
미치코는 다시 등을 돌리고 걷기 시작했다. 그 발걸음이 몹시 무거워 보였다. 아지사와의 말이 꽤 심한 충격을 준 모양이었다.
그는 그 등에 대고 미련이 있는 듯이 외쳤다.
"만약에 마음이 내키시면 그 명함주소로 연락해 주십시오. 언제든지 뛰어오겠습니다."

어차피 한 번의 접촉으로 결정이 나리라고 생각하지는 않았다. 야마다 미치코는 몹시 겁을 내고 있었다. 아마 처음 습격을 발판으로, 말을 듣지 않으면 온 도시 내에 소문을 퍼뜨린다고 협박하고, 침범의 영토를 넓히고 있으리라. 여자는 당하면 당할수록 약한 입장에 몰린다. 미치코가 아직도 범인을 용서하지 않고 있는 것은 그 나마 다행이었다. 이대로 침범되고 있는 동안에 범인의 포로가 되어 버릴 우려가 다분히 있다. 범인이 피해자의 신변에 검은 손길을 뻗치는 것도 침범을 반복하고 영토를 넓히는 경우의 특징이었다. 아지사와가 추측해서 뻗친 유도의 낚싯대에 멋지게 걸려든 것이다.

아지사와는 범인의 한패가 야마다 미치코에게 아직도 따라붙고 있다면, 그녀를 감시하는 동안에 틀림없이 그녀의 신변에 모습을 나타내리라고 생각했다.

야마다 미치코는 1주일 간격으로 '늦은 당번'이 된다. 범인이 접촉해 온다면 그녀의 귀가길이 가장 가능성이 높을 것이라고 생각한 아지사와는 미치코가 야간당번에 들어가는 다음주에 그녀의 귀가 길을 미행하기로 했다.

야마다 미치코의 집은 시가지에서 떨어진 하시로 강의 바깥 제방에 가까운 제방 바깥의 개발지에 있었다. 번화가에서 그녀의 집까지 예의 비닐하우스가 있는 사과밭 쪽으로 지나가는 것이 가장 지름길이었으나, 사건이 있은 뒤 그녀는 약간 멀지만 집들이 가지런히 잇달아 있는 주택가 쪽으로 돌아갔다.

주말 이외는 마지막 상연이 오후 10시경에 끝난다. 오후 10시가 지나면 주택가도 거의 잠들어 버린다. 여성이 혼자 다니기에 위험한 것은 사과밭과 그다지 차이가 없었다.

그러나 1주일간 미행했지만 그녀에게 접근하는 자는 없었다.
——그랬었나, 침범의 실적을 만들어 버렸으니까 처음 습격했을 때처럼 야간에 인적이 끊어진 때를 노릴 필요는 없는 것이다——
아지사와는 다른 가능성을 깨달았다. 미치코는 침습과 그 뒤의 협박으로 그들의 손아귀 속에 집어넣은 수확물이다. 전화 한번으로 쉽사리 불러낼 수 있겠지.
어쩌면 야마다 미치코는 범인에게 아지사와가 온 것을 알렸을지도 모른다. 그 때문에 범인이 경계하고 미치코를 멀리하고 있다고 생각되었다.
아지사와는 감시의 범위를 미치코의 '늦은 당번'뿐만 아니라 '이른 당번'의 왕복길이나 제일(祭日)에까지도 넓혔지만 여전히 수상한 자는 나타나지 않았다.
'이거 잘못 짚었는가?' 어지간한 그도 자신감이 없어졌다. 범인은 야마다 미치코를 한번 습격한 후에 모습을 감춰버렸는가. 그렇다면 다시 한번 그녀에게 직접 부딪쳐보는 것 외에는 방법이 없다.

3

"요리코, 영화보러 갈까?"
일요일 아침, 아지사와는 요리코에게 말을 걸었다. '하시로 시네마'에, 현대의 기계문명에 실망한 가족이 대자연 속에 신개지를 구해 나가는, 최근에 화제가 된 모험영화가 상영되고 있었다.
"정말이에요?" 요리코의 눈은 당장에 빛났다.
생각해보니 '부녀'가 함께 영화를 보러 간 적이 없었다. 아지사와로서는 야마다 미치코의 상황을 정찰하기 위한 위장으로 요리코를 꾀어 냈는데 요리코는 순진하게 기뻐했다.

영화는 내용때문인지 가족동반이 많았다. 야마다 미치코의 모습은 보이지 않았다. 종업원은 돈이 잘 들어오는 일요일, 제일을 피하고 평일에 교대로 휴가를 받을 것이다. 무슨 급한 일이라도 생겼는가 하고 아지사와는 다소의 실망과 불안을 느끼면서 요리코에게 끌려 영화관으로 들어갔다.

영화를 보고나서 두 부녀는 빈둥빈둥 공원으로 들어갔다. 아름다운 날씨였고 영화의 여운을 공원의 푸르름과 맑은 공기 속에서 반추하고 싶었던 것이다.

"어떠냐, 재미있었니?" 아지사와는 만족스러운 표정의 요리코에게 물었다.

"응, 또 데려다 줘요." 요리코는 재미가 있었던 모양이다.

"그래, 공부에 방해가 안될 정도로 말이야."

이 소녀의 마음속은 아주 수수께끼였으나, 이렇게 영화를 함께 본 뒤에는 보통 소녀와 별로 다를 게 없었다. 제삼자의 눈에는 진짜 부녀로 보이겠지. 오치 도모코가 살아있다면 요리코에게는 비어 있는 엄마의 자리를 머지않아 메워줬을 것이다. 만약 요리코에게 엄마가 생기면 그녀의 기억장애나 심리의 굴절을 부드럽게 치료해주었겠지. 그것은 아지사와가 바라는 방향으로 요리코를 회복시켜 줄지도 모른다는 희미한 희망을 안고 있었다.

도모코가 죽은 뒤에는 요리코의 모처럼 열리기 시작한 마음이 그전보다 굳게 닫혀져 버렸다. 아지사와가 하는 말은 잘 듣고, 겉으로는 곧잘 따르는 것처럼 보였다. 그러나 그것은 자기가 생존하기 위해서 필요한 먹이를 주는 주인에게 야성을 감추고 순종을 위장하는 동물을 닮아 있었다. 순종의 가면 아래 송곳니를 감추고 있었다. 그것이 언제 어떤 형태로 드러날지 모른다. 그러나 위장이라도 그것이 유지되고 있는 동안에는 '부녀'였다.

늦가을의 부드러운 햇볕이 벤치에 앉은 부녀 위에 무량의 투명한 고운가루처럼 쏟아졌다. 감동적인 영화의 여운이 황금색의 빛 속에 가득차 전신을 부드럽게 감싸주었다. 요리코도 지금은 송곳니를 드러내지 않으리라. 아지사와의 몸에서 경계태세가 풀어지고 꾸벅꾸벅 졸기 시작했다.

그때 먼곳에서 폭음이 울려왔다. 휴일 오후의 평온을 휘젓는, 귀에 거슬리는 소리였으나 자기에게 관계없는 잡음은 그다지 관심이 없는 것이다. 잡음은 점점 이쪽으로 가까이 오는 것 같았지만 아지사와는 손을 뻗쳐온 수마(睡魔)의 촉수(觸手)와 기분 좋게 즐기고 있었다. 수마와 의식의 끝이 조금씩 접촉하며 놀고 있는 때의 유쾌함은 비할 바가 없다. 눈꺼풀 뒤가 녹을 것 같은데 미묘한 균형이 무너지면 수마가 떨어지고 의식이 잠을 깬다. 눈을 뜨고 잡음의 정체를 확인하는 것도 귀찮았다.

갑자기 요리코의 몸이 부르르 떨렸다. 그대로 몸을 굳히고 먼곳의 낌새를 꼼짝않고 살피고 있는 모양이다.

폭음은 일정한 거리를 유지한 채 선회하고 있다. 요리코의 경계태세가 점차 주위의 공기를 딱딱하게 굳히고, 아지사와의 잠을 깨게 했다.

"요리코, 왜 그러니?" 하고 묻는 것과 동시에 요리코가 외쳤다. "아빠, 위험해!"라고 외쳤다.

"위험해? 무엇이!" 하고 물었을 때 선회하던 폭음이 단숨에 쇄도 해왔다.

"요리코 달아나자!" 벤치에서 달아나려던 두 사람을 십여 대의 오토바이가 흉포한 의지를 드러내면서 포위했다. 꼼짝달싹 못하게 된 두 부녀를 에워싼 오토바이의 무리는 그물에 걸린 포획물을 회롱하듯이 바짝 틈을 좁혀왔다. 일당은 모조리 검은 가죽점퍼에 헬멧을 쓴 폭주족이었다. 그들은 아파치족처럼 기성을 올리며 두 사람의 몸에 바짝 닿도록 '강철제의 짐승'을 몰고 있었다. 한 대가 놀라서 움츠린 요리코의 곁을 달리면서 발을 내밀어 땅바닥에 끌어당겨 쓰러뜨렸다. 그 바로 옆을 뒷차가 차례로 달려갔다.

"요리코 움직이지마!" 아지사와는 쓰러진 요리코를 자기의 몸으로 감싸주었다.

일으켜줄 수도 없었다. 모래바람이 뿌옇게 일어나 시야를 방해했다. 굉음이 청각을 마비시켰다. 벤치에 걸려서 넘어졌다.

공원에 있던 시민은 멍청하게 지켜보고 있다. 제1파가 쏜살같이 지나갔다. 제2파가 달려올 때까지 아주 짧은 동안의 여유가 있다.

아지사와는 쓰러져 있는 요리코를 도와서 자리에서 일으키고 달아났다. 공원 광장 끝에 나무숲이 있었다.

'제아무리 폭주족인들 거기까지는 쫓아오지 않겠지.'

그러나 몇 미터 남겨 놓고 제2파에게 붙들렸다. 경적소리가 소용 없는 도주를 조롱하듯이 울려 퍼졌다.

"누구든 경찰에 알려주시오!" 아지사와는 숲으로 달아난 시민에게 구원을 청했다. 그러나 자신의 몸이 안전한 시민들은 우연히 만나게 된 재미있는 구경거리를 보듯이 방관자의 눈으로 보고 있었다. 개중에는 웃으면서 보고 있는 자도 있다.

"부탁해요! 누구든 경찰에……."

아지사와의 절규는 재차 습격해 온 제3파의 굉음으로 싹 지워져 버렸다. 제3파의 공격은 더욱 처절했다. 폭주족이 두 사람을 노리고 있는 것은 분명했다. 이유는 몰랐다. 아지사와는 이대로 희롱당하며 살해될 것 같은 공포를 느꼈다.

자기 혼자라면 어떻게 해서라도 달아날 수 있지만 요리코를 데리고 있기 때문에 어쩔 수 없었다.

 그가 그때 공포를 느낀 것은 폭주족에 대해서가 아니었다. 두 사람의 위기를 웃으며 좋은 구경거리로 생각하고 있는 시민들에 대해서 형용할 수 없는 공포를 느꼈다. 그것은 하시로 시 전체가 적이 될 것 같은 공포였다. 하시로 전체가 폭주족에 위탁하여 아지사와 부녀를 말살하려고 한다는 그런 공포감이 아지사와를 움켜쥐고 있었다.

 "요리코, 나를 꼭 붙들어라. 떠밀려 넘어지지만 않으면 염려없다."

 공포에 굳어버린 요리코의 몸을 안고 폭풍이 지나가는 것을 기다릴 뿐이었다. 제3파가 드디어 지나가버렸다.

 "지금이다!" 두 사람은 겨우 숲의 안전권 안으로 도망쳤다. 폭주족도 체념했는지 기성을 지르면서 멀어져 갔다.

 "요리코, 괜찮니?" 그들이 완전히 사라진 것을 확인한 후에야 아지사와는 요리코의 몸을 걱정할 여유가 생겼다. 살펴보니 무릎에서 피가 흘러나오고 있었다.

 "아, 다쳤구나!"

 "약간 벗겨진 것 뿐이에요." 요리코도 겨우 말을 하게 되었다.

 "뭐야, 벌써 끝나 버렸나?"

 부근에서 그런 속삭임이 들렸다. 폭주족이 행패를 부리고 있다는 말을 듣고 건달들이 모였다가 흩어지기 시작하고 있었다. 그들은 아지사와 부녀가 폭주족의 먹이가 되고 있었을 때 재미있다는 듯이 구경만 하고 있었다. 아마 두 사람이 치어 죽어도 모르는 척 했으리라.

 '녀석들' 벌컥 치솟는 노여움이 폭발하기 직전에 아지사와의 뇌리를 섬광처럼 비춰준 발상이 있었다.

그 폭주족의 배후에는 하나의 의지가 움직이고 있었던 게 아니었을까? 도모코 살해 범인을 탐색하고 다니는 아지사와를 단념시키기 위한 범인 일당들의 협박이 아니었을까? 만약 추궁을 그만두지 않으면 죽인다! 그것은 지나가려던 폭주족이 통행인을 희롱한 것은 아니었다. 아지사와 부녀를 에워싸고, 몇몇이 무리를 지어 조직적으로 집요하게 습격해 왔다. 하나의 명확한 의지 아래 통솔된 작전 행동이었다.

그 의지가 있었던 증거로 요리코의 직관이 사전에 깨닫고 위험을 예지했다. '직관상(直觀像)'이 맺힌 것이었다. 의지란 살의였다. 살의의 배후에는 하시로 시의 적의가 있다. 시민은 방관하고 있었던 게 아니라 아지사와 부녀가 살해당하는 것을 바라고 있었던 게 아니었을까? 요행히 요리코의 직관상에 의해서 살아났지만, 만약 여기서 두 사람이 살해되어도 하시로 시는 일치된 은폐 공작으로 간단하게 그 사인을 묻어버리리라.

'전시민이 적'이라고 생각했을 때 몸뚱이의 심지에서부터 전율이 올라왔다. 그것은 무사의 늠름한 전율이 아니라 전율 그 자체였다.

"요리코, 이제부터는 절대로 혼자 밖에 나가면 안 된다. 학교에 오갈 때에도 꼭 친구들과 함께 다녀라."

지금의 공포가 느껴졌는지 요리코는 바로 고개를 끄덕였다.

폭주족의 배후에 범인의 의지가 움직였다고 하면, 범인은 아지사와가 추적하고 있는 것을 알고 있다는 이야기다. 아마 야마다 미치코를 통해 아지사와의 접근을 알게 되고 범인은 아지사와의 행동을 감시하고 있었으리라. 범인이 움직이기 시작했다는 사실은 그만큼 아지사와의 추적이 범인을 향한 정확한 방향으로 향하고 있다는 것을 나타내는 것이리라.

'역시 야마다 미치코를 범한 범인과 도모코를 살해한 범인은 동일인물이었다.'

그러나 범인 일당은 초조한 나머지 여기에 중대한 단서를 남기고 갔다. 그것은 폭주족의 존재를 알려준 것이다. 범인은 폭주족에 영향력을 가지고 있는 자이리라. 범인 자신이 폭주족인지도 모른다. 야마다 미치코가 능욕당한 현장을 지나친 사람은, '도망치는 발걸음이 빠르다'고 말했다는데, 범인이 폭주족이라면 빠른 게 당연하겠지. 폭주족을 쫓으면 범인을 만날 수 있을 것이다.

4

이자키 아케미의 시체를 찾아냈지만, 그것은 이자키 데루오와 나라오카 사키에의 공모로 인한 보험금 사취목적 살인을 밝혔을 뿐이고, 수사본부가 의도하는 효과는 당장 나타나지 않았다.

하시로 서는 면목을 잃었지만 그것도 치명적인 것은 아니었다. 보험금사기는 교묘했으므로 안이하게 사고증명을 내준 것에 경솔함은 면치 못했으나, 공모관계는 연관되지 않는다. 창녀못은 애당초 시체가 나오기 어려운 장소이다. 그곳에 추락한 시체가 나타나지 않아도 죽었다는 상황은 확정적이고 사고 증명을 거부할 이유가 되지는 않는다.

이와데 쪽에서 장치해 놓은 함정에 감쪽같이 걸려 들어 시체를 옮긴 이자키는 말하지 않아도 하시로 서와의 유대를 증명해 주었지만, 이와데 쪽의 당면목적은 이자키와 하시로 서의 유대를 밝히는 것이 아니었다. 이자키 아케미의 시체를 하시로 강 제방에서 찾아내어 오바 측을 견제하는 데에 있었다. 그 목적은 달성되었다고 보아도 될 것이다.

하천부지의 매수에 부정이 있는 오바 측은 그곳에서 부하의 아내의 시체가 나타남으로 해서 굉장히 두려워 했을 것이다. 아지사와에게도 당분간은 손을 댈 수 없겠지.

  무라나가 쪽도 스스로가 장치해둔 함정이긴 했으나 이토록 멋지게 노린 물건이 걸려든 일에 다소 놀라고 있었다. 이로써 당분간 아지사와를 자유롭게 활동하도록 하는 시간을 벌었다. 아지사와여, 활동하라, 그리고 치명적인 결점을 드러내라. 기타노는 아지사와의 그림자처럼 바짝 등 뒤에 붙어서, 기도하는 마음으로 그 거동을 지켜 보고 있었다.

흉악한 특정

그 무렵 생각지도 않았던 방향에서 착잡했던 사건의 실마리가 풀어지려고 했다.

아지사와 다케시가 나가이 요리코를 데려왔지만 아직 정식으로 양자수속을 한 것은 아니었다. 양친이 살해당한 요리코를 임시로 맡고 있었던 외가쪽 친척댁에서는, 부친 쪽의 인척뻘이 된다는 아지사와로부터 요리코를 양녀로 하고 싶다는 요청에 선뜻 내주었던 것이다. 그러나 그뒤에도 호적은 나가이 가(家)에 남겨둔 채 였다. 양녀라고는 하지만 아지사와가 맡아 기른다는 형식으로 인수한 것뿐이었다.

무라나가는 그후에도 마음에 걸려 때때로 가키노기 촌의 촌사무소에 조회하고 있었다. 나가이 요리코는 여전히 나가이 가의 호적에 머물러 있었다. 아지사와의 혐의가 짙어짐에 따라 이 일은 무라나가의 마음속 걱정으로 커다란 자리를 차지하고 있었다. 아지사와는 무엇 때문에 요리코를 맡았는가? 오치 도모코와 나가이 요리코 두 사람이 모두 '후도 사건'에 관계가 있는 인물에게만 접근한 아지사와는, 수사본부가 절대로 그냥 보아 둘 수 없는 인간이었다.

이제 오치 도모코가 살해되고, 남은 것은 나가이 요리코 한 사람으로 그녀만이 가키노기 촌과 연관을 갖게 되었다. 아지사와는 요리코에 대해 어떤 목적이 있을까.

수사란 보람없는 일이 무수히 겹치고 쌓이는 것이다. 진짜 광맥은 단 한 번의 채굴로 발견하는 경우도 있지만 수없이 거듭해도 헛수고일 때도 있다. 여기서 중요한 점은 헛수고를 피하지 않는 것이다.

어차피 또 헛수고일 것이라고 생각하면서도 무라나가는 더욱 다짐하기 위해서 가키노기 촌에 문의해 보았다. 그런데, 이번에 호적법이 바뀌어 본인 및 그의 관계자 또는 강제수사 외에는 호적초본의 교부나 열람을 할 수 없게 되었다고 대답했다.

무라나가도 그런 것쯤은 알고 있었다. 그때는 호적관계에서 단서를 잡지 못하면 수사하기가 어려울 거라고 생각했다. 하지만 전화로 문의했기 때문에 깜박 잊어버리고 있었다. 그러나 무라나가는 그때의 면사무소 직원의 응대가 어쩐지 마음에 걸렸다. 나가이 요리코의 호적은 단순했다. 부모형제를 여의고 이제는 나가이 가의 호적에는 그녀 하나뿐이다. 무라나가는 가키노기 촌의 촌사무소에 요리코의 신분관계에 변동이 있을 때는 연락해 달라고 부탁해 두었다.

호적법의 개정으로 인해서 연락이 안 된다고 해도, 변동이 없으면 무라나가의 문의에 대해서 개정된 법률을 들추지 않아도 '변동없음' 하고 대답하면 될 게 아닌가.

대도시의 관청이라면 모르되 동부의 과소촌의 촌사무소로서는 지나치게 융통성이 없는 대답이었다. 무라나가는 나가이 요리코의 신분관계에 변동이 있었다고 느꼈다. 무라나가는 이번에는 영장을 쥐고 열람을 요청했다.

 그 결과 나가이 요리코는 아지사와 다케시의 양녀가 되는 수속 절차 때문에 제적된 것을 알았다. 이로써 나가이 가는 호적에서 전원을 잃고 제적된 것이다.

 아지사와 다케시는 요리코의 양녀 수속과 동시에 분가해서, 새 호적을 만들고 있었다. 여지껏 수수께끼에 싸였던 아지사와의 과거가 호적을 실마리로 해서 겨우 밝혀지기 시작했다.

 무라나가는 그 단서를 물고 늘어졌다. 아지사와의 본적 및 출생지는 지바 현(縣) 야다케 군(郡), 야마다케 읍(邑), 하니야 82× 번지로서 현재 양친이 그곳에 살고 있었다.

 급히 수사관이 현지로 달려갔다. 출생지가 판명되고 친척을 찾아내면 현재까지의 생활의 발자국을 더듬기가 쉬울 것이라고 생각되었기 때문이다.

 무라나가가 지시한 출생지의 신원조사때문에 아지사와는 그 고장의 고교를 졸업한 뒤 자위대에 입대한 것을 알아냈다.

 "자위대도 보통부대가 아니었던 모양입니다." 아지사와의 출생지를 조사해온 수사관이 무라나가에게 보고했다.

 "보통부대가 아니었다고?" 무라나가의 눈은 번쩍 빛났다.

 "처음에는 육상자위대 동북방연대 제9사단 8호 주둔의 제38 보통과연대 즉, 보병부대에 배속되어 있었으나 도중에 다른 부대로 배속된 모양입니다."

 "어느 부서로 배속되었다는 건가?"

 "자위대 쪽에서 비밀로 하고 있으므로 확실한 것은 모르지만, 스파이 모략활동이나 게릴라전을 주로 하는 비밀특수부대 같습니다."

"스파이와 게릴라?"

무라나가는 놀라서 입을 벌렸다. 무라나가는 형사경찰관으로서 살인이나 강도 등의 흉악범죄자를 쫓는 일에 그 반생의 정열을 기울여왔다. 그러나 무라나가는 스파이나 게릴라를 경비공안경찰이 관장함에도 불구하고 별세계의 일 같았고 머리 속에 금세 들어오지 않았다.

"경찰청 경비국이나 본부의 공안부에 알아보니, 아지사와는 육상자위대 내부에 비밀리 설치되어 있는 스파이 모략공작원을 양성하는 공작학교의 보통과에 발탁되어 입학했었습니다. 그리고 나서 '특전교육과정'인 JSAS 과정을 졸업하고, 졸업생으로 구성되어 있는 비밀조직, '쓰구바(筑波) 그룹'의 일원이었다고 합니다."

2

무라나가는 수사관의 설명을 잠자코 듣고만 있을 뿐이었다. 같은 경찰이면서도 무라나가는 정보수집이나 진압활동을 주업무로 하는 경비공안경찰에 호감이 가지 않았다. 만약 그 방면에 배속되었다면 도중에서 전직했을 것이다. 경비공안은 자유의 옹호자를 표방하고 민주주의 체제의 옹호를 사사건건 강조하고 있다. 하지만 애당초 그것은 악명높은 특별고등경찰의 전통을 이어받아서 재현한 것이 아닌가 하고 의심받고 있다.

경비공안경찰은 어떠한 흉악범죄가 발생해도 그 수사에 동원되는 일은 거의 없다. 오로지 '공공의 안전과 질서 유지'를 위한 정보수집과 '폭력주의적 파괴활동'의 진압에 전념하고 있었다. 전국의 경비공안경찰을 다스리고 있는 것이 경찰청 경비국이다. 구(舊) 천황제 경찰로 내무성 경무국 보안과의 계통으로서 간신히 재발족한 경비계가 현재 전국의 공안경찰을 지휘하고, 일본의 정보수집과 파괴활동 진압의 총본부가 되었다.

여기에는 자위대, 공안조사청, 내각조사실 등이 수집한 정보도 집중된다. 그렇기 때문에 체질적인 비밀주의가 이어지고 있었다.

그것이 무라나가가 싫어하는 이유였다.

경비공안경찰이 형사경찰보다도 모든 면에서 우대받고 있는 것에 대해서 이제와서 새삼스럽게 불만을 말하려는 것은 아니었다. 그러나 권력기구의 중추 기관으로서의 권력을 갖는 자의 체내에 내포되어 있는 권력을 갖지 못한 자에게 대응하기 위한 언짢은 두려움이 무라나가의 생리에 맞지 않는 것이다.

'민주주의는 끊임없는 의심과 감시로 성립, 유지되는 제도이다' 하고 말한 어느 학자의 말이 무라나가의 마음속에 심어져 있었다. 민주주의의 이념인 사상 및 언론의 자유는, 민주주의적 사상이나 민주주의적 정치체제를 변혁하거나 파괴하려고 하는 사상의 자유마저 보장하는 것이어야 한다. 그렇지 않으면 민주주의의 이론에서 벗어난다.

그것을 얻기 위해서 한없이 피를 흘린 뒤에 획득한 자유를 남용하고 독재자는 지극히 간단하게 자유를 파괴해 버린다. 그리고 일단 자유가 무너지면 그것을 또다시 얻기 위해서는 또 한없이 피를 흘리지 않으면 안 된다. 민주주의는 구조적으로 취약성을 지니고 있다. 민주주의를 유지하기 위해서는 반대하는 사상이나 언론에 대한 끊임없는 감시와 의혹이 필요한 까닭이다. 그 자유의 옹호자이며 반민주주의적 사상의 감시기관이 현재의 경비공안경찰이라는 셈인데, 유전적 반동성과 비밀주의는 당연히 부패를 양성하는 안성맞춤의 배양기(培養器)가 된다. 비밀주의의 장막 속에 국민의 정치적 사상적 자유를 방해하는 특별고등경찰의 허울만 남은 송곳니를 감추고 있는지도 모른다.

대규모의 집회나 파업이 있으면 전경찰관은 사실상 경찰청 경비국, 관구경찰국 공안부, 경시청 경비부, 도(道), 부(府), 현경비부의 지휘하에 들어가고 비상사태시의 편제에 준한 체제에 들어간다.

검은 전투복과 방패와 헬멧으로 무장한 기동대의 대군(大群), 그들이 어떠한 사태에도 대응할 수 있도록 그 영악한 전력을 숨기고 소리없이 대기하고 있는 모습을 보았을 때, 무라나가는 자신도 권력기구 측의 일원이면서도 권력자가 권력을 유지하기 위해서 감추고 있는 송곳니를 바라보는 느낌이었다. 민주주의 국민이 가지고 행사해야 할 권력은, 무장한 기동대를 바라볼 때, 순수한 마음으로 신뢰되어지지 않았던 것이다.

'우리들이 지키려고 하는 민주주의는 한 사람 한 사람의 인간이 모든 사회적 가치의 바탕에서 될 수 있는 한 각 개인의 자유와 행복을 지키고자 하는 것을 이상으로 하는 사상이다' 하고 선언하는 경비공안경찰이, 각 개인의 자유와 행복을 확보하기 위하여 그와 같은 어마어마한 무장과 막강한 전력을 쌓고 있는 점에, 권력의 존재에 대한 의구심이 생기는 것이다. 민주주의에 대한 의심과 감시는 그 주권이 엉뚱한 방향으로 가버릴지도 모른다는 두려운 마음이 생긴다.

그러나 스파이나 게릴라의 입장에서는 그 경비공안측의 힘을 빌리지 않으면 안 되었다.

"그 뒤에 자위대를 그만두고 '쓰구바 그룹'에서도 나와 하시로시에서 현재의 직장을 가졌는데 제대할 무렵에 가키노기 촌의 사건과 관련된 것 같습니다."

"뭐? 자위대가 관련되어 있다고?"

무라나가는 말 허리를 잘랐다. 자위대가 얽혀 있다면 일이 까다로워진다.

"자위대 그 자체가 관련되고 있는지 어떤지는 확실치 않습니다만, 바로 사건발생 때와 시기를 같이하고 있고, JSAS가 가키노기 촌 일대에서 비밀훈련을 했던 흔적이 있습니다."

"여보게, 그게 정말인가?"

"자위대 쪽에서 극비로 하고 있기 때문에 확실히 증명할 수는 없습니다만, 경비과가 모은 정보에 따르면 그 증거가 있습니다."

"비밀훈련이라고 하면 어떤 일을 하는가?"

"자위대의 공작학교는 구육군 나카노 학교(舊陸軍中野學校)의 스파이 교육을 계승함과 동시에, 프랑스 외인부대의 특별공정대(空挺隊) SAS의 교육을 자위대에 가르치기 위해서 생겼다고 합니다. JSAS과정이란 나카노 학교와 SAS의 장교 및 미육군 제일특수부대(美陸軍第一特殊部隊), 소위 그린 베레의 장교 등이 교육하고 있다고 합니다. 그 내용은 통상의 기초훈련 외에도, 백병격투기술(白兵格鬪技術)·폭파기술·로프·사닥다리 오르기·낙하산 강하·잠수·산지 잠입·밀림생존술·후방심리교란 등이며, 매년 가을에서 겨울에 걸쳐 북해도나 동북의 산지에서 체력과 정신력의 한계를 시험하기 위한 행동 훈련을 시행하고 있는데, 그 시기와 장소가 가키노기 촌 일대의 그 사건전후인 것 같습니다."

"그렇다면 범인은 아지사와 한 사람이 아니고 행동훈련 중인 자위대의 비밀부대였다는 것인가?"

무라나가는 어이가 없는 전개에 놀라움을 숨길 수 없는 모양이다.

"행동훈련은 약간의 비상식량을 주어, 주야연속 1주일 간에 걸쳐서 실시됩니다. 물론 식량이 모자라 자급자족합니다. 민가에서도 얻을 수 없도록 산간벽지에서 시행되는데, 나무 열매나, 나무나 풀 뿌리와 들쥐, 토끼 등 먹을 수 있는 것을 모조리 식량으로 충당하고 극한상황 속에서 생존력을 기르기 위해 훈련합니다. 그런데 배고픔을 참지 못하고 민가에 울며 달라붙거나, 등산자로부터 먹을 것을 얻는다거나 하는 자도 적지 않다고 합니다. 이들 가운데 굶주린 대원이 정신착란을 일으키고 민가를 습격했을 가능성도 있습니다. 실제로 훈련중인 자위대원인 듯한 자에게 북해도 산골짜기 민가가 먹을 것을 도난당한 사건이 있었습니다."

무라나가는 듣고 있는 동안에 이 사건에 걸맞는 어떤 일이 생각났다. 그것은 나가이 요리코가 기억을 잃은 채 이웃 부락의 구로뻬라 촌 지역에서 발견되었을 때, '푸른 옷을 입은 사람'을 따라갔다고 한 말이었다. 그 푸른 옷이란 자위대원의 전투복이 아니었던가? 채색으로 위장한 전투복은 충격으로 기억을 잃은 소녀의 눈에는 그저 초목처럼 푸르게 보였던 게 아닌가.

"그것이 사실이라면 큰일이군."

자위대의 특수부대가 비밀훈련중에 민가에 쳐들어가 전부락민을 전멸시켰다면 큰일이었다.

"자위대가 얽혀 있다고 해도 조직적인 것은 아닌 것 같습니다. 착란을 일으킨 한 대원이나, 소수대원의 범행이 아닐까요?"

"그러나 그 비밀훈련에 아지사와가 참가했다고 한들 어째서 그가 범행에 관련이 있다고 할 수 있는가?"

"아지사와가 Z종 대원이기 때문입니다."

"Z종 대원?"

"자위대 내부에는 경찰과 연계하고 치안정보를 수집해서, 자위대 내부규율의 보존, 탈주병의 체포, 대원의 범죄 취재와 그 예방책을 임무로 하는 경무과가 있는데, 그곳에서 요주의의 대원을 ABCDXZ종(種) 대원으로 구분하고 있습니다. 이것이 특정대원이라 불리우고 있는 위험대원이며 A에서 X종까지는 현역대원인데 비해, Z종은 이미 제대한 대원에 대한 구분입니다."
"제대한 대원을 어째서 구분하는가?"
"Z종이라는 것은 현역중 자위대의 기밀에 관한 부서에 소속 또는 관계하고 있어, 자위대의 입장으로서는 외부에 드러나는 것이 달갑지 않은 사실, 또는 정보를 알고 있고 그것을 외부에 누설할 위험성이 있는 인물이라는 겁니다."
"그렇다면 자위대의 약점을 쥐고 있는 셈이군."
"만약 아지사와가 가키노기 촌 사건의 범인이나 또는 관계인물이라면 이것은 경계해야 할 Z대원이라고 볼 수 있습니다."
"자네, 이런 중대한 일을 잘도 조사해냈군."
"경비공안 덕분입니다."
'이럴 때는 경비공안도 고마운걸.' 무라나가는 이 말을 가슴속에서 살그머니 중얼댔다. 수사가 약간 늦어지면 예산이나 인원수를 가차 없이 깎이게 되는 형사와는 달리 경비공안측은 예산도 인원도 남아 돌아갔다. 그것이 이런 경우에 효력을 발휘하여 형사 측을 돕는다는 것은 실로 아이러니한 일이었다.
　여하간 겨우 떠오른 아지사와의 유다른 경력은 사건에 새로운 양상을 전개시키기 시작했다. 이 새로운 정보를 기반으로 회의가 열렸다.
"그렇다면 아지사와가 나가이 요리코를 양녀로 하고, 오치 도모코를 죽인 범인을 단독으로 쫓고 있는 것은 가키노기 촌의 범행에 대한 속죄의 뜻일까요?"

"아마 그럴 거야. 나가이 요리코와 오치 도모코의 공통사항은 가키노기 촌뿐이니까." 무라나가는 대답했다.

"그러나 아지사와를 그만한 일로 가키노기 촌의 사건관계자나 범인으로 단정하는 것은 시기상조라고 생각합니다." 다른 방향에서 다른 이론이 나왔다.

즉, 아지사와가 자위대의 특수부대에 소속했다고 해서 본사건 전후에 가키노기 지구에서 있었던 비밀행동훈련에 참가했는가 아닌가는 확실치 않다. 또 참가했다고 한들, 그가 후도의 주민을 몰살한 범인이라는 증거는 없다. 그것은 아지사와의 이력과 특수부대가 매년 실시하는 훈련지역에서 짐작한 것일 뿐이다.

"만약 아지사와가 범인 또는 사건관계자가 아니라면 그는 무엇 때문에 나가이 요리코를 양녀로 하고, 오치 도모코에게 접근했으며 그녀가 살해된 뒤에도 집요하게 범인을 쫓고 있을까요?" 기타노가 질문을 했다.

2년여에 걸쳐 아지사와에게 그림자처럼 그물을 치고 있었던 그로서는 쳐놓은 그물에 비로소 다가오고 있는 물건이 과녁에서 빗나갔다면 그 허전한 마음을 달랠 길이 없을 것이다.

"그건 당장에는 모르는 일입니다. 아지사와는 확실히 수상합니다. 그러나 지금의 상황으로서는 모든 것이 정황 증거일 뿐입니다. 그것만으로 그를 범인이라고 단정하는 것은 위험한 일입니다."

반대의견과도 양보하지 않았다.

자갈과 바윗돌

 폭주족의 조사는 당초에 생각했던 것보다 쉬운 일은 아니었다. 먼저 하시로 시 역에는 크고작은 10여 개의 그룹이 있어 항상 분열과 흡수합병을 되풀이하고 있었다. 또 인근의 도시나 타 현에서도 흘러들어왔다.
 그러나 습격당했을 순간의 관찰이기는 했으나 검정 헬멧에 검정 가죽점퍼 차림은 시내에서 최대의 세력을 가지고 있으며 가장 흉포한 '광견(狂犬)' 그룹의 제복이라는 것을 알았다. 광견 그룹은 회원 약 250내지 300명이며 오토바이를 주로 타는 폭주족 그룹이었다. 고교생, 점원 등이 많았고, 17, 8세에서 20세까지의 젊은이로 구성되어 있다.
 그들의 근거지는 시내 가마 동에 있는 '헬멧'이라는 스낵 바였다. 아지사와는 보통 손님으로 꾸미고 '헬멧'을 감시하기 시작했다. 30평방 미터 정도의 좁은 가게 안에는 카운터와 벽 사이에 역 대합실 같은 구조로 긴의자가 붙어 있었다. 그리고 가죽점퍼 차림을 한 20세 전후의 청년들과 머리를 길게 늘어뜨린 소녀들이 저마다 모여 있었다. 복장은 위엄있게 보였으나 헬멧을 벗은 얼굴은 모두 어렸다.

은어가 많은 빠른 말씨로 뭘 지껄이고 있는지 모르겠으나 음악실에서 요새 유행하는 모양인 그저 시끄럽기만 한 음악이 최대 볼륨으로 흘러나와 다른 소리를 모조리 눌러댔다. 그 속에서 젊은이들은 외치듯이 이야기를 주고 받았다. 박자를 강조한 록큰롤의 변종 같았고, 연주 중에 스포츠 카의 폭음 같은 소리가 들어 있었다. 젊은이들의 열기라기보다는 목적도 없이 그저 달리기만 하는 폭주족의 광기와 소란함이 가득차 있는 것 같았다.

벽에는 오토바이 그림이 철떡철떡 붙어 있었다. 사진에는 저마다 MV액시터 750S라든가, 브르타고아르비나 250이라든가, 할리데이비슨 FLH1200 등등 설명이 달려 있다.

간혹 일반손님이 찾아들지만 가게 안의 야릇한 분위기에 놀라서 달아나버린다.

아지사와는 이 가게에 수일간 감시망을 폈다. 그러나 '광견' 그룹 회원은 전혀 아지사와에 대해서 이렇다할 반응을 보이지 않았다. 저마다 가지고 있는 기계나 그날에 세운 수훈담에 열중하고 있다.

만약 그들이 누군가의 명령에 따라서 아지사와와 요리코를 습격했다면 반드시 그의 모습에 무언가 반응을 보일 것이다. 그들은 전혀 아지사와에게 관심을 보이지 않고, 자신들의 화제에 몰두하고 있었다. 그 화제 속에 아지사와를 습격한 것은 조금도 비치지 않았다.

'이건 다른 그룹이었나?' 아지사와가 잘못 짚었나보다 하고 단념하려던 찰나, 가게 앞에서 처절한 배기소음이 응집하여 정지하고, 스무 명 가량의 한결 위세가 좋아보이는 무리가 가게로 들어

자갈과 바윗돌 277

왔다. 한바탕 달리고 온 것 같은 기색이었다. 가게 안에 새로운 땀 냄새와 열기가 가해졌다.
"얏호, 유쾌하구나!"
"뭘 요리하고 왔나?" 먼저 와 있던 이들이 묻는다. 이런 경우에 물어보는 것이 그들의 예의인 모양이다.
"또 공원에서 했지."
"또 공원이었나?"
"아베크족이 시시덕거리고 있어서 말이야, '오이채'를 한탕 먹였더니 녀석이 울어대고 계집애는 질질 싸더군, 형편 없더라."
리더 격이 되는 자가 손짓 발짓 해가며 보고를 하니 다른 폭주족들이 와아하고 함성을 지른다. 그 제스처에서 아지사와는 그들이 전날의 습격범의 한패임을 깨달았다. 아지사와 부녀에게 가해 온 습격은 폭주족 사이에 선량한 통행인을 협박하고 즐기는 '오이채'라는 게임인 모양이다. 인간을 오이로 생각하고 오토바이로 주무른다. 한 발 잘못 디뎠다하면 관계없는 사람을 죽음으로 끌어넣을 수도 있는 위험한 게임을 즐기고 있는 것이다.
'어찌된 녀석들일까!' 벌컥 일어나는 분노가 가슴속으로부터 치올라왔다. 그러나 이로써 폭주족의 배후에 범인의 의사가 움직이고 있지 않음을 알았다. 그들은 독자적인 의지로 아지사와 부녀를 노리개 감으로 삼았던 것이다.
그 리더는 전에 노리개 감이었던 아지사와의 얼굴을 잊어버렸는지 아지사와의 목전에서 의기 양양하게 일의 성과를 보고하고 있었다. 아지사와는 슬며시 일어섰다. 더 이상 그 자리에 머물러 있으면 자신이 무슨 짓을 할지 모르는 흉포한 충동을 느꼈기 때문이었다.

폭주족 그룹 안에 범인이 없다고 하면 또다시 야마다 미치코의 선(線)으로 되돌아갈 수밖에 없었다. 그러나 미치코는 공원습격사건 이래, 출근을 하지 않고 있었다. 근무처에 물어보아도 병이라고 할 뿐, 그 이상의 일은 알 수 없었다. 그녀의 집은 조그마한 잡화상을 경영하고 있었으나, 아무래도 집에 있는 기척은 없다.

아지사와는 한 가지 계책을 생각해 냈다. 부근의 과일가게에서 적당한 과일을 사들고 야마다 집을 방문했다. 그는 잡화상에 나온 모친에게 과일바구니를 내놓으면서 기특한 표정으로 인사를 했다.

"'하시로 시네마'에 근무하고 있습니다. 회사에서 미치코 씨의 문병을 왔습니다."

"이거 참, 대단히 감사합니다. 딸애가 이번에는 오랫동안 결근해서 폐가 많습니다." 쉰 살쯤 된 선량해 보이는 모친은 방바닥에 머리가 닿도록 어려워하며 말했다.

아지사와를 '하시로 시네마'의 직원이라고 믿어 버린 모양이다. 근무처의 사람까지는 자세히 모르리라는 생각으로 시도한 연극이 멋지게 들어맞았다.

"그래 미치코 씨의 병세는 요즘 어떻습니까?" 아지사와는 한 발 내딛었다.

"저어, 덕택에 곧 퇴원하게 될 겁니다."

'그럼, 입원하고 있었군. 병이라고 한 것은 거짓말이 아니었나 보다.' 그는 속으로 중얼거리며 말했다.

"괜찮으시다면 병원으로 문병을 갈까 합니다." 더욱 탐색을 해 본다. 만약 근무처에 병원명을 알렸다면 여기서 의심을 받게 될 위험이 있다.

"아닙니다, 바쁘실 텐데 일부러…… 괜찮습니다. 앞으로 3, 4일 쉬면 퇴원하게 되니까요." 모친은 점점 어려워했다.

"모처럼 여기까지 왔으니까 오랜만에 미치코 씨를 만나고 가고 싶습니다."

"정말, 저어, 괜찮습니다. 제가 잘 전해 드리겠어요. 그 아이는 아주 수줍어하는 성품이어서, 병으로 흉한 꼴을 보이는 것을 싫어해서요." 모친은 황망히 사절했다. 그러나 그 말 속에 직접적인 문병을 귀찮아하는 느낌이 들었다. 그것은 정말로 딸의 수치심을 염려한 것일까. 그렇지 않으면 다른 이유가 있는 것일까, 아지사와는 직감적으로 후자라고 깨달았다. 그는 다시 깊숙이 파고들었다.

"실은 저는 아무 말도 못들었습니다만, 미치코의 병명이 무엇입니까?" 여기서 정체가 드러날지도 몰랐다.

그러나 모친은 약간 당황한 표정으로 말했다.

"실은 맹장염입니다. 전부터 증상이 있었는데 약으로 참고 있었던 것을 이번에 의사가 잘라버리는 게 좋다고 하기에…… 본인이 수줍어하기 때문에요."

아지사와는 모친의 어조에서 거짓말이라고 눈치챘다. 맹장염이라면 부끄러울 까닭이 없다. 그녀는 뭔가 다른 병으로 그것도 표면에 드러낼 수 없는 병으로 입원한 것이다.

아지사와는 모친으로부터 병원의 이름을 알아내는 것은 무리일 것이라고 판단했다. 더 이상 밀고 나가면 상대를 경계하게 만든다.

"지금 돌아왔습니다." 마침 그때, 세일러 복의 고교생이 돌아왔다. 미치코를 아주 닮은 얼굴이었다. 그것을 계기로 아지사와가 일어서려고 했더니 모친이 황급히 묻는다.

"저어, 성함은?"

아지사와는 아직 이름을 밝히지도 않았었다.

"회사를 대표해서 왔으니까요. 그럼 아무쪼록 보중하십시오."
아지사와는 태연히 야마다 집을 나왔다.

아지사와는 일단 돌아가는 척하고, 야마다 집을 감시했다. 시가지에서 떨어진 집들이 드문 드문 있는 외진 곳에서 감시하는 것은 어려운 일이었으나, 여하튼 부근의 주민들 눈에 띄지 않도록 한 시간쯤 감시를 하고 있는데, 아까 돌아왔던 교복을 입은 동생이 과일바구니를 들고 나왔다. 아지사와의 예상은 들어맞았다. 아마 이제부터 언니가 입원한 병원으로 가는 모양이다. 아지사와는 곧 뒤를 밟았다.

동생이 간 곳은 시내 약사동(藥師洞)에 있는 현립 병원이었다. 동생은 곧장 제3병동에 들어갔다.

접수처에서 문병객을 위장하고 야마다 미치코의 병실을 물은 아지사와는 예감이 맞은 것을 확인했다. 현립 병원에는 병동이 네 개 있어, 제1이 내과, 제2가 외과, 제3은 산부인과 및 소아과, 제4가 기타로 되어 있었다. 미혼여성이 입원처를 숨기는 것은 대체로 산부인과 쪽이다.

아지사와는 마음에 짚이는 게 있었다. 야마다 미치코를 처음 만났을 때 몸이 아주 무거운 것 같았다. 그녀는 그때 임신중이 아니었을까? 그리고 그 임신의 원인이 범인으로부터 당한 폭행이었다면——가족이 입원처나 병명을 숨기려고 하는 것도 이해가 갔다.

아지사와가 대합실에서 서성거리고 있노라니 동생이 돌아왔다. 과일바구니만 전하러 온 모양이다.

아지사와는 잠시 망설였다. 미치코의 병실에 찾아간들 순순히 상대방의 이름을 대주지 않을 것은 뻔했다. 아마 가족들에게도 말하지 않았을 것이다.

그러니까 동생도 언니에게 폭행을 가하여 입원하게 만든 범인을 알고 있으리라고는 생각되지 않았다. 그러나 아지사와가 처음으로 미치코에게 접근했을 때, 동생을 노릴지도 모른다고 유도를 하자 강한 반응을 보였다. 그것은 범인이 동생에게도 정욕의 마수를 뻗치고 있는 게 아닐까?

이런 종류의 피해자는, 부모보다는 비교적 가까운 형제에게 고백하기 마련이라는 말을 들은 적이 있다.

망설임은 삽시간에 사라지고 아지사와는 마음을 정했다. 그는 미치코의 동생을 쫓아갔다.

"야마다 씨."

갑자기 불리우자 동생은 약간 놀란 얼굴로 돌아 보았다. 언니보다 포동포동하고 온화해 보이는 외모였다.

"저어, 야마다 미치코 씨의 동생이시지요?"

"그렇습니다."

동생은 의아하다는 표정으로 고개를 갸우뚱했다. 별로 경계하지는 않았다. 아까 야마다 집의 현관에서 만났지만 삽시간의 엇갈림이어서 기억하고 있지 않은 모양이다.

"나는 아지사와라고 합니다. 언니와 아는 사이입니다."

"아아, 아지사와 씨."

동생의 표정에는 뜻밖에도 반응이 있었다.

"나를 알고 계십니까?"

"언니에게서 말씀 들었어요. 저어, 약혼녀를 여의셨다는……."

"그런 이야기까지 하시던가요?"

"범인을 찾고 계시지요? 아까의 과일바구니도 아지사와 씨이시군요. 언니도 그렇게 말하고 있습니다."

동생은 들여다보듯이 아지사와를 보았다.

"당신은 언니에게 폭행을 가한 범인을 알고 있나요?"

아지사와는 기운이 났다. 드디어 힘차게 반응해 오는 상대를 만나게 되었다는 생각이 들었다.
"아니에요. 언니에게 몇 번이나 물었지만 말해 주지 않아요."
모처럼의 반응이 순식간에 헛된 기쁨이 될 것 같았다.
"그러나 언니는 아지사와 씨의 약혼녀를 죽인 범인과 언니에게 폭행을 가한 범인이 같은 사람인 것 같다고 해요."
"그런데 어째서 범인의 이름을 말하지 않을까요?"
"두려워하고 있어요. 언니는 협박당하고 있습니다."
"어째서 경찰에 신고하지 않습니까?"
"부모님께서, 그런 짓을 하면 온 시내에 소문이 퍼지니까 절대로 안 된다고 하십니다. 언니도 싫다고 하고요. 그러나 저는, 언니에게 그렇게 몹쓸 짓을 해놓고 모른 체하는 범인이 미워 죽겠어요."
동생은 격렬한 증오와 분노가 서린 눈을 치켜떴다. 그녀는 온화한 용모에 맞지 않게 격한 성품을 가진 모양이다.
"범인이 미운 건 나도 마찬가지입니다. 경찰은 전혀 믿을 수 없습니다. 그래서 혼자 찾고 있는 동안에 언니를 만나게 되었지요. 언니는 범인을 알고 계실 텐데 가르쳐 주질 않습니다. 언니께서 입원하신 것도 범인이 폭행한 게 원인이겠지요?"
대충 추측은 했으나 확인해 보았다.
"언니는 자궁외 임신을 했다는 거예요. 근무처에서 돌아오자 갑자기 출혈해서 구급차를 불러 입원했는데 잘못하면 죽을 뻔했어요."
아마 그녀는 자궁외 임신이 무엇인가도 제대로 모를 텐데, 마치 자기가 그 피해의 장본인인 것처럼 호소했다.
"그래도 범인의 이름을 말하지 않습니까?"

"저도 하마터면 죽을 뻔한 꼴을 당하고 어째서 범인을 숨기느냐고 몇 번이나 물었지만 언니는 입을 다물고 있어요. 어쩐지 범인을 감싸 주고 있는 것처럼 보였어요."
"범인을 감싸 주다니요?"
"틀림없이 협박당하고 있을 거예요. 범인의 이름을 말하면 언니뿐만 아니라 가족까지도 위험하게 될 거라고 협박당하고 있겠죠."
"당신에게는 뭔가 짚이는 게 없습니까? 범인 같은 사람이 당신에게 쓸데없는 말을 걸었다던가 그런 일은 없었습니까?"
"한 번 있었습니다."
"있었군요!"
아지사와는 저도 모르게 소리를 질렀다.
"언니에게 전화를 걸어온 남자가 있었어요. 마침 제가 전화를 받아 전했는데, 그 남자가 어쩌면 범인 같은 생각이 들어요."
"무슨 말을 하던가요?"
"처음에 제 목소리를 언니로 착각하고 말을 했는데, 바로 언니가 와서 바꿔 버렸습니다. 언니는 제가 옆에 있으니까 말하기 거북한 눈치여서 자리를 피해 주었지요. 그러니까 무슨 말을 했는지는 몰라요."
"그런데 어째서 범인 같다고 생각했습니까?
"제 육감이에요. 말투도 난폭하고, 천했어요. 언니는 얌전해서 여지껏 그런 남자에게서 전화가 걸려온 일이 없었거든요. 게다가 언니의 태도가 마치 약점이라도 잡혀있는 것처럼 겁에 질려 있었습니다."

여성으로서 침범당한 것은, 사람에 따라서는 최대의 약점이 될 것이다. 아지사와가 생각한 대로 범인은 피해자가 숫처녀임을 기화로 침범의 범위를 넓히고 있었으리라.

"그 전화에서 뭔가 깨달은 점은 없었습니까?"

"전화에서 시끄러운 음악과 오토바이의 폭음 같은 소리가 흘러나오고 있었어요."

"오토바이?" 아지사와의 눈이 번쩍 빛났다.

"굉장히 시끄러운 곳에서 전화를 걸었던 모양이에요. 그 때문에 제 목소리를 언니로 잘못 들었겠지요. 아, 그리고 이상한 말이 들렸어요."

"무엇이었습니까, 그 이상한 말이란?"

"옆에서 다른 사람들이 이야기하고 있는 게 들렸는데요. '오이채'가 어쨌다고 하더군요."

"오이채라고?" 아지사와가 갑자기 큰 소리를 지르자 동생은 꿈틀하고 몸을 움츠렸다.

"놀라게 해서 미안합니다. 틀림없이 오이채라고 했겠지요?" 아지사와는 치솟아 오르는 흥분을 누르고 다짐했다.

"틀림없어요. 확실히 오이채라고 했어요."

역시 최초로 겨눈 목표는 틀리지 않았다. 범인은 '헬멧'에서 전화를 걸었음이 분명하다.

범인은 '광견' 내부에 있다. 도모코를 죽이고, 야마다 미치코를 범한 범인은 '광견' 안에 있었으며, 아지사와 부녀에게도 오이채를 가해온 것이다. 이들 세 건의 범행 사이에 아마 연관성은 없으리라. '광견'이라는 그 이름처럼 누구나 분별없이 달려들어 물어뜯었겠지.

"왜 그러시죠?" 선 채로 이야기를 하다가 생각에 잠겨버린 아지사와를, 동생이 걱정스러운 듯이 바라보았다.

"아닙니다, 아무것도 아닙니다. 어쩌면 범인을 찾게 될 것 같습니다."
"정말이세요?"
"당신의 이야기는 매우 참고가 되었습니다. 또 뭔가 새로운 일을 알았을 때는 가르쳐주시지 않겠습니까. 내 연락처는 여깁니다."
아지사와가 자세를 바로잡고 명함을 꺼냈다.
"저는 야마다 노리코(山田範)입니다. '범위'라는 범자(範子)예요. 제가 할 수 있는 일이 있으면 거들게 해주세요."
동생은 순진한 여학생의 얼굴로 돌아가서 꾸벅 머리를 숙였다.
"고마워요. 범인은 당신을 노릴지도 모르니까. 야간이나 인적 드문 길을 혼자 다니지 않도록 해요."
아지사와는 오랜 고독한 투쟁 끝에 겨우 한사람 자기편을 얻은 기분으로 말했다.

2

오이채는 '광견'이 발명한 놀이였다. 다른 그룹이 외국것을 흉내내는 경우도 있으나, 자신들의 놀이를 오이채라고 부르는 것은 '광견'뿐이었다. 그러나 250내지 300명 가량의 멤버가 있다는 그들 속에서 어떻게 범인을 찾아낼 것인가?

아지사와는 재차 '헬멧'을 감시했다. 그곳에 모여있는 멤버들에게 닥치는 대로 '하시로 시네마'에 근무하고 있던 야마다 미치코를 모르느냐고 물어보았다. 그리고 그 반응을 보았는데, 누구나 무표정하게 모른다고 했다.

"당신은 무엇 때문에 그런 걸 묻지?" 험악한 표정으로 되묻는 자도 있었다. 그러나 그것은 아지사와가 기대하는 '반응'이 아니라 그들의 모이는 장소에 끼어드는 이방인에 대한 거부감 같았다.

"약간 아는 사람인데 '광견'의 멤버라고 들었기 때문에."

"그런 여자는 모르는데. 그 여자는 당신과 어떻게 아는 사인가?"

"친구야."

"친구라, 친구도 여러가지가 있으니까." 그들은 음란한 웃음을 주고 받다가 갑자기 위협하듯 무서운 표정을 지었다.

"당신은 며칠 전부터 서성거리고 있어 매우 눈에 거슬리는데, 설마 경찰은 아니겠지?"

"경찰? 내가 말인가, 하하."

"뭐가 우스워?"

흉포한 눈초리를 한 몇 명이 그의 주위를 에워쌌다. 만약에 경찰이라면 가만두지 않겠다는 그런 분위기였다.

"오해하지 말게, 나는 이런 사람이야." 아지사와는 회사명을 넣은 명함을 내놓았다. 그것을 들여다 본 그들은 눈이 휘둥그레졌다.

"뭐, 보험쟁이였나, 보험원이 무슨 용건인가?"

"무슨 용건인가 알겠지? '광견'의 멤버라면 우리들의 좋은 고객이지. 그렇군, 자네들도 이번 기회에 어때? 생명보험에 들고 있으면 든든하네."

"우리들이 생명보험에?"

한순간 어이가 없다는 표정을 지었던 그들은 폭소를 터뜨렸다. 한바탕 몸을 비틀고 웃고난 뒤에, 말했다.

"보험쟁이씨, 우리들에게 보험을 권유할 생각으로 여기에 왔다면, 아무리 와도 소용없어. 생명보험에 들어놓고 오토바이를 몰고다니는 꼬락서니란 말도 안 돼."

결국 야마다 미치코의 이름에 반응을 나타낸 자는 찾아낼 수 없었다.

'헬멧'에 수소문을 한 지 사흘째 되는 밤 귀가길이었다. 도모코가 살해된 잡목숲 부근에서 아지사와는 돌연 뒤에서 불려 세워졌다.

"자네가 아지사와인가?"

나무그늘의 어둠이 한결 짙은 부근에 몇 사람이 웅크리고 있는 듯했다. 그렇다고 대답하니 별안간 강한 빛이 눈을 비췄다. 귀청을 뚫을 듯한 포효(咆哮)가 공기를 가르고, 검은 강철제의 짐승들이 어둠 속에서 아지사와를 향해 달려들었다. 몸을 돌려 급히 피하니 두 번째가 왔다. 일어설 틈을 주지 않고 세 번째가 목을 노렸다. '광견' 그룹의 범인이 잠복하여 아지사와를 노리고 있었던 모양이다.

모두 500cc 이상의 중량 오토바이 세 대가 저항을 하지 않는 아지사와를 둘러싸고 교대로 습격해 온다. 아지사와는 그들의 살기를 느꼈다. 전날 공원에서 '오이채'를 당했을 때는 게임 같은 여유가 있었는데, 이번에는 진짜였다. 전속력으로 질주해 오다가는 아지사와에게 격돌하기 직전에 선회했다. 아무도 지나가지 않았다. 지나갔던들 어찌할 도리가 없었으리라. 유일한 피난처는 잡목숲이었으나 공격방법이 교묘해서 달아날 틈을 주지 않았다.

아지사와는 궁지에 몰렸다. 세 대의 기계는 세 군데에서 아지사와를 에워쌌다. 휘황한 라이트 위에 있는 조종사의 모습은 보이지 않는다. 라이트가 교차하는 초점 안에서 아지사와는 꼼짝달싹도 못했다. 엔진의 회전이 약간 늦춰지자 앞쪽 기계에서 목소리가 튀어나왔다.

"어떻게 할 생각으로 야마다 미치코에 대해 냄새를 맡고 다니느냐?"

"그러니까 아는 사이라고 했지 않나." 아지사와는 대답하는 순간, 그들이 도모코를 살해한 범인들이라는 것을 눈치챘다. 그들은 도모코를 습격하고 그 부근의 지리를 잘 알고 있다. 그래서 몰래 아지사와의 뒤를 밟아 돌아가는 방향을 보아둔 뒤에 자기들에게 이로운 장소에서 잠복하고 있었던 것이다.

"어떻게 아는 사이냐?"

"친구야."

"뭔가 저의가 있군."

"저의 같은 건 없다. 보험을 권유해 볼 생각이었지."

아지사와는 대화를 끌면서, 애써 틈을 엿보고 있었다. 오랜 추적 끝에 겨우 모습을 드러낸 범인이다. 이것은 다시없는 기회였다.

"또 야마다 미치코의 일로 냄새맡고 다니면 가만두지 않겠다."

"어째서 야마다 미치코에 관해서 물으면 안되지?"

"시끄럽다! 마음에 들지 않는단 말야. 앞으로 '헬멧'에도 접근하지 마라. 거기는 너 같은 녀석이 올 곳이 못 돼."

아지사와는 도모코사건을 확인하려다가 간신히 참았다. 아지사와의 본 목적이 도모코 살해의 범인 추적인 줄 알게 되면 그들은 아지사와를 무사히 돌아가게 내버려두지 않으리라.

그때 우연이 발생하여 아지사와에게 유리하게 되었다. 먼곳에서 경찰차의 경적이 들렸다. 그것은 이쪽으로 다가오는 기척이었다. 다른 사건 때문에 급히 가는 것인지, 혹은 인근에 있던 사람이 폭주족이 통행인을 괴롭힌다고 생각하고 연락을 한 것인지는 알 수 없었다.

경찰차의 기척에 폭주족들은 갑자기 동요했다. 그들은 엔진의 속력을 올리고 차례로 출발했다. 출발과 동시에 더 맹렬히 공격해왔다.

아지사와는 그 순간을 노리고 있었다. 오토바이가 공격하기 직전 아지사와의 손에서 번쩍 하고 화살처럼 튀어나온 것이 있었다. 그것은 라이트의 빛줄기 속에서 번쩍이며 두 번째 오토바이의 앞바퀴에 철컥 걸렸다. 공격 직전에 저지를 당한 오토바이는 앞으로 고꾸라지며 뒤집혔다. 오토바이의 가속력을 그대로 받은 조종사는 5미터가량 앞으로 날아가, 머리부터 길바닥에 곤두박혔다. 거기에 세 번째 오토바이가 무턱대고 공격해 왔다.

 길바닥에 나가떨어진 충격으로 움직일 수 없게 된 오토바이에 세 번째 오토바이의 앞바퀴가 걸려 뒤집히려 하더니 재빠르게 일어서 전속력으로 첫 번째의 뒤를 쫓았다.

 뒤에는 이중충격으로 죽은 듯이 나자빠진 두 번째 오토바이의 조종사가 남아 있었다. 달려가 보니 아직도 미약하게 숨을 쉬고 있었다. 헬멧을 쓰고 있었기 때문에 충격은 상당히 덜한 것 같았다.

 마침 거기에 경찰차가 달려왔다.

 "여보게, 괜찮은가?"

 "폭주족들에게 시비를 당하고 있다는 통보가 있었는데……?"
경찰차에서 내린 경관이 공격태세를 갖춘 채 말을 걸었다.

 "괜찮습니다. 사이렌 소리를 듣고 도망가다가 한 녀석이 핸들을 잘못 꺾어 다쳤습니다."

 폭주족의 우두머리가 달아나버렸다고 하자 공격태세를 늦춘 경관은 조종사의 부상을 보고 무전으로 구급차를 불렀다.

 아지사와는 경관이 구급차를 부르고 있는 틈을 타서 옆으로 굴러있는 오토바이의 앞바퀴에 달라붙은 쇠사슬을 벗겨서 주머니 속에 감췄다. 그것은 그가 폭주족들과의 대결을 예상하고 몰래 고안한 것으로서 양쪽 끝에 분동(分銅)을 달아맨 가느다란 쇠사슬이었다. 쌍절곤(雙節棍)과 사슬낫이 합쳐진 것 같은 흉기였다. 자빠진 폭주족은 자기 몸에 무슨 일이 일어났는지 인식할 틈도 없이 의식을 잃고, 달아난 폭주족도 자기가 도망치는 데 바빠서 아무것도 보지 못했을 것이다.

아지사와는 그때 과거의 특수한 경력의 일부를 처음으로 잠깐 비춰 보였던 것이다. 그것은 바로 흉기가 되어 폭주족 한 명을 쓰러뜨렸다.

3

폭주족은 '하시로 시민병원'에 수용되었다. 그의 이름은 가자미 도시쓰구(風見俊次), 16세의 고교생이었다. 이중충격으로 두부에 타박상을 입고 우측 쇄골이 부러졌다. X선 촬영 결과 두개골 내의 출혈은 없는 모양이었다. 그러나 두부의 부상은 미묘해서 앞으로 어떻게 될지 몰랐다.

가자미 도시쓰구의 양친이 달려왔다. 부친은 시내에서 치과를 경영하고 있으며 가정은 유복했다.

"막내둥이라 응석을 받아주었더니 끝내는 이런 사고를 일으켰군요. 갖고 싶다는 것은 무엇이든 사줬더니 그게 원수가 되어버렸어요. 그애가 오토바이를 탐냈을 때 나는 반대했는데, 지나가는 사람들에게 행패를 부리다니 이렇게 된 것도 자업자득입니다." 모친은 눈물을 닦았다. 어찌되었던 가자미의 생명에 이상은 없었다.

아지사와는 피해자의 입장에 있음에도 가자미의 구급에 협력한 형태였으므로, 양친으로부터 미안함과 감사를 받게 되었다.

"제게도 다소 책임이 있습니다. 버젓이 혼자서 어정어정 걷고 있었으니까요. 제발 아드님을 너무 책망하지 마십시오."

속셈이 있는 아지사와는 거꾸로 가자미를 감쌌다. 양친은 그를 신뢰했다. 아지사와는 문병을 핑계로 가자미의 병실에 자유롭게 드나들었다. 가자미는 아지사와를 두려워했다. 그러나 양친은 그것을 아들의 응석이라고 생각했다.

"그런 사람도 없지. 네가 오토바이로 장난을 했는데도 네 걱정을 하고 매일 문병오시지 않니. 그것을 싫어하다니, 응석이 지나치구나." 가자미는 모친에게 꾸지람을 들어도, 아지사와를 기피하는 진정한 이유를 고백하지 못했다.

"어머니, 그 사람은 나를 죽일 거야. 병실에 들여 놓지 말아요."

가자미는 호소했다. 두부에는 그 후 이상이 나타나지 않았으나 가슴에 깁스를 끼고 있어서 움직일 수가 없었다.

"무슨 말을 하니, 죽이려고 한 것은 너였지 않니?"

"독방말고 공동실로 옮겨줘요."

"바보 같군, 이 방이 조용하고 빨리 좋아질 거야." 모친은 상대를 하지 않았다.

"내가 건드린 것을 원망하고 언젠가는 복수를 할 거야."

"건드린 건 너 혼자만은 아니잖니."

"지금 움직일 수 없는 건 나 혼자뿐이야."

양친도 간호사도 없을 때 아지사와가 습격해 오면 그야말로 달아날 수가 없다. 가자미의 얼굴에는 피부 밑에서부터 스며나오는 기름기와 같은 공포가 있었다.

입원한 지 사흘째의 밤중, 가자미는 몹시 몸이 흔들리는 바람에 잠을 깼다. 자다 깬 몽롱한 시야에, 들어온 사람의 얼굴이 희미하게 떠오른다. 겨우 초점이 맞으니 거기에 아지사와의 얼굴이 있었다. 깜짝 놀라 뛰어나 일어나려 했지만 가슴이 깁스로 고정되어 있어 꼼짝달싹 할 수가 없었다.

"잠깐, 그렇게 당황하면 몸에 해로워."

아지사와는 미소를 지으며 가자미의 몸을 가볍게 눌렀다. 조금 눌렀지만 무거운 돌을 얹어놓은 것 같은 압력이 있다.

"이, 이런 시간에 무슨 용건이야." 가자미는 힘껏 있는 대로 허세를 부렸다. 머리맡에 놓은 시계를 볼 여유도 없었다. 하지만 밤 12시를 지난 모양이었다. 정적에 심야의 무게가 실려 있었다.

"잠깐 문병하러 왔네."

"문병은 낮에 했잖아."

"두 번 오면 안되나?"

"지금은 문병하는 시간이 아니야, 가줘." 말하면서 머리맡에 슬그머니 손을 뻗으려고 했다. 거기에 간호사 호출용의 '부저 코드'가 있을 것이다.

"뭘 찾고 있나?" 아지사와가 재빠르게 가자미의 손가락 끝을 보았다.

"벼, 별로."

"네가 찾고 있는 것은 이것인가?" 아지사와가 집어든 것은 부저의 코드였다. 엉겁결에 표정이 굳어진 가자미에게, "간호사에게 뭔가 용건이 있으면 내가 대신 해주지."

"아무런 용건도 없어!"

"그런가, 그렇다면 이 부저는 당분간 필요 없겠군."

아지사와는 심술맞게 부저를 가자미의 손이 닿지 않는 곳에 놓았다.

"나는 졸려, 일이 없으면 돌아가."

"좀 물어볼 게 있어서."

"물어볼 게?" 가자미는 섬뜩했다.

"일전에는 무엇때문에 나를 습격했나?

"이유 같은 것은 아무것도 없다. 당신이 공교롭게 그곳을 지나가서 놀려준 것뿐이야."
"야마다 미치코의 일을 수소문하지 말라고 했지. 이유가 뭔가?"
"몰라요."
"내 귀로 똑바로 들었어."
"그런 말을 한 기억이 없어."
"그런가, 그럼 기억이 나게 해줄까?"
"정말로 몰라."
"야마다 미치코와 너는 어떤 사이냐?"
"당신을 놀린 것은 잘못했으니 용서해줘."
"너 외에도 또 두 사람의 한패가 있었지. 이름과 주소를 가르쳐주게나."
"몰라요."
"같은 '광견'의 멤버가 아닌가."
"헬멧에서 알게 된 것뿐이야. 이름도 주소도 몰라."
"모르는 일 투성이로구나. 알았다, 한꺼번에 생각이 나도록 해주지."
아지사와는 싱긋이 웃고 침대 쪽으로 다가갔다.
"뭐, 뭘 할 작정이야?"
아지사와에게서 풍기는 야릇한 느낌에 가자미의 움직이지 못하는 몸이 굳어졌다.
"너는 머리를 부딪쳐서 모든 일을 잊어버렸다. 충격으로 인한 기억 장애는 새로운 충격으로 회복되는 수가 있지. 네 머리를 침대의 쇠틀에 두세 번 부딪쳐 보면 생각이 날지도 모르니까."
"관둬!"
"그렇다고는 하지만, 새로운 충격으로, 모처럼 좋아진 머리 속의 상처가 터지게 될지도 모르지. 네 머리 속은 아주 미묘한 상태에 있다. 헬멧을 쓰지 않았더라면 틀림없이 저승에 갈 뻔했지. 뇌의 알맹이는 타다 남은 재처럼 위태롭게 균형이 유지되고 있는지도 모른다. 게다가 새로운 충격을 가하면 어떻게 될까. 이번에는 헬멧을 쓰지 않았으니까 말이야."
"돌아가지 않으면 경찰을 부를 테다."
"허어, 어떻게?" 아지사와는 부저의 코드를 가자미의 얼굴 앞에 늘어뜨리고 흔들었다.
"부탁이야, 나가줘!"
"그러니까 묻는 말에 대답해 주면 돌아간다고 하지 않나."
"모르는 것은 말할 수 없다."
"너는 네 입장을 모르는 모양이군. 네 패거리는 너를 깔아뭉개고 달아나버렸다. 너는 네 패들에게 자칫하면 살해될 뻔한 거야. 그걸 감싸줄 의리 따위는 버려도 돼."
"……."
"그렇지 않으면 역시 나더러 생각나게 해 달라는 거냐?" 아지사와는 가자미의 머리 밑에 양손을 넣어 들어올렸다.
"기다려줘!"
"이제 겨우 이야기할 기분인가."
"나는 범하지 않았어."
"너희들 삼인조가 야마다 미치코를 범했구나."
"그렇지만 나는 망을 보았을 뿐이야. 언제나 나는 파수역이란 말이야."
"그럼 누가 그랬나?"
"내가 말했다고 하지 말아요."
"바른대로 말하면 잠자코 있겠다."

"보스와 쓰가와(津川) 씨가 그랬어요."
"보스와 쓰가와란 어디에 있는 누구냐?"
"쓰가와 씨는 자동차공장에 근무하고 있어요."
"보스란 누군가."
"보스를 모르는 편이 당신에게 이로울걸."
"말해라."
"오바 씨야."
"오바?"
"오바 시장의 아드님이야."
"오바 잇세의 아들이 네 보스냐?" 아지사와는 별안간 강한 섬광에 눈을 찔린 듯한 기분이었다.
"그래요. '광견'의 리더지요. 같은 고교 4학년이에요."
"시장에게는 아들이 서너 명 되는데."
"세째예요."

몰고 올 사냥감은 컸다. 사냥감 자체가 클 뿐만 아니라 그 배후에 거대한 일가권속(一家券屬)이 있었다.

"오바 씨 세째 아들과 쓰가와 두 사람이 야마 미치코를 강간했나?"
"그래요. 보스가 그전부터 야마다 미치코에게 눈독을 들여 유혹했지만 말을 듣지 않아서 비닐하우스 부근에서 잠복해 있다가 해치웠지요. 보스는 나보고도 하라고 했지만 내키지 않았어요."
"그 후에도 야마다 미치코를 괴롭혔지?"
"야마다 미치코 부친은 '하시로 교통'의 버스운전사고, 보스의 형이 사장입니다. 보스의 말을 듣지 않으면 미치코의 부친을 파면시키겠다고 협박했기 때문에 어쩔 수 없이 교제하고 있는 모양이에요."

"전날에 나를 습격한 것은 야마다 미치코가 말했기 때문인가?"
"아니오, 광견의 멤버가 헬멧에서 당신이 야마다 미치코에 관해서 조사하고 다닌다고 말해 주어서 위협을 하려고 그랬어요."
"넌 아까, 언제나 망보는 역할을 맡고 있다고 말했지."
"파수역이 아니면, 보스가 눈독 들인 여자를 호출하는 역할이죠. 나는 여자에게 실제로 손을 댄 일은 한 번도 없어요."
"그렇다면 야마다 미치코 외에도 그랬겠군." 아지사와는 슬슬 핵심으로 들어갔다. 유도신문에 걸린 꼴이 된 가자미의 얼굴에 난처한 빛이 서렸다.
"그렇지만 거의 불량소녀였어요."
"오치 도모코는 불량소녀가 아니야."
급소의 표피(表皮)를 어루만진 칼끝이 반전하여 핵심에 꽂혔다. 가자미의 얼굴빛이 달라졌다.
"왜 그러나, 상당히 놀란 모양인데. 9월 2일 밤, 아니 정확하게 말하자면 3일 새벽, 오치 도모코라는 여성에게 폭행을 하고 죽인 것도 네녀석들이군."
"아니야! 우리들이 아니야. 나는 아무것도 몰라."
강간과 강간 살인은 죄질이 다르다. 야마다 미치코 쪽에서 왔다고만 생각했던 아지사와가 진정 노리고 있는 것을 알자 가자미는 놀라 자빠졌다.
"그렇다면 무엇 때문에 그렇게 화를 내지?"
"나는 관계없어!"
"시끄럽다! 네녀석들이 나에게 시비를 걸어온 장소는 오치 도모코가 살해된 장소야. 네녀석들은 그곳 사정을 잘 알고 있었다."
"우연이야, 우연의 일치야."
"네가 말하지 않아도 상관없다. 오바의 아들이나 쓰가와에게서 들으면 돼. 너한테서 들었다고 하면서 말이야."
"부탁이야, 그것만은 말아줘."
"바른대로 모조리 말해봐. 오치 도모코를 죽인 건 누구냐. 거기에 있었던 건 네녀석들 세 명뿐이었나? 그렇지 않으면 또 누가 있었나?"
"부탁이야, 나는 린치를 당해."
"말을 안하면 지금 죽는 일만 있을 뿐이야. 만약에 네가 범인이 아니라면 남의 죄를 쓰고 죽는 거야. 어이 없다고 생각하지 않나? 바른 대로 모두 이야기 하면 경찰에서 선처하도록 부탁해서 보호해 주겠다."
"경찰 같은 것은 못믿어. 하시로의 경찰은 모두 보스 아버지의 부하야."
"그런가, 범인은 역시 오바의 바보자식이군."
"앗!"
"이제 와서 입을 막아도 소용없다. 네녀석도 공범이겠지."
"나는 죽이지 않았어. 길가에서 망을 보고 있으려니까 보스와 쓰가와가 얼굴이 파래져서 도망쳐 오길래 함께 달아났어. 나중에 여자를 죽인 것을 알고 큰일을 저질렀다고 생각하고 걱정이 되어 살아 있는 것 같지가 않았어요."
"왜 오치 도모코를 노렸느냐? 야마다 미치코처럼 그전부터 노렸었나?"
"아니야. 그날 밤, 여느 때와 같이 셋이서 돌고 있으려니까, 거기에 멋지게 생긴 여자가 혼자 걸어가고 있는 것을 보고, 순간적인 충동으로 습격한 거야. 그런데 여자가 예상한 것보다 심하게 저항을 했기 때문에, 엉겁결에 눌렀던 손에 힘을 주어, 그게 지나쳐서 죽어 버린 모양이야. 나는 거기서 약간 떨어진 곳에 있었기 때문에 잘 몰랐어. 정말이야 믿어줘요. 나는 여자같은 건 못 죽여."

추측한 대로 '쿠데타'와는 거의 관계가 없는 것을 알았다. 오바의 아들이 범인이라는 것은 무슨 업보가 있어서 이렇게 되었다고 말할 수밖에 없다.

"거기에 있었던 것은 오바와 쓰가와 그리고 너 세 사람뿐이었나?"

"그래, 나는 길가에서 망을 보고 있었어."

"'광견' 회원은 300이나 있는데 어째서 세 사람이 돌고 있었나?"

"그룹의 행동은 전원이 같이 하지만 여자를 찾을 때는 언제나 세 사람만 하고 있었어. 비밀을 지키기 위해서야. 1년 전에 우연히 셋이 오토바이를 몰고 다녔을 때 혼자 다니는 여자를 겁탈하고 맛을 들인 거야."

"너는 망을 보는 맛을 들였구나."

"보스가 돈을 주더군. 좋은 아르바이트였지."

"기막히는군. 돈에 쪼들리지는 않을 텐데."

"좀더 성능이 좋은 오토바이로 바꾸고 싶었어. 아버지는 500cc 이상은 사주지 않았단 말이야."

강간을 방조하여 받은 돈을 부지런히 모아서 성능이 좋은 오토바이를 사려고 하는 고교생——그것은 고도화하는 기계문명 속에서 정신만이 미숙한 채 뒤떨어진 가엾은 젊은이의 모습이었다. 그는 최소한 고성능의 오토바이를 타고다니며 뒤떨어진 정신을 되찾으려고 하는지도 모른다.

아지사와는 드디어 범인을 알아냈다. 도모코는 쿠데타의 보복으로 살해된 게 아니라는 것을 알았지만 오바 체제와의 정면 충돌은 불가피한 일이 되었다. 설사 상대방이 제아무리 강대하더라도, 능욕당하고 살해된 도모코의 원한과 굴욕을 씻어주기 위해서는 그 충돌을 피하면 안 된다.

아지사와는 오바와 대결하기 위해서 흩어져 있는 이쪽의 힘을 모아놓지 않으면 안되겠다고 생각했다. 오바 체제 앞에서는 아무리 이쪽의 힘을 모아본들 거대한 암석 앞에서 모래가 자갈이 된 정도였지만 적어도 모래보다는 나을 것이다. 그리고 쓰는 방법에 따라 그 자갈이 암석을 파괴하는 폭약이 될지도 모른다. 한 줌의 폭약이라면 거대한 암석 덩어리를 순식간에 날려 버릴 수 있다.

4

"언니를 폭행한 범인을 알아냈습니다."

"어머, 정말이세요!" 야마다 노리코는 눈을 둥그렇게 떴다. 아지사와가 마음속으로 의지하고 있는 자기편의 한 사람이다.

"정말입니다, 범인은 한 사람이 아니었습니다."

"도대체 누구예요?"

"'광견'의 한패입니다. 주범은 그 리더인 오바 나리아키(大場成明)입니다."

"오바?"

"네, 오바 일족입니다. 오바 잇세의 세째 아들입니다. 나머지 둘은 그 부하였어요."

"오바의 일족이었던가요."

노리코의 몸에서 갑자기 힘이 빠진 것 같았다. 언니가 범인의 이름을 말하지 않은 것도 무리가 아니라고 마음속으로 납득이 간다는 표정이었다.

"오바의 일족이라고 겁낼 필요는 없습니다."

"그렇지만 오바가 상대라면……?"
"당신 아버님께서 하시로 교통에 근무하고 계시는 것도 알고 있습니다. 그러나 언니에게 폭행을 한 범인은 내 약혼녀를 죽인 범인이기도 합니다. 우리들이 같이 호소하면, 대단히 강한 힘이 됩니다."
"증거가 있나요?"
"공범인 부하 하나가 자백했습니다."
"전, 무서워요."
"노리코 씨, 두려워하면 안 됩니다. 시민 가운데도 보이지 않는 우리편이 많이 있습니다. 용기를 내세요."
"그래도 폭행 당한 건 제가 아니에요."
노리코는 '오바'라는 이름을 듣자 갑자기 태도가 약해졌다.
"녀석들은 당신도 노렸을 겁니다. 공공연하게 발표되지는 않았으나, 피해자는 언니 외에도 많습니다. 앞으로도 피해자는 계속 나올 겁니다. 지금이야말로 그 녀석들이 죄의 보답을 받는 절호의 기회입니다."
"절더러 어떻게 하라는 겁니까?"
"어떻게 해서라도 언니와 부모님을 설득시켜서 오바 나리아키를 고소해 주십시오. 언니에게 폭행을 한 자는 적어도 둘 이상입니다. 이런 경우에는 언니의 고소가 없어도 고발할 수는 있습니다만, 뭐니 뭐니 해도 피해자 본인이 고소를 하는 게 좋습니다. 모처럼 자백한 부하도 언제 말을 바꿀지 모릅니다. 아니 경찰이 나서면 반드시 바꾸겠지요. 그렇게 되었을 때, 본인의 고소가 없으면 약해집니다."
"언니는 싫어할 거예요."
"그러니까 당신에게 부탁하는 거지요. 여기서 일어서지 않으면 범인들은 언니를 괴롭힐 겁니다." 아지사와는 목소리에 힘을 주었다.

"앞으로도?"

"그래요, 반드시 달라붙겠지요. 언니는 녀석들에게는 포획물이요. 모처럼 수중에 넣은 포획물을 짐승 같은 녀석들이 간단히 놔줄 까닭이 없어요."

"……"

"노리코 씨, 지금은 생각하고 있을 때가 아닙니다. 행동할 때입니다. 당신이 언니를 진심으로 구하고 싶으면 협력해 주시오."

아지사와는 노리코의 어깨를 붙들고 그 몸을 흔들었다.

다음에 아지사와가 방문한 것은 '하시로신보'의 사회부장인 우라카와 고로였다. 그는 쿠데타가 발각되어 정직처분을 받고 자택에 틀어박혀 있었다. 정직이라고는 하지만 그것이 영원히 해제되지 않으리라는 것은 알고 있는 바였다.

하지만 급료는 계속 보내주므로 생활은 그다지 곤란하지 않았다. 그런 것이 오바의 교묘한 점으로, 생활이 궁해지면 괴로운 나머지 무슨 짓을 하고 나설지 모르니까, 일자리만 빼앗고 죽을 때까지 돌봐주는 것이다.

현장을 떠나 아직 얼마되지 않았는데도 우라카와는 완전히 거세되어 있었다. 아지사와가 방문했을 때 우라카와는 엎드려 텔레비전을 보고 있었다. 대낮부터 술냄새를 풍기고 있었다. 눈이 불그스레 탁해지고 표정이 느슨해져 있었다. 4, 5일은 깎지 않은 듯한 수염이 그를 나이보다도 늙어 보이게 했다. 텔레비전은 켜져 있을 뿐 거의 보고 있지 않았다.

이 사람이 도모코를 도와서 오바 잇세에게 쿠데타를 꾀한 '하시로신보'의 사회부장과 동일인물이라고는 도저히 생각되지 않았다.

아지사와는 일자리를 빼앗긴 사나이의 노쇠하는 속도를 눈 앞에 본 심정이었다.
 아지사와가 쳐다보아도 벌써 누군지 잊어버리고 있었다. 오바가 돌봐주는 정책은 멋지게 효력을 나타내고 있었다.
 아지사와는 격렬한 실망감을 겨우 참고, 설득을 했다. 아지사와의 열변에도 우라카와는 아무런 반응을 보이지 않았다. 듣고 있는지 듣고 있지 않는지도 모를 정도였다.
 "우라카와 씨, 지금이야말로 반격해야 할 절호의 기회입니다. 이자키 아케미의 사체가 얼마 전에 나왔고, 오치 도모코 씨를 살해한 범인도 오바의 아들이라는 것을 알았습니다. 오바의 아들을 리더로 한 시내의 폭주족 그룹이 젊은 처녀를 윤간한 사실도 드러났습니다. 이들 피해자가 결속하여 고소하고, 게다가 우라카와 씨가 하시로 강 하천부지의 부정을 언론계에 돌리면 오바 체제를 전복시킬 수 있습니다. 우라카와 씨가 일어서 주시면 설득력이 있습니다. 언론계는 우리들의 편이 됩니다."
 "무익해요, 전적으로 무익합니다."
 우라카와는 술냄새가 나는 숨을 내쉬면서 아지사와의 말을 도중에 가로막았다.
 "무익?"
 "그렇소, 그런 짓을 해봤자 아무것도 되지 않아요. 이 도시에서 오바에게 반항하다니 꿈처럼 덧없는 이야기지요."
 "꿈이 아닙니다! 당신은 하시로 강의 제방에서 이자키 아케미의 시체가 나온 것을 알고 계시지요. 지금 세상 사람들의 이목은 하시로 강에 집중하고 있습니다. 지금 하천부지의 부정을 공표하면……"
 "그러니까 꿈이라고 하는 거요. 이자키 뭔가하는 여자의 시체와 하천부지의 문제는 관계가 없어요. 설사 관계가 있다고 해도 나는 싫소이다. 내겐 관계없는 일이야."
"당신에게 관계없는 일이 아니지요."
아지사와는 오치 모기치의 대우를 잊었느냐고 자칫 말이 나올 뻔했다. 그러나 그 말을 하면 싸움이 된다.
"이제 끝난 일입니다. 모두 끝나버렸소. 나는 말이오. 이 나이가 되어 낯선 고장에서 떠도는 생활은 싫소. 잠자코 얌전하게 있기만 하면 생활에는 지장이 없거든. 종전대로 월급이 나와 아내는 기뻐하고 있소. 그야 처음에 정직을 당했을 무렵에는 괴로웠지. 그러나 그 동안에 깨달은 것은 악착같이 일을 해봤댔자 일평생은 일평생이며, 1분 1초의 특종 기사에 몸과 마음을 기울여본들 독자 쪽에서 별로 바라는 것도 아니라는 거요. 그 증거로 세제(洗劑)나 자명시계 등의 광고로 간단히 신문을 바꿔버립니다. 우리들이 상대하고 있는 독자란 결국 그 정도밖에는 안 되는 사람들이오. 일이라고 거창하게 말해도 회사의 일이지요. 나 한 사람이 없어진들 회사로서는 조금도 지장이 없어요. 성실하게 일을 하고 정년이 되면 쫓겨나는 것. 어차피 같은 처지라면 편안히 있으면서 돈을 받는 편이 좋다는 것을 나는 깨달았소. 여태까지 가족과 이야기할 시간도 없었던 마차(馬車)의 말과 같은 생활은 인간의 생활이 아닙니다. 지금의 생활이 인간의 참생활이지요."
"아닙니다, 당신은 자신을 속이고 있는 거요. 일자리를 빼앗긴 외로움을 술로 얼버무리고 있는 거요."
"당신과 토론할 생각은 없소. 여하튼 나는 현재의 생활을 즐기고 있소. 혁명이든 반란이든 하고 싶으면 하시오. 그러나 나를 끌어 넣지는 말아요. 하고 싶은 사람만 하면 되는 거요."

"우라카와 씨, 당신은 적으로부터 입막음을 위해 주는 돈을 받고, 창피스럽게 살고 있는 것이 한심하다고 생각되지 않습니까?"
"입막음 돈?"
우라카와의 술에 탁해진 눈이 번쩍 빛난 것 같았다.
"그렇소. 입을 막기 위해 주는 돈이오. 당신은 지금 오바 잇세로부터 함구료를 받고 신문기자의 양심도, 사나이의 긍지도 잊어버렸구려. 잊지 않았다면 눈을 감고 있는 거요. 적은 돈으로 인간의 근본적인 것을 팔아 버린 것이오."
"돌아가 주시오. 내 근본적인 것이란 가정과 현재의 생활이오. 감상적인 정의감만으로는 살아나갈 수 없소. 당신과 이 이상 이야기할 것은 없소, 돌아가줘요."
"다시 한번, 다시 한번 생각해 보시오. 당신은 정말로 지금의 생활에 만족하고 있는가? 이대로 신문기자 정신을 술에 적시고 오바의 부정을 눈감아 주어도 후회는 없는가."
"후회 같은 건 한 조각도 없소. 오바의 부정, 부정하고 말하지만, 그것을 폭로해서 어쩌자는 거요. 하시로가 좋아진다는 건가, 흥, 아무리 부정을 폭로해도 세상은 조금도 나아지지 않아. 오히려 나빠져. 하시로는 오바가 쥐고 있기 때문에 평화로운 거야. 오바를 쓰러뜨리면 또 먼지가 나요. 그 먼지를 정면에서 뒤집어 쓰는 게 시민이야. 하천부지를 오바가 매점하든 말든 우리들에게는 관계가 없어. 팔아 넘긴 농부들로서도 해마다 있는 홍수 때문에 못 쓰던 토지였어. 그곳에 제방을 쌓고 일등지로 해 놓은 것은 오바의 재능이야. 딴 고장에서 온 당신은 더욱 관계가 없는 일이 아닌가. 도모코 씨를 죽인 범인을 알아냈으면 당신 혼자서 고발하면 되는 일이야. 하천부지의 문제와 결탁시킬 필요는 없어요. 자, 이제 알았겠지. 돌아가주오, 낮잠을 자고 싶으니까요."
"토론할 생각은 없다고 하면서 꽤 열심히 오바를 변호하시는군요. 그건 월급, 아니 '연금' 때문인가요?"
아지사와의 통렬한 비꼼에 우라카와의 얼굴에는 술에 취한 것과는 다른 기색이 떠올랐다. 그리고 뭔가 말을 하려다가 갑자기 힘이 빠진 듯 손을 흔들며 돌아가 달라는 시늉을 했다.

질식한 장치

 오바 잇세에게는 네 자녀가 있다. 장남인 오바 나리타(大場成太)는 '오바 기업' 그룹의 핵심기업인 '오바 천연가스 공업' 사장이었고, 차남 나리쓰구(成次)는 '하시로 교통'의 사장 및 산하수사(傘下數社)의 역원이며, 장녀 시게코(繁子)는 '하시로신보'의 사장이며 오바 그룹의 전무이사인 시마오카 요시유키(島岡良之)에게 출가했다.
 넷째 막내아들 나리아키(成明)는 아직 고교 재학중이었으나, 위의 삼남매가 모두 우수하고, 일족의 중요 위치에 있는데, 그만이 중학시절부터 나쁜 길로 빠지기 시작해서 불순한 이성교제나 불량스런 놀이 등을 해서 가끔 경찰의 선도를 받았다.
 경찰에서도 오바의 아들이므로 언제나 공표하지 않고 비밀리에 처리하고 있었지만, 너무 자주 문제를 일으키므로 당황하고 있었다.
 최근에는 시내에서 '광견'이라는 폭주족 그룹을 결성하고, 그 리더가 되어 있다. 주말에는 그 기동력을 마음대로 다루고 시외에서 현외까지 뻗쳐 타 지구의 폭주족과 사건을 일으키곤 했다.
 "관할내라면 모르되 밖에서 문제를 일으키면 감싸줄 수가 없습니다." 하시로 경찰에서는 오바 잇세에게 강력히 당부했다. 잇세 역시 어찌 할 바를 몰라 나리아키를 불러 단단히 혼을 내 주지만, 말한 그때뿐 바로 그전 상태로 되돌아갔다.
 "저 녀석은 오바 가문의 덜 돼먹은 자식이야" 하고 오바는 불쾌한 표정을 지었으나, 불초의 자식일수록 귀여운 모양인지 가장 걱정을 하고 있었다. 잇세의 편애를 알고 있는 나리아키는 더욱 심했다. 오바 가의 위세를 믿고 멋대로 행동하고, 사고를 내고는 부친의 편애 속으로 달아났다. 오바 잇세는 이 나리아키가 며칠동안 안절부절못하고 있는 것을 눈치챘다. 일족이 커져서 잇세의 아이들은 제각기 일국일성(一國一城), 아니 여러 성의 성주가 되어 독립하고 있는데, 나리아키는 이제 아이는 못 낳을 거라고 생각했을 무렵에 태어난 막내둥이로 아직 부모 밑에 있다. 그가 요 며칠동안 식사 때에도 모습을 나타내지 않았다.
 "나리아키는 어찌 되었느냐?"
 잇세가 식사시중을 들고 있는 하녀장인 구노에게 물었다.
 "기분이 좋지 않으시다고 하시며 방에서 나오시질 않습니다."
 아내보다도 오히려 구노가 나리아키의 형편을 잘 알고 있다.
 "기분이 나쁘다고? 벌써 3, 4일 동안이나 안 보이질 않나. 어디 아픈가?"
 "병환은 아닌 것 같습니다."
 "그러나 밥도 안 먹고 방에 틀어박혀 있으면 정말로 병이 난다."
 "식사는 방으로 나르고 있지만 그다지 드시지 않습니다."
 "나리아키 녀석, 또 뭔가 일을 저질렀군." 잇세는 재빨리 눈치했다. 그것도 이번에는 심각한 모양이다. 잇세는 혀를 차며 식사를 빨리 끝내고 일어섰다. 다른 아들은 이제 훌륭한 한쪽 팔이 되어 오바 왕국을 잘 꾸려 나가고 있는데 나리아키는 언제나 신경을 쓰게 했다. 그러나 또한 그 때문에 더욱 정이 갔다. 나리아키를 지켜주기 위해서는 오바 왕국을 모조리 바친다 해도 아깝지 않았다.

잇세는 나리아키를 맹목적으로 사랑하고 있었다.

잇세가 나리아키의 방에 왔다. 문을 열려고 하니 안으로부터 잠겨 있다. 이것은 점점 심상치 않다고 생각했다. 노크를 하니, 안에서 숨을 죽이고 이쪽의 낌새를 엿듣는 기척이 느껴졌다.

"나리아키, 문을 열어라. 나다." 잇세는 말을 걸었다.

"아버지, 나는 지금 누구하고도 만나고 싶지 않아요. 혼자 있게 내버려두세요."

"대체 어찌된 거냐? 젊은 녀석이 하루종일 방에 틀어박혀……."

"괜찮으니까 혼자 있게 해줘요."

"열어라!"

잇세는 도끼로 가르듯이 말했다. 오바 일족의 총수(總帥)로서 또한 이 거대왕국의 제왕으로서의 위압감이 있는 목소리는 탕아의 변변치 못한 저항을 쉽사리 꺾어버렸다.

방안은 난장판이었고 나리아키는 그 한복판에서 부패된 것처럼 웅크리고 있었다. 쉰 것같이 시큼한 냄새가 방안에 가득하다.

"구려! 구리군. 창문을 열어라. 이런 데서 잘도 배기는군."

잇세는 눈살을 찌푸리면서 스스로 창문을 열고 다녔다. 새삼스럽게 나리아키의 얼굴을 보니, 딴 사람처럼 까칠했다.

"웬일이냐, 병이면 당장 의사에게 진찰받아라."

잇세는 나리아키의 여위고 쇠약해진 모습에 깜짝 놀랐다.
"아무것도 아닙니다."
"아무것도 아닐 까닭이 있나. 어서 바른 대로 말해보렴. 무슨 짓을 했니?"
"아무일도 아니라니까요!"
"아무것도 아닐 까닭이 있나. 어서 바른대로 말해보렴. 무슨 짓을 했니?"
"아무일도 아니라니까요!"
"나리아키!"

찰싹하고 쏘는 부친의 위압적인 목소리에 나리아키의 몸은 꿈틀하고 떨었다. 그 순간을 붙들어 잇세는 음성을 낮추며, "알았다, 잘 들어라. 너는 내 아들이다. 네가 무슨 일을 저지르고 고민하고 있는 것쯤 아버지인 나는 잘 안다. 아버지는 자식을 지킬 의무가 있다. 그리고 내게는, 네가 어떤 말썽에 말려 있어도 도와줄 만한 힘이 있어."

"어떤 말썽이라도……"

나리아키가 눈을 들었다. 겁에 질린 눈빛 속에 매달리는 듯한 호소가 있다.

"그래, 어떤 말썽이라도 그렇다. 내게는 안 되는 일이 없어."
오바 잇세의 말에는 절대적인 자신이 있었다.

"아버지, 나는 겁이 나요."

나리아키는 어린애가 엄마의 품안에 파고 드는 것 같은 표정을 지었다. 나리아키는 '부친 콤플렉스'에 걸려 있었으며, 이런 표정을 지으면 보다 더 부친의 보호를 받을 수 있다는 것도 뻔히 알고 있었다.

"아무것도 두려워 할 건 없다. 네겐 아버지가 있다. 어서 말을 해라."
 잇세는 아들 나리아키의 어깨에 인자하게 손을 얹었다. 이럴 때는 보통 아버지라기보다는 응석을 받아주는 어리숙한 아버지였다.
 "가자미가 붙잡혔어요."
 "가자미가 누구냐?"
 "내 부하예요."
 "그 부하가 누구에게 붙들렸느냐?"
 "경찰입니다. 틀림없이 모조리 털어놓았을 거예요."
 "어째서 가자미가 경찰에 붙잡혔느냐? 폭로하다니, 무엇을 폭로한다는 거냐. 처음부터 차근차근 이야기를 해보렴."
 잇세는 나리아키의 갈피를 잡을 수 없는 말을 유도해서 잘 정리해 보았다. 나리아키의 말썽거리를 확인하고, 잇세는 약간 안심했다. 그런 일이었던가, 하고 마음을 놓은 것이다. 처녀 하나 둘쯤 강간한 정도라면 얼마든지 돈으로 해결지을 수 있다. 경찰에도 손을 볼 수 있다. 그러나 나리아키의 표정은 아직도 개운치가 않았다. 잇세에게 새로운 불안이 우러나왔다.
 "넌, 또 뭔가 숨기고 있는 게 아니냐?"
 "이젠, 숨기고 있는 일은 없어요."
 "그렇다면, 그렇게 석연치 않은 표정은 그만 해라. 가자미가 무슨 말을 했던 내가 잘 처리해 두지. 이걸 계기로 여염집 처녀에게 손을 대면 안 된다. 네 나이에 여자는 아직 빨라."
 뒷처리를 끝낸 후에 톡톡히 설교를 할 작정이었다. 지금 그러면 역효과가 날 우려가 있다.
 "이젠 않겠습니다." 여느때답지 않게 기특하게 머리를 숙인다. 잇세의 가슴 속에 석연치 않은 감정이 점점 엉겨 응어리가 되었다. 그렇다, 나리아키의 이야기 가운데 아무래도 들은 것 같은 이름이 있었다. 그 이름이 마음에 걸리고, 나리아키의 개운치 않은 태도와 더불어 가슴 속에서 엉기고 있는 것이다.

"나리아키, 넌 아까 아지사와라고 했지?"

"네, 그 녀석이 헬멧에서 야마다 미치코의 일을 끈질기게 수소문하고 다녔습니다. 그래서 위협을 주었는데……."

"무얼 하는 놈이냐, 그 녀석은?"

"잘 몰라요. 야마다 미치코와 무슨 관계가 있는 것 같았지만, 그 녀석에게 가자미가 실수를 해서 붙들린 겁니다."

"아지사와, 아지사와인가……야, 설마 그 녀석이 생명보험장이는 아닐 테지?" 오바는 짐작과 들어맞는 이름을 듣고 눈을 크게 떴다.

"아, 그러니까 생각나는데, 뭐 그런 말을 한 것 같아요. 뭔가 헬멧에 생명보험을 권유하기 위해 왔다고 했지만, 어차피 거짓말인 것 같아 잊어버렸습니다. 아버지는 그 남자를 아시나요?"

나리아키는 부친이 아지사와에게 나타낸 반응에 오히려 놀랐다.

"아지사와가 어째서 야마다 미치코의 일을 수소문하고 다녔느냐?" 잇세의 눈이 갑자기 긴장했다.

"모르겠어요. 그렇지만 남자와 여자니까……."

"그런 게 아니야!"

오바 잇세는 날카로운 소리로 나리아키의 성급한 말을 가로막았다. 또 나리아키가 몸을 움찔했다. 그에게는 인자한 부친이었지만, 모든 의미에서 너무나 거대한 부친은 외경(畏敬)의 대상이기도 했다. 잇세는 나리아키의 속셈을 꿰뚫을 듯이 시선을 똑바로 하고 말했다.

"아지사와라는 사나이는 9월 초에 살해된 오치 도모코라는 처녀와 교제하고 있었던 모양이다. 너도 그 사건은 알고 있을 테지.

'하시로신보'의 기자였고 오치 모기치의 딸이었으니까. '하시로신보'를 비롯해서 각 신문이 커다랗게 보도했었다. 범인은 아직도 모른다. 아지사와가 돌아다닌다면 이 여기자 살해사건과 관련이 있다고 생각된다. 그 사건에서도 피해자가 강간당했었지."

잇세가 말하고 있는 동안에 나리아키의 얼굴에서 핏기가 사라졌다. 잇세는 재빨리 아들의 변화를 알아차렸다.

"나리아키, 왜 그러냐, 기분이라도 나쁘냐?" 나리아키는 물어도 대답을 하지 않고, 이번에는 몸을 덜덜 떨고 있다.

"봐라, 대체 어쨌다는 거냐. 너, 설마!"

잇세의 뇌리에 무서운 상상이 스쳐간다. 그러나 바로 그것을 지워버린다. 그런 일이 있을 까닭이 없다. 그런데 나리아키의 표정은 점점 심상치 않았다.

"오치의 딸을 습격한 범인은 여럿이라고 하던데……." 잇세가 기억을 더듬는 것처럼 혼잣말을 하였다.

"내가 아니야! 내가 그러지 않았어!" 별안간 나리아키가 히스테릭하게 아우성쳤다. 잇세는 나리아키의 급변한 태도에 절망을 확인한 것 같았다.

"내가 아니야! 내가 아니야! 내가 안했다니까!"

나리아키는 절규했다. 궁지에 몰려서 자기 자신을 잃은 상태인 것 같았다. 잇세는 나리아키의 감정이 한바탕 터져나오게 놓아둔 후에 말했다.

"알았다, 모조리 이야기해봐라." 나리아키는 이미 아버지에게 매달릴 수밖에 없다는 것을 깨달았다. 아버지라면, 이 궁지에서 구해 주겠지. 아버지에게는 그만한 힘이 있다.

그러나 나리아키의 고백은 잇세에게 커다란 충격을 주었다. 어지간한 일로 놀라지 않는 그였으나, 살인이라면 이야기가 다르다.

게다가 단순한 살인이 아니라, 피해자인 여자를 윤간한 후에 살해까지 했다는 것은 구할 길이 없다. 그리고 잇세의 아들이 주범이라고 스스로 고백한 것이다.

아무리 하시로 서가 오바의 개인경찰과 다름이 없다 해도, 오바 일족의 한 사람이 강간살인의 범인이라는 것을 안다면, 못본 체할 수는 없다. 못본 체하고 싶어도 그렇게 할 수가 없는 것이다. 다른 경찰의 이목이나 이쪽의 체면도 있다. 첫째로, 강간살인범이라면 하시로 서만의 재량으로는 처리할 수 없는 일이다.

"그 현장에 가자미도 있었느냐?"

잇세는 절망의 종지부를 찍는 것 같은 생각으로 물었다. "어떠냐, 있었느냐, 없었느냐?" 잇세는 연거푸 물었다.

"있, 있었습니다." 나리아키는 쉰목소리로 간신히 대답했다.

"있었다고……"

사태는 예상보다 심각했다. 가자미가 모든 것을 지껄였다면 만사는 끝장이다. 아니 이미 말해버렸는지도 모른다. 그 때문에 나리아키는 식사도 목에 넘어가지 않을 정도로 걱정을 하고 있었던 것이다. 이것이 경찰의 귀에 들어갔다면, 뭔가 정보가 있었을 텐데. 그것이 아직 없다는 것은——오바 잇세의 두뇌는 정신없이 돌아간다.

"아버지, 나는 어떻게 하면……?"

부친에게 고백했으므로, 무거운 짐을 내린 것처럼 개운한 표정으로 나리아키는 물었다.

"바보 같으니라구, 당분간 이 방에서 근신하고 있어!" 잇세의 본격적인 벼락이 처음으로 떨어졌다.

잇세는 아무튼 나카도 다스케(中戶多助)를 불렀다. 이런 경우에 가장 믿을 수 있는 것은 역시 나카도였다.
"그럼 나리아키 님께서 오치 도모코를……"
여간한 일에는 놀라지 않는 그도 뜻밖의 범인에 놀라고 있었다.
"다른 두 사람이 있었다는데 주모자는 나리아키라네."
"이거 난처하게 됐군요."
"그 바보녀석이 큰일을 저질렀어. 잘못하면 내, 아니 오바 일족의 목숨을 빼앗기는 일이 될지도 모른다. 하천부지의 매수문제와 그 제방에서 나온 이자키 아케미의 시체사건도 있으니까 말이야. 이런 때에 나리아키의 실수는 무슨 짓을 해서라도 덮어 버려야 한다."
"아지사와가 움직이고 있는데 마음에 걸립니다."
"가자미가 아지사와에게 입을 열면 곤란하다. 아니 이미 입을 열었는지도 모르지만, 아지사와가 가자미를 증인으로 세우고 고소를 하면 막을 길이 없다. 어떻게 좋은 수가 없겠나?"
"가자미의 입을 막으면 되겠지요."
나카도는 아무 일도 아닌 것처럼 말했다.
"그것은 나도 생각해 보았다. 그러나 그건 매우 위험해."
"가자미의 입을 그냥 두는 편이 위험이 더 큽니다."
"자네 생각이 그렇다면 자네에게 맡기겠다. 그러나 절대로 내게 귀찮은 일이 없도록 처리하게."
"여태까지 그런 일이 한 번이라도 있었습니까?"
"없었지. 그러니까 자네를 부른 거야."
"그럼 이 일은 제게 맡겨 주십시오." 나카도는 자신있는 표정이었다.
오바 잇세의 집을 나온 나카도는 바로 가자미 도시쓰구(風見俊次)의 신변을 탐색시켰다. 도시쓰구는 시내의 치과의인 가자미 아키히로(明廣)의 차남이며 하시로 고교 2학년이었다. 학교의 성적은 중간 정도였으나, 내성적인 성품으로, 혼자서는 아무 일도 못했다. 오로지 오바 나리아키의 곁에 붙어서 움직이고 있었던 모양이다.

나리아키 및 또 한 명의 부하와 한패가 되어 아지사와를 골려주었을 때 달아나지 못하고 오토바이의 핸들 조종을 잘못해서 전복되어 시민병원에 입원하고 있다.

"시민병원이라, 근사한 곳에 들어가 주었군."

나카도는 싱긋이 웃었다. 그것은 오바 잇세의 완전한 개인병원이었다. 거기에 가자미 도시쓰구는 두부강타와 쇄골의 골절로 입원하고 있다. 의식에는 장애가 없다. 문제는 가자미의 병실에 아지사와가 틀어박혀 있다는 점이다.

"곤란한데." 부하의 보고를 듣고, 나카도는 혀를 찼다. 이것은 이제 한시라도 우물거릴 수가 없는 일이었다.

"아지사와는 오히려 피해자의 입장이면서, 가자미가 부상을 입은 것을 구해 주었다는 이유로 그의 양친으로부터 신뢰를 얻은 것 같습니다. 그러나 아지사와가 뭔가 꾀하고 있는 것은 틀림없습니다."

하제(支倉)라는 나카도의 부하가 조사보고를 했다. 하제는 나카도 일가의 핵심인 나카도 흥업의 조사부장이었으나, 이것이 바로 나카도의 악업의 집행기관이며 그는 그 기관장이었다. 나카도 일가가 오바의 사병이라면, 하제는 돌격대장이라고 말할 수 있다.

"꾀하고 있다니?" 하제의 보고에 나카도의 표정이 달라졌다.

"아지사와는 하마터면 가자미에게 치일 뻔했으니까, 순수한 마음으로 문병을 할 까닭이 없습니다……"

"과연 그렇군, 이건 쓸모가 있는걸." 나카도의 눈이 빛났다.

"그의 계획을 역이용하려면 서두르는 편이 좋을 겁니다. 머리의 상처는 X선 촬영 결과 이상은 없고, 골절한 부분도 젊으니까 완쾌가 빠를 거라고 합니다."

하제는 민감하게 나카도의 '반대기도(反對企圖)'를 알아차리고 있었다. 또는 나카도보다도 아지사와의 반격을 가슴 속에 품고 있었는지도 모른다.

"머리의 상처란 미묘하다더군. 일단 좋아진 것같이 보였다가 훗날 갑자기 악화되는 일도 있다는 거야." 나카도는 '이 뜻을 알겠지?' 하고 말하듯이 하제의 눈을 바라보며 덧붙여 말했다.

"방법은 자네에게 맡기겠다. 가자미 도시쓰주는 갑자기 머리의 상처가 악화되었다는군."

"알겠습니다. 조만간에 희소식을 전하겠습니다."

하제는 충실한 사냥개처럼 주인 앞에 머리를 숙였다.

2

우라카와 고로는 아지사와가 돌아간 뒤 잠시 멍청히 앉아 있었다. 자기자신을 잃고 있었던 것 같았지만, 아지사와의 말에 촉발되어 마음속에서 점차로 끓어 오르는 것이 있었다.

"함구료라——심한 말을 하는군."

우라카와는 아지사와가 갈 무렵에 내뱉은 말을 되풀이했다.

"아니다, 함구료뿐만 아니라 연금이라고 했다."

그것은 마음 속에서 씁쓸한 앙금이 되어 점점 존재를 주장해왔다. 미각 가운데 가장 강하게 느끼는 것이 쓴맛인데, 아지사와의 말은, 우라카와의 가슴에 쓴맛이 되어 그 자리를 독점했다. 다소 있었던 저항도 그 쓴맛이 빈틈없이 짓눌렀다.

이대로 조용히 있으면 틀림없이 생활의 안정은 보장된다. 이젠

1분 1초의 특종기사에 뼈를 깎을 필요도 없다. 나이 든 아내와 평온하게 살아갈 수 있다. 이것이 참된 인간의 생활이며, 여태까지의 생활이 잘못된 것이라고 억지로 자신을 납득시키려 했지만 신문기자 정신을 약간의 '연금'과 바꾸고, 술에 젖으며 오바의 부정에 눈을 감고 있다고 하는 아지사와의 말이 가슴속에 쓰디쓴 고통의 영역이 되어 넓혀가고 있었다. 그 수위(水位)와 압력의 정도는 압도적이었다.……그러나 날더러 어쩌란 말인가. 나에겐 아무런 힘도 없다……

(정말인가? 오치 도모코의 유서와도 같은 하시로 강 하천부지의 부정을 전력을 다하여 신문에 기재할 생각이라면 할 수 있지 않은가. 지금이라면 '하시로신보' 사회부장으로서의 힘이 남아 있다. 이 여력이 있을 때 그전 동업자들에게 도모코의 기사를 돌리면……)

오바의 세력이 미치지 않는 신문에 돌리면 충분히 받아줄 가능성은 있다. 보도가치도 높고, 내용의 구체성은 말할 나위가 없다. 기사를 받은 신문사가 흥미를 갖고 독자적 조사를 하게 되면 더욱 깊은 뿌리를 캐낼 수 있으리라. 그렇게 되면 이젠 제대로 들어맞는 것이지만, 거기까지 가는 동안에 위험이 있다. 하시로 시내에도 오바의 직접적인 영향력이 없는 전국지(全國誌)의 지사나 통신국이 있다. 그러나 그 안에는 거의 오바의 동조자가 있다. 우라카와가 돌린 증거가 받아들여지기 전에 이들 동조자의 눈에 띄면 그 자리에서 멈추어버린다. 그저 멈출 뿐만 아니라 우라카와의 목숨의 안전은 보장이 없게 되리라. 우라카와는 한 번 반란을 일으켜 실패하고, 오바의 온정으로 '죽을 때까지 돌봐줌'으로 살아 있는 것이다. 이번에 배신을 하면 이젠 용서받지 못할 것이다. 지금까지의 오바의 수법으로 보아 교묘한 말살의 촉수는 어디로 달아나도 뻗쳐올 것이다. 자기 혼자만이라면 그것도 두렵지 않다. 그러나 자기만을 믿고 의지하고 있는 늙은 아내마저 끌어들이고 싶지는 않다. 한 번 반란에 실패한 우라카와는 그만큼 겁쟁이가 되어 있었다.

'반역자'로서, 우라카와는 엄한 감시하에 놓여 있다는 것을 알 수 있다. 그런 상황에서 다른 신문사에 호소하면 틀림없이 알게 될 것이다. 그들의 본사에 호소한다고 해도 일개 지방도시의 부정사건은 보도가치가 상당히 떨어진다. 우선 지방지에서 받아들이고 예비공작을 한 뒤에, 건설성과 한패인 대규모의 부정이라고 민중의 여론이 솟아올라야 비로소 오바 체제를 흔들 수 있는 커다란 파도가 되는 것이다.

아니 본사에 들고 간다고 해도 그 중간에 저지되어 버리겠지. 지금 상황에서는 우라카와가 하시로에서 탈출하기조차 곤란한 일이었다.

우라카와는 불가능한 이유만을 차례로 들면서 자신을 납득시키려고 했다. '이제 나는 오치 모기치 전 사장에 대한 의리도 충분히 세웠다. 이 이상 가족과 자기의 생활을 희생하고 뭘하라는 거냐?'

'누구에 대한 의리도 아니다. 그것으로 너는 납득이 되는가?' 하고 물은 것은 아지사와가 아니었다. 그것은 또 한 사람의 우카라와의 내부에서 나오는 목소리였다.

우라카와는 드디어 또 하나의 자신의 목소리에 굴복했다. 그것은 그의 술에 젖은 신문기자 정신이 취중에 흔들리는 다리를 내딛고 간신히 일어선 것이다. 금방 땅바닥에 쓰러질 것 같이 비틀거렸지만 여하간에 우라카와는 걷기 시작했다. 그는 아지사와가 설득을 위한 하나의 재료로서 비춰주었던, 오바 아들과 그의 한패에게 윤간당했다는 처녀를 찾아가야겠다고 생각했다. 그것이 사실이라면 틀림없이 오바를 뒤흔들 유력한 무기가 된다.

그러한 스캔들에는 매스컴이 달라붙기 쉽다는 것을 자신의 경험에서 알고 있었다. 스캔들을 미끼로 한다는 것보다, 그것을 끌어넣어 본부 명령의 부정사건을 신문에 호소한다. 도모코를 범하고 죽인 것도 오바의 아들이 아닌가. 이쪽의 피해자는 죽어 버렸지만 윤간당한 피해자는 살아 있다. 오치 도모코와 같은 수법으로 범행을 당한 피해자의 증인이 있으면 오바의 아들의 입장은 몹시 불리해지겠지. 게다가 하시로 강 하천부지의 부정을 꽝 하고 터뜨린다. 이것은 의외로 효과가 있을지도 모른다──우라카와는, 생각했지만 아직도 엉거주춤한 자세였다. 그러니까 언제든지 도망칠 수 있도록 아지사와에게는 연락을 취하지 않고 윤간당한 피해자에게 자기 혼자만 접근을 시도한 것이었다. 피해자의 이름과 주소는 아지사와가 남겨두고 갔다. 피해자 본인보다는 동생 쪽이 적극적이라는 것도 듣고 있다. 당장 어쩌자는 것은 아니었지만 우라카와는 우선 이 동생을 만나서, 자신이 나중에 취해야 할 태도를 참고로 할 예정이었다.

3

"아버지, 아버지!"

새벽녘 가장 달콤한 잠에서 요리코가 흔드는 바람에 아지사와는 깨어났다. 눈은 떴으나 머리속 한 가운데는 아직도 자고 있다.

"대체, 왜 그러니?" 아지사와는 잠이 덜 깬 눈으로 물었다. 요리코는 말쑥하게 잠이 깬 얼굴이었다. 아까부터 잠이 깨어 있었던 모양이었다.

"아버지, 언니 목소리가 들려요."
"언니? 도모코 씨의 소리가 말이냐?"
"응, 먼곳에서 아빠를 부르고 있어요."
"하하, 그것은 환각이라고 하며, 귀의 착각이란다. 아무리 네 귀가 좋아도 죽은 사람의 목소리가 들릴 까닭이 없지." 아지사와는 커다랗게 하품을 했다.
"정말이에요, 정말로 들려요."
"그래, 그래, 그럼 뭐라고 하던?"
"전화를 걸라고 해요."
"전화? 이 밤중에 누구에게 말이냐?"
"누구라도 좋으니까 아빠가 아는 사람에게 전화를 걸으라고요."
"하하, 요리코 잠이 덜 깼군. 이런 밤중에 용건도 없는데 전화 같은 것을 걸면 상대가 깜짝 놀란다. 어서 자거라, 곧 날이 밝아질 테니. 잠을 설치면 내일 아니 이젠 오늘이군. 수면부족이 된다."
아지사와는 머리맡에 있는 자명시계를 들여다보며 말했다. 오전 4시가 되려 했다.
"그렇지만 정말로 언니가 그렇게 말했는데……"
요리코는 약간 자신을 잃은 것 같았다. 그녀도 확실히 도모코의 목소리를 들은 게 아닌 모양이었다. 틀림없이 꿈속의 목소리를 연장시켰겠지. 직관상소질자는 상상력이 왕성하다니까, 꿈을 공상으로 발전시키고 환영과 대화를 가졌는지도 모른다.
이 방에 전화는 없다. 환청과 대화를 하기 위해 집 주인을 두들겨 깨우고 전화를 빌릴 수 있는 일은 아니었다. 요리코의 직관상에 때때로 구출되는 아지사와이나 이때는 졸음과 요리코의 자신이 없는 태도에서, 무의식중에 그녀의 이상능력이 알려준 경고를 가볍게 본 것이다.

"언니, 아지사와라는 분이 왔었어요." 동생 노리코의 말에 야마다 미치코는 눈이 동그래졌다.
"노리코, 아지사와 씨를 알고 있니?"
"알고 있어, 아지사와 씨는 언니를 폭행한 범인을 가르쳐 주었어."
"설마?"
"정말이야. 오바 나리아키. 오바 시장의 탕아, 어때 맞았지?"
"도대체 어떻게 그것을?" 미치코는 몹시 헐떡였다. 아지사와의 탐색 루트를 모르는 미치코로서는 충격적인 놀라움이었다.
"역시 그랬군."
"아지사와 씨는 왜 왔니?"
"범인을 고소하라고 말하러 왔어. 잠자코 있으면 범인은 더욱 기어오르고 앞으로 언니를 더 괴롭힐 거라고."
"노리코, 설마 그런 말을 진심으로 받아들여 고소같은 것을 하진 않겠지? 그런 것을 하면 난 부끄러워서 살 수 없어."
"언니가 부끄러워할 것은 없잖아."
"노리코, 부탁이야."
"언니는 내가 그 녀석들에게 폭행을 당해도 괜찮아?"
"네가 폭행당할 까닭이 없지 않니." 미치코는 갑자기 가슴을 찔린 듯한 표정이 되었다.
"아지사와 씨는 그 녀석들은 나도 노리고 있을지 모른다고 말하던데."
"거짓말이야. 그런 건."
"어째서 거짓말이라고 잘라서 말할 수 있지? 범인의 한패가 내게 전화를 걸어온 적이 있는데."
"노리코, 그거 정말이니?"
"정말이야. 아지사와 씨는 다른 곳에도 많은 피해자가 있는 것 같다고 말하던데. 이대로 잠자코 있으면 앞으로 피해자는 점점 늘어갈 거야."
"어째서 내가 고소해야 하니?"
"언니가 표면에 나타나 있으니까 그렇지."
"바깥에 알려지진 않았어. 이봐 노리코, 그런 짓을 하면, 나는 이젠 평생 시집도 못가게 돼. 이웃에서도 욕을 할 거고 첫째 아버지께서 회사에서 파면당할 거야. 그래도 좋으니?"
"언니는 생각 외로 보수적이야."
노리코는 코웃음을 쳤다.
"보수적?"
"그래, 뭐 언니의 의사로 못된 짓을 한 것도 아닌데, 미친개에게 물린 것 같은 사고였지 않아. 그게 어째서 시집을 못가게 되고, 사람들에게 욕을 먹는단 말야. 아버지도 그렇지, 나쁜짓을 한 것은 저쪽인데 파면을 하면, 그야말로 적반하장격으로 세상이 용서않을걸. 난 신문에 투고할 테야."
"그러니까, 노리코는 어린애야. 미친개에 물리면 여자에게는 치명적이란다. 이 하시로에서는 오바가 제일이야. 오바에게는 절대로 반항할 수가 없는 거야. 나를 위한다면 가만히 있어줘. 언니 인생에 단 한 번의 부탁이야."
언니가 자신의 몸을 보호하려는 것과 동생의 사회적 정의감은 아무리 토론해 보아도 어긋났다. 노리코는 언니와 이야기하는 동안, 아지사와로부터 북돋아져서 동요되었던 마음이 점차로 굳어지는 것을 느꼈다. 언니는 결코 범인의 협박에 굴복한 것은 아니다.

질식한 장치 323

범인을 미워하는 것을 잊고 있는 것이다. 그저 자신을 보호하기 위해 일체의 파란을 피하려고 한다. 평온한 내해(內海)에 정박할 수만 있다면 설사 그 물이 괴어서 썩어 있은들 아랑곳없는 것이다. 범인의 능욕때문에 정신마저도 썩어버린 것이다.

노리코는 범인보다도 그러한 언니의 마음가짐이 미웠다. 노리코는 언니의 의사를 모르는 척 마음에 두지 않고, 아지사와에게 협력하려고 결심했다. 그럴 무렵에 우라카와의 방문을 받은 것이다. 그것은 어느 쪽으로 보아도 좋은 시기였다. 또는 나쁜 시기였는지도 모른다.

노리코가 돌아간 후에 미치코는 전화기 옆에 가서 전화번호를 돌렸다. 아직 마음대로 돌아다니는 것은 금지되고 있었지만 꼭 연락해야만 할 절박한 용건이었다. 요행히 상대는 전화를 받았다. 미치코의 연락에 상대는 놀란 것 같았다. 그런데 바로 '잘 처리하겠다'고 대답했다.

"부탁이에요, 동생에게는 난폭한 짓을 하지 마세요." 미치코는 전화를 걸고나서 바로 후회했다.

"염려마." 상대는 코웃음을 치며 일방적으로 전화를 끊었다. 미치코는 전화가 끊어진 뒤에 커다란 잘못을 저질렀다는 것을 깨달았다.

그녀는 지금 동생의 행동을 막고 싶은 나머지, 저도 모르게 오바 나리아키에게 연락해버렸다. 동생이 고소를 하면 자신의 오욕이 세상에 알려지는 것만을 두려워하여, 그 오욕을 가한 범인에게 의논을 해버린 셈이다. '이 무슨 어리석은 짓을' 하고 몹시 후회했으나 이미 늦었다. 오바 나리아키는 동생의 행동을 막기 위해서 수단을 가리지 않으리라. 자기에게 강제로 한 것과 같은 오욕을 동생에게도 강요할지 모른다. 아니 반드시 강요하겠지. 나리아키는 애당초 노리코에게도 저열한 관심을 갖고 있었던 것이다.

동생에게 같은 오욕을 당하게 하면 안 된다. 그러나 동생을 구하려면 어떻게 하면 좋을까? 어찌할 바를 모르는 미치코의 뇌리에 아지사와의 얼굴이 떠올랐다.

이제 오바 나리아키를 막을 수 있는 자는 아지사와밖에 없다. 하시로에서 오바 일족에게 대항하려는 인간은 아지사와뿐이다. 아지사와는 명함을 두고 갔다. 미치코는 명함의 전화번호를 돌렸다. 그러나 아지사와는 공교롭게 외출중이었다. 언제 돌아올지 모른다는 이야기였다. 야마다 미치코는 자신의 이름을 전하고 전화를 끊었다.

4

'하시로 시민병원' 외과병동의 야근 간호사 나루자와 게이코(鳴澤惠子)는 아침의 정시순회를 나왔다. 이제 두 시간 정도면 길고 고통스러운 심야근무에서 해방된다.

오전 8시에는 낮근무 간호사가 출근한다. 야근자는 게이코를 비롯해서 3명, 약 80명의 환자를 오전 0시부터 낮근무자에게 인계할 때까지 담당한다. 민간회사와 달라서 한 잠도 잘 수 없다. 병실을 정기적으로 순찰하고 환자의 용태에 대비한다. 어떤 급변이 일어나도 즉석에서 대응해야 한다.

1병동은 대충 70내지 80개의 침대가 있으므로 급변이 동시에 일어나는 일도 드문 일은 아니다. 따라서 사무적인 일도 많았다. 심야근무가 겹치면 젊은 간호사도 녹초가 되어버린다. 이 야근이 월 10회 정도로 돌아오기 때문에, 간호사는 부지중에 연애도 결혼도 못한다.

나루자와 게이코도 때로는 어째서 그 많은 직업 중에 하필 간호사 따위가 되었는가, 하고 생각에 잠길 때가 있다. 아무런 특기가 없어도, 몸 하나만 사무실에 가져가면 급료를 받을 수 있다. 학교와 결혼의 중계역을 하는 속편한 회사원으로 직업을 바꿔볼까 하고 생각한 적도 한두 번이 아니었다. 그러나 인간의 목숨을 맡고 있는 사명감이 그녀를 받쳐주고 있었다. 사명감 없이는 할 수 없는 일은 그만큼 보람있는 삶이었다. 그래도 아침의 순찰은 야근 간호사가 한 시름놓는 시간이었다. 길고 고독한 야근이 끝나고 상쾌한 아침 햇빛 속에 환자가 잠에서 깨어 있다. 중환자도 경환자도 여하간에 오늘이라는 새로운 하루를 맞이한 것이다.

병실을 돌면, 기다렸다는 듯이 환자가 인사를 한다. 인사를 할 수 없는 환자도 간호사의 최초의 문병을 기다리고 있다.

잠자는 일에 싫증이 난 환자는 모두가 한결같이 아침에 굶주리고 있었다. 인사와 동시에 체온을 잰다. 그때 간호사와 나누는 한두 마디의 대화가 환자에게는 건강한 사회의 소식인 것이다. 간호사는 폐쇄된 병원과 넓은 외계를 연결하는 다리와 같은 존재이기도 했다.

게이코는 담당병실을 하나 하나 들여다보고 말을 건네며 체온계를 맡겼다. 2호실의 문을 열었을 때 게이코는 문득 위화감을 느꼈다. 그때는 어색한 기분 때문이라고 생각했다.

"가자미 씨, 안녕." 게이코는 위화감을 털어버리는 것처럼 억지로 밝게 말을 건넸다. 대답은 없었다.

"어머, 오늘은 늦잠이시군요." 게이코는 침대 옆으로 다가갔다. 두부강타와 쇄골골절로 입원하고 있는데 두부는 X선 촬영이나 뇌파검사에도 이상소견은 나타나지 않았고, 오로지 골절의 치료에 전념하고 있었다.

젊으니까 심심해서, 깁스로 고정돼 있지 않으면 금방이라도 퇴원할 것 같았다. 신체가 자유로우면 병원에서 달아나버릴지도 모른다. 언제나 그가 먼저 말을 걸어 왔다.

"어머나 잘도 자고 있네요. 어젯밤 몰래 나쁜 짓이라도 했나요? 자, 일어나요. 아침 체온을 재는 시간이에요." 게이코는 놀리면서, 가자미의 얼굴을 들여다 보자 숨을 삼켰다. 간호사이기 때문에 가자미의 얼굴에 생기가 없는 것을 첫눈에 알았다.

"가자미 씨, 왜 그래요!" 본능적으로 어깨에 손을 얹고, 맥을 짚어보았다. 완전히 멎어 있었다. 그녀는 뒤늦은 것을 깨달았다. '큰일났다!' 놀라움은 나중에 왔다. 오전 2시경에 심야순찰을 했을 때는 건강한 숨소리로 자고 있었다, 그러니까 급변이 있었다면 오전 2시 이후였으리라. 원인은 전혀 모른다.

여하튼 게이코는 야근 주임간호사인 나이토 스즈에(內藤鈴枝)에게 보고하기 위해 간호사실로 돌아갔다. 마침 거기에 병동부장인 사사키 야스코(佐佐木康子)가 출근했다.

사사키 야스코를 경유해서 보고를 받은 담당의사 마에다 고이치(前田孝一)는 다급히 가자미 도시쓰구의 병실로 달려왔다. 의사도 한번 본 것만으로는 사인(死因)을 알 수 없었다. 생각할 수 있는 것은 머릿골을 싸고 있는 골격 내에 미묘한 상처, 폐쇄성 두부외상이 있어서, 부상 후 무증상이었던 것이 시간의 경과에 따라 악화되어 별안간에 치명적인 증상을 나타낸 경우였다.

두부에, 충격에 견딜 수 있는 이상의 힘을 가하면 머리 속에 출혈이 생긴다. 출혈이 적으면 안정되어 흡수되지만, 20~25cc 이상이 되면 혈종이 되어 뇌간을 압박하고, 호흡이나 순환의 중추를 마비시켜 죽음에 이른다.

두개내혈종은 부상후 급격하게 생기는 것이므로 서서히 출혈을 계속하며 혈종을 만드는 경우까지 있다. 3주일 이상 경과된 후 증상을 나타내는 환자도 있다. 이럴 때 중간에 청명기라고 불리우는 의식이 확실한 시기가 있다.

그러나 가자미는 전날까지 호흡·맥박·혈압 등에 아무런 이상이 없었고 뇌파검사의 결과도 정상이었다.

두부에 새로운 외력이 가해진 흔적도 보이지 않았다. 마에다 의사는 더욱 상세하게 시체를 검사하는 동안, 가자미의 입술 잇몸에서 약간의 표피박탈과 피내피하출혈을 발견했다. 게다가 또 앞니에는 물어뜯은 것 같은 비닐 조각이 걸려 있었다.

마에다는 그것을 손에 들고 관찰하는 동안 하나의 무서운 가능성을 깨닫고 안색이 변했다.

"어젯밤, 야근자 외에 이 병실에 들어간 사람이 있었나?" 마에다는 부장과 나루자와 게이코의 얼굴을 번갈아보면서 물었다. 그 긴박한 어조에 두 사람은 사태가 심상치 않음을 깨달았다.

"저 외에는 들어갈 까닭이 없는데요." 나루자와 게이코가 겁을 먹으며 대답했다.

"그건 틀림없나?"

마에다로부터 심상치 않은 표정으로 문책을 받은 게이코는 울상이 되어, "저 외에는 아무도 들어갔을 리가 없다고 생각합니다."

"선생님, 대체 왜 그러십니까?"

사사키 야스코가 중재하듯 참견을 했다.

"이 환자는, 어쩌면 살해되었는지도 몰라."

"살해되었다고요!"

마에다의 난데없는 말에, 그 자리에 모였던 사람들은 놀라서 어안이 벙벙했다.

"해부해 보지 않으면 단정지을 수 없어. 하지만 시체는 질식사의 소견을 나타내고 있어. 급사한 시체의 일반적 소견은 질식사와 공통되는 점이 있어. 그러므로 질식시킨 방법을 모르는 경우 속단은 못하지만 앞니에 부착되어 있는 것은 비닐조각이야. 이것은 수면중에 갑자기 목구멍에 씌워서 질식사시킨 상황이야. 환자의 상체는 깁스로 고정되어 있으니까 갓난애처럼 쉽게 질식해 버렸겠지. 입술이나 잇몸의 상처가 그 상황을 입증하고 있어."

"그, 그렇지만 선생님, 도대체 누가 그런 짓을?"

사사키 야스코가 겨우 말을 꺼냈다. 인명을 구해야 할 병원에서 살인사건이란 당치도 않다. 그러나 범인이 마음만 먹는다면, 병원처럼 무방비한 곳도 없다. 출입은 자유롭고, 야간이라도 위급한 환자와 간호사의 순찰 때문에 병원은 개방되어 있다. 각 병실에 열쇠를 채우지도 않는다.

"나도 몰라. 여하간에 이것은 경찰의 영역이야. 바로 경찰에 연락해요."

외과부장도 겸하고 있는 마에다는 자신의 판단으로 명령했다. 병원으로부터 연락을 받고, 얼마 후 경찰이 왔다. 당연한 일이었으나 어젯밤의 야근이며 가자미의 담당간호사인 나루자와 게이코에게 질문의 집중포화가 쏟아졌다.

범인은 그녀의 순찰시간 사이를 이용해서 범행을 한 것임에 틀림없다.

'수상한 자의 출입을 보지 못했습니까??' 질문의 핵심은 그것에 있었다. 그러나 나루자와 게이코는 "아무것도 보지 못했다"고 대답할 수밖에 없었다. 사실 그녀는 아무것도 보지 못했던 것이다. 야근자의 취조와 병행해서 병실 안이 엄중히 검색되었는데, 범인의 유류품 같은 것은 발견되지 않았다.

나루자와 게이코와 함께 야근을 한 다른 두 명의 간호사도 질문을 받았다. 나이토 스즈에와 마키노 후사코였다. 나이토의 대답은 나루자와와 같았는데, 최후에 불린 마키노 후사코가 수사관에게 주춤주춤 말을 꺼냈다.
"무서운 사건에 당황해서 잊어버렸었는데, 어젯밤 가자미 씨의 병실 부근에서 복도로 나온 사람이 있습니다."
수사관이 긴장하여, 그게 누구냐고 물으니, "오전 4시쯤이었다고 생각합니다. 정시 순찰을 마치고 차트를 정리한 후 화장실에 다녀오는 길에, 복도 끝에서 그 그림자를 보았습니다. 잠깐 옆모습만 보았는데, 320호실에 자주 문병오는 아지사와라는 사람이었습니다."
"아지사와? 누굽니까, 그 사람은?"
"가자미 씨의 병실에 자주 오시는 분입니다."
"시중 드는 사람이 아닙니까?"
"완전히 간호사에게 맡기고 있으므로, 시중드는 사람은 없습니다."
"그 아지사와라는 사람이 무슨 용무로 오전 4시 경에 병실에 왔습니까?"
"모르겠습니다. 저는 그저 본 것뿐입니다."
거기에 가자미의 모친이 끼어들었다.
"그렇군요, 그 사나이가 도시쓰구를 죽였을 거야. 도시쓰구는 항상 아지사와를 두려워했어요. 아지사와에게 살해될 거라고 말했어요. 아지사와는 역시 복수를 한 거에요. 형사님, 그 사나이가 도시쓰구를 죽였어요. 빨리 아지사와를 잡아주세요!"
가자미의 모친은 반미치광이가 되어 아우성쳤다.
"어떻든, 부인, 제발 고정하십시오. 아지사와가 무엇 때문에 당신 아드님께 복수를 합니까. 상세하게 말씀해 주시죠."

수사관이 타이르자, 모친이 말을 하고 부친이 보충한 이야기의 내용은 아지사와의 혐의를 자못 짙게 하는 것이었다.

아지사와 다케시는 애당초 하시로 서의 요주의 인물이었다. 이자키 데루오의 보험금을 목적으로 한 '아내 살해사건'에서, 경찰의 사고 증명에 만족하지 않고 비밀리에 탐색했다.

결국, 이와데 현 경찰의 뜻하지 않은 개입으로 이자키 아케미의 시체가 발견되고 하시로 서는 체면을 잃었다. 그 사고를 담당한 다케무라 경부는 이자키 데루오와의 공모를 의심받고 징계 면직이 되었다.

그러나 오바 일족이나 나카도 일가와 유착하고 있는 하시로 서에서는, 이런 형태로 희생된 다케무라는 말하자면 제물이 된 셈이었다. 현재의 상황에서는 이와데 현 경찰에 대한 체면도 있어서 다케무라의 구제는 어려울 것이다. 하시로 서나 오바로서는 다케무라를 구제하고 싶었으나 이쯤되면 뼈도 못찾아 주게 되리라. 말하자면 아지사와는 정면으로 하시로 서에 대항하여 그 가장 유력한 투사를 매장시킨 가증스러운 상대인 것이다.

그 아지사와가 가자미 도시쓰구를 살해한 짙은 혐의가 있다. 하시로 서는 뜻밖의 용의자의 부상에 처음에는 깜짝 놀라고, 다음에는 기뻐서 껑충 껑충 뛰었다. 가자미 도시쓰구의 시체는 그날 오후 같은 병원에서 해부되었다. 그 결과 질식사의 내부소견의 특징인 암적색 혈액 및 응고성이 없고, 점막하(粘膜下), 장막하(漿膜下)에 일혈점(溢血點), 삼 내장에 정맥성울혈(靜脈性鬱血)의 3대 특징이 인정되었다. 사망시간은 오전 3시에서 4시 사이로 추정되었다. 이에 하시로 서에서는 아지사와를 먼저 임의로 불러 취조하기로 했다. 그러나 이 임의 취조에는 커다란 함정이 장치되어 있었다.

마리오트의 맹점

 아지사와가 회사에 돌아와보니 외출중에 야마다 미치코로부터 전화가 왔었다는 전갈이 있었다. 시간은 약 두 시간 전으로 되어 있다. 아지사와는 전갈이 적힌 번호를 불렀다. 이윽고 야마다 미치코의 목소리가 나왔다. 전화를 받을 정도로 좋아진 모양이다.
 "아지사와입니다."
 "아, 아지사와 씨, 전 어떻게 해야 되죠?" 미치코의 당황한 목소리가 떨고 있다.
 "고정하세요. 왜 그러십니까?"
 "전, 얘기해 버렸어요. 깜박 제 생각만하고요."
 "글쎄, 뭘 얘기했다는 겁니까?"
 "동생이 오빠를 고소한다고 고집부리기에, 무의식중에 오빠에게 말했어요."
 "오빠에게? 나리아키에게 말했습니까?" 아지사와는 엉겁결에 소리를 높였다.
 "용서하세요"

"그래서 나리아키는 뭐라고 하던가요?"
"저어…… 잘 처리하겠다고 말했어요. 아지사와 씨, 걱정이에요. 오빠는 동생에게 뭔가 나쁜 짓을 하지 않을까요?"
"동생은 언제 거기에 왔었나요?"
"아지사와 씨에게 전화를 걸기 직전에 다녀갔어요. 벌써 두 시간쯤 됩니다. 그런데 아직도 집에 돌아오지 않았대요."
"뭐라고요? 아직 돌아오지 않았다고요?" 불안이 밀려왔다.
"아지사와 씨, 전 어쩌면 좋아요?"
"여하튼, 지금 그리로 가겠습니다. 그때까지 아무에게도 말하지 말아요." 아지사와는 어찌할 바를 모르는 미치코를 달래놓고 의자에서 일어섰다. 아지사와가 지사를 나오려는데, 눈초리가 날카로운 중년과 청년의 두 사나이가 그를 앞뒤로 포위하듯 다가왔다.
"아지사와 다케시 씨군요." 중년 쪽에서 말을 건네왔다. 그를 기다리고 있었던 모양이다.
"그렇습니다만."
"경찰입니다. 잠깐 여쭈어볼 게 있으니 본서까지 동행해 주시기 바랍니다." 말은 정중했으나 추호의 타협도 없었다.
"경찰? 경찰이 대관절 무슨 용건입니까?"
"가시면 알게 됩니다."
"지금 바쁜데 나중에 할 수 없습니까?"
"지금 바로 가주십시오."
"강제입니까?"
"강제는 아닙니다만 거절하면 대단히 불리한 입장이 됩니다."
중년의 형사가 싱긋이 웃는다. 형사의 태도에는 자신이 있었다. 뒤에서 청년 형사가 태세를 갖추고 있는 기미가 엿보였다. 아지사와는 자신이 심각한 위치에 놓여 있음을 깨달았다. 야마다 노리코가 걱정되었으나 여하튼 이 자리에서는 그들이 말하는 대로 하기로 했다. 하시로 서에 동행하니 어마어마한 분위기가 아지사와를 둘러싸고 있었다.

'이건 예삿일이 아닌가 보군.'

그는 심신의 태세를 바로잡았다.

"아지사와 씨군요. 수사과의 하세가와(長谷川)라고 합니다. 바로 질문하겠습니다만 어젯밤, 아니 오늘 새벽 4시경에는 어디 계셨습니까?"

다케무라의 후임인 듯한 수사과장이 거두절미하고 느닷없이 물었다. 그 여유없는 태도가 그대로 그들의 자신이 연관되는 모양이다.

"오늘 아침 4시요? 물론 집에서 자고 있었습니다. 그렇게 어중간한 시간에야 아무데도 가지 않았지요."

아지사와는 묘한 것을 묻는다고 생각했다.

"그 말에 거짓은 없겠지요?"

하세가와는 아지사와의 눈을 들여다보았다. 아지사와도 당당하게 마주보면서 말했다.

"거짓말이 아닙니다."

"이상하군요. 그 시간에 어떤 장소에서 틀림없이 당신을 본 사람이 있는데요."

"누굽니까, 그런 말을 한 사람은? 나는 집에서 푹 자고 있었어요."

"그것을 증명할 수 있습니까?"

"딸이 함께 있었습니다."

"따님이라면 증명이 되지 않습니다."

"도대체 어쨌다는 겁니까. 이건 알리바이 조사가 아닙니까!"

아지사와는 말해 놓고 자신의 말에 섬뜩했다. 얼핏 생각한 게 있었던 것이다. 가자미를 고백시켜 도모코를 살해한 범인을 겨우 알아냈다. 범인은 거물이었다. 그러나 오바 일족으로서는 치명적인 약점을 잡힌 셈이다.

오바 잇세의 아들이 강간살인의 범인이라면 비단 오바 일족에 대한 이미지가 몹시 나빠질 뿐만 아니라 오바 왕국 멸망의 실마리가 될지도 모른다. 그 때문에 오바로서는 꼭 얼버무리고 싶을 테지. 현재로서 증거는 가자미 도시쓰구의 자백뿐이다. 가자미의 입만 봉해 버리면, 보장할 수 있는 증거는 아무것도 없으니까. 그러나 설마 거기까지야······.

"왜 그러십니까? 뭔가 짚이는 게 있는 모양이군요."

"설마, 설마——." 아지사와는 자신의 불길한 상상에 신음했다.

"설마라니, 어떻게 되었습니까?"

"가자미 도시쓰구에게 무슨 일이 일어난 건 아니겠지요?"

"허어, 잘 아시는군요." 하세가와의 눈에 야릇한 빛이 떠올랐다.

"가르쳐 주시오. 대체 무슨 일이 있었습니까?"

"그건 당신이 가장 잘 알고 있을 텐데."

하세가와의 말씨가 흩어졌다.

"대체 무슨 일이 있었나요? 가자미는 무사한가요?"

"당신도 연기자로군. 거기까지 시치미 뗄 수 있다니 대단해. 가자미는 오늘 아침 3시에서 4시 사이에 살해됐소. 비닐로 콧구멍을 덮여서 말이야."

"살해되었다고!"

아지사와는 입술을 깨물었다. 범인에 대해서가 아니라 자신의

주의가 부족했던 것이 분했던 것이다. 이 일은 당연히 예측했어야
했다. 가자미는 오바 일족의 아킬레스건(腱)과 같았다. 일족과 나
리아키를 지키기 위해서, 또는 오바 체제의 확보를 위해서, 그들
이 가자미에게 손을 뻗치는 것은 예측한 바였다.
 그럼에도 적에게는 아킬레스건, 이쪽으로 본다면 결정적인 무기
가 되는 가자미를 발가벗긴 채 방치해 둔 자신의 어리석음에 이를
갈고 싶을 만큼 분했다.
 "뭐 그렇게 놀랄 건 없지 않나, 네가 죽여놓고."
 "내가 죽였다고?"
 "오늘 새벽 4시경에 가자미의 병실에서 나오는 너를 본 사람이
있다네."
 "거짓말이요! 조작이야."
 "허어, 네가 한 짓이 아니라면, 누가 죽였다는 거야. 알았나?
너는 가자미의 오토바이에 치일 뻔해서 복수의 기회를 노리고
있었던 거야. 가자미는 네가 죽일 거라고 무서워했다지 않나."
 하세가와가 다그치며 몰아세우자, 아지사와는 교묘한 함정이 장
치되어 있음을 깨달았다. 적은 단순히 가자미의 입을 봉한 것만이
아니라 그 입마개로 아지사와를 이용한 것이다. 아지사와는 이제
야 어젯밤, 아니 오늘 새벽 요리코의 기묘한 행동의 의미를 깨달
았다. 그녀는 도모코가 부르는 소리가 들린다고 말하고 자꾸만 누
구에게 전화를 걸라고 권했다. 그것은 그녀의 이상능력이 함정을
모조리 알아차리고 아지사와에게 알리바이를 준비시키려고 한 것
이리라. 또는 도모코의 영혼이 그를 구하기 위해 요리코를 부른
것이었을까.
 그때 요리코의 말을 따랐더라면 하고 후회했으나 이미 늦었다.
이제 한 발짝이면 끝나는 시점에서 적은 철벽 같은 안전권내로 달

아나 버렸다. 그리고 대신 이쪽이 낭떠러지에 서게 되었다.
 "언제까지 시치미를 떼고 있어도 소용없어. 네가 죽였다는 것은 알고 있다. 모든 것을 털어 놓는 게 어떤가?"
 하세가와는 승리를 뽐내는 듯이 덮어씌웠다. 전적으로 그의 범행이라고 믿고 있는 모양이었다. 그러나 그토록 자신이 있다면 어째서 체포를 하지 않는가? 아지사와는 문득 그 점을 알아차렸다. '어쩌면 그들은 체포할 만한 자료를 아직 쥐고 있지 않은 모양이다.' 아지사와를 의심한 것은 가자미에게 치일 뻔해서 그를 원망하고 있을 거라는 상황과 오늘 새벽의 추정된 범행시간 내에 가자미의 방에서 나오는 것을 보았다는 목격자의 증언일게다. 어차피 목격자는 꾸며낸 것이다.
 '이것은 생각했던 것보다 절망적인 상태는 아닌가보군.' 아지사와는 생각을 달리했다. 적은 가자미를 없애고, 아킬레스건을 도려낸 것으로 생각하고 있겠지만 '위증 목격자'라는 새로운 아킬레스건을 만들어버렸다. 게다가 나리아키에게는 가자미 외에도 쓰가와라는 공범자가 있다. 여기에도 공격대상은 남아 있다. 여하간에 이 궁지에서 달아날 수 있으면 또다시 반격의 기회를 잡을 수 있으리라. 아지사와는 머리를 바쁘게 움직이고 있었다.

 "가자미 쪽은 처리를 했습니다."
 나카도 다스케의 보고에 오바 잇세는 만족스러운 듯이 고개를 끄덕이며,
 "수고했네, 멋지게 아지사와를 함정에 빠뜨렸군."
 "이젠 피할 길이 없겠지요."
 "응, 체포장이 나오지 않는 게 한 가지 유감스럽긴 하지만."
 "그것도 시간문젭니다. 녀석이 몸부림치면 칠수록 함정은 죄어

듭니다."
"증인 간호사는 염려없는가?"
"그 점은 염려 놓으십시오. 아지사와에게는 증인이 누구인지 알리지 않도록 했습니다."
"쓰가와는?"
"돈을 주고 규슈(九州)의 제 아우뻘 되는 자의 집으로 보냈습니다. 이쪽은 안심하십시오. 장본인이 조금이라도 배신의 낌새를 보이면 어떻게 되는지, 뼈에 사무치게 알고 있으니까요. 게다가 어디로 가더라도 제 아우들의 눈이 번득이고 있습니다."
"그러면, 남은 건 아지사와를 요리하는 일뿐이군. 정말 이번에는 천하의 내가 그 따위 조무래기들 때문에 간이 서늘했단 말이야. 그것도 모두 네 책임이야. 오랫동안 편안함에 길이 들어 심신이 느슨해져 있으니까 그런 패거리들이 끼어들지."
"넷, 대단히 죄송합니다."
나카도는 무릎을 꿇고 머리를 숙였다.

2

아지사와 다케시가 가자미 도시쓰구 살해용의자로 하시로 서에 불려갔다는 뉴스는 '가키노기 촌 대량살인사건'의 수사본부에 충격을 주었다.
"대체 이건 어떻게 된 거냐?" 무라나가 부장은 머리를 끌어 안았다. 여기까지 쫓아온 용의자가 다른 사건의 살인 용의자로 타경찰의 취조를 받고 있다. 용의는 상당히 짙어 체포장이 나오기 직전이라고 한다.
동일범인이 돌아다니며 여기저기에서 범죄를 거듭하는 것은 그다지 드문 일은 아니다. 그러나 이와데 쪽이 점을 찍어 놓은 아지사와는 전혀 범죄를 거듭하는 상황에 있지 않았다. 이번에 하시로 서와 합동해서 단숨에 아지사와의 목을 죌 수도 있다. 그러나 하시로 서의 방법은 같은 경찰의 입장에서 보아도 어딘가 수상한 데가 있었다.

"아지사와는 가자미를 발판으로 도모코 살해의 범인을 쫓을 생각인 것 같았습니다. 아지사와에게는 가자미가 소중한 증인이었습니다. 그 가자미를 아지사와가 죽일 까닭이 없습니다." 기타노 형사도 난처해했다.

"가자미는 오치 도모코를 죽인 범인의 한패였나?"

"그 용의가 짙습니다. 아지사와는 가자미를 꾸짖고 범인의 정체를 알아냈던가, 또는 유력한 단서를 붙든 모양이었습니다. 그 점은 아직 확인을 못했지만, 가자미는 오바 일파에게 입막음을 당했다고 생각됩니다. 그리고 아지사와가 범인으로 날조된 겁니다."

"잠깐 기다려 보게. 가자미는 폭주족이 아닌가? 그럼 폭주족이 도모코 살해에 관련됐었나?"

"그런 셈입니다. 윤간하고 죽인 것은 정말 폭주족다운 행위가 아닙니까?"

"그러나, 도모코는 오바가 쿠데타를 미리 막기 위해 죽였다는 상황이 강한데, 그렇다면 폭주족이 오바의 지시를 받고 행동한 게 되는군."

도모코의 사인에 아지사와처럼 절박감이 없는 무라나가 쪽에서 그것은 매우 엉뚱한 한패로 보였다.

"도모코를 살해한 범인은 아직 오바인지 폭주족인지 확정되어 있지 않습니다. 그저 가자미가 범인에 관해서 중대한 일을 알고 있기 때문에 없앤 가능성이 강하다고 생각합니다.

"가자미를 없애고, 아지사와를 범인으로 날조한 솜씨는 폭주족이 한 짓이라고 생각되지 않네. 가자미 살해의 이면에는 아무래도 오바의 의지가 움직인 것 같군."
"그렇다면 폭주족의 가자미가 오바에게 불리한 사실을 알고 있었다는 이야기가 되는군요. 그것은 틀림없이 도모코 살해의 범인에 관한 일일 겁니다. 그리고 범인은 폭주족이나 오바 일파라고도 생각됩니다. 다만, 오바에게 불리한 사정이라면 역시 오바와 폭주족 간에 관련이 있다고 밖에는 생각되지 않습니다."
"바로 그점이야, 아지사와는 전 '하시로신보'의 사회부장과 폭주족에 폭행당한 야마다 미치코라는 여성의 집을 항상 찾아다녔다지 않나."
"공동해서 폭주족 추방의 운동이라도 벌일 생각이었던 게 아닐까요."
"우라카와는 쿠데타가 실패해서 면직인가 정직됐다네."
"접촉은 남아 있겠지요."
"오바가 노리고 있지. 그렇다면 접촉 같은 게 있다 해도 쓸모가 없어. 아지사와가 노리는 것은 딴 게 아닐까."
"그건 뭡니까?"
"하시로 강이야."
"그럼 하시로 강 하천부지의 부정이군요."
"그래. 우라카와는 오치 도모코와 짜고 하시로 강 하천부지의 부정을 증거로, 오바 잇세에 대한 쿠데타를 계획했다. 그것이 사전에 발각되어 실패했는데 그 증거는 불발인 채 남아 있을 거야. 아지사와는 그것을 끌어들이려고 하는 게 아닐까?"
"우라카와가 그런 생각이 있으면 증거를 신문에 돌릴 수도 있을 겁니다."

"물론이야. 그런데 야마다 미치코의 역할이 마음에 걸리는군."
"어째서요?"
"하시로 강 하천부지 사건과 야마다 미치코는 관련이 없을 텐데. 아지사와는 어째서 이 두 사람을 동시에 끌어들이려고 했을까?"
무라나가는 일동의 얼굴을 둘러보았다. 그의 표정은 이미 자기 나름대로 대답을 가지고 있음을 말해주고 있었다. 도모코 살해범의 한 패에 관한 검토가 이런 방향으로 기울어진 것도 의미가 있는 모양이었다.
"그렇다면 우라카와와 야마다 두 사람 사이에 뭔가 연관성이 있다는 것이군요." 사다케가 불쑥 말했다.
"그럼, 그럼."
무라나가는 만족한 듯이 고개를 끄덕였다.
"도모코를 죽인 범인은 오바 일당일 혐의가 짙습니다. 하천부지의 부정을 무마시키기 위해 도모코를 죽이고 우라카와를 쫓아냈습니다. 그래서 아지사와가 도모코의 원수를 갚으려면 우라카와를 다시 한번 끌어 내려고 하는 겁니다. 한편 야마다 미치코는 폭주족의 독니에 걸린 희생잡니다. 그녀가 우라카와와 공동작전을 벌이고 전투력이 된다는 건 적이 공통인 경우뿐이지요."
"공통의 적이라니?"
사다케의 혼잣말 같은 추리에 의해서 좌중의 눈은 새로운 시야가 트인 것 같았다.
"그렇습니다. 공통의 적입니다. 가자미는 애당초 폭주족이지요. 가자미에게 아지사와가 접근하고 있었던 것은 가자미가 '도모코 살해'에 관해 중대한 사실을 알고 있었기 때문이에요. 아지사와의 탐색 루트를 충실하게 대비해 보면 그밖에는 생각할 수가 없지요. 다시 말한다면 도모코 살해에는 오바와 폭주족이 둘다 관련되어 있습니다. 이 시점에서 우라카와와 야마다 미치코가 나타났습니다. 우라카와는 하시로 강 하천부지를 담당하는 전사(戰士)요, 야마다 미치코는 폭주족을 담당하는 전사입니다. 그들이 공동전선을 벌이는 것은 오바 일족과 폭주족이 공통의 적으로 겹쳤을 경우뿐입니다. 결국 오바와 폭주족은 같은 패들입니다. 아니, 폭주족 내에 오바 일족이 있겠지요. 그렇지 않다면 가자미를 죽이고 아지사와를 범인으로 날조한다는 따위의 대규모의 공작을 할 까닭이 없습니다."

"폭주족 안에 오바 일족이, 역시 그런가!" 무라나가도 눈에서 비늘이 벗겨진 것 같은 표정을 지었다. 그렇게 생각하면, 야마다 미치코의 역할도, 얼핏 보기에는 엉뚱하게 보였던 오바와 폭주족의 연관도 후련해진다.

"그렇게 되면 하시로 서도 날조에 가담했다는 것보다는 주역을 맡고 있을 테니까, 아지사와는 달아날 수가 없겠군요."

기타노 형사의 얼굴은 구할 길이 없는 실망의 빛을 띠고 있었다. 집요하게 쫓아다니던 용의자가 다른 사건의 살인사건에 말려들어, 용의자 스스로 탐정이 되어 범인 추궁을 하는 동안 범인 쪽의 함정에 빠져버렸다. 게다가 함정을 파놓은 사람은 굉장한 거물이다. 지방도시이긴 하지만 일본의 한쪽을 차지하고 있는 대도시를 손아귀에 넣고, 마치 봉건시대의 군주처럼 군림하고 있다. 여기서는 오바 자신이 법률이라고 해도 과언이 아니다. 아지사와는 갸륵하게도 범아재비의 도끼를 휘둘러 오바에게 맞섰으나, 저항한 보람도 없이 그 독아(毒牙)에 꽉 물려버린 것이다.

무라나가 쪽 입장과 심경은 복잡했다. 아지사와는 본래 자신들이 쫓고 있던 사냥감이었다. 하시로 서는 공통의 사냥감을 들고 붙들었다. 말하자면 추적의 동지였다. 차제에 하시로 서에 신청하여 아지사와를 합동 공격할 수는 있다. 그렇게 하는 편이 손쉽게 해결될지도 모른다. 설사 날조해서 체포했다지만 아지사와에게 그와 같은 다른 죄가 있는 것을 알면 하시로 서는 크게 기뻐하리라. 날조를 했기 때문에 더욱 다른 죄에 의한 아지사와의 악성(惡性)을 보강할 필요가 있다. 그러나 이와데 측에서 본다면 범죄를 증명하는 뚜렷한 증거도 잡지 못한 채, 타경찰의 날조작전에 편승해서 본부가 명령한 사건의 해결을 피하게 된다. 그건 사악한 길이며 아무리 지름길이라도 취할 길은 아니었다. 그러나 하시로 서와 합동할 수 없다면 어떻게 할 것인가. 뻔히 알면서 본부명령의 용의자를 타서(他署)의 날조작전에 먹혀버린 꼴이 된다.
"방법은 하나밖에 없습니다." 사다케는 칼날 같은 눈으로 무라나가를 보았다.
"또 할 건가." 무라나가가 지겹다는 표정으로 말했다. 사다케의 말뜻을 일동은 알아차렸다. 전번에 아지사와의 몸을 보호하기 위하여 하시로 강의 제방에서 이자키 아케미의 시체를 찾아냈다. 그 때문에 오바 쪽에서는 당분간 아지사와에게 손을 댈 수가 없었다. 여기서 아지사와가 조용히 있었더라면 좋았는데, 도모코를 살해한 범인을 쫓아서 오바의 발밑까지 바싹 다가갔기 때문에 함정에 걸려 든 것이다.
아지사와를 구하는 방법은 하나밖에 없다. 함정의 장치를 폭로하는 일이다. 여하튼 아지사와를 하시로 서의 함정에서 구출한 뒤에 이쪽 본부명령의 추궁을 하자는 것이다.
무라나가 일행은 지금 자기들이 복수의 상대를, 소망을 이룰 때까지 살려두기 위해서 지켜주고 있는 것 같은 착잡한 심정에 빠져 있었다. 그러나 아지사와를 하시로 서의 날조의 먹이로 해서는 안 된다는 점에서는 확고한 의지를 가지고 있었다.

3

"나는 집에 있었소." 아지사와는 주장했다.
"그것을 어떻게 증명할 수 있나?" 하세가와 경감은 강경하게 대들었다.
"오전 3시에 집에서 자고 있었던 일을 일일이 증명할 수는 없소. 그보다도 도대체 누가 그런 엉터리 증언을 했소?"
"너는 가자미를 원망하고 있는 처지야. 그럴 때 가자미가 죽었으니 네가 의심을 받게 된 거야. 의심을 풀기 위해서는 알리바이를 증명 해야 해."
"그러니까 나를 병원에서 보았다고 증언을 한 녀석을 만나게 해주시오. 엉터리 증언이란 것을 증명해 주겠소."
"얼마 후에 재판이 있을 땐 실컷 만나게 해주지."
"어째서 지금 만나게 해 주지 않소?"
"소중한 증인이야. 네게 협박받고 입을 다물어 버리면 안 되니까." 하세가와는 비웃었다. 그러나 그도 괴로운 입장에 처해 있다. 목격자의 증인은 확정적인 것이 아니다. 아지사와와 대질시키면 무너질 것 같은 취약점을 갖고 있었다. 그리고 경찰은 그 취약점을 잘 알고 있었다.

이런 경우 알리바이를 입증하는 책임의 소재에는 미묘한 점이 있었다. 결백한 자가 일일이 알리바이를 증명할 필요는 없다. 용의가 짙은 자만이 경찰 측에서 모아온 혐의의 자료를 뒤집는 반증으로 알리바이를 증명하는 법이다.

경찰측의 자료로는 목격자뿐이었다. 인간의 감각은 애매한 것으로, 그때의 환경조건이나 신체의 컨디션 등으로 어떻게든지 변한다. 목격자는 오랜 경험을 가진 용의자와 대결하면 단번에 무너질 염려가 있다.

또한 아지사와의 동기인데, 가자미에게 치어죽을 뻔한 것을 원망한 복수로서는 이해가 가지 않는 점이 많다. 가자미는 이미 회복단계에 있었다. 비닐로 일부러 질식시키지 않아도, 입원직후 또는 의식이 회복되지 않았을 때 얼마든지 기회는 있었을 것이다. 또한 그 무렵에 노렸다면, 증상의 악화라 하여 의심을 사는 위험도 적었다. 혐의자료가 애매한 목격자뿐이라는 것만으로는 정말로 미약하다. 경찰은 일단 아지사와를 귀가시키기로 했다.

"아지사와가 '석방'된 것은 어찌된 셈인가?" 오바 잇세는 격노했다.
"석방이 아니라 일시 귀가한 것뿐입니다." 나카도 다스케가 해명하려는 것을 끝까지 듣지 않고, 잇세는 아지사와가 귀가한 사실보다 자신의 의사가 충분히 이행되지 않은 것에 화를 내고 있다. 하시로에서 그와 같은 일이 있으면 안 되는 것이다.
"귀가나 석방이나 마찬가지야. 어째서 그냥 처넣어 두지 않나? 아지사와는 가자미를 죽였다. 왜 살인범을 그냥 내버려 두는가."
"그건, 이쪽에서 꾸몄던 증인의 태도가 애매했기 때문에 경찰에서 체포할 결단을 내리지 못하는 모양입니다."
"어째서 그런 애매한 녀석을 시켰나. 아니다, 증인 같은 건 아무래도 좋아. 하시로 서에 연락해서 빨리 체포하도록 해라. 서장에게 그렇게 말해!"
"하시로 서가 그렇게 하고 싶더라도 지방재판소에서 체포장을 내주지 않습니다."
"지방재판소가." 잇세는 신음했다. 그의 위세도 재판소까지는 미치지 못했다. 아니 미치고 있었으나 경찰처럼 충분히 침투되어 있지는 않았다.

최근에는 '하시로 지방재판소'에서도 청법협(靑法協)의 영향이 있어 체포장의 발부가 엄격해졌다.

"제 날조법이 느슨했습니다. 죄송합니다. 목격자가 있으면 충분하다고 생각했습니다만, 간호사에게 억지로 강요했기 때문에 증언태도가 애매했던 모양입니다."

"이제와서 변명을 들어봤자 소용없다. 아지사와는 귀찮은 녀석이다. 단번에 처넣지 않으면 또 무슨 짓을 할지 모른다. 가자미의 입을 이미 열게 했는지도 몰라. 어떻게 방법을 생각해 봐라."

"방법은 이미 꾀해 두었습니다."

"뭐, 이미 했다고?"

"아지사와가 귀가를 허락받은 것은 혐의의 자료가 빈약한 것과, 거주지가 확실해서 도망갈 우려가 없기 때문입니다. 만약 그로 하여금 도망칠 수밖에 없는 형편으로 몰아넣으면, 재판소에서도 체포장을 발부합니다."

"과연 그렇군. 그러나 어떻게 해서 그를 도망치게 하지."

나카도는 주위에 아무도 없는데 잇세의 귀에 입을 대고 뭔가 속삭였다. 불쾌했던 잇세의 표정이 점점 풀렸다.

"좋아, 도망치게 하는 것은 좋으나, 하시로에서 한 발도 밖으로 나가게 해서는 안 돼."

"그 점은 염려마십시오. 그런 것을 못하리라는 것은 회장님께서도 잘 아시고 계시지 않습니까."

4

경찰에서 일단 풀려나와 귀가한 아지사와는 무엇보다도 마음에 걸렸던 야마다 노리코의 안부를 알아보았다. 그녀는 집에 돌아와 있었다.
 "잘됐군. 병원에서 아직 안 돌아왔다기에 걱정하고 있었습니다."
아지사와는 전화에 나온 노리코에게 안도의 한숨을 내쉬었다.
 "우라카와라는 분이 찾아오셔서, 돌아오는 길에 얘기하고 있었어요."
 "우라카와? 전에 '하시로신보'에 근무하신 우라카와 씨 말인가요?"
 "그렇습니다."
 "그 우라카와가 당신에게 무슨 얘길?"
 "아지사와 씨에게 언니의 사건을 들은 뒤 협력해서 오바를 고소하려고 사실 확인차 왔다고 말했습니다."
 "협력해서 고소한다고 했습니까?"
 "네."
 "잘됐군."
 "네?"
 "아닙니다. 우라카와 씨가 우리편이 되면 백만의 힘이 됩니다. 오바 나리아키를 혼내줄 수 있습니다."
 "저도 우라카와 씨의 말을 듣고 있는 동안에 그런 생각이 들었어요. 전, 언니가 싫다고 해도 오바를 고소하겠어요."
 "그러십니까. 그 말을 들으니 나도 기쁩니다. 당신은 당분간 부디 신변을 조심하십시오. 오바 편에서 무슨 짓을 할지 모르니까."
 "주의하겠습니다."
 "가자미가 죽은 것은 아직 모르십니까?"
 "가자미가!"

"살해 되었습니다. 나리아키에게."
"어머, 어쩌면 그렇게 무서운 짓을!"
"그가 살아 있으면 언니에게 폭행한 일과 오치 도모코 씨를 죽인 증인이 되니까, 입을 봉해 버렸지요. 게다가 나를 그 범인으로 만들려고 조작하고 있습니다."
"아지사와 씨를 범인으로!"
"그렇습니다. 증거가 불충분해서 체포는 면했지만, 녀석들은 자기 몸을 지키기 위해서는 무슨 짓이라도 합니다. 부디 조심하십시오."
"그렇지만, 설마 저에게까지——"
"언니는 나리아키에게 당신이 고소하려고 한다고 가르쳐줬답니다."
"언니가! 정말이세요?"
"정말입니다. 언니는 나리아키에게 얘기한 뒤에, 후회하고 내게 전화했습니다."
"너무해요. 정말, 너무해요. 언니를 위해서 하는 일인데."
"여하간에 이렇게 되었으니 빠를수록 좋습니다. 내일 바로 피해계(被害屆)를 제출해 주세요. 당신이 제출하면, 입원중인 언니는 부정을 못합니다. 나는 또 한 사람의 공범자인 쓰가와(津川)라는 사내를 찾겠습니다. 내일 학교에 가기 전에 피해계를 내시지 않겠습니까? 내가 마중 나가겠습니다."
"부탁합니다."
"오늘은 밖에 나가지 마십시오."
노리코에게 다짐을 해놓고, 우라카와에게 연락을 했다. 역시 신문기자인지라, 가자미의 죽음과 그 계략을 깨닫고 있었다.
"아지사와 씨, 큰일이군요." 우라카와의 어조는 전날 방문했을 때와는 달랐다.

"또 한 사람 증인이 남아 있습니다. 그 녀석을 쫓겠습니다."

"가자미를 없앨 정도니까. 공범에게도 벌써 손을 썼을 겁니다. 그 녀석이 당신에게 입을 열면, 가자미를 없앤 의미가 없지 않습니까. 나는 오히려 당신이 돌아온 것을 탄복하고 있는 형편입니다."

"조작이 약간 느슨했습니다. 그러나 필시 반격해 오겠지요. 제일보다는, 우라카와 씨, 야마다 노리코 씨를 만나셨다지요?"

"당신한테서 피해자의 동생이 적극적이라고 들었기 때문에."

"그러시다면, 하시로 강의 하천부지의 부정을 공개할 결심을 하신 겁니까?"

"결심이라 할 정도로 어마어마한 것은 아니지만, 그렇게 어린 여고생도 오빠를 상대로 싸우려고 하니까 나도 다시 한번, 유치한 정의감을 휘둘러 볼까 하고요."

"감사합니다."

"당신이 고마워 하실 건 없습니다. 이것은 애당초 하시로의 문제입니다. 게다가 잊고 있었지만, 다른 쪽에서도 하천부지의 문제를 탐색하고 있는 모양입니다."

"다른 쪽이라니요?"

"이와데 현의 미야후루 서(宮古署)의 형사라는 자가 와서, 하천부지에 관한 일을 여러가지로 물어보고 갔습니다."

"이와데 현의 미야후루 서요!" 아지사와는 순간 안색이 변했으나, 전화였기 때문에 우라카와에게는 보이지 않았다.

"짚이는 게 있습니까? 형사는 당신과 도모코 씨에게도 흥미를 가지고 있는 것 같았어요. 아니 도모코 씨를 죽인 범인을 찾고 있는 당신에게 가장 강한 관심을 가지고 있는 모양이었습니다.

미야후루 서에서도 독자적인 입장에서 그 범인을 쫓고 있는 것 같았습니다. 어째서 이와데의 경찰이 관할이 다른 하시로의 살인사건을 쫓고 있는지, 수사상의 비밀이라고 하며 가르쳐주지 않았지만, 적어도 하시로의 경찰보다는 신용할 수가 있어서 알고 있는 것은 모조리 말해 주었습니다."

"이와데 현의 경찰이 왔었습니까?" 아지사와는 아직도 이와데에서 형사가 왔다는 충격에서 벗어나지를 못했다.

"그렇습니다. 그 형사는 하시로 강 하천부지의 매수건에 상당한 흥미를 가진 모양이었습니다. 타현 경찰이었지만 그쪽 방면에서 활동해준다면, 현경찰의 수사2과가 움직일지도 모릅니다."

"미야후루 서의 형사는 오치 미사코 씨의 일은 말하지 않던가요?"

"오치 미사코?"

"도모코 씨의 언니입니다."

"아아, 그렇게 말씀하시니 도모코 씨에게는 언니가 있었지요. 아마 등산갔다가 살해되었지요. 잠깐 기다려봐요, 그렇군, 내 정신 좀 봐, 깜빡 잊었어요. 그 언니라는 분은 아마 이와데의 산중에서 살해되었었지. 그럼, 그 형사들은 그 사건으로 왔을까?"

우라카와는 도중에서 자신의 생각 속에 빠져버렸다.

"오치 미사코 씨의 일을 물어보지 않았다면, 다른 사건으로 왔다고 생각합니다. 맞아요. 전번에 하시로 강의 하동유역의 제방에서 보험금목적으로 살해된 호스티스의 시체가 이와데의 경찰에 의해서 발견되었지요. 덕분에 그 보험을 담당하고 있던 저는 면목을 세웠습니다. 그때 이와데 현에서 잡힌 살인범이 피해자를 하시로 강의 제방에 묻었다고 자백해서 수색한 것은 우연한 부산물이었다던데, 미아후루의 형사는 아마 그 사건으로 왔을 겁니다."

아지사와는 자기가 물어본 일이었으나 교묘하게 유도해서, 우라카와의 관심을 오치 미사코로부터 돌려놓았다.

5

그 무렵 기타노 형사는 '아지사와의 범행'의 목격자를 알아내는 일에 필사적이었다. 웬일인지 하시로 서에서는 목격자의 이름을 숨기고 있었다. 같은 경찰끼리 배타적인 감정에서 피차의 솜씨 같은 것을 숨기는 일은 흔히 있지만, 목격자를 숨기는 이유는 있을 까닭이 없다. 그럼에도 숨기고 있는 점에 작위(作爲)가 느껴졌다.

"오전 4시에 목격했다면 문병객은 아니야. 우선 야근 간호사, 다음에는 같은 병동의 입원환자겠지."

"그러나 입원환자가 아지사와를 알고 있을까?"

"가자미의 병실에 자주 출입했다니까 얼굴을 기억하고 있었는지도 모르지."

"그렇지만 오전 4시라는 시간에 잠깐 엇갈린 정도로 어슴프레 기억하고 있는 얼굴을 빨리 식별할 수 있을는지 매우 불안한데. 환자보다는 간호사 쪽이 가능성이 커. 게다가 시민병원은 오바의 입김이 들어가 있어. 일단 환자보다는 간호사를 포섭하기가 쉬울 거야."

이렇게 해서 그날 밤의 3명의 야근간호사가 주목을 받게 되었다. 먼저, 가자미의 병실담당인 나루자와 게이코는, 사건의 발견자였다. 발견자와 목격자가 일인이역을 겸할 수는 있지만 작위로서는 약하다. 만약 그녀가 목격자라면 그런 시간에 가자미의 병실에서 나온 아지사와를 보게 된 시점에서 담당자로서 의심을 일으켜, 뭔가 질문을 했을 것이다.
 주임간호사인 나이토 스즈에 역시 사정은 같다. 그렇다면 남은 마키노 후사코가 가장 수상하다. 세 사람을 모조리 부딪쳐 보려고 했던 기타노는, 그 순위를 마키노, 나이토, 나루자와로 했다.

 마키노 후사코가 비번일 때를 노려 간호사 숙소에 찾아가니, 그녀는 벌써 안색이 달라져 있었다. 나이토 스즈에도 나루자와 게이코도도 정(正)간호사였는데, 마키노 후사코는 준(準)간호사였다. 중학을 졸업하고 '준간호사 양성소'를 갓나온 18세의 애송이 간호사였다. 돌연 낯모르는 형사의 방문을 받고, 마키노 후사코는 겁에 질려 있었다. 기타노는 그것을 충분한 '반응'으로 보았다.
 초면의 인사가 끝나자, 기타노는 질문의 핵심에 들어갔다.
 "가자미 씨가 사망했을 때, 당신은 아지사와 씨가 그 병실에서 나오는 것을 보셨다지요?"
 "그렇습니다."
 마키노 후사코는 눈을 내리깐 채 대답했다.
 "어째서 아지사와 씨라고 아셨습니까?"
 "하지만 아지사와 씨라고 생각했기 때문입니다."
 "당신이 아지사와 씨를 보신 것은 간호사실의 앞 부근이라고 하셨지요?"
 "네."
 "가자미 씨의 병실은 병동의 맨 끝쪽입니다. 병동 중앙부에 있는 간호사실에서 끝까지는 꽤 거리가 있습니다. 그것도 밤의 약한 불빛으로 아지사와 씨라고 잘도 알아보셨군요."
 "그, 그것은, 사람의 얼굴은 뚜렷이 보이지 않더라도, 윤곽이나 몸매의 특징 같은 걸로 알 수 있습니다." 기타노의 예리한 추궁에 마키노 후사코는 쩔쩔맸다.
"그럼, 당신은 아지사와 씨의 얼굴을 확실히 본 게 아니고, 얼굴의 윤곽이나 몸매로 보아 아지사와 씨 같다고 짐작을 하셨습니까?"
"그렇게 말하면 그렇지만, 인간의 관찰이란 대충 그런 게 아닐까요."
후사코는 얼굴을 숙이고 간신히 대답했다. 그때 기타노는 그녀의 눈이 빛을 받은 각도에서 번득 빛난 것같이 느꼈다. 그 일이 기타노에게 암시를 주었다.
"마키노 씨, 당돌한 말이지만, 당신의 시력은 어느 정돕니까?"
"눈의 시력말인가요?" 느닷없는 질문을 받고 후사꼬는 당황한 모양이다.
"그렇습니다."
"오른쪽이 0.1, 왼쪽이 0.3입니다."
"별로 좋지 않으시군요."
"그 시력으로 병동 끝까지는 보이지 않았을 거라고 말씀하시고 싶으시군요. 그러나 콘택트렌즈를 넣어서 좌우 모두 1.2로 교정하고 있습니다."
기타노가 본 후사코의 '눈빛'은 콘택트렌즈의 빛이었던 것이다. 그러나 마키노 후사코가 교정되었다고 주장하는 이상, 그것을 부정할 수는 없었다.

다음날 아침, 야마다 노리코는 아지사와가 오는 것을 기다렸다. 등교 전에 경찰에 들러서 '피해계'를 낼 예정이었다. 그 때문에 지각도 각오한 바이다. 양친께 알리면 못하게 할 건 뻔하므로 일부러 아무에게도 말하지 않았다.

노리꼬는 지금 하시로 시의 제왕, 오바 일족에게 반기를 휘두르는 일에 흥분하고 있었다. 우라카와의 말에 따르면 하시로 강 하천부지의 부정사건을 캐냈다고 했다. 노리코의 피해계 제출과 함께 그 부정사건을 폭로하겠다고 우라카와는 말했다. 노리꼬의 고소가 오바 일족을 전복시키는 도화선이 될지도 모른다.

노리코는 지금 자기가 드라마의 주인공이 된 것 같은 흥분감에 싸여 있었다. 피해계를 낼 때는 아지사와가 호위해 주고 모든 일을 다해 준다고 한다.

집을 나갈 시간이 다가왔다. 아지사와하고 약속한 시간이기도 했다. 그때 그녀와 같은 나이 또래의 소녀가 집 앞에 서 있었다. 낯선 얼굴이었다.

그녀는 집의 출입구에서 막 나가려는 노리코에게 물었다.

"야마다 노리코 씨군요? 아지사와 씨께 부탁받아 모시러 왔습니다."

"아지사와 씨께?"

"네, 아지사와 씨께서 기다리고 계십니다. 뭔가 급한 일이라고요."

노리코는 그녀의 말을 믿고 뒤를 따랐다.

"여기예요."

소녀가 안내한 골목에 들어가니 몇대의 차가 세워져 있고, 머리를 리젠트 스타일로 한 청년이 몇 명인가 모여 있었다. 노리코가 깜짝 놀라 자세를 바로 했을 때는 이미 늦었다. 소녀가, "데리고 왔다" 하고, 갑자기 흩어진 말씨로 소리 지르자 동시에 청년들이 후닥닥 노리코의 둘레를 에워쌌다.

"당신들은 누구예요? 대체 무슨 짓을 하려는 거죠?"

노리코가 태세를 갖추고 따지니까, 여드름이 난 리더 격의 청년이 비웃음을 띠며 말했다.
"잠깐 함께 가보면 알게 돼."
"왜 그래요? 나는 학교에 가야 해요."
"그럼, 학교에 간다는 사람이 아지사와라고 말하니까 기뻐서 따라오는 건 무슨 까닭이지?"
"당신들과는 관계없어요."
"관계가 있는가 없는가 천천히 들어보겠다. 어서!"
리더는 부하에게 눈짓을 했다. 5, 6명의 부하가 달려들어 노리코를 자동차 속으로 몰아넣었다.
"그만둬요! 무슨 짓이에요, 경찰을 부를 테야."
노리코는 힘껏 저항했으나 그들에게 당할 수 없어 삽시간에 자동차 속으로 밀려 들어가고 말았다. 노리코를 태우자, 청년들은 제각기 차에 타고 달리기 시작했다. 그것은 순식간의 일이었다. 통행인도 없어 이날 아침의 유괴극을 본 사람은 없었다.
그보다 조금 전에 노리코에게 가려던 아지사와의 집에 전화가 걸려 왔다. 집주인이 바꿔준 전화를 받은 아지사와의 귀에 들어본 적이 없는 목소리가 들렸다.
"아지사와, 야마다 노리코는 내가 맡았네. 무사히 돌려받고 싶으면 고소할 생각은 그만 두게나."
"뭐! 너는 오바 나리아키냐?"
"누구라도 괜찮지 않나. 본인은 고소하고 싶지 않다니까 너는 쓸데없는 참견하지마."
"노리코를 어떻게 할 생각이냐."
"별로 어떻게 할 생각은 없어. 네가 고소를 포기할 때까지, 소중히 보관해 두겠어."
"그런 짓을 하면 유괴가 아니냐?"

"천만의 말씀, 본인의 의사로 온 거라네. 학교에도 집에도 연락해 놓겠다." 상대는 전화속에서 약간 웃었다.
"기다려, 전화를 끊지 말게. 의논하고 싶네."
아지사와가 말하는 도중에 전화는 상대 쪽에서 일방적으로 끊었다.
"헬멧이다!"
아지사와는 여하튼 '광견'들의 집합소에 가볼 생각이었다. 드디어 오바 나리아키가 노리코에게까지 촉수를 뻗쳐왔다. '헬멧'에 가면 그들의 동정을 알 수 있을지도 모른다.
아지사와가 집을 뛰쳐나가려고 하니, 등교준비를 마친 요리코가 묻는다.
"아버지, 어디가세요?"
"곧 돌아올 테니 요리코는 친구와 함께 학교에 가거라."
"아버지, 가지 마세요."
요리코의 직관상이 또 위험을 예지했는지도 모른다고 생각했으나, 여하간에 노리코를 구하기 위해서는 '헬멧'에 가야만 했다.
"염려없다. 요리코."
"요리코도 함께 갈래요."
아지사와는 순간 망설였지만 명령하듯 말했다.
"괜찮으니 학교에 가거라."

6

기타노는 마키노 후사코가 날조된 증인이라는 확신을 가졌다. 그녀는 매수를 당했거나 협박을 당해서 거짓 목격자가 되었음이 분명하다. 그녀의 증언은 허위인 것이다. 그렇기 때문에 절대적인 확신이 없었다. 그래서 적도 아지사와를 단번에 체포하지 못하고 있는 것이다. 그러니까 꾸물거리고 있으면, 그녀의 위증을 기초로 해서 차례로 허위자료를 만들어 내어 아지사와를 체포할 것이 뻔히 보인다.
 그전에 마키노 후사코의 거짓을 간파해야 한다. 기타노는 현장을 세밀히 검사했다.
 가자미가 입원하고 있었던 320호실은 외과 병동의 독방으로 병동의 맨 끝에 위치해 있다. 병동 중앙에 있는 간호사실에서 약 30미터, 가자미의 병실 앞에 서 있는 인물을 판별할 수 있는 거리는 아니었다. 이것이 야간이라면 어떻게 되는가. 후사코가 아지사와를 목격했다고 주장하고 있는 것은 오전 4시경의 일이다. 기타노는 같은 조건하에서 현장을 관찰하기 위해 오전 4시에 그 장소에 가 섰다. 병동 전체는 모두 잠들어 고요했으나, 조명은 충분히 밝아 간호사실 앞에서 가자미의 병실까지 잘 보였다. 천장에는 바로 붙인 형광등이 5미터 간격으로 배치되어 있어 320호실 앞은 각별히 밝았다.
 기타노는 현장조사까지 했음에도, 마키노 후사코의 위증을 무너뜨릴 수는 없었다. 후사코의 태도에는 애매한 것이 있다. 그러나 그 말 자체에 모순은 없다. 1.2로 시력이 교정되어 있다면, 320호실 앞에 서 있는 인간의 얼굴은 간호사실 앞에서 충분히 판별된다.
 지금 기타노의 시력은 좌우 모두 같은 1.2며 자신의 눈으로 그것을 확인했다.
 그러나 기타노의 마음에 아무래도 걸리는 게 있었다. 그것이 무엇인지는 잘 모르겠다. 확실히 보고 있으면서 커다란 것을 빠뜨린 것 같은 위화감이 남는다. 빠뜨린 것이 마음의 테두리에 걸려서 정신의 트림현상을 일으키고 있다. 원인을 모르기 때문에 더 초조했다. 아지사와가 시시각각 궁지에 몰리고 있음을 알 수 있었다. 그를 가로채이면 안 된다. 아지사와는 내 사냥감이다 하고 기타노는 이를 갈았으나 이와데 측도 괴로운 입장에 몰려 있었다. 그들은 행방불명자의 수사를 한다고 자칭하고 하시로에 들어왔다. 본명(本命)은 아지사와였으나, 그 사건은 숨기고 있다. 그들이 발견한 이자키 아케미는, 어디까지나 예기치 않았던 '부산물'로서, 공적인 수사대상은 아직 발견되지 않은 것으로 되어 있었다. 그것을 하시로에 머물고 있는 이유로 하고 있었지만 그렇게 언제까지나 눌러 앉아 있을 수는 없는 일이다. 실지로 하시로 서는 이자키 아케미를 발견한 뒤 전혀 수사다운 수사를 하지 않고 하시로에 눌러 있는 이와데 측을 수상쩍은 눈으로 보고 있었다. 다른 경찰의 관내에 와서, 설사 '부산물'이라고 한들, 그 고장 경찰이 사고로 처리한 사건의 시체를 끌어 내어, '살인'으로 해버렸다. 그 때문에 하시로 서에서는 폭력단과의 유착이 폭로되고 수사과장이 파면되었다. 하시로 서로서는 도화선에 불을 붙인 이와데에게 호감을 가질 까닭이 없다.

본시 다른 고장의 경찰이 자기 관내에서 활동하고 있다는 것은 유쾌한 일이 아니다. 하물며 약점을 지니고 있는 하시로 서로서는 이와데가 한시라도 빨리 나가 주기를 바라고 있었다.

전과 달라서, 정체를 밝혔기 때문에 잠행수사도 할 수 없다. 이와데 측도 조속한 결과를 강요당하고 있었다.

기타노는 시민병원 앞에서 시내 순환버스를 탔다. 버스는 마침 출근 등교시간이어서 샐러리맨과 학생으로 만원이었다.

마침 시험기간인 모양으로 친구들끼리 서로 출제를 하고 있다.

"마리오트의 맹점이란?"

"시세포가 없는 곳. 백지에 십자와 원을 좌우로 그려 놓고서, 약 20센티미터의 거리에서 왼쪽 눈을 감고 십자를 보면 원이 보이지 않는다……"

정류소에 도착하자 학생들은 떠들썩하게 차에서 내렸다.

"마리오트의 맹점이라."

기타노는 학생들이 내린 뒤의 갑자기 넓어진 차 안에서, 자세를 펴며 중얼거렸다. 기타노에게도 맹점이 있을 것이다. 그 맹점에 빛이 닿아서 위화감을 일으키고 있는 것이다. 다음 정류소는 도서관 앞이었다. 기타노는 문득 생각난 게 있어 거기서 내렸다. 그 길로 도서관에 들어가 백과사전을 찾아보았다. '마리오트의 맹점'은 '눈'의 항목에 있었다. 사전에 따르면——망막의 시신경유두(視神經乳頭)의 부분에는 시세포가 없기 때문에 빛이 닿아도 광각(光覺)을 일으키지 않는다. 따라서 시야 안에서 이 부분에 해당하는 것은 보이지 않는다는 이치다. 이 생리적인 시야결손부를 맹점이라고 한다. 이것은 에드메 마리오트(1620~84)에 의해 발견되어, 보통 마리오트의 맹반(盲斑) 또는 맹점이라 불리운다. 맹점의 위치는 시야의 중심에서 이측(耳側) 약 15도에서 약간 아래쪽에 있고, 크기는 세로 약 7도, 가로 약 5도의 타원형을 나타낸다. ——중략——백지에 작은 십자와 그 우방 5~10센티미터 지점에 작은 원을 그리고, 양자의 간격의 약 3.5배의 거리에서 왼쪽 눈을 감고 작은 십자를 주시하면, 작은 원이 보이지 않게 되는 일로 알게 된다. 또한, 시야 중에 맹점이 있는 것에서 기인하여, '의외로 알아차리지 못하는 곳'이라는 뜻으로 쓰이고 있다.

'의외로 눈치를 채지 못하는 곳이라.' 기타노는 백과사전에 눈을 향한 채 중얼거리고는 거기 그려져 있는 십자(十字)와 원을 보며 자신의 눈으로 실험을 해보았다.

"정말이다, 보이지 않는다."

기타노는 원이 시야에서 사라지자 깜짝 놀랐다.

──맹점이란 여기서 온 것이었구나──새삼스럽게 탄복한 기타노의 눈꺼풀에서 마리오트의 실험도(實驗圖)와 시민병원 병동의 광경이 겹쳐졌다.

5미터 간격으로 형광등이 천장에 붙어 있었다. 가자미 방 앞의 등만 유난히 밝았다. 그것은 어째서 그럴까?

기타노는 벌떡 일어나 백과사전을 서가에 돌려놓고, 시민병원으로 달려 갔다. 외과병동의 320호실 앞에 서서 천장의 등을 주시했다. 마침 지나가던 간호사를 불러세우고 물었다.

"이 방 앞의 전등만 특별히 밝은데 어째서 그런가요?"

간호사는 수상하다는 듯이 기타노를 보더니, 그의 진지한 태도에 눌려서 대답했다.

"네에, 거기는 전등이 끊어져서 최근에 바꿔 끼웠습니다."

"바꾼 건 언제였습니까?"

"어젠가 그저께라고 생각합니다."

"정확하게 가르쳐 주십시오."

"글쎄요, 비품부원에게 물어봐야 합니다. 어째서 그런 것을……."

"아, 실례했습니다. 경찰관입니다. 비품부는 어디 있습니까. 어떤 사건의 참고로 전등을 갈아 끼운 날을 꼭 알고 싶습니다."

기타노가 제시한 경찰수첩에 간호사는 표정을 달리 하고 그를 다른 동에 있는 비품부로 안내했다. 이 비품부에서 병원 내에 필요한 자료는 모조리 조달하고 있다는 것이다.

기타노의 질문에 계원은 출고전표를 조사하고 형광등을 교환한 것이 어제 아침이라는 것을 가르쳐 주었다.

"형광등은 수명이 다하면 깜박거리며 점멸하는 일이 있는데, 교환한 짧은 형광등도 그렇게 되었던가요?"
"아닙니다. 외과병동의 320호실 앞에는 완전히 꺼져 있었습니다."
그야말로 기타노가 기대했던 말이었다.
"320호실 앞에 있는 천장등의 스위치는 어디에 있습니까?"
"간호사실에 한데 묶여 리모콘 스위치로 되어 있습니다."
"그러면 320호실 앞에 있는 전등을 끄려면 어떻게 하면 됩니까?"
"글쎄요, 등을 빼는 수밖에 없겠군요."
"대단히 귀찮으시겠지만, 해가 저문 뒤에 외과병동 320호실 앞의 천장등을 빼주실 수 없을까요. 아니, 잠깐 불을 꺼주시기만 하면 좋습니다. 수사상 꼭 필요해서요."

기타노는 해가 지는 것을 기다렸다가 '실험'에 들어갔다. 가자미의 병실 앞의 복도의 천장등이 제거되었다. 조명이 꺼지고 복도의 그 부분만 어두컴컴해졌다.
"이거면 되겠습니까?"
"됐습니다. 미안하지만 320호실 앞에서 이쪽을 향해 서 주십시오."

기타노는 비품계원을 복도에 세워놓고 간호사실의 위치에서 응시했다. 그곳을 비추는 것은 5미터 가량 옆에 떨어져 있는 천장등의 빛이었다. '옆의 빛'은 약해서 얼굴을 판별할 수 없었다. 기타노는 사건 당일밤 가자미의 병실 앞의 천장등이 수명이 다 되어 끊어져 있었고, 간호사실의 거리에서는 320호실 앞에 서 있는 사람을 판별하지 못한다는 사실을 확인한 것이다. 그에게 힌트를 준 것은 마리오트의 맹점이었다. 십자와 원이 그려져 있고, 십자를 주시하는 것에 의해 원이 맹점에 들어가서 사라진다. 바탕에 흰색으로 그려진 십자와 원은, 왼쪽이 특히 밝게 빛나고 있었다. 누구든지 한 번만 보아서는, 빈약한 십자가 남아 있고, 밝은 원이 사라진다고는 생각하지 않는다. 지나치게 밝은 것이 수상한 것이다.

  그 밝은 것에 기타노는 가자미의 병실 앞의 천장등을 겹쳐보았다. 같은 촉수인데 다른 전등보다 밝다는 것은 새 것이라는 뜻이다. 그렇다면 '밝은 등'과 교환된 것은 언제였는가. 밝은 등불 아래서는 복도는 어떤 상태였을까? '마리오트의 맹점'이 '새로운 등'과 겹쳤다가 사라진 후에, 마키노 후사코의 위증의 조작이 윤곽을 드러내고 있었다. 그러나 기타노가 힌트를 얻은 '마리오트의 맹점'에는 보다 더 큰 별개의 중요한 의미가 있었다.

궁지에 몰린 야성

 아지사와가 '헬멧'에 가려고 할 때, 어제 왔던 형사 두 사람이 그의 앞을 가로막았다. 마치 잠복이라도 한 것 같은 출현이었다. 아니, 틀림없이 잠복했었을 터였다. 그들은 아지사와에게 품은 의심을 절대로 풀고 있지 않았던 것이다.
 "어디에 갈 작정인가?"
 어제 만났던 형사가 징그러운 웃음을 띠면서 말했다.
 "아, 형사님, 마침 잘오셨습니다. 유괴입니다. 여학생이 폭주족에게 유괴당했습니다."
 아지사와는 지푸라기에라도 매달리듯이 애원했다.
 "유괴? 대체 무슨 일인가?" 형사는 놀란 표정을 지었다.
 "야마다 노리코라는 여학생이 광견 멤버에게 납치되었소. 서둘지 않으면 무슨 변을 당할지 모르오. 여하튼 상대는 미치광이니까 뒤늦지 않도록 수배해 주시오."
 "아침부터 무슨 잠꼬대를 하고 있나. 수배받을 건 광견 멤버가 아니라 바로 자네야. 어서 따라오게, 아직도 여러가지 물어볼

게 있으니까."
"먼저 '헬멧'에 가게 해 주시오."
"뭔가, 그건?"
"광견들의 집합소요."
"안 돼."
"체포장을 가지고 있소?"
"도망가려거든 도망쳐도 좋아." 형사는 희미하게 웃음을 흘렸다.
"그건 무슨 뜻이오?"
"허허, 자네가 스스로 생각해 보게."
형사가 말했을 때, 요란한 폭음이 배후에서 일어나고 검은 가죽점퍼에 헬멧을 쓴 광견의 일단이 10여 대의 오토바이를 줄지어 그들의 옆을 스쳐갔다. 스쳐가면서 기성과 경적을 울려댔다.
"저 녀석들은 시위를 하고 있소. 형사님, 야마다 노리코가 위험해요!"
"글쎄 무슨 일인가?" 형사는 아랑곳없다는 표정으로 딴전을 부렸다.
"나는 '헬멧'에 가겠소."
"동행을 거부하나?"
"거부는 안 하오. 우선 '헬멧'에 가서 야마다 노리코의 안부를 확인할 뿐이오."
"우리는 동행거부라고 인정하겠다."
"돌대가리군. 맘대로 해석해."
아지사와는 형사를 떠밀고 걷기 시작했다. 형사는 굳이 막으려 하지 않았다. 아지사와가 멀리 사라지자, 중년 형사는 싱긋 웃으며 청년 형사에게 말했다.

"자네, 당장 본서에 연락하게, 아지사와는 도망갔다고. 곧 체포장을 발부하도록 하게. 나는 '헬멧'으로 가네. 자네도 나중에 와주게."

"알았습니다." 아지사와가 제멋대로 가버리는 것을 막지 않고 그냥 보기만 하고 있던 청년 형사는 분한 감정을 메우려는 듯이 달려갔다.

"아빠!" 아지사와는 뒤에서 갑자기 누가 부르는 바람에 깜짝 놀랐다.

"요리코, 넌 학교에 안 갔었니?"

'헬멧'에 노리코의 안부를 확인하러 가기 위해 형사의 임의동행 요구를 뿌리치고 온 아지사와는, 그곳에서 등교차림의 요리코를 발견했다.

"아빠가 걱정돼서요."

요리코는 금방 울음을 터뜨릴 듯한 얼굴을 하고 길 한복판에 서 있었다.

"할 수 없는 애군. 아빠는 걱정없다고 했지 않니?"

"그렇지만 전번에도 트럭에 치일 뻔했지 않아요."

"또 트럭이 덮쳐온다는 거냐?"

"몰라요, 그렇지만 어쩐지 불안한 기분이에요. 그러니까 데리고 가줘요."

요리코의 눈은 진지했다. 그녀의 직관상에 재차 구출을 받은 아지사와는 말했다.

"그럼, 오늘뿐이야. 아빠 일이 끝나면 지각해도 좋으니까 학교에 가야 돼."

"응, 갈게."

'헬멧'은 한산했다. 평일이기도 했고 아침 이른 시간이었기 때문에 광견의 멤버는 아직 모이지 않은 모양이다. 그래도 가게 앞에 몇 대의 오토바이가 세워져 있었고, 가게는 이미 열려 있었다.

 요리코를 밖에서 기다리도록 하고 가게 안에 들어갔더니, 카운터 안에 있던 바텐더가, 흰자위가 많은 눈으로 흘깃 아지사와를 흘겨 보았다. 소위 '뱀눈'이라고 불리우는, 고개를 움직이지 않고 눈알만 굴려서 보는 시선이다. 그 눈초리를 보자, 아지사와는 바텐더가 그가 올 것을 이미 알고 있다고 생각했다. 그도 오바 나리아키의 한 패였다. 아마 가게도 틀림없이 나리아키의 입김이 닿아 있을 것이다.

 "잠깐 물어보겠는데요. 오늘 아침 여기에 야마다 노리코라는 여고생이 오지 않았습니까?"

 아지사와는 겸손하게 물었다.

 "글쎄, 매춘부는 우리 가게에는 안 오는데." 바텐더는 조금도 고개를 움직이지 않고 대답했다.

 "여고생입니다. 매춘부가 아니오."

 "매춘부가 아니면 더구나 안 오지."

 "오바 나리아키나 쓰가와는 안 왔습니까?"

 "누구더라, 그 사람은——?" 바텐더는 모르는 척 시치미를 뗐다.

 "광견의 리더입니다. 쓰가와는 아마 부두목이라고 생각하오."

 "큰 소리 치는군."

 어느새 들어왔는지, 광견의 '제복'을 입은 청년 여럿이 뒤에 서 있었다. 애써 어깨를 딱 벌리고 있었으나, 얼굴 생김새는 모두 어렸다. 그러나 그들이 몸에서 풍기고 있는 흉포성은 진짜였다. 저마다 어떤 흉기를 지니고 있을 것이다.

 가게의 어느 구석에 숨어 있다가 바텐더의 신호로 나온 모양이다.
"아아, 자네들은 광견 멤버군. 리더를 만나고 싶다."
"리더를 만나서 어쩌겠다는 거야."
가죽장화에 박차(拍車) 같은 특수장치가 되어 있는지 바닥을 걸을 때마다 찰칵찰칵 소리가 났다.
"야마다 노리코를 돌려주게."
"모르겠는걸. 그 매춘부는 아저씨와 어떤 사이요?"
폭주족의 한 사람이 다수의 힘을 믿고 아지사와에게 얼굴을 바짝 대고, 아지사와의 코끝을 집게손가락으로 눌러 위로 들쳐올렸다.
"친구야, 오늘 아침에 자네들 리더로부터 전화로 야마다 노리코를 맡고 있다는 통고를 받았어."
"이봐, 모두 들었나. 친구란다. 정말 부럽구나."
그가 묘한 억양을 붙여 말을 하자 모두 와아 웃었다.
"부탁이다. 리더를 만나게 해줘. 함께 이야기를 하고 싶다."
"모르겠는걸." 폭주족은 또 가죽장화를 찰칵찰칵 딛고 다녔다.
"오바 나리아키에게 전해 주게. 만약 야마다 노리코의 몸에 손가락 하나라도 대면 용서 않겠다고 말이야."
아지사와의 목소리에서 돌연 위협조의 무시무시한 기색이 풍겼다. 그를 깔볼대로 깔보고 함정에 걸린 사냥감을 노리개감으로 희롱하고 있던 폭주족은, 갑자기 흉포한 맨얼굴을 숨김없이 드러낸 아지사와의 변모에 오싹해졌다. 이렇게 '프로'와 '아마추어'의 차이가 있다. 살인 '프로'의 집단에 소속되어 살인을 위한 온갖 기술을 배운 아지사와가 발끈하는 굉장한 살기를 뿜어내자, 오토바이에 올라타고 달리는 것만이 장기인 폭주족은 질려버렸다.
그것은 일종의 관록의 패배라고 할 수 있다.

"뭐, 뭐, 뭐야!"

그래도 광견은 필사적으로 허세를 부렸다. 얼굴을 바로 들 수 없을 정도의 위압을 받으면서도 상대가 한 사람이라는 것과 광견의 체면에서, 그들은 간신히 아지사와에게 대항하고 있었다.

"개, 개새끼!"

아지사와로부터 불어닥치는 위압을 밀어젖히려고 정면에 있던 한 사람이 잭 나이프를 꺼냈다. 거기에 용기를 얻어 광견파들이 저마다 쇠사슬이나 쌍절곤 따위의 손에 익은 무기를 꺼냈다.

"여보게들, 모두 그만둬. 싸움을 하러 온 게 아니지 않나. 자네들 임무는 심부름이야. 빨리 나가서 오바에게 전해. 야마다 노리코에게 손을 대면 절대로 용서하지 않는다고 말이야."

"주제넘게!" 부츠의 쇠붙이를 울리며 나이프를 들고 태세를 갖춘다. 바텐더의 모습은 어느 사이에 사라졌다.

"말귀를 못 알아듣는군." 아지사와가 혀를 차며 태세를 갖췄을 때 몇 대의 경찰차가 가게 앞에 멈췄다. 사이렌을 끄고 몰래 다가온 모양이다.

"위험해!"

폭주족이 달아나려고 했을 때는 이미 한 발 늦어, 경관들이 뛰어들었다. 그러나 그들은 폭주족은 거들떠보지도 않았다. 경관 뒤에서 낯이 익은 형사가 기쁜 표정으로 들어섰다.

"아지사와 다케시인가?" 그는 알고 있으면서 천천히 물었다. 아지사와가 잠자코 있으니까 "살인용의로 널 체포한다. 체포장이다." 한 장의 종이를 손에 들고 흔든다.

"체포장이라고?"

"그래. 지방재판소의 판사가 낸 체포장이야."

"기, 기다려주십시오."

"기다려? 무엇을 말인가."
"야마다 노리코를 미치광이들로부터 구출할 때까지 말이오. 그녀는 미치광이들에게 유괴당했소."
"아직도 그런 잠꼬대를 하고 있나. 아무데서도 유괴당했다는 신고가 없었다. 그보다도 자네 입장이 더 심각하단 말이야."
"조작이야. 나는 그런 부당한 체포에는 응할 수 없다."
"뭐라고! 그럼 버틸 셈인가."
아지사와의 저항을 우려한 경관들은 가게 출입구를 빈틈없이 경비하고 있었다.

아지사와는 한순간 망설였다. 이대로 체포되어 법정에서 싸워야 할 것인가. 그렇지 않으면 일단 지금은 달아나고, 나리아키를 잡은 뒤에 날조한 것을 무너뜨릴 것인가.

하시로 서는 오바의 개인경찰이나 다름없다. 지금 체포되면 적의 뜻대로 되겠지. 법정투쟁을 한다해도 승산은 없다.

그러나 이 자리를 도망치면 지명수배를 받고 하시로만이 아니라 전국 경찰에게 쫓기게 된다. 따라야 하는가, 도망쳐야 하는가. 망설이고 있는 동안에도 경찰은 포위망을 좁혀왔다.

"아빠, 여기예요." 돌연 뒤에서 아지사와를 부르는 요리코의 목소리가 들렸다.

"너, 어느새?"

"여기 뒷문이 있어요."

아지사와는 이젠 망설일 것도 없이 요리코의 뒤를 따랐다. 카운터 뒤에 작은 통로가 있어 거기서 뒷길로 나갈 수 있었다. 경관도 이쪽에는 없다. 뒷길 입구에 2, 3대의 오토바이가 세워져 있었다.

그중 한 대에 열쇠가 꽂혀 있었다.

"꼭 붙들고 있어야 해."

아지사와는 요리코를 뒤에 앉히고 올라탔다. 등 뒤에서 시끌벅적거리는 추격자들의 아우성을 엔진소리가 날려 버렸다.

2

기타노를 비롯해서 이와데 측은 깊은 실망감에 빠졌다. 겨우 마키노 후사코의 위증을 뒤집어 놓았더니 아지사와가 도망가 버렸다.
이 때문에 뚜렷한 증거가 부족해서 체포장을 못받은 하시로 서에 안성맞춤의 구실을 주고, 아지사와는 지명수배되었다. 오바 측이 꾸며 놓은 함정 속에 풍덩 빠져버린 것이다.
이와데 측으로서는 아지사와는 아직 용의자 단계이며, 체포장 발부까지는 미치지 못했다. 나중에 아지사와를 체포해도 우선 하시로 서에 인계해야 했다.
도대체 무엇 때문에 지금까지 이토록 괴로운 수사를 해왔는가? 분노와 의문이 일동의 가슴속에 소용돌이쳤다.
"아지사와를 하시로 서에 넘겨 주면 녀석들의 먹이가 돼 버린다."
"그러나 하시로의 손아귀에 들어가기 전에 무슨 방법으로 이쪽에서 체포하는가?"
이와데도 그 점이 고민이었다. 아지사와의 소재를 알고 있다 해도 이와데 측으로서는 아지사와를 체포할 만한 근거가 없다.
그러나 어쨌든 하시로 측에 넘겨주고 싶지는 않았다. 그것은 경찰간의 공명 다툼은 아니었다. 이와데 측 사냥감을 하시로 서가 멋대로 함정을 꾸며 가로챈 것이다. 게다가 이와데 측은 그것을 당당하게 항의도 못했다. 하시로 측에서는 아지사와가 이와데 측의 사냥감이라는 것조차도 알지 못했다.
"이 기회에 하시로 서에서 한 것처럼 우리도 아지사와에게 함정을 파놓고 뭔가 약점을 끌어내어 이쪽에서 눌러 버리면 어떨까요?"
기타노는 무리한 의견을 내놓았다.
"뭘 꾸미려고?" 무라나가가 눈길을 돌린다.
"아지사와는 지금은 선량한 가면을 쓰고 연인의 살해범을 쫓고 있지만, 그 가면 밑에는 흉포한 얼굴을 숨기고 있습니다. 그것을 벗겨버리면 연행할 수 있겠지요."
"그러니까 어떻게 해서 가면을 벗길 작정인가?"
"그 문제에 대해서는 저도 아직 막연합니다만, 아지사와는 가키노기 촌에서 어떤 계기로 인해 별안간 광기가 몰려왔다고 생각합니다. 지금은 자위대를 그만두고 선량한 시민으로 얌전하게 살고 있지만 그 가면 밑에는 자위대 특수부대에서 양성된 살인 전문가의 본성이 잠자고 있습니다. 가키노기 촌과 같은 환경과 조건에 그를 몰아넣으면 본성을 드러내지 않을까요."
"가키노기 촌과 동일한 환경과 조건이란 게 있는가?"
"지금이 바로 그것과 닮은 것 같다는 생각이 듭니다. 아지사와는 쫓기고 있습니다. 게다가 하시로 시에서 한 발도 나갈 수가 없습니다. 하시로 경찰과 나카도 일가가 출입구는 모조리 지키고 있을 겁니다. 하시로 시에서 나간들 지명수배되어 있어 도망갈 수도 없으며, 오치 도모코를 죽인 범인을 붙잡기 위해서 도망갔으니까, 아지사와도 하시로에서 나갈 생각은 없겠지요. 그는 하시로의 어디엔가 잠복하고 있을 것입니다. 그러나 하시로에서 오바에게 대항했으니까 전체 시가 아지사와의 적입니다.

어린애를 데리고 있으니 눈에 띄지요. 붙들리는 것은 시간문제입니다. 그럼에도 아직도 숨어 있는 것은 자위대 때 받은 훈련 덕분이겠지요. 산악이나 밀림 속에서 자급자족하며 체력과 정신력의 한계까지 인내하는 훈련이 전체 시를 적으로 돌려놓고도 그를 연명시켜주고 있습니다. 그러나 그는 한 걸음씩 궁지에 몰리고 있습니다. 요리코를 데리고 있는 만큼 아지사와의 부담은 크다고 생각합니다.

체력이 약해지자 정신착란을 일으켜 가키노기 촌을 습격한 것처럼 궁지에 몰린 그가 언제 어떻게 광기를 폭발시킬지 모릅니다. 지금 아지사와는 가키노기 촌에 있을 때와 아주 똑같은 사정에 있다고 생각되지는 않습니까."

"뭐, 그렇게 말한다면 그렇긴 한데, 아지사와의 광기를 폭발시킨다는 것은 또 가키노기 촌과 같은 대량살인을 시키겠다는 건가?"

미끼를 던지는 것이지만 너무나 당치도 않은 수법이라는 표정이었다.

"물론 그 직전에 막습니다. 아지사와의 본성을 알아내면 그것을 증거로 삼을 수 있습니다."

"상황증거로써 말이야." 침묵을 지키고 있던 사다케가 심술궂은 목소리로 말한다.

"후도의 마을 사람들 전부와 오치 미사코 등 13명을 혼자서 모조리 죽이는 일은 아무나 할 수 있는 기술은 아닙니다. 아지사와에게 그와 같은 광기와 실행력이 있다는 것을 증명한다면 증거가 되지 않습니까."

"경우에 따라 다르겠지. 후도를 재현하는 것은 사실상 불가능해. 그것도 충실하게 재현을 못하면 증거가 안 돼."

결말이 나지 않는 회의를 진행하는 동안, 모인 이들은 이유를 알 수 없는 광기에 쫓기는 것 같은 기분이 들었다.

설사 착안이라 해도, 증거를 잡기 위해 후도를 재현할 것을 생각 한다는 자체가 벌써 광기였다. 그러나 지금 이들은, 아지사와가 학살의 도끼를 휘두르며 하시로 시 전시민을 상대로 싸우고 있는 광경을 역력히 눈망울에 그리고 있었다. 그것은 가공할 상상이었으나, 후도와 하시로가 그 속에 완전히 겹쳐져 있었던 것이다.

3

"아지사와가 달아났다고?" 오바 잇세는 의아스러운 표정을 지었다.

"네, 체포장을 집행하기 직전에 순간의 틈을 타서요."

하시로 서장 마니와 게이조(間庭敬造)는 커다란 몸을 움츠리며 보고하고 있었다.

그 옆에 나카도 다스케가 만족한 표정으로 대기하고 있었다.

"그러나 달아났기 때문에 체포장을 받을 수 있었겠지."

"네, 말씀대로 야마다 노리코를 납치해 놓고 통지한 뒤 그를 노리고 있다가 동행을 요구했는데, 거부하고 '헬멧'으로 달려갔습니다. 그래서 체포장을 받아서 집행하러 갔었는데……"

"그때 놓쳤군."

"대단히 죄송합니다. 바로 지명수배를 했으니까 아무데도 도망가지 못합니다."

"하시로 밖으로는 내보내지 않았겠지."

"네, 그점은." 나카도도 마니와와 동조하며 수긍했다.

"그렇다면 각별히 지명수배할 것도 없지 않나. 하시로 시내에 있는 한 독안에 든 쥐야."

잇세가 뜻밖으로 좋아해서 두 사람은 안심하고 온몸의 긴장을 풀었다.

"그렇지만 지명수배라는 것은, 체포장이 발부된 피의자의 체포를 다른 경찰에 의뢰하는 것으로 만약 체포하면 신병 인도를 요구하는 것이겠지?"
"그렇습니다."
"절대로 다른 경찰의 손에 붙들리게 놔둬서는 안 된다. 지명수배는 만약의 경우를 위해 일단 놔두고 아지사와는 하시로 내에서 체포하게."
"체포하는 것은 시간문젭니다."
"아지사와라는 녀석은 꽤 민첩하다니까 늦지 않도록 정신차리게."

잇세는 마니와에게 이제는 돌아가도 좋다는 몸짓을 했다. 마니와가 떠난 것을 확인한 뒤, 잇세는 나카도 다스케의 얼굴을 주시하며 말을 이었다.
"그런데 아지사와가 있는 곳 말인데, 자네는 그가 어디에 숨어 있다고 생각하나?"
"아지사와가 노린다면 먼저 나리아키님이겠지요. 다음에 쓰가와."
"쓰가와는 자네 아우뻘 된다는 자에게 맡겼다면서."
"그렇습니다."
"그 일을 알고 있는 자는?"
"저와 극히 한정된 간부들뿐입니다."
"간부들 입에서 새지는 않겠지?"
"절대로."
"그럼 남은 것은 우라카와의 집인가."
"그의 집도 엄중히 감시하고 있습니다."
"내가 지금 가장 두려워하고 있는 것은, 앞으로 아지사와가 우라카와하고 서로 연락을 갖고, 오치 도모코 살해와 하시로 강 하천부지를 결부시켜서 떠들어대는 일이다. 그런 일이 없도록 가자미를 죽였다는 죄목으로 아지사와를 붙잡아 무턱대고 비틀어 눌러버리게. 우라카와는 아지사와가 없으면 아무것도 못하는 인간이야."

"그 점은 염려 놓으십시오. 조금전의 마니와를 보셔도 아실 수 있듯이, 하시로 서는 얼얼할 것입니다. 그보다도 나리아키 도련님께 멋대로 나다니시지 않도록, 회장님께서 거듭 주의를 해주십시오. 아지사와는 궁지에 몰린 미친 갭니다. 무슨 짓을 저지를지 모르니까요."

"응. 정말 나리아키는 다루기 힘들다. 이번 일도 원인은 그 녀석 때문이야."

잇세는 혀를 찼다. 그는 생각하면 생각할수록 울화가 치밀었다. 애당초 아지사와 같은 뜨내기는 '오바 성하(城下)'에 불쑥 끼어든 들개에 지나지 않았다.

그 들개가 이자키 데루오의 보험금목적 살인을 계기로 오치 도모코와 결탁해서 하시로 강 하천부지의 매수 건을 냄새맡고, 도모코 살해범을 집요하게 추적해서 절대 부동의 '오바 체제'를 격렬하게 흔들어 대고 있다.

드디어 흉계를 꾸며 체포장을 받았으나, 마지막에 빠져나가, 아직도 어디에선가 반격의 기회를 호시탐탐 노리고 있는 것이다.

"이번에 붙잡으면 놓치지 않겠다."

오바 잇세는 목에서 으르렁 소리를 냈다. 그 자신이 법률인 오바 왕국 내에서는 어떠한 린치도 자기 마음대로였다.

그러나 아지사와와 요리코의 행방은 전혀 알 길이 없었다. '헬멧'에서 도망간 이래 사흘이 지나고 닷새가 지나도 아무곳에도 모습을 나타내지 않았다. 하시로에 있는 한 그렇게 숨어 있을 수는 없었다. 어디에선가 오바의 그물에 걸리게 될 것이다. 아지사와 혼자라면 몰라도 요리코를 데리고 겨울이 다가오는 하시로의 어디로 숨었는가. 먹을 것도 필요할 것이고, 밤에는 도저히 밖에서 잘 수 없다.

당초에 체포는 시간문제라고 생각하고 있었던 하시로 서나 오바 쪽도 점점 초초해졌다.

"벌써 시외로 나가버린 게 아닐까?" 하는 의견도 나왔다.
"그럴 리가 없어. 도로는 모조리 봉쇄되어 있고 도처에서 검문을 하고 있거든. 역도 엄중히 감시하고 있다."
"하시로를 통과하는 장거리편에 편승하면 어쩌면 도망칠 수 있을지도 몰라."
"그 가능성은 아주 적을 거야. 아이와 같이 다니는 살인범이라고 재빨리 수배했고, 화물도 전부 심사하고 있으니까."
"시내에 잠적하고 있다면, 아지사와에게 숨은 후원자가 있을지도 모르지."
"쓰가와 고로, 야마다 미치코, 오치 도모코의 어머니의 집을 엄중히 감시했는데 들르지 않았어. 나머지는 직장관계인데, 아지사와는 외무원이고 외무원 간에도 특별히 친밀하게 지낸 사람은 없어. 섣불리 아지사와를 도와주면 하시로에서 생활할 수 없다는 것을 알고 있으니까 숨겨줄 까닭이 없겠지. 일단 감시하고는 있지만, 여기에도 전혀 모습을 나타내지 않아."
"대체 어디로 사라졌단 말인가."
"내가 묻고 싶은 말이군."

아지사와가 들를 만한 장소는 모조리 찾아 보았으나, 그들 '부녀'의 그림자조차 없었다.

그렇다면 역시 아지사와에게 숨어 있는 후원자가 있다고 밖에는 생각할 수 없다. '오바 체제'에 반감을 갖고 있는 시민은 적지 않다. 그러나 그들은 오바의 덕분으로 하시로가 번영하고 자기들의 생활이 보증되고 있는 것을 알고 있다. 그들의 반 오바 의식은 어디까지나 심정적인 것에 지나지 않는 것으로 자신의 생활을 걸면서까지 아지사와의 편을 드는 자가 있다고 생각되지는 않는다. 그것은 오치 모기치가 반란을 꾀했을 때 증명되었다.

지금까지 그렇게 생각하고 있었는데, 아지사와의 잠복이 오래 계속되자, 강력한 저항분자가 있어 아지사와를 남몰래 지원하고 있다고 생각하지 않을 수 없었다.

4

"요리코, 추우냐?"

아지사와는 그녀의 작은 몸을 웃도리로 싸서 꼭 안아주었다. 그러나 그런 것으로 하시로의 겨울이 가까운 추위를 견딜 수는 없다. 요리코의 몸은 덜덜 떨고 있었다.

"참아라. 내일이면 집으로 가게 된다."

아지사와는 '헬멧'에서 도망친 이래 계속 비닐하우스에 숨어 있었다. 해는 벌써 지고 한기가 심해졌다. 무엇보다도 다음 행동으로 옮기려 했으나 지금은 꼼짝 할 수가 없다. 체포장이 나왔는데도 도망쳤으니까 하시로 전시에 수배되었을 것이다.

그때의 행동이 과연 적절했는가 어떤가 모르겠다. 하시로에서 오바에게 반항하고 달아난들 어쩔 수 없다는 것은 알고 있는 바였다. 그러나 순순히 붙들려도 오바의 마음대로 린치를 당하는 것뿐이겠지. 머뭇거리고 있을 때 결단을 내려준 것은 요리코였다.

그때에 한해서 요리코의 출현은 시기가 딱 맞았다고 할 수 있다. 그러나 앞으로 요리코를 데리고 있으면 아무것도 못한다. 아지사와는 바야흐로 아이가 달린 '현상붙은 사나이'가 된 것이다.
　요리코를 맡아줄 곳은 없다. 하시로에서 몸을 의지할 자기편은 한 사람도 없는 것이다. 우라카와나 야마다 노리코의 집에도 엄중하게 감시되고 있겠지. 앞일을 생각하면 절망의 끝일 뿐이다. 그러나 체포된다고 해도 어떻게 해서든지 오바에게 대항하고 싶다.
　도모코를 죽인 범인을 알아냈는데 적의 계략에 걸려, 원수를 갚으려다가 도리어 죽게 된다면 억울해서 도저히 죽을 수도 없다. 어떻게 방법이 없을까? 아지사와는 궁지에 빠져 몸부림치고 있었다.
　"아빠, 배고파."
　요리코가 호소했다. 그 말에 도망쳐온 뒤에 거의 아무것도 먹지 않은 것이 생각났다. 도중에서 사가지고 온 빵도 먹어버렸다. 하우스에 재배되어 있는 가지를 날것으로 그대로 뜯었으나, 그런 것으로 공복을 채울 수는 없다. 가지밖에는 먹을 만한 농작물이 없었다.
　사과는 이미 수확된 이후였다.
　"뭔가 사다줄 테니 좀더 참아라." 그렇게 요리코를 달랬으나, 자칫 잘못 한다면 거기에서 꼬리가 밟힐 지도 모른다. 아지사와는 어떻게 해야 할지 아주 난처해졌다. 자기 혼자라면 나무뿌리에 풀뿌리를 씹어서 어떻게 지낼 수 있었지만, 요리코는 그럴 수 없다.
　'이것으로 끝장인가.'
　아지사와는 체념하려고 했다. '자수'를 하면 적어도 요리코에게 따뜻한 음식과 침대가 주어지겠지.
　"아빠, 그때하고 똑같네요." 요리코가 또 말을 건넨다.
　"그때라니 무슨 말이냐?"
　"아빠가 푸른 옷을 입고 있었을 때 말이에요."

"뭐라고!"
아지사와는 불의의 습격을 당한 것처럼 전신이 굳어졌다.
"싫어! 그렇게 무서운 얼굴을 하면." 요리코는 뒤로 약간 물러섰다. 그러나 눈은 아지사와를 계속 응시하고 있다.
"요리코, 너……."
"아빠는 그때 푸른 옷을 입고 지금같이 무서운 얼굴이었어."
"요리코, 너는 뭔가 오해하고 있어."
"아니야. 아빠예요. 아빠의 얼굴이 보이는데 뭐."
요리코는 아지사와의 얼굴을 뚫어지게 보고 있었다. 요리코는 기억을 회복하고 있다. 그것은 무서운 기억이었다. 회복한 뒤에 어떻게 될 것인지는 아지사와로서도 모르는 일이다.
"아빠는 그때 도끼를 가지고 있었어요."
"요리코, 무슨 말을 하니."
"피투성이가 된 도끼 말예요. 도끼를 내리칠 때마다 피가 튀었어. 무서워요!"
요리코는 참극의 정황을 뚜렷이 눈꺼풀에 재현시키고 있는 모양으로, 얼굴을 손으로 가렸다.
"요리코, 쓸데없는 생각이야. 배가 고파서 그런 망상이 떠오르는 거야. 아빠가 뭔가 맛있는 것을 사다 줄게."
절박한 아지사와는 그때 단 한 집, 그들을 감싸줄지도 모르는 집이 생각났다. 그 집이라면 적도 눈치를 채지 못하겠지. 그러나 그 집에서 아지사와의 말을 믿어줄 것인지는 알 수 없다.
그는 부딪쳐보기로 했다.
요행히 비닐하우스에서 약간 떨어진 곳에 공중전화가 있었다. 요리코를 겨드랑이에 안고 한쪽 손으로 전화기를 돌렸다. 상대방이 나왔다.

아지사와는 심호흡을 한 뒤 이름을 밝혔다.
"뭐, 아지사와라고. 아지사와 다케시란 말인가."
상대는 믿을 수 없다는 듯한 목소리였다.
"그렇습니다."
"대체 어쩔 작정이냐, 넌 지금 어디 있느냐."
"시내의 어떤 장소입니다. 이야기할 게 있습니다."
"이야기할 건 아무것도 없다. 살인자 녀석!"
"나는 죽이지 않았습니다. 제 말을 들어보세요."
"바로 경찰을 보내겠다. 지금 어디 있느냐."
"제발 고정하십시오. 내가 오치 도모코 씨와 약혼했다는 것은 말씀드렸지요."
"그게 어쨌다는 거야?"
"아드님께서는 광견의 멤버로 리더인 오바 나리아키 밑에서 부녀자들에게 폭행을 했습니다."
"엉터리 수작말아."
"정말입니다. 하긴 아드님은 언제나 망을 보는 역을 맡고 있어 범행에는 가담하지 않았답니다."
"그런 말은 듣고 싶지 않다."
"제발 전화를 끊지 말고 좀더 들어보세요. 나리아키의 악랄한 손아귀에 걸린 희생자 속에 오치 도모코가 있었습니다."
"뭐라고?"
"나리아키는 오치 도모코를 죽였습니다. 그리고 그 범행현장에 당신의 아드님도 함께 있었습니다."
"아들을 죽인 것으로는 부족해서 살인죄까지 씌울 작정인가?"
"그렇지 않습니다. 나는 약혼녀를 죽인 범인을 찾고 있었던 것뿐입니다. 아드님인 도시쓰구 씨는 범인이 오바 나리아키라는 것을 알고 있었습니다. 그 때문에 입을 막은 것입니다. 그리고 범인은 내게 그 죄를 뒤집어 씌운 겁니다."
"거짓말도 정도껏 해."
"거짓말이 아닙니다. 위험을 무릅쓰고 당신에게 전화를 걸고 있는 것이 무엇보다도 그 증겁니다."
상대의 기세가 문득 멈칫한 것 같은 낌새가 느껴졌다.
"나리아키 외에도 그 자리에 쓰가와라는 자동차공장의 공원이 있었답니다."
"쓰가와가!"
어쩐지 짚이는 데가 있는 모양이다.
"만약에 당신이 아드님이 살해당한 게 분하다고 생각하신다면, 범인에 대한 경찰의 말을 곧이듣지 마십시오. 하시로 경찰은 오바에게 고용되어 있는 거나 다름없습니다. 오바 아들의 나쁜짓이라면 어떤 일이라도 덮어 버리겠지요. 가짜 범인을 조작해서 만들어낸다면, 그야말로 도시쓰구 씨의 영혼은 위로받지 못합니다."
아지사와의 그 말이 효과가 있었던 모양이다.
"자네가 범인이 아니라는 증거가 있는가?"
"나도 함정에 걸렸지요. 직접적인 반증은 없습니다. 그러나 도시쓰구 씨가 사망한 다음날 '하시로신보'의 전 사회부장인 우라카와 고로라는 사람과, 나리아키에게 폭행을 당한 희생자 야마다 미치코라는 여성과 공동으로 나리아키를 고소할 준비가 되어 있었습니다. 오바 잇세는 하시로 강의 하천부지 매수에서도 커다란 부정을 저지르고 있습니다. 그들은 우리들이 고소를 못하게 하려고 야마다 미치코의 동생을 유괴했습니다. 도시쓰구 씨는 우리들에게는 소중한 증인이었습니다. 그 소중한 증인을 내가 죽일 까닭이 없습니다. 우라카와 씨와 야마다 미치코 씨에게, 내게서 들었다고 말씀하시고 확인해 보십시오. 전화번호를 가르쳐 드리지요."

아지사와는 가자미 도시쓰구의 아버지에게 확인시키기 위해 일단 전화를 끊었다. 가자미가 확인해볼 생각이 든 것은 그만큼 마음이 쏠린 증거였다. 어쩌면 우라카와나 야마다의 집에 도청기가 장치되어 있을지도 모른다. 그러나 그것은 도박이었다. 조금이라도 기회가 있는 한 이번 일에 걸어보는 수밖에 없다.

잠시후 아지사와는 다시 전화를 걸었다. 이번에는 탐지기가 장치되었는지도 모르므로 길게 이야기할 수는 없다.

"대충 자네가 한 말과 같다. 단 야마다 미치코의 동생은 무사히 돌아왔다고 하는군."

가자미의 음성은 상당히 부드러웠다.

"그것은 나에게 임의동행을 거부하게 하고 체포의 이유를 만들기 위한 수법이었습니다."

"오해는 말게. 아직 자네를 완전히 신용한 게 아니야. 자네가 전화를 걸어 온 목적은 뭔가."

"숨겨주시기 바랍니다."

"숨긴다? 자네를?"

가자미는 기가 막혀서 말을 잃은 듯했다.

"그렇습니다. 나는 지금 하시로에 몸을 둘 곳이 없소. 이대로 붙들리면 연인의 원수를 못 갚고 오바의 린치를 받게 됩니다. 하시로에서는 그 녀석들 마음대로 죄를 날조합니다. 잡히기 전에 나리아키를 혼내주고 싶소. 당신의 아드님은 오바 나리아키에게 살해된 게 분명합니다. 그러니까 손을 잡고 녀석에게 반격하고 싶습니다."

"자네는 누구와 말하고 있는지 알고 있소?"
"잘 알고 있습니다. 지금 하시로에서는 당신 외에는 믿고 갈 곳이 없소. 내가 도시쓰구 씨를 죽인 가장 유력한 용의자가 되어 있기 때문입니다. 그렇기 때문에 당신에게 매달리는 것입니다. 나를 믿고 진범인을 체포할 수 있도록 제발 도와 주세요. 그러나 조금이라도 내가 범인이라는 의심을 가지신다면 오바에게든지 경찰에든지 그때 인도하셔도 결코 늦지 않을 겁니다."
"알았네, 좌우간 자네를 만나고 싶네. 어떻게 하면 좋은가."
"제방 밖의 새 개간지에 비닐하우스가 있습니다. 그 속에 아이와 함께 숨어 있겠습니다. 자동차로 데리러 와주시지 않겠습니까."
"20분 내로 가겠다. 거기서 움직이지 말게."
전화는 끊겼다. 이로써 가자미의 아버지가 경찰에 통보하면 만사는 끝장이다. 그러나 해볼 만큼 했다. 남은 문제는 내기를 하는 것뿐이다.

우선 가자미 집에 숨은 아지사와는 가자미와 차후의 대책을 검토했다.
"도시쓰구 씨를 죽인 것은 오바의 부하가 틀림없습니다. 그날 밤 나를 보았다는 목격자는 매수된 겁니다. 그러나 그들도 설마 내가 당신 집에 숨어 있다고는 생각 않겠지요. 즉, 적은 당신을 믿고 있습니다. 아들을 죽인 범인으로서 나를 증오하고 있다고 믿고 있습니다. 이 점에 우리들이 뚫고 나갈 틈이 있는 셈입니다."
"오해하지 말게. 아직 자네에 대한 의심을 푼 게 아니야. 그저 행동을 보고 있는 것뿐이야."

"알고 있습니다. 그러니까 앞으로 그 의혹을 풀 생각입니다. 그래서 우선 그 방법 말입니다만, 그들은 내가 도망쳤기 때문에 경계를 단단히 하고 있을 겁니다. 특히 나리아키는 내가 언제 복수하러 나타날지 몰라 조마조마하고 있겠지요. 그러니까 1주일쯤 움직이지 않고 기다리겠습니다. 그동안에 그들은 내가 시외로 달아났다 생각하고 경계를 풀 것입니다. 그 시기를 노려 당신께서 나리아키를 불러내 주시기 바랍니다."
"불러내다니? 어떻게?"
"구실은 뭐라고도 댈 수 있겠지요. 그렇군, 도시쓰구 씨의 제(祭)라면 어떨까요."
"제일에는 친척도 부르니, 소란을 피우고 싶지 않네."
"제일이라면 상대도 오기 힘들겠군요. 여하튼 자신이 하수인이니까, 그럼 도시쓰구 씨의 친구라는 명목으로 유물을 나눠준다는 것은 어떨까요."
"그거 좋군."
"우선 나리아키를 불러내면, 내가 그의 입을 열도록 하겠습니다. 그리고 우라카와 씨에게 신문기자를 모아달라고 해서 그 앞에서 자백시키겠습니다. 범인의 기자회견입니다. 오바의 아들이 자백을 한다면 매스컴이 모여듭니다. 무엇보다도 도시쓰구 씨에 대한 공양(供養)이 됩니다."
"상대는 오바다. 그렇게 일이 순조롭게 되면 좋으련만······."
"염려없습니다. 반드시 잘 됩니다."
아지사와는 힘차게 말했다. 그로서도 자신이 있었던 것은 아니었다. 그러나 이런 경우에, 이 유일한 보호자에게 한 조각의 불안이라도 안겨주면 안 되었다.

5

 기타노도 아지사와의 은신에 대해 초조하게 생각하고 있었다. 그러나 아지사와가 도모코를 죽인 범인을 팽개치고 누명을 쓴 채 그냥 달아났다고는 생각되지 않았다. 달아난다고 해도 지명수배의 그물에 언젠가는 걸려버린다. 어차피 걸려들 거라면 하시로에 머물고 있으면서 최후까지 오바에게 대항하겠지.
 기타노는 모든 흔적을 지워버리고 뭔가를 꾀하고 있을 것이 분명한 아지사와가 두려웠다.
 아지사와는 무슨 짓을 할 작정인가? 오바에게 완전히 봉쇄당하고 이제는 꼼짝달싹 못할 텐데도, 가만히 몸을 숨긴 채 기회를 엿보고 있는 아지사와의 낌새를 느끼고 있었다.
 그러나 오바는 1주일이 되어도 달가닥 소리도 내지 않는 아지사와에게 겨우 태세를 풀기 시작했다.
 "아지사와는 역시 하시로에서 탈출한 모양이다."
 이와 같은 의견이 또다시 유력해졌다.
 그 시기를 노린 듯이 오바 나리아키에게 전화가 걸려왔다. 죽은 가자미 도시쓰구의 모친이라는 말에, 호위하던 자도 마음을 놓고 알렸다. 나리아키도 가자미의 어머니는 두세 번 만난 적이 있다. 뒤가 켕겼지만 숨기고 전화통에 나온 나리아키에게 말한다.
 "도시쓰구의 유품을 정리해보니까 당신 앞으로 쓴 편지가 나와서 전해드리고 싶습니다."
 "내게 보내는 편지? 대체 어떤 일이 적혀 있습니까?" 불안이 철썩 하고 가슴에 솟는다.
 "봉해져 있으니까 뭐라고 썩어 있는지 몰라요. 그리고 도시쓰구의 유품이 많이 있습니다. 집에 놔두면 생각만 날 뿐이니까 친한 친구들에게 나눠주고 싶군요. 한번 꼭 들르시지 않겠습니까?"

그런 기념품은 전혀 탐나지 않았지만, '유서'는 마음에 걸렸다. 대체 도시쓰구 녀석이 내게 뭘 써두었다는 거냐. 이상한 말을 써놓아 남들 눈에 띄면 곤란하다.

그렇지만 도시쓰구가 죽었을 때는 살해당한다는 의식은 없었을 텐데. 설사 죽음 직전에 그 의식을 가졌다 해도 그때는 글을 쓸 상태가 아니다. '염려없다. 이것은 살인의 고발서는 아니다' 하고 자신에게 납득을 시켰지만, 불안을 누를 길은 없다. 여하간에 그 편지를 보면 알게 된다. "좋습니다. 찾아가겠습니다." 나리아키는 상대방이 지정하는 시간에 방문할 것을 약속했다.

그 무렵 기타노가 하시로에서 기지로 삼고 있는 여관에 한 사람의 방문객이 왔다. 우라카와 고로였다. 그는 어쩌면 미행당했는지도 모른다고 했다. 기타노가 슬며시 바깥 상태를 엿보았으나 감시의 낌새는 느껴지지 않았다.

형사라면 감시장소의 요소를 대충 안다. 그 요소에 감시의 낌새가 없으니까 우선 안심해도 좋으리라.

우라카와는 아지사와나 야마다 미치코와 공동명의로 하시로 강 하천부지의 부정을 매스컴에 폭로할 예정이었는데 리더격인 아지사와가 쫓기는 몸이 되자 자신도 오바로부터 엄중한 감시를 받게 되어 움직일 수가 없었다. 그러나 오바의 부정을 못 본 척하자니 신문기자 정신이 운다.

"그래서 당신께 부탁합니다. 관할이 다를지도 모르지만, 사건은 건설성도 얽혀있는 대규모의 부정입니다. 당신이 현의 수사2과나 경시청을 움직여서 탐색해 주시지 않겠습니까" 하고 말하며, 사건의 상세한 자료를 맡긴 것이다. 당장 쫓고 있는 사건은 아니지만,

그것은 원래 아지사와가 냄새맡은 자료였다.

기타노는 승낙했다. 이만큼 규모가 큰 사건이라면 검찰이라도 움직일 수 있다. 무라나가도 현경찰본부의 수사2과에 연락을 취했으며, 그쪽에서 내정(內偵)의 손이 뻗치기 시작했을 것이다.

우라카와는 만족하고 돌아가려고 했다. 방을 나갈 때 그는 문득 생각난 듯이 말을 던졌다.

"그런데 일전에 묘한 문의가 있었습니다."

"묘한 문의라니요? 누가 어떤 일을 물었습니까?" 기타노는 캐물었다.

"그런데 이름을 밝히지 않아요. 그저 아지사와 씨로부터 들었다고만 하고, 내가 아지사와 씨와 협력해서 오바의 비행을 폭로하려 한다는 이야기가 사실이냐고 묻더군요."

"그래서 뭐라고 대답했습니까?"

"나도 상대의 정체를 몰라 어떻게 대답해야 할지 몰라서 잠자코 있었더니, 실은 자기 아들이 오바에게 살해당한 의심이 들어 만약 그 말이 사실이라면 아지사와 씨에게 협력할 생각이라고 말했습니다."

"아들이 오바에게 살해당한 의심이 있다고 했다지요."

"그렇습니다. 거짓말을 하는 것 같지는 않아서 전부 사실이라고 대답해 주었습니다. 오바 쪽의 계략이라고 한들 이 이상 제압받을 일은 없으니까요."

"가자미다! 가자미의 아버지입니다."

"네? 지금 뭐라고 하셨어요?"

"아지사와……아지사와 씨는 가자미의 집에 숨어 있습니다. 그랬었나. 가자미의 집이라고는 깨닫지 못했지. 이건 맹점이었어요."

"가자미? 일전에 죽은? 그리고 아지사와 씨가 범인이라고 혐의를 받고 있는……설마."
"그렇습니다. 틀림없습니다. 아시겠습니까? 아지사와는 어디까지나 날조된 범인입니다. 가자미의 부친도 아지사와를 범인이라고 순수하게 믿을 수 없었겠지요. 거기에 아지사와가 접근해서 설득을 했겠지요. 그래서 확인하기 위해 당신에게 문의해 온 겁니다. 틀림없습니다. 아지사와는 가자미 집에 있어요."
기타노는 아지사와에게 씨 자(字)를 붙이는 것을 잊고 있었다.
"과연 그렇군요. 가자미 집입니까?"
"정말 멋진 은신처를 발견했는데요. 거기라면 오바 쪽도 눈치를 채지 못할 겁니다. 설마 부모가 자식을 살해한 진범인을 숨겨주고 있다고는 누구나 꿈에도 생각지 않을 겁니다. 그러나 그 범인이 날조된 것이라고 깨달으면, 부모는 진범을 잡기 위해 가짜 범인을 감싸주기도 하고 협력도 합니다. 하시로에서 가장 아지사와를 미워한다고 보이는 가자미 집이, 지금이야말로 아지사와의 가장 유일한 든든한 한패가 되고 있는 겁니다."
"아지사와 씨도 머리를 쓰셨군요. 그런데 전부터 마음에 걸렸던 일인데, 당신은 어떤 이유로 아지사와에게 관심을 갖고 계시는가요."
"그 일은 훗날 이야기할 수 있는 때가 오리라고 생각합니다."
기타노는 지금 이야기해도 좋다고 생각했으나 어쩐지 아지사와에게 호의를 갖고 있는 듯한 우라카와에게, 아지사와가 미증유의 대량살해사건의 용의자라는 것을 알려 충격을 주고 싶지 않았다. 게다가 현재는 협력해서 아지사와를 도와야 할 입장에 있다. 아지사와의 동조자인 우라카와의 협력을 지금 잃어서는 안 된다.
"그건 오치 미사코 씨가 살해된 사건과 관계있습니까?" 그러나 우라카와는 거의 정확한 추측을 해왔다.
"그것도 진상을 규명한 뒤에 말씀드리겠습니다."
"수사상의 비밀이라면 할 수 없습니다만, 만약 아지사와 씨가 그 사건에서 혐의를 받고 있다면 뭔가 잘못된 일이라고 생각됩니다. 그 사람은 정의감이 강하고 악을 미워하는 마음이 남달리 강합니다. 그는 사람을 더구나 약혼녀의 언니를 죽이는 그런 인간은 아니오."
"당시에는 아직 아는 사이가 아니었습니다. 아니, 여하튼 이 기회에 아지사와의 누명을 씻어주어야 됩니다." 하마터면 말을 할 뻔했던 기타노는 화제를 돌려 입을 닫았다.
"그리고 아지사와가 가자미 집에 은신하고 있다는 사실은 절대로 입밖에 내지 않도록 해주십시오. 최악의 경우에는 아지사와가 살해될 우려가 있으니까."

6

오바의 집이 있는 '성호(城濠) 안'에서 나카동(洞)에 있는 가자미 집은 가까웠다. '성호 안'은 하시로 성하의 상급무사의, 나카동은 중급무사의 저택이 있었던 곳이다. 그렇기 때문에 나리아키는 뜰 앞에 잠깐 나가는 것 같은 가벼운 기분으로, 경호원도 대동하지 않고 집을 나섰다.

걸어가도 먼 거리는 아니었으나, 어떤 짧은 거리라도 걸어가면 오바가의 도련님의 체면이 안 선다. 그는 최근에 구입한 수입품 'GT카'를 몰았다. 1천만 엔이 넘는, 소위 '수퍼 카'라고 불리우는 차였다. 아직 일본에는 몇 대 수입되지 않은 차로서, 물론 하시로에는 한 대뿐이다. 오토바이는 그룹이 행동하는 날 외에는 타지 않는다.

'수퍼 카'는 몸부림치듯이 순식간에 가자미 가에 닿았다. 현관에서 양친이 정중하게 맞이했다. 나리아키는 마치 자신의 집에라도 온 듯이 거만한 태도로, 안내되는 대로 안으로 들어갔다.

안내된 방에서 잠시 기다리고 있으려니, 한 사나이가 들어왔다. 그 얼굴을 한번 본 나리아키는 경악의 소리를 지르며 달아나려고 했다.

"나는 초면인데 어쩐지 나를 알고 계시는 것 같군요."

아지사와는 입술만으로 엷게 웃으며, 나리아키 앞에 자리를 잡았다. 몰아치는 것 같은 위압감이 나리아키를 위축시켰다. 나리아키가 자기가 제일인 줄 알고 뻐기며 광견 멤버 똘만이들에게 보이는 박력과는 다른 '프로'의 위압감이었다.

"소, 속였군!" 허세를 부리면서도 뱃속으로부터 전율이 기어오른다.

"도대체 뭘 속았다는 거지요?" 묻지도 않은 말을 해버린 격이 되어 나리아키는 다음에 할 말이 막혔다.

"나, 나는 편지를 받으러 온 것뿐이야."

"편지라면 여기 있다."

아지사와는 준비해 두었던 한 장의 봉투를 손에 들고 펄럭였다.

"이리 내놔."

"자, 애당초 네게 보낸 것이니까."

아지사와는 의외로 순순히 편지를 건넸다.

나리아키는 편지를 손에 든 채 아지사와 앞에서 어떻게 할까 망설이고 있었다.

"왜 그러나? 안 읽을 건가? 아니면 무서워서 못 읽나?" 아지사와가 도발적으로 얼굴을 들여다 보았다.

"어째서 무서워할 거라고 생각하지?" 나리아키는 애써 강한 체했다.

"그런가, 그건 다행이군. 나도 도시쓰구 군의 유서에는 흥미가 있다. 지장이 없으면 읽어보고 싶군."

나리아키는 아지사와 앞에서 겉봉을 뜯었다. 안에는 한 장의 편지용지에 글자가 두세 줄 적혀 있었다. 나리아키는 그 문자에 눈을 떨구더니 안색을 잃었다.

"뭐라고 써 있나?" 아지사와가 재촉했다. 그러나 나리아키는 목소리를 낼 수 없었다.

"어서 읽어! 소리를 내어 읽어라."

아지사와가 바짝 다가갔다. 그의 몸에서 얼굴도 들 수 없을 정도로 흉포한 살기가 내뿜어졌다. 대답 여하에 따라서 무슨 짓을 할지 모르는 흉악한 느낌이, 처절한 화력(火力)을 숨기고 있는 총구가 이쪽 가슴을 겨냥하고 있는 듯했다.

"거짓말이야! 여기에 써 있는 것은 엉터리다."

나리아키는 살기에 맞서 간신히 소리를 냈다. 이마에 식은 땀방울이 흥건히 솟아 있다.

"엉터리라면 어째서 그렇게 땀을 흘리나? 읽을 수가 없는가. 그럼 내가 대신 읽어주지."

"이런 짓을 해서 대체 어쩔 셈이냐. 내가 누군지 알아? 오바 나리아키란 말이야."

나리아키는 소리를 질러 공포를 없애려고 했다. 그러나 평소에는 절대의 효과를 발휘했던 위협이 전혀 쓸모가 없다.

"너는 오바의 바보아들이야. 그리고 도시쓰구를 죽인 진범이야. 편지에 범인은 너라고 씌여 있다."

"거짓말이다."

"거짓말이 아니야. 그것뿐이 아니다. 네 녀석은 오치 도모코를 범하고 죽였다."
"엉터리다. 증거가 있는가."
"도시쓰구 군이 내게 모두 이야기했다."
"그런 것은 증거가 못된다. 도시쓰구는 죽었으니까."
"또 증거가 있다."
"증거가 또? 그런 게 있을 까닭이 없다. 있으면 보여줘."
싹튼 불안을 누르고 나리아키는 어깨를 으쓱하며 으스댔다.
"이걸 보아라."
아지사와는 자갈 조각 같은 것을 내밀었다. 잘 보니 그것은 이빨이었다. 앞니 같았고 편평한 치관이 치두부에서 부러져 있다. 자연히 빠진 게 아니라 외부의 힘이 가해져서 부러진 것 같았다.
나리아키가 이상하다는 표정으로 눈을 들었다.
"기억이 없나, 네녀석 이빨이야."
"내 이빨이라고?"
"그래, 틀림없이 네녀석의 이빨이야. 잊어버렸다면 생각나게 해주지. 네녀석은 전에 쓰가와 도시쓰구 군을 꾀어서 오치 도모코를 습격한 일이 있다. 목적달성 직전에 방해자가 있었다. 그것이 바로 나야. 그때 내 스트레이트 펀치가 네 얼굴에 명중해서 부러진 이빨이 바로 이것이다. 나는 훗날의 증거로 소중히 보관하고 있었는데 설마 네녀석 이빨이라곤 생각을 못했겠지."
"그런 이빨은 나는 모른다!"
"이 시점에 와서도 아직도 시치미를 떼. 네 부러진 이를 누가 넣어 주었냐?"
나리아키는 그 이빨이 갖는 중대한 증거가치를 깨달았다.
"도시쓰구의 아버님께 부러진 이빨을 치료받은 것은 운명이구나. 이 이빨은 네녀석의 치형(齒型)과 꼭 맞는다. 네녀석은 그

때 방해자가 생겨서 목적을 이루지 못한 오치 도모코를 계속 노리고 끝내 그런 무참한 꼴을 당하게 했다. 그래서 네녀석의 악행을 알고 있는 도시쓰구 군의 입을 막기 위해 죽였나? 누구에게 명령해서 죽였어? 어때, 그래도 할 말이 있나."

연거푸 질문의 공세를 받고 나리아키는 갑자기 맥이 풀려 고개를 숙였다. '부러진 이빨'은 오치 도모코나 가자미 도시쓰구의 살해의 직접적인 증거는 되지 않았으나, 추궁당해 착란을 일으킨 머리는 저항력을 잃고 있었다.

"역시 네녀석이 도시쓰구를 죽였군."

도시쓰구의 부친이 증오로 가득찬 눈으로 나리아키를 쏘아보았다.

"살인자!" 아들을 살해당한 모친의 원한이 한꺼번에 튀어나오려고 엎치락 뒤치락 하며 다음 말이 나오지 않는다.

"따라와!" 아지사와가 나리아키의 멱살을 쥐고 끌어 일으켰다.

"경찰에 데리고 가나?" 가자미는 물었다. 경찰에 가서 부인하면 부러진 이빨의 증명이 약한 것을 알고 있다.

"아니오, 아직 해야 할 일이 있습니다."

아지사와는 볼에 엷은 웃음을 새겼다. 그 웃음에 깃든 냉혹한 표정에 가자미는 불길한 예감을 느꼈다. 그러나 그때의 아지사와에게서는 그 누구도 막을 수 없는 처절한 살기를 내뿜고 있는 듯했다.

아지사와의, 닿기만 하면 펄펄 불꽃을 발산할 것 같은 흉포함에 완전히 위축된 나리아키는 의지를 잃은 인형처럼 따라갔다. 가자미 집의 문 앞에 세워져 있는 나리아키의 차옆에 오자, 아지사와는 턱으로 타라고 명령했다.

"어, 어디에 데리고 갈 작정이냐?"

겨우 공포를 일깨운 나리아키는 떨리는 음성으로 물었다.
"가지를 먹여주겠다."
아지사와가 기묘한 말을 했다.
"가지를?"
"됐으니 차를 빼."
아지사와의 위협조인 목소리에 눌려, 나리아키는 황급히 점화 스위치를 넣었다.

7

다케무라는 낙심하고 있었다. 이자키 데루오에게 사고증명을 내주었건만, 이자키 아케미의 시체가 나타났기 때문에 보험금목적 살인 공모의 혐의를 받게 되어 면직당했다. 일단 살인에는 관계가 없는 것으로 되었지만, 이자키와의 유착이 폭로되자 경찰에 복귀할 가능성이 없어진 것이다.

마니와 서장은 오바 잇세 쪽에서 불원간 무슨 통지가 있을 테니까 이번에는 하시로 서를 위해 참아달라고 말했다. 그런데 3개월 가까이 지났는데도 아무런 소식이 없다. 하시로 서의 제물이 되어 뼈도 추려내지 못할 것 같은 형세였다.

하시로 서의 패들도 모두 다케무라를 멀리하고 있는 듯했다. 현역 때에는 시내 어디를 가나 대접을 잘 받았는데 직장을 물러나자——그것도 불명예스럽게——갑자기 세상 사람들의 태도가 싸늘해졌다.

"손바닥 뒤집듯 한다는 게 바로 이것이로군." 다케무라는 사람들의 타산주의를 저주했으나 감연히 하시로에서 나갈 수는 없었다.

여지껏 오바의 충견으로서 많은 봉사를 해왔다. 그러니까 머지 않아 그가 구제의 손길을 뻗쳐주리라는 희망을 버릴 수 없었다. 이 기회에 오바 덕택에 맛볼 수 있었던 달콤한 국물을 알 수 있었다.

하시로에서 한 발 나가면, 여태까지의 오바에 대한 충성은 거꾸로 경관의 체면을 더럽힌 것으로서 경력의 오점이 되어버린다. 하시로에 있기 때문에 현역의 위광이 사라졌음에도 여하간에 돌팔매를 맞지 않고 살아갈 수가 있었다. 다케무라는 면직이 되자 비로소 경관이라는 권위와 그것에서 파생하는 수많은 유형 무형의 장점이 얼마만큼 큰것이었는가를 실감했다. 집에 있기도 따분해서 포목동의 번화가에 나가 종일 빠찡꼬를 하고 시간을 보냈다. 하시로 서에서는 우는 아기도 울음을 그친다는 말을 들어왔던 수사과장이 갈곳이 없어 대낮부터 빠찡꼬로 시간을 때우고 있다니 한심스러웠다.

그 빠징꼬만 해도, 예전에는——좀처럼 가지 않았지만——맞지 않았는데도, 코인이 와글 와글 경기좋게 쏟아지곤 했다. 뒤에서 기계를 조종하여 코인의 '특출 서비스'를 하고 있었던 것이다.

그런데 지금은 빠찡꼬 기계까지도 그를 배반하고 있다. 언제나 기계는 빗나가기만 했다. 다카무라는 가지고 있는 코인을 모조리 없애고나서 바닥에 떨어진 코인을 줍고 있는 자신을 발견하고 심한 자기 혐오에 빠졌다. 그러나 주은 코인을 버리지는 않았다.

결국, 빠찡꼬장에도 있을 수 없게 되어 그곳을 나왔다. 그렇다고해서 갈 곳이 있는 것도 아니다. 집에 가면 아내가 싫은 얼굴을 한다. 다케무라는 목적도 없이 번화가를 빈둥거렸다. 걷고 있는 동안에 나카도 일가의 간부라도 만나게 되면 옛 정의로 담배값 정도는 받을 수 있겠지.

다케무라는 그런 천덕스런 생각에 사로잡혀 있었다. 그러나 나

궁지에 몰린 야성

카도 일가 쪽에서도, 만나면 뜯긴다는 것을 알고 피하는 모양이었다. 똘만이 하나 나타나지 않았다.

다케무라는 점점 더해가는 자기혐오를 곱씹으며 결국 집으로 돌아갈 수밖에 없음을 깨달았다. 그때 그는 스쳐가는 사람들 속에서 우연히 아는 얼굴을 발견했다. 그것은 전 '하시로신보'의 우라카와 고로였다. 그는 오바 잇세에게 쿠데타를 꾀하다 파면인가 출근정진가를 받았다고 들었다. 전에는 적이었는데 이제는 실업자동지였다.

'저 녀석도 오바 체제를 유지하기 위한 희생자였군' 하고 생각하니 갑자기 묘한 연대감이 솟았다. 우라카와에게 말을 걸어보려고 하다가 본능적으로 참았다. 우라카와는 실업자치고는 확고한 걸음걸이였다. 한눈도 팔지 않는 걸음걸이다. 그 때문에 다케무라와 엇갈리면서도 알아차리지 못한 것이다.

'저 작자는 대체 어디를 갈 작정인가?' 다케무라는 다년간의 직업의식으로 흥미가 솟았다. 게다가 자기는 갈 곳이 없어 빈둥거리고 있는데 같은 실업자이면서 확고한 목적을 향하여 걷고 있는 우라카와에게 질투를 느꼈다.

다케무라는 순간적으로 미행하기 시작했다. 미행이라면 실전에서 단련된 몸이다. 우라카와는 미행당하고 있는 것도 모르고 오복동에서 세공인(細工人) 동절, 절(寺)동을 빠져나와서 점점 산이 가까운 지대로 향하고 있다. 그보다 더 위쪽으로 가면 하시로씨 시대의 상급 및 중급 무사의 저택이 있었던 '성호 안'이나 나카동이 나온다.

다케무라가 더욱 수상하게 여기고 미행을 하자, 우라카와는 나카동의 '가자미 치과의원'이라는 간판이 붙어있는 집 앞에서 걸음을 멈췄다. 집 앞에 화려한 빨강 '스포츠 카'가 세워져 있다.

'난 또 뭐라고, 이빨 치료하러 왔군.'

다케무라는 한순간 맥이 빠졌으나 여기까지 오는 도중에 얼마든지 치과의사가 있다는 것을 깨닫자 좀더 상황을 살피기로 했다. 우라카와는 '가자미 치과'에 바로 들어가지 않고 밖에서 안을 살피고 있다. 들어갈까, 말까 망설이는 모양이다.

'대체 뭘 하고 있을까?' 다케무라가 흥미를 갖고 지켜보고 있으려니, '가자미 치과의원'에서 2명의 사나이가 나왔다. 그들의 얼굴을 확인한 다케무라는 깜짝 놀라서 저도 모르게 소리를 질렀다. 그들은 오바 나리아키와 아지사와 다케시였다. 아지사와는 현재 살인용의로 지명수배중이다. 그런 그가 어째서 오바 나리아키와 함께 있을까? 의문을 쫓을 틈도 없이 두 사람은 주차해 놓았던 'GT카'에 탔다. 거기에 우라카와가 달려간다. 아지사와의 이름을 부르는 것 같았으나 고성능 차의 요란스러운 배기음이 커졌다. 돌연 타이어가 날카로운 비명을 지르면서 차는 튕겨진 듯 튀어나갔다. 뒤에는 모래먼지와 배기가스 속에 우라카와가 멍청히 서 있었다.

역시나 다케무라는 우라카와보다는 빨리 제 정신으로 돌아갔다. 다케무라는 순간의 관찰이었지만 지금 두 사람의 상황을 이상하게 느꼈다. 오바 나리아키는 아무래도 아지사와에 의해 강제로 차를 운전하고 있는 것 같았다.

그렇지 않으면 아지사와와 나리아키가 차를 함께 탈 까닭이 없다. 다케무라는 이상을 깨닫자 재빨리 행동으로 옮겼다. 부근에 있는 공중전화를 들고 경찰에 연락을 했다. 빨강 'GT카'의 넘버를 알리고, 거기 수배중인 아지사와가 타고 있음을 말했다. 직업적 본능에서가 아니라, 오바 잇세에게 충성을 바쳐 '사회 복귀'를 재촉하려는 타산에서였다.

아지사와는 뒷길만 골라서 달리도록 했다. 가만히 있어도 눈에 띄는 'GT카'인데, 나리아키를 납치하여 달리고 있는 상황이었기 때문이다. 도중에서 경관에게 잡히면 단번에 뿌리칠 작정이었다. 이윽고 그들은 곁길로 나왔다. 높은 지대의 나카동에서 하시로 강 방면으로 가려면 곁길을 경유하는 편이 빠르다. 곁길에 나왔을 때 아지사와는 핸들을 뺐었다.

"대관절 어디로 갈 작정이야?" 나리아키는 견딜 수 없이 불안해서 물었다.

"가지를 먹여주겠다고 했지 않았나. 달아날 생각은 마라."

아지사와는 싱긋이 웃으며, 일단 세웠던 차를 3000회전에서 '클러치'를 연결했다. 차는 튕겨지듯이 출발했다. 넓은 타이어가 유쾌하게 포장도로를 깨물었다. 1단을 당겨 재빨리 정확한 솜씨로 기어를 올린다.

1단 70킬로미터까지 뻗쳤다. 기어를 올릴 때마다 타이어가 포장도로에서 비명을 지른다. 악셀의 반응은 뛰어나게 좋아서, 자칫 잘못 밟으면 넘치는 마력이 뒷바퀴를 헛돌게 한다.

아지사와는 기어를 올리고 4단 3500회전, 120킬로미터의 순항속도에 가져갔다.

백미러에 세 대의 오토바이가 비치고 검은 점퍼에 검은 헬멧을 쓴 광견들이 쫓아왔다.

그들은 아지사와가 운전하는 나리아키의 차에 의심을 품은 모양이다. 'GT카'의 앞과 좌우를 에워싸더니 말을 걸어왔다.

"보스, 어디로 가는 길입니까? 그 녀석은 '헬멧'에 자주 나타나는 보험사원이군요."

"사람 살려!" 나리아키는 한패들의 모습을 보자 수치도 체면도 없이 외쳤다. 광견은 나리아키의 비명 같은 소리를 듣자, 당장에

흉포성을 드러내고 'GT카'와 실랑이를 벌이기 시작했다
"이 자식! 보스를 어디로 데리고 갈 작정이냐."
이 부근에서 도로폭은 넓어지고 평탄한 편도이차선의 포장도로가 똑바로 계속된다. 광견이 즐겨 달리는 코스이며, 다른 지역에서도 폭주족이 모여와서 기술을 경쟁하거나 시위 운동을 한다.
세 명의 광견은 저마다 150cc급의 경량 오토바이에 타고 있었다. 아지사와는 그들이 귀찮게 굴자 진로를 방해하는 오토바이를 앞질렀다. 기어를 3단으로 떨어뜨리고 악셀을 밟았다. 신체에 중력이 걸려 뒷좌석으로 등이 기울어들었다. 광견들의 세 대의 오토바이는 갑자기 뒤에서 강한 인력이 잡아당긴 듯이 뒤쳐졌다. 추월차선을 가로막고 있던 차 옆을 맹렬히 빠져나갔을 때 풍압에 비틀거리면서 분리대에 나가떨어질 뻔했다.
3초도 되지 않는 동안에 200킬로미터를 넘고 있다. 광견들은 한순간 붉은 섬광이 되어 멀어져가는 'GT카'를 아연히 바라보고 있었다. 그들은 이미 전의를 잃고 있었다.
나리아키의 GT카는 정말로 고속에 굶주린 강철의 맹수였다. 거대한 P7의 넓은 타이어를 포용하는 전후의 오버펜더, 전부에는 대형 틴스보일러를 갖추고, 다이나믹하게 만들어낸 외관은 고속에 끊임없이 도전하는 중전차라고 할 수 있었다.
엔진 형식 미드쉽 V형 8기통, 밸브형 DOHC(더블, 오버헤드캠샤프트), 최대출력 255마력/7700회전, 변속기형식 포르쉐 타입 5단 서스펜션은 스트래프트의 사륜독립(四輪獨立), 앞바퀴에 환기장치를 단 디스크브레이크, 최고속도는 300킬로미터 이상이라고 한다. 또 유례가 없는 고집쟁이어서 여간해서는 그 성능을 빼낼 수가 없다. 그 중후한 핸들장치, 패달 조작에는 상당한 근육의 힘이 요구된다. 그리고 조종석은 굉장한 엔진의 포효(咆哮)의 도가

니다.

그러나 아지사와는 즉석에서 이 왈가닥 망아지를 잘 몰았고 기계가 지니는 성능을 모조리 끌어내었던 것이다.

나리아키가 살살 달래가며 타고 있었던 이 차를 아지사와는 완전히 지배하고 차와 하나가 되어 새롭게 태어나 극한의 도약을 시도하고 있었다.

나리아키는 오로지 망연자실할 뿐이었다.

야성의 증명

 우라카와를 보내고 나서 기타노는 어쩐지 나쁜 예감에 사로잡혔다. 아지사와의 거처는 알게 되었으나 당장 어떤 행동을 취해야 할지 몰랐다. 물론 하시로 서에 통보할 의사 같은 것은 조금도 없었다. 현재 기타노 한 사람을 하시로에 남기고 무라나가측은 이와데로 돌아갔다. 무라나가의 지시를 바란들 소용이 없었다. 기타노 쪽에서는 지금 아지사와를 어떻게 할 도리가 없었다. 뭔가 하려면 체포해서 하시로 경찰서로 넘겨주면 되겠지만 여기까지 와서 자기의 사냥감을 다른 자들에게 넘기고 싶지 않았다.
 기타노가 어찌할 바를 몰라 망설이고 있는데, 아까 아지사와의 소식을 알려준 우라카와로부터 전화가 왔다. 목소리가 절박감에 젖어 있다.
 "아, 기타노씹니까, 계셔서 다행입니다."
 "대체 왜 그러십니까?"
 "실은 아까 당신과 헤어지고 바로 가자미 치과에 들렀습니다. 멋대로 행동해서 죄송합니다만 아지사와 씨를 만나고 싶어서요. 그런데 집 앞까지 갔더니, 아지사와 씨와 오바 나리아키가 함께 나오더니 집 앞에 세워두었던 차를 타고 어디론가 가버렸습니다."
"아지사와가 나리아키하고 함께 말입니까?"
기타노는 이 기이한 짝을 어떻게 해석해야 될지 몰라 잠시 당황했다.
"아무래도 나리아키는 아지사와 씨에게 협박당하여 억지로 차에 태워진 것 같습니다."
"협박당해서 말입니까? 그렇다면 알 만합니다. 가자미 도시쓰구는 나리아키의 부하였으니까, 유인당한 게지요. 어디로 갔는지 모르십니까?"
"모릅니다. 남쪽으로 달려가던데요. 그때 아지사와 씨의 태도가 이상해서 당신께 연락했습니다."
"이상? 어떻게 이상하던가요."
"내가 말을 걸었는데 쳐다보지도 않고, 뭔가 골똘히 생각하는 것 같은 표정으로 나리아키를 강제로 끌고 가버렸습니다. 나리아키에게 린치라도 가하지 않으면 좋을 텐데!"
"그 위험성이 많군요. 아지사와는 나리아키에게 원한이 쌓여 있습니다. 린치는 미연에 막아야 합니다. 당신이 말을 걸었을 때 한 마디도 대답을 않던가요?"
나리아키에게 린치를 가하기라도 하면 기타노 쪽에서 참견할 일은 없어져 버린다. 기타노는 초조했다. 이렇게 있는 동안 아지사와는 기타노의 손이 닿는 범위 밖으로 멀어져가고 있다.
"그러시니까 생각나는데요. 내게 한 말은 아니었으나, 나리아키에게 가지를 먹여주겠다는 말을 한 것 같았습니다."
"가지? 야채의 가지말인가요?"
"그렇다고 생각합니다만 확실치 않습니다. 거리가 있어서요."

"'비닐하우스'야!"

"네?"

"연락 감사합니다. 아지사와가 간 곳을 알았습니다. 나는 그의 린치를 막기 위해 바로 그곳으로 갑니다."

우라카와가 또 뭔가 물으려는데, 기타노는 전화를 끊고 일어섰다. 기타노는 아지사와의 발자국을 충실하게 추적하여 '농업기술연구소'의 사카다 박사로부터 '불꽃놀이 기지 부근에 있는 비닐하우스에서 온 가지'의 존재를 듣고 있었다. 그 비닐하우스가 어디에 있는가 아직 정확하게 알아내지는 못했으나 '불꽃놀이 기지 부근'이라면 범위는 한정된다.

알맞게 닿으면 좋으련만, 만약 그렇지 않다면 여태까지 겪은 모든 고충이 수포로 돌아가고, 아지사와는 하시로 서의 먹이가 되어 버린다.

그렇게 되도록 놔둘 수는 없다. '그렇다, 그것을 가지고 가야지.' 그때 기타노가 가키노기 촌에서 가져온 '증거물'을 지니고 있었던 것은 이미 기타노 자신에게 광기가 스며 들었기 때문인지도 모른다. 기타노가 택시를 세우고 하시로 강으로 가자고 하자, 마치 시내의 경찰차가 집합한 듯 일대가 경적도 요란하게 차례로 달려갔다. 기타노는 아지사와가 비상선에 걸린 것을 깨달았다. 아마 긴급배치망 속을 궁지에 몰린 쥐처럼 절망적으로 도망치고 있으리라. 아니 이미 붙들렸을지도.

"저 경찰차가 가는 방향으로 가주게."

기타노는 목적지를 변경했다.

2

"내려."

제방 밖 신개발지의 비닐하우스 앞에서 차를 세운 아지사와는 방금 죽음의 경주로 넋이 빠진 듯한 나리아키의 몸뚱이를 떠밀었다.

"어, 어, 어쩔 작정이요?"

나리아키는 간신히 차에서 내렸지만 무릎이 떨려서 몸을 지탱할 수가 없었다. 공포로 심장이 오그라들어서 목소리도 제대로 나오지 않는다.

"비닐하우스 안으로 들어가!"

"용서해줘요."

"안으로 들어가라고 했지 않아!"

아지사와는 어떤 흉기를 가진 것이 아닌데도 전신이 흉기로 변한 것처럼 처절한 기운이 넘쳐흘렀다. 닿는 것은 모조리 부숴버릴 것 같은 살기가 응축되어 있었다. 나리아키는 비닐하우스 안으로 떠밀려 들어가고 있었다.

"됐다. 거기서 멈춰라. 가지를 따라."

"가지를?"

"괜찮으니까 따라."

나리아키는 어쩔 수 없이 온실재배한 가지를 한 개 땄다.

"먹어."

"네?"

"가지를 먹여준다고 하지 않았나. 그걸 먹어, 먹는 거야!"

아지사와가 노려보자, 날가지를 입에 넣었다. 억지로 한 개 목에 넘겼다.

"또 한 개 따라."

"이젠 못 먹어요."

나리아키는 울먹였다. 아무런 맛도 없다. 금방 딴 날가지를 그렇게 많이 먹을 수는 없다.
"먹어야 해!"
살기가 홍수처럼 밀려왔다. 나리아키는 어쨌든 그 살기에서 달아 나기 위해 새 가지를 억지로 목에 밀어넣었다.
"가지를 따라."
억지로 가지를 뱃속에 넣은 것을 본 아지사와는 비정하게 명령했다.
"이젠 못 해. 뭐라고 해도 이젠 먹을 수 없어. 나는 가지 같은 건 먹어본 적이 없어."
나리아키는 정말로 울기 시작했다.
"먹어야 돼. 이 비닐하우스 안의 가지를 전부 먹는 거야."
"그, 그런 엉터리가……."
"네 녀석은 이 가지로 오치 도모코를 욕보이고 죽였다. 그러니까 그 죄를 씻기 위해 가지를 전부 먹어."
"용서해줘요. 내가 잘못 했어. 뭐든지 할 테니까. 그렇지! 돈을 줄게. 아버지께 얘기하면 얼마든지 줄 거야. 일자리가 필요하면 내가 좋은 자리를 알선해 주겠어."
"할 말은 그것뿐이냐?"
"아버지 회사의 중역을 시켜줄게. 아니 사장자리라도 해줄 수 있어. 하시로 시에서 오바 가에게 미움받으면 살아갈 수 없다는 것은 알고 있겠지. 내게 은혜를 베풀면 절대로 손해는 없어."
"가지를 먹어라."
나리아키는 어떤 유혹의 미끼도, 오바의 위력도 전혀 통하지 않는 상대임을 겨우 깨달았다. 울면서 세 번째의 가지를 목에 밀어넣었다. 네 번째에는 고통스러워서 눈물을 흘리고 있었다. 다섯 번째를 넣었을 때 토했다. 지금까지 먹었던 것도 모조리 토해버렸다.

"이번에는 그것을 주워 먹어."

아지사와는 하우스의 땅바닥에 화려하게 흩어진 토사물을 가리켰다.

"이런 건 도저히 먹을 수 없어."

"네 속에서 나온 거야. 씹을 필요가 없어 좋을 거다'하고 말했을 때, 엔진소리가 다가와 비닐하우스 앞에서 멈췄다.

"있군, 이런 데 있잖아."

"두목도 있는데."

아지사와가 따돌린 폭주족은 나리아키를 구출하려고 드디어 뛰어온 모양이다. 광견 멤버 가운데서도 특별히 거칠고 사나운 나리아키의 친위대 그룹이었다. 여지껏 울고 있던 나리아키는 갑자기 기운을 되찾았다. 그는 비닐하우스로 달려 온 광견 멤버의 친위대 뒤에 잽싸게 들어가더니

"아지사와, 그걸 먹는 건 네녀석이다. 이런 일이 있을 줄 모르고 큰 소리를 쳤겠다. 모조리 이자를 붙여 갚아주마. 우선 내가 토한 가지를 먹어라."

나리아키는 실컷 학대받은 원한을 한꺼번에 갚는 기쁨에 도취되어 있었다. 공포의 뒤에 움츠리고 있었던 천성의 잔인성이, 안전권으로 달아나자 고개를 들기 시작한 것이다.

그러나 아지사와는 조금도 꺾이지 않을 뿐더러 거기에 있는 10여 명의 폭주족이 전혀 안중에 없는 것처럼 나리아키를 손짓으로 부르며 말했다.

"이리 와, 이리로 오는 거야."

"네 녀석은 어떤 입장인지 알고 있나?"

"관계없으니 혼나기 전에 이리 와."

"이자식, 까불어!"

무시를 당하자 더욱 화가 난 친위대는 쇠사슬, 소곤봉, 쌍절곤, 목도(本刀) 등 저마다 잘쓰는 무기를 손에 들고 아지사와를 에워쌌다. 그에 비해 아지사와는 맨주먹이었다.

"그래, 너희들 해볼 생각이냐?"

아지사와의 눈이 번득였다. 그때 나리아키를 비롯해서 압도적 우세인 광견의 최강 멤버들은, 전신의 털이 일어서며 처절한 바람을 맞은 것 같은 기분이 들었다. 그들은 실제로 전신이 오싹해졌다. 그들이 상대를 하고 있는 게 인간이 아니라 귀신같이 느껴졌던 것이다.

"여기서는 장소가 그러니 밖으로 나가자."

아지사와가 말한 것을 다행으로 여기며 누가 보지 않으면 그냥 도망가고 싶었다.

"해치워라." 광견 멤버는 공포를 누르기 위해서 함성을 지르며 달려들었다. 상대는 겨우 한 사람이고 아무런 무기도 갖고 있지 않다. 여기서 꺾이면 광견의 명성이 손상된다.

비닐하우스 앞에 흙먼지가 일고, 사람들의 그림자가 과격하게 움직였다. 다음 순간, 두 개의 그림자가 땅바닥에 쓰러져 신음소리를 내고 있었다. 친위대 내에서도 특히 용감하고 사나운 두 사람이 눈 깜박할 사이에 쓰러져 싸울 힘을 잃은 것이다.

아지사와가 무슨 수를 썼고, 두 사람이 어디를 당했는지 알 수 없었다. 너무나도 빠른 솜씨에, 눈앞에 있는 두 사람이 장난을 치고 있는가 생각할 정도였다. 그러나 두 사람이 쓰러졌다고 해도 압도적인 우세는 변하지 않았다.

"상대는 한놈이다. 빨리 해치워!"

나리아키가 성을 내며 꾸짖는 소리에 투쟁이 새로이 소용돌이쳤다. 땅바닥에 쓰러진 사람은 넷으로 불어났다. 그러나 아지사와도 숨을 거칠게 몰아쉬고 있다. 어떤 흉기가 얼굴을 스쳐 갔는지 볼에서 피가 흐르고 있다. 상처는 거기뿐이 아닌 것 같았고, 행동도 눈에 보이게 둔해졌다.

"녀석은 힘이 빠졌다. 에워싸고 단번에 눌러라." 나리아키는 친위대의 배후에서 손가락 하나 움직이지 않고 지시만 하고 있었다.

마침 거기에 하시로 서의 일대가 달려왔다. 다케무라의 통보를 받은 뒤에 나리아키의 차를 찾았기 때문에 직접 따라온 폭주족보다 달려오는 게 한발 늦었다. 경찰대는 아지사와와 광견의 투쟁이 너무 처절했으므로 바로 가까이 갈 수가 없었다. 겨우 용감한 경관의 선봉대가 사이에 들어 가려는 것을, 지휘를 하고 있던 하세가와가 눌렀다.

"왜 그러십니까?" 조급히 서두르는 젊은 경관에게 하세가와는 바닥에 쓰러져 있는 폭주족을 가리키며 말했다.

"저게 안 보이나? 단 한 사람이 아무런 무기도 없이 벌써 네 사람이나 뻗게 했다. 아지사와라는 녀석 보통 쥐새끼가 아니야, 이대로 체포를 강행하면 이쪽에 부상자가 생긴다."

"그렇지만 가만 두면 광견들이······."

"놔두면 된다. 어차피 세상에 폐만 끼치고 있는 족속들이야. 아지사와하고 맞붙어 힘을 몽땅 빼버리도록 해라. 아지사와의 힘이 빠졌을 때 우리들이 나가면 그야말로 일석이조겠지."

하세가와는 입술만으로 웃었다. 경관대가 멀리 에워싸고 있는 속에서 싸움은 계속 되었다. 땅을 기고 있는 광견은 여섯 사람으로 늘어나고 있었다. 그러나 아지사와도 그만큼 상처를 입고 지쳐 있었다. 숨을 몰아쉬며 흐르는 피와 땀으로 시력에도 지장이 있었다. 그 점을 노리고 쇠사슬이 울며 날고 목도가 뛰었다.

"아지사와가 죽게 됩니다."

"좋아, 이제 괜찮겠지." 하세가와가 드디어 명령을 내리려고 했을 때, 하나의 그림자가 아지사와에게 다가가더니 뭔가를 건넸다.
"아지사와, 이걸 써라!"
아지사와가 그것을 받아드는 순간, 목도를 휘두르며 폭주족이 뛰어들었다. 아지사와는 목도를 피하지도 않고 방금받은 물체를 옆으로 휘둘렀다. 처절한 비명과 동시에 일동은 거기에 붉은 피보라가 이는 것을 보았다.

아지사와가 손에 쥐고 있는 것은 한 자루의 손도끼였다. 아지사와가 가로 휘두른 도끼로 복부의 가장 부드러운 곳을 찍힌 광견은 피의 웅덩이 속에서 몸부림치고 있다. 아지사와도 적의 피를 받아, 그 자신의 굵은 동맥에서 출혈이 있는 것처럼 보였다.

흉포한 살육의 흉기를 쥔 아지사와에게서 광견은 도망치려고 했다. 맨주먹으로 여섯 명을 쓰러뜨린 그가 보기에도 흉악한 도끼를 얻었으니 무슨 일이 벌어질지 모른다. 순간의 움츠림을 떨쳐내고 아지사와는 반격으로 나왔다.

쇠사슬도, 쌍절곤도, 목도도, 아지사와가 휘두르는 도끼에 날아가 버리고, 꺾이고, 눌려 뭉개졌다. 어떤 자는 머리가 빠개지고 가슴이 도려내졌으며, 어떤 자는 손발이 부러졌다. 아지사와 자신도 피바다에 담겨진 것 같은 형상이 되었다.

한 사람이 한패의 피웅덩이에 미끄러져 자빠졌다. 그 몸뚱이에 다리가 걸려 또 한 사람이 신체의 균형을 잃었다. 거기에 아지사와의 도끼가 피할 틈도 주지 않고 떨어졌다. 인간이 장작개비처럼 쉽게 빠개졌다.

한 자루의 도끼가 아지사와의 손바닥에서 거칠고 사나운 생물처럼 미쳐 날뛰고 있었다.

"살려줘요." 공포에 떨며 경관대 쪽으로 달아나려던 광견도 용서가 없었다. 뒤쫓아 윙 하고 으르렁대는 일격이 등뼈에 꽂혔다.
"안 돼, 중지시켜라."
처참한 광경에 놀라자빠진 하세가와가 명령했을 때는, 이미 경관대가 겁을 먹고 도망가고 있었다.
"저녀석 미쳤다!"
"괴물이다." 경관들은 처참한 살육의 회오리바람에 얼이 빠졌고 그 회오리바람에 말려 들지 않으려고 정신이 없었다.
 그러나 그 피의 강풍을 냉혹하게 지켜보고 있는 눈이 있었다. '드디어 똑똑히 보게 되었다. 네녀석의 정체를 말이야. 이것이 네 본성이다. 살인전문 부대에서 키워진 야성. 네가 지금 휘두르고 있는 도끼야말로 가키노기 촌에서 13명을 죽인 도끼다. 후도의 재현을 위해 본부에서 빌려왔는데 참으로 쓸모가 있었다. 너는 그 도끼를 무척이나 휘두르고 싶었겠지. 오랫동안 가면을 쓰고 잘도 참고 있었구나. 나는 네녀석을 가키노기 촌과 같은 환경과 조건 속에 몰아넣으면, 반드시 그 가면을 벗길 수 있으리라고 생각했다. 잘 벗어 주었다. 도끼를 휘두르는 솜씨가 아주 훌륭하구나. 그렇게 솜씨가 좋은 사람은 몇 사람 되지 않을 거다. 그렇다. 그런 식으로 너는 가키노기 촌의 주민들을 죽였던 것이다. 머리를 빠개고, 가슴을 도려내고, 손발을 꺾고, 등뼈를 때려부셨다. 그래, 그 기세다. 한 사람씩 완전히 죽여라. 지금 네 녀석이 죽이고 있는 한 사람 한 사람이 가키노기 촌 살인사건의 증거가 된다. 죽여라. 손을 놓으면 안 된다. 한 사람도 살려두지 마라. 몰살해라.'

 아지사와는 지금 학살의 강풍 속에 있으면서 하나의 광경을 뚜렷이 회상하고 있었다. 자위대 공작학교의 비밀훈련을 이와데의 산중에서 실시하는 중, 우연히 오치 미사코를 만났다.

아지사와는 이미 며칠 동안의 훈련으로 식량을 모조리 먹어 없애고 기갈에 허덕이고 있었다. 자급자족을 하고 싶어도 나무열매나 풀뿌리조차 없었다. 작은 동물도 잡히지 않았다.
 지쳐 넋이 빠져 있을 때 미사코를 만난 것이다. 미사코는 처음엔 깜짝 놀라 달아났는데, 쫓아가서 까닭을 설명했더니, 기분좋게 먹을 것과 마실 것을 나눠주었다. 아지사와는 되살아난 기분이었다.
 헤어지려고 했을 때, 머리가 빠개진 개의 시체를 발견했다. 산속에 있던 아지사와의 일행들이 굶주린 나머지 개를 먹으려고 죽인 줄 알았다. 아지사와는 산속에서 미사코가 일행을 만났을 경우를 생각했다. 굶주려서 정신착란상태가 된 그들이 미사코를 만나면 무슨 짓을 할지 몰랐다.
 아지사와 자신도 미사코가 식량을 나눠주지 않았다면 죽여서라도 빼앗았을지 모른다. 하물며 미사코는 매력있는 아가씨였다. 비밀훈련 중의 미친 공작대원이 돌아다니는 산중에 혼자 보낼 수는 없다.
 아지사와는 미사코에게 사정을 말했다. 등산을 중지하고 돌아가든지, 공작대가 통과할 때까지 가키노기 촌에서 하루 이틀 묵고 기다리라고 충고했다.
 미사코는 충고를 받아들여 되돌아갔다. 아지사와는 미사코와 헤어지기는 했지만 그녀의 모습이 눈망울에 눌러붙어 사라지지 않았다. 짧은 시간이었지만 숲속에서 돌연히 나타나고, 굶주린 자기에게 먹을 것을 베푼 그녀가 숲의 요정처럼 느껴졌다. 만나고 싶다. 다시 한번 꼭 만나고 싶다.
 만나고 싶다는 생각과 동시에 불안이 일었다. 가키노기 촌으로 돌아가는 도중 우리 일행을 만났을지도 모른다. 어째서 나는 거기까지 호위해 주지 않았던가. 그렇게 생각하니 견딜 수가 없어, 미사코의 뒤를 쫓았다. 불안도 그녀를 만나는 구실이 되었다.

그러나 후도의 마을에서, 아지사와는 무서운 사건과 마주쳤다. 주민 중에 발광한 한 사람이 도끼를 휘두르며 전주민을 학살하고 있었다.

어째서 그런 일이 벌어졌는지 아지사와는 알 수 없었다. 식사중에 별안간 발광한 범인은 우선 자기 집 식구들을 희생의 제물로 바치고, 마을 사람들을 차례로 죽여버렸다.

아지사와가 후도에 닿았을 때는 이미 학살의 강풍은 대강 멎어 있었다. 그리고 오치 미사코도 학살에 말려들어 그 목숨을 빼앗기고 있었던 것이다.

아지사와는 일대 학살장으로 변한 과소촌에 그저 멍청히 서 있었다. 그러나 전원 학살되었다고 보인 마을 안에서 단 한 사람 생존자가 있었다. 그것이 나가이 요리코였다. 그녀는 돌연히 발광해서 도끼를 휘두르기 시작한 범인을 보고 겁에 질린 나머지 의식을 잃었다. 그 위를 범인이 지나갔다.

학살의 강풍이 한바탕 휘몰아치고 희생자를 모조리 먹이로 만든 범인이 잠시 쉬고 있을 때, 요리코는 의식을 회복했다. 죽었다고만 생각했던 요리코가 살아있는 것을 알게 된 범인은 피투성이가 된 도끼를 쳐들고 다가왔다. 희생자의 최후의 피 한방울까지도 쥐어짜내지 않으면 마음이 가라앉지 않는 것이다.

그때 우연히 온 사람이 아지사와였다. 요리코는 아지사와의 뒤로 달아났다.

범인은 자기의 먹이 앞을 가로막고 서 있는 새로운 먹이에 더욱 흉폭해졌다. 범인을 죽이지 않으면 아지사와가 죽게 된다. 자기방위의 싸움과 오치 미사코를 죽인 분노가 더해져 더욱 재촉하고 있었다. 살인 '프로'로서 훈련된 기술이 소모된 체력을 보충시켜, 발광한 범인과의 싸움을 백중지세로 만들었다. 목숨을 건 사투(死鬪)가 30분이나 계속되었다.

드디어 아지사와의 젊은 체력과 '프로'로서의 기술이 광기를 이겼다. 범인의 도끼를 빼앗아 들고 범인의 몸을 두드려 팼다. 그때 요리코가 '그만둬요!' 하며 아지사와에게 매달렸다. 요리코의 몸을 뿌리치고 범인에게 2격 3격을 가하여 끝내 숨통을 끊어버렸다. 그와 동시에 요리코의 기억이 억압되었다. 발광한 범인은 요리코의 부친인 나가이 마고이치였던 것이다. 자기의 친아버지가 눈앞에서 살해당하는 무서운 광경에 어리고 티없는 영혼이 견뎌내지를 못했던 것이다. 그 시각까지도 모친과 형제들을 부친이 죽이는 현장을 목격하고 있었다. 아지사와의 행위가 최후의 일격을 가한 셈이 되었다.

개를 죽인 것은 나가이 마고이치였으나, 개에게 손톱을 물어뜯긴 오른손 가운데 손가락은 사건 후에 마을에 몰려든 들개의 무리가 몹시 물어뜯었기 때문에 판별을 할 수가 없었다.

전멸한 마을에 요리코와 아지사와만이 남아 있었다. 요리코는 어디까지나 아지사와를 따라왔다. 돌아가라고 해도 따라왔다. 아지사와는 그애를 버릴 수 없었다. 마을에는 피냄새를 맡은 들개의 떼들이 모여왔다. 그런 곳에 두고 가면 사건이 발견되기 전에 요리코가 먹이가 되어 버린다. 여하간에 사람이 살고 있는 부락까지 데리고 갈 생각으로 걷기 시작했는데, 너무나 놀랐기 때문에 길을 잃었다. 산속을 며칠인가 함께 헤매고 다녔다. 겨우 작은 산마을 부근에 이르러, 요리코가 자고 있는 동안 혼자 그곳에 남겨두었다. 후도의 사건은 바로 보도되었다. 요리코와 함께 성명을 밝히고 신고를 하면 자기가 전주민학살의 범인으로 몰릴 것은 분명했다. 나가이 마고이치를 같은 흉기로 살해한 아지사와의 정당방위는 통하지 않을 것이다. 게다가 자위대의 비밀훈련도 폭로될 것이다. 그것은 절대로 덮어두어야 할 일이었다.

아지사와는 여하튼 상사에 보고할 생각으로 훈련의 집결지로 급행했다. 아지사와의 보고를 받은 공작학교는 극도로 난처한 입장에 놓여지게 되었다. 모든 상황이 아지사와가 범인임을 가리키고 있다. 세상 사람들은 그를 범인이라고 믿겠지. '제2의 솜미사건'으로 매스컴이 대대적으로 취재할 것은 불을 보듯 명백했다. 사건은 자위대의 존폐문제에 관여된다.

요행히 아지사와의 존재는 아무에게도 알려지지 않았다. 자위대는 사건을 비밀에 붙이기로 했다. 요컨대 이 사건에 자위대는 일체 관계가 없다. 아지사와도 후도에는 전혀 가지 않았다. 비밀 훈련도 실시되지 않았다. 이런 식으로 자위대는 철저하게 사건과 관계가 없음을 주장했다.

그러나 아지사와는 오치 미사코의 모습과 처참한 사건현장의 광경이 눈에 아로새겨져서 잊을 수가 없었다. 오치 미사코는 그때 아지사와가 되돌아가라고 권하지만 않았던들 목숨을 잃지는 않았으리라. 또 정당방위라고는 했지만 나가이 마고이치를 살해했을 때 "그러지 마세요." 하고 울부짖으면서 자기 팔에 매달렸던 요리코의 손의 힘이 항상 마음에 걸리는 부담이 되었다. 나가이 마고이치를 도끼로 갈겼을 때 튀어나온 피보라는 요리코의 눈에 튀었다. 그녀는 시야와 더불어 기억을 잃었다. 요리코의 장래를 보살펴 주는 것은 자기의 의무라고 생각되었다.

이리하여 자위대를 그만두고, 요리코를 떠맡아, 미사코의 동생인 도모코가 있는 하시로에 새로운 생활을 바라고 온 것이다. 그러나 하시로에서도 또다시 도모코가 살해당하고, 하시로 전시를 상대로 싸우는 처지가 된 것은 인과(因果)라고 말해야 할까.

아지사와는 지금 살육의 강풍을 타고 그 누구도 막을 수 없는 기세로 질주하면서, 가키노기 촌의 학살의 광기가 자기에게 옮아 온 것을 깨닫고 있었다.

그렇다. 나가이 마고이치의 넋이 지금 자신의 몸에 옮겨와, 그 광기를 재현하고 있는 것이다.

새로운 희생자를 찾아 도끼를 번쩍 들었을 때 눈망울에 오치 도모코의 얼굴이 떠올랐다. 그것은 삽시간에 오치 미사코의 모습과 겹쳐졌다.

　　――눈망울에 몇 번이고 돌아온 그 모습은
　　덧없는 세상에서 허깨비되어 잊혀졌다
　　낯선 고장에 사과꽃 향기 풍길 적에
　　기억조차 없는 아득한 맑은 밤의 별하늘 아래서
　　그 하늘에 여름과 봄의 오고감이 황급하지 않았더냐
　　――일찍이 그대의 미소는 나를 위함이 아니었다
　　――그대의 목소리는 나를 위해선 울리지 않았다
　　그대의 고요한 앓음과 죽음은 마치 꿈 속의 노래 같구나

　　오늘 저녁 끓는 이 슬픔에 불을 밝히고
　　얼마 안 되는 시든 장미를 바쳐 그대를 위하여
　　상처 입은 달빛과 더불어 이건 나의 밤이 아닌가
　　아마도 그대의 기억에 아무런 표적도 가지지 못했던
　　또한 이 슬픔조차도 허락받지 못한 자의――
　　사과 파랗게 맺힌 나무 아래 그대 모습 영원히 잠들어지다――
　　　　　　　　《다치하라 미치소 시집》에서

지난날 학생시절에 애창한 다치하라 미치소(立原道造)의 '숨진 아름다운 분에게'가 생각났다. 오치 미사코도, 도모코도 이제는 이승에 없다. 나라를 지키려고 자위대에 들어가 자신의 젊은 육신을 깎아 가며 습득한 것은 이날 이때의 살육 때문이었던가. 자기가 이런 짓을 하면, 미사코도 도모코도 기뻐하지 않을 것을 알고 있다. 눈망울 속에서 그녀들은 슬픈 듯이 싫어, 싫어, 하며 고개를 흔들고 있다. 그러나 그만둘 수는 없다. 자신의 광기는 보다 깊은 곳에서 발생하고 있는 것이다.

"저 사람이 아버지를 죽인 범인이에요." 그때 요리코의 목소리가 들렸다. 아지사와를 설득시키기 위해 누가 데리고 왔는지, 요리코의 모습이 경관들 틈에 보였다.

"요리코." 엉겁결에 그쪽으로 발을 내디디려는데 그녀는 아지사와를 똑바로 가리키며 말했다.

"저 사람이 아버지를 죽인 범인이에요."

그 눈은 평소와 같이 먼곳을 보고 있지 않았다. 똑바로 아지사와를 쳐다보고 있었으며, 아지사와에 대한 증오심으로 가득 차 있었다. 아지사와는 요리코가 기억을 완전히 되찾았음을 깨달았다. 아지사와가 도끼를 휘두르는 모습이 후도의 참극과 겹쳐서 억압된 기억을 끌어낸 것이다.

기억을 회복함과 동시에 요리코는 여태까지의 아지사와의 생활사를 잊어버렸다. 지금이야말로 아지사와는 그녀에게 의부도 보호자도 아니었다. 부친을 살해한 가증스러운 범인이었다.

아지사와는 그 사실을 알았을 때 시야가 암흑으로 변했다.

식물화된 야성

 기진맥진하여 경관대에게 체포된 아지사와는 정신착란의 징후가 있다고 해서 정신과의 정밀 검사를 받았다. 그 결과 아지사와의 두뇌에 종양이 생기고 있음이 알려졌다. 게다가 그 뇌종양에서 에르니어 균이 분리된 것이다.
 에르니어 균은 배추나 양배추에 연부병(軟腐病)을 일으키는 병원균이다. 인간이나 동물은 식물보다도 훨씬 체온이 높으며, 동물과 식물의 병원세균은 생활에 필요한 영양분이 아주 다르므로, 식물의 병원 세균은 인체나 동물의 체내에서는 살 수 없다고 생각되고 있었다. 그러나 에르니어 균의 일종은 인체나 동물에게도 들어붙어 병변을 일으킨다고 보고되고 있다.
 아지사와 다케시는 가키노기 촌에서의 범행당시, 같은 마을의 양배추 등에 연부병이 발생하고 있어서 에르니어 균이 옮은 것 같다는 전문의의 의견이 있었다. 그러나 의사는 나가이 마고이치를 포함한 그 마을 주민이 같은 확률로 에르니어 균의 오염을 받고 있는 가능성에 대해서는 생각이 미치지 못했다.

아지사와 다케시는 범행 당시 정신적 장애로 사물의 옳고 그름과 선하고 악함을 분별할 능력, 또는 그 분별에 따라 행동하는 능력이 없는 상태에 있었다고 인정받고, 형법 제39조에 따라 책임이 기각되어 정신위생법 제29조에 따라 정신병원에 입원조치되었다.

그러나 아지사와를 발광케 한 것은 과연 에르니어 균이었을까? 그는 자위대의 공작학교에서 절대로 실행되지 않을 살인을 위한 여러가지 기술을 교육받았다. 전신이 효율성이 있는 흉기로 변하는 것처럼, 살인 '프로'로서 육성되었음에도 현재의 상황으로 보아 그것이 소용되는 날이 오리라고 생각되지는 않는다. 쓸모도 없는 살인기술을 뼈를 깎으며 습득해야만 하는 어리석음과 허무함, 아지사와는 그것을 깨닫고 자위대를 그만두었다.

그러나 자위대를 떠나도 몸에 밴 살인기술과 야성은 없어지지 않았다. 칼집에 넣어둔 칼처럼, 안전장치를 해놓은 화기처럼 선량한 소시민의 옷 아래 잠재워 두었다.

그것을 한번도 사용하지 않고 허무하게 늙어 죽어버리면, 대체 자신의 청춘을 모조리 불태우며 쌓아둔 것은 어떻게 될 것인가? 그의 체내의 야성이 밖으로 나가고 싶어서 자꾸만 떠들어댔다.

평화스러운 세상에서 사육된 살인귀, 인간 누구나가 지니고 있는 야성이 조직적으로 훈련받고 조장되었고, 게다가 또 제동기가 장치되어 있는 자의 비극, 그것을 아지사와는 몸소 증명한 것이 아니었을까.

어찌되었든 에르니어 균이 인체에 주는 영향은 의학적으로도 아직 미개의 분야였다. 아지사와를 사로잡은 광기가 에르니어 균에 의한 것인지, 또는 야성의 표출인지, 혹은 그 양쪽이었는지 증명할 방법은 없었다.

아지사와에게 희생이 된 폭주족은 사망자 6명, 중상자 8명, 경상자 3명으로 다치지 않은 사람은 한 사람도 없었다.

또한, 아지사와에게 흉기를 건네 준 미야후루 서(宮古署)의 기타노 형사도 말투가 이상해 전문의사가 검사해본즉, 아지사와와 같은 종류의 에르니어 균이 혈액과 골수에서 검출되었다.

수사진 내에서 기타노만이 감염된 것은 불행한 제비를 뽑았다고 할 수밖에 없다.

'가키노기 촌 대량 살인사건'의 진상은 아지사와의 발광과 더불어 영원히 어둠 속에 봉쇄되어 버렸다. 아지사와의 배후에 진범인도 숨어 버렸다. 그가 짊어진 야성의 십자가의 배후에서, 진상은 '마리오트의 맹점'이 된 것이다. 그뒤 나가이 요리코의 행방을 아는 사람은 없었다. 하시로 강 하천부지의 부정이 세상에 알려진 것은 그로부터 약 반년이 지나서였다.

마무리글

 《야성의 증명》《인간의 증명》《청춘의 증명》은 잡지〈야성시대〉에서 탄생했다. 이 작품《야성의 증명》은〈야성시대〉와의 격돌에서 탄생했다고 말해도 좋다.〈야성시대〉로부터 집필을 의뢰받았을 때, 나는 '야성'이라는 말에 끌렸다. 제목이 먼저 머리에 떠올라 그것이 집필의 동기가 되는 일이 있는데,《야성의 증명》이 바로 그것이었다.
 야성이라는 낱말의 의미는 현대에서는 심히 추상적이며 또한 애매모호하게 되어 있다. 왜냐하면 인간은 문명사회의 규제에 꽁꽁 묶여서 야성을 잃어 버리고 있기 때문이다. 인간뿐만 아니라 동물 역시 야성이 줄어들고 있다.
 그렇기 때문에 야성에는 현대인의 향수가 있다.
 나는 '증명 시리즈'를 시작함에 있어서, 인간의 마음 속에 잠재하고 있는 야성을 테마로 하여, 이 시리즈를 지탱하는 한 개의 기둥으로 삼고 싶다고 생각했다.
 인간의 야성이란 무엇인가? 야성시대로부터 문명시대에의 이행에 의해서, 왜 인간의 야성은 자취를 감추어 버렸는가.

나는 인간이란 본래 야성적인 동물이라고 생각하고 있다. 야성의 동물에게는 반드시 송곳니가 있다.

인간도 본래 야성의 사냥동물이며 육식 또는 잡식의 송곳니를 가지고 있었다. 그것이 문명의 질곡이 씌워짐으로써 이성의 당의(糖衣) 밑에 굴절하여 봉해져버렸다.

대다수의 사람들은 문명의 규제 속에서 그들의 송곳니를 둔화시키고 끝내는 완전한 문명사회의 사육견이 되어버린다. 하지만 그 가운데는 야성의 송곳니를 잃지 않고 그것을 직업적으로 단련받는 인간이 있다. 그 사람들은 그 예리한 송곳니를 결코 사용하는 일이 없다. 그럼에도 상상된 사용기회 때문에 비인간적인 훈련으로 야성의 송곳니를 열심히 갈고닦지 않으면 안 된다. 불필요하게 연마된 송곳니에는 절대로 사용할 수 없는 제동기가 걸린다. 그것을 사용할 때는 그가 인간이기를 그만둘 때이다.

이와 같은 사람들로 하여금 그 야성을 드러내지 않고는 못견디는 환경에 몰아넣는다면 어떻게 될 것인가. 나는 이 작품에서 인간이 원초적으로 지니고 있는 야성을, 범인을 잡기 위한 결정적 수단으로 만들었다. 그런 의미에서 인간의 정애를 결정적 수단으로 만들었던 《인간의 증명》과 대립되는 작품이다.

인간이 인간임을 증명하기 위하여 범인이 빠진 《인간의 증명》에 대해 인간이 인간임을 중지함으로써 범인이 빠지는 것이 이 작품이다.

유죄의 결정적 수단이 되는 '야성'이라는 것은 도대체 어떤 것인가. 범인의 악성을 결정적 수단으로 하는 것은 수사에서 흔한 일이다. 악성과 야성과의 틀린점은 무엇인가. 여기에 이 작품의 핵심이 있다. 야성으로 환원함으로써 인간이 아닌 야성에게 이성이라는 이름의 당의(糖衣)를 걸친 인간이란 무엇이겠는가. 그리고 야성과 이성의 경계는 어디에 있는가.

야성을 증명한다는 것은 인간이 아니라는 것을 증명하는 것인가. 이 작품의 마지막에 있어서, 주인공은 야성을 증명함으로써 인간으로서의 책임은 기각된다. 하지만 작자의 책임은 기각되지 않는다. 왜냐하면 '증명 시리즈'에는 영구히 작자의 책임의 기각이 없기 때문이다. '증명 시리즈'의 등장 인물은 저마다 십자가를 등에 지고 있다. 그것은 작자의 십자가이기도 하다.

이 작품에서는, 범인이 탐정을, 탐정이 범인을 겸한다는 독특한 구성을 취하고 있다. 진범인은 최초의 몇 페이지 속에 등장한다. 구성에서도 최근에 동시에 발생한 사건과 같은 몇 가지 사건이 마지막에 유기적으로 수습된다는 다원적 수법으로, 한 사건을 복수의 요소를 통해 이어지게 하는 일원적 다절(一元的多節) 수법을 취했다. 야성을 내부 깊숙이 묻어 두었던 한 인간이 우연한 계기로 개인의 지배 아래에 있는 거대한 도시를 상대로 하여 절망적인 싸움을 시작한다.

한낱 무력한 인간 대 대조직의 싸움이라든가 도시가 둘로 갈라져서 싸우는 싸움은 서부극에서 낯익은 설정이지만, 대체로 선인이 악인에게 이겨서 해피엔드가 되어버린다. 야성만을 무기로 한 개인이 커다란 조직을 상대로 하여 끝까지 싸우지는 못하지만, 이 작품에서는 그 싸움을 주제로 하고 있지 않다. 주제는 어디까지나 야성을 봉쇄당한 인간의 비극에 있다.

또한, 이 작품의 집필에 즈음하여, 취재 및 기타에서 협력을 얻었던 〈야성시대〉 편집부의 미시로 도오루(見域徹)씨, '가도가와(角川) 서점' 편집부의 하시즈메 아키라(橋瓜懋)씨에게 두터운 감사의 뜻을 표한다.

주요한 참고자료――시각잔상에 관한 연구(오니자와 사다 著), 식물의 질병(사카이 류타로 著), 경찰흑서(노동순보사 간행), 시멘트(후지타 미노루 著) 등.

기타 취재에 협력을 해주신 '오노다 시멘트 중앙연구소', '미쓰비시 자동차판매상담실', '도쿄 도요다 서비스과', '요코하마 고무 광보과', 기타 여러분에게 지극한 감사를 표합니다.

일본 현대 미스터리 명장 모리무라 세이치

퍼즐 풀기 본격미스터리로 일본의 추리소설의 기반을 다진 것은 요코미소 세이시라고 하고, 사회파 추리소설로 일본의 추리소설을 전세계에 알린 사람이 마쓰모토 세이초라고 한다면, 이 본격 미스터리 사회파 추리소설을 융합한 지점에서 일본의 추리소설을 현대인의 심금에 파고 드는 소설의 차원까지 끌어올린 사람은 모리무라 세이치일 것이다.

모리무라는 그의 출세작 《고층의 사각지대》로 1967년 제25회 에도가와 란포(江戶川亂步) 상을 탔을 때, 그는 사회파 추리작가들이 경시하고 있던 본격 추리소설의 걸작을 냈던 것이다. 《고층의 사각지대》는 호텔 안에 밀실살인과 알리바이 타파를 엮은 추리소설로 이런 훌륭한 작품이 한낱 신인의 붓대에서 생산되리라고는 생각지 못했다. 그러므로 그는 《고층의 사각지대》 하나만으로도 추리문단의 스타가 된 것이다.

모리무라는 1958년에 아오야마가쿠인(靑山學院)의 영미문학과를 졸업한 후 10년 동안이나 호텔에서만 생활을 하였다. 아닌게 아니라 모리무라가 실제의 경험을 통해서 초고층 호텔의 온갖 비밀을 구석구석마다 샅샅이 알고 있지 않았으면 아마 《고층의 사각지대》에서처럼 호텔방의 밀실살인을 이와 같이 완벽하게 다룰 수는 없었을 것이다.

모리무라의 재능은 대단히 치밀한 《고층의 사각지대》를 완성한 뒤에 활짝 트인 것 같다. 그가 1973년 제26회 추리작가협회상을 받은 《부식의 구조》는 스릴과 서스펜스가 강한 범죄추리소설이 되었다. 군사산업계의 부패상을 드러낸 것은 사회파 추리소설의 사회 고발을 상기시키는 면이 있으나, 본격 추리소설의 논리성은 상당히 부족하다. 이 미스터리 로망의 기묘한 맛은 썩은 인간이나 올바른 인간이나 똑같이 폭력으로 멸망하는 점이다. 여기서는 정의가 반드시 이기고 있지 않다. 작가는 독자가 살아남기를 바라는 인물들을 무참하게 죽이고 있다. 이러한 면은 종래의 본격 추리소설이나 사회파 추리소설의 틀에서 벗어나고 있으며 작가의 허무한 인간관이 짙게 나와 있는 작품이다.

모리무라의 역량이 찬란하게 발휘된 작품은 역시 제3회 가도가와(角川) 소설상을 탄 《인간의 증명》이다. 작가는 후기에서 "20여 년 동안 마음의 밑바닥에 침착했던 것을 투입했다"고 말하고 있는데 그가 이 작품 속에 담고 싶은 것은 어머니와 고향에 대한 영원한 노스탤지어이다. 일본인 어머니에게서 태어난 미국의 흑인 청년이 어려서 헤어졌던 어머니를 만나러 미국에서 일본으로 건너온다. 그는 어머니에게서 어렸을 때 받은 밀짚모자와, 밀짚모자에 관한 시가 수록된 '사이조 야소(西條八十)' 시인의 시집을 들고 온다.

그러나 이 흑인청년은 어머니를 만난 뒤에 가슴에 칼을 맞게 된다. 숨이 끊어지려는 순간 그의 눈에 비친 것은 로얄 호텔의 옥상의 밀짚모자형의 광고 네온사인이다. 그는 이 밀짚모자를 향해서 가다가 로얄 호텔의 스카이 다이닝 층에 이르자 승강기에서 숨이 끊어진다.

담당서의 무네수에 형사가 이 사건을 담당하게 된다. 무네수에는 어려서 고아가 되어 인간의 애정을 모르고 자랐다. 특히 그는 미국장병들에게, 여러 사람이 보는 가운데에서 몰매를 맞고 죽은 아버지의 기억을 버리지 못하고 있다. 인간을 불신하는 형사는 흑인을 죽인 비인간적인 범인에게서 아직도 인간이 남아 있다는 사실을 증명하려고 한다.

> 어머니, 저의 그 모잔 어떻게 되었을까요?
> 네에, 한여름 우수히에서 키리스미로 가는 길에서
> 골짜기 밑으로 떨어뜨린 그 밀짚모자 말예요.
> 어머니, 그건 제가 무척 좋아하는 모자였는데요.
> 저는 그때 정말로 분해서 죽을 뻔했어요.
> 그렇지만 그때 느닷없이 바람이 불어왔단 말이에요.

이상은 사이조 야소 시인의 〈밀짚모자〉라는 시의 일부분인데 작가 모리무라 세이치는 이 시가 풍겨주는 '영원한 어머니의 품속'이라는 이미지를 이 추리소설의 모티브로 삼고 있다. 피해자도 그 이미지를 찾으려다가 피살된다.

무네수에 형사도 수사 도중에 이 시를 접하게 되자 거의 무의식적으로 흥분하고 전율한다. 왜냐하면 그는 밀짚모자가 상징하는 '영원한 어머니의 품속'을 모르기 때문이다. 그러기 때문에 그는 이 이미지를 찾아내려고 온갖 안간힘을 다하는 것이다. 밀짚모자가 사건 해결의 단서가 되어 있다.

이 추리소설이 독자에게 애끓는 시정(詩情)을 안겨주는 것은 밀짚모자가 상징하는 이미지가 이 소설의 주요 모티브가 되어 있기 때문이리라. 독자는 지금도 사라진 각자의 밀짚모자를 생각하기 때문이다.

이 소설에는 추리소설이 갖추어야 할 모든 조건이 구비되어 있다. 그러나 그 외의 무엇이 있다. 즉 인간을 증명하려고 하는 작가 자신의 격렬한 의도가 있다. 다시 말하면 작가는 인간을 증명하는 소설을 쓰기 위해서 추리소설의 형태를 빌려왔다고 볼 수 있는 것이다.

1976년에 발표된 《수귀등》에서는, 모리무라는 두 가지의 살인사건을 다루고 있는데 《트럭운전사 살인사건》이나 《아파트 신부 살인사건》은 실제로 현실에서 일어난 사건을 바탕으로 하여 교묘하게 연결시키고 있다. "현실과 소설의 리얼리티의 차이를 흥미진진한 오락의 세계로 통일하고 싶었다"고 작가 자신은 말하고 있다. 이 소설은 과연 작가 자신의 뜻대로 흥미진진한 본격 추리소설이 되어 있다.

끝으로 여기에 번역 소개하는 《야성의 증명》은 《인간의 증명》, 《청춘의 증명》과 함께 '증명 시리즈'의 하나이다. 제목이 말하듯이 여기서는 야성을 증명하는 것이 작가의 의도임을 '마무리글'에서 밝히고 있다. 인간은 야성적 동물이며 야성 동물에게는 송곳니가 있다. 인간은 문명이라는 규제 때문에 야성의 송곳니가 쓸모없게 되어 둔화되고 말았다. 그러므로 인간은 이 야성에 대한 향수가 있다. 그러나 이 야성이 이성의 사탕발림을 뚫고 그 본성이 개방되면 어떻게 되는가.

《야성의 증명》은 그러한 의미에서 《인간의 증명》과 대조적인 작품이다. 이 작품의 독특한 구성의 하나는 한 사건의 범인이 다른 사건의 탐정역을 하고 있다는 것이다. 모리무라의 소설에서는 살인이 으레 복수로 일어나는데 이 복수를 연결하는 일원적 수법이 바로 이것인 것이다.

줄거리는 일본 동북지방의 이와데 현의 산중에서 특별훈련을 받고 있던 아지사와라는 자위대 소속의 청년이 길을 잃고 헤매던 중 때마침 오치 미사코라는 '하시로 상사(商社)'의 전화교환안내양과 만났는데 이와데 현 가키노기 촌 후도 마을에 대량 살인사건이 발생한다. 오치 미사코는 피살되고 학살사건의 유일한 생존자 나가이 요리코는 초등학교 2학년의 여자아이이다. 아지사와는 '히시이 생명'의 하시로 지점에 취직하여 오치 미사코의 동생 오치 도모코와 사귀게 되고 후도 마을의 학살사건의 유일한 생존자 나가이 요리코를 양녀로 삼는다.

이와데 현의 경찰은 나가이 요리코를 양녀로 데려가고 오치 미사코의 동생과 사귀고 있는 아지사와를 후도 마을 살인사건의 범인으로 추정하고 그의 뒤를 밟는다.

아지사와는 그가 경찰의 혐의를 받고 있는 것을 모르고 하시로서의 모든 권력을 장악하고 있는 악덕시장 오바 잇세에게 거의 혈혈단신으로 도전한다.

그는 셜록 홈즈나 에르큘 포아로나 엘러리 퀸과 같은 천재적 탐정이 아니다. 물론 그는 수사를 직업으로 하는 경찰도 아니다. 그는 더실 해미트의 《피의 수확》의 대륙탐정사의 탐정이나 《유리의 열쇠》에서 나오는 탐정역을 하는 도박사 네드 보먼트와 비슷하다고 할 것이다.

그는 온갖 폭력 앞에서 눈썹 하나 까딱하지 않는 용감하기 짝이 없는 사나이였다. 그를 돕는 오치 도모코가 적의 도당에게 능욕을 당하고 살육당했을 때 이 사나이의 투혼과 복수욕은 한결 불탄다.

증오와 복수심이 그의 야성을 한결 부채질한다.
 그러나 그의 야성이 초인적 폭력을 발휘할 때 드디어 그의 야성은 이성의 한계를 넘어서 광인이 되어 버린다. 결국 용의자 겸 탐정이 미쳐 버림으로써 두 가지 사건은 결말이 나지 않는다. 작가는 인간의 야성을 증명하려는 나머지 결국 탐정소설적 결말을 희생시키지 않았나 생각된다.
 아지사와는 피비린내 나는 살육전 속에서 후도 마을의 학살을 상기하고 그때 피살된 오치 미사코에 대한, 그리고 또 미사코의 동생 도모코에 대한 사모와 연민의 정에서 그가 학생 때 애창했던 요절한 시인 다치하라 미치소의 시 '숨진 아름다운 이에게'를 떠올린다.

　——눈망울에 몇 번이고 돌아온 모습은
　덧없는 세상에서 허깨비되어 잊혀졌다.
　낯설은 고장에 사과꽃 향기 풍길 적에
　기억조차 없는 아득한 맑은 밤의 별하늘 아래서

 결말에서 바버리즘의 한 가닥 센티멘털리즘이 섞인다. 이건 야수가 되기 직전의 인간의 증명이 될지도 모른다.
 모리무라 세이치는 《인간의 증명》, 《청춘의 증명》에 이어서 《야성의 증명》으로 '증명 시리즈' 3부작을 완결했다. 그는 확실히 요코미소 세이시 등의 본격 추리소설과 마쓰모토 세이초 등의 사회파 추리소설을 의식하고 있는 것이다. 수수께끼를 그리는, 그리고 사회를 그리는 추리소설로부터 인간을 그리는 추리소설로 옮겨 온 것이다. 그러한 의미에서 모리무라 세이치를 현대 일본의 대표적인 추리소설가의 한 사람으로 볼 수 있는 것이다.